Das erste Opfer des Krieges ist die Wahrheit.

Aischylos

PROLOG

Die Stille flirrte über der Wüste aus massivem Eis. Funkelnde Schneekristalle tanzten um die Frau, die dort alleine inmitten der Eisöde lag. Ihr Atem war ein kaum wahrnehmbares gequältes Pfeifen. Sie kämpfte, um nicht das Bewusstsein zu verlieren. So wie sie als Kind in Winternächten immer dagelegen und gelauscht hatte, so lauschte sie jetzt. War es möglich, den Schnee fallen zu hören?

Steif hob ihre Hand, um auf die Uhr zu sehen. Das Glas war zerbrochen, die Zeiger standen still und markierten den Augenblick, in dem alles explodiert war. Der Kompass jedoch hatte das Ganze auf unerklärliche Weise überstanden, die Nadel richtete sich nach Norden aus. Ylva sah kurz auf, sie musste nach Nordwesten, sie musste nach Hause, nach Norwegen.

Die Kälte biss sich in ihrem Rückgrat fest, jegliches Gefühl in Fingern und Zehen hatte sie vor langer Zeit verloren, sie zitterte unkontrolliert. Ihr Gesicht war von kleinen Erfrierungsflecken übersät. Anfangs hatten sie heftig gejuckt, jetzt aber spürte sie sie kaum noch, das Gesicht fühlte sich taub an, als sei es im Begriff, sich aufzulösen.

Ylva schloss die Augen, die weichen Flocken schmolzen auf ihren Lidern, das linderte ein wenig den Schmerz. Der Schlaf, gegen den sie viel zu lange angekämpft hatte, übermannte sie allmählich. Wie eine flauschige Decke und eine Tasse Kakao vor dem Kamin, wie nackte, sonnenwarme Körper, träge verschlungen auf windgeschützten Felsen. Salzwasser in den Haaren, Schweißperlen auf der Stirn, der Geruch von Sonnencreme und der Geschmack von salzigem Meer. Ylva lächelte, sonnenwarme Haut, sie konnte sie spüren, die Wärme, sie strahlte von innen nach außen, erfüllte alles. Sollte sie nachgeben? Sich diesem Delirium, dem Glühen, den Träumen einfach hingeben? Wenn sie jetzt losließ, würden die Schmerzen aufhören und der Albtraum ein Ende haben. Sie würde verschwinden und Frieden finden. Ihr Atem wurde flacher, die Wärme in ihrem Inneren schwand, und sie blieb leblos auf dem Eis liegen.

Dann wurde alles still.

»Wach auf!«

Eine scharfe Stimme durchschnitt die kalte Dunkelheit. Ylva schlug die Augen auf und starrte in die Frostlandschaft, aber dort war niemand. Niemand. Sie war allein.

»Wenn du jetzt einschläfst, wachst du nie wieder auf!«

Da war sie wieder, die Stimme. Er war es, es war die Stimme ihres Vaters, oder etwa nicht? Unmöglich, er war nicht mehr da, sie hatte ihn sterben sehen, er war tot, oder etwa nicht?

Ylva sah sich um, nur schneeweiße Flächen, so weit das Auge reichte, bis hin zum stummen Horizont.

Mit zusammengebissenen Zähnen kämpfte sie sich auf die Knie, sie sah Sterne und sie schwankte, als sie den eisenartigen Geschmack von Blut wahrnahm, ihrem Blut.

Herrgott, sie konnte nicht mehr. Ihre Augen füllten sich mit Tränen, und die trostlose Landschaft löste sich in blaue Aquarelle auf. Die Tränen brannten sich in die dünne Haut um die Augen, und der stechende Schmerz trieb sie in den Wahnsinn. Sie fuhr sich mit der Hand über das Gesicht und zwang sich, die Augen lange genug offen zu halten, um zu sehen, wie das dampfende Blut auf dem Boden von winzig kleinen Eiskristallen aufgesaugt wurde. Das war schön. Sie verspürte Übelkeit aufkommen, die verlockende Leere schlich sich wieder an sie heran, umgab sie, wie eine Umarmung, in der man ertrinken konnte.

Jetzt nicht aufgeben, du musst über die Grenze kommen, ermahnte sie sich selbst. Mit letzter Kraft rappelte sie sich auf und kroch los. Einen Meter, zwei Meter, die Grenze war meilenweit entfernt, drei Meter …

Ihr Körper zitterte, die Beine gaben unter ihr nach, sie spürte kaum die beißende Kälte an der Wange, als sie mit dem Gesicht auf den harschigen Schnee schlug. Sie fror nicht mehr, und sie wusste, was das bedeutete. Schmerz war das sicherste Zeichen für Leben, und Ylva spürte so gut wie keinen Schmerz mehr. Trockene Frostnadeln trieben über die Tundra und breiteten eine feine Decke aus kalten Kristallen über ihr aus.

In flüchtigen Bildern sah sie den Vater auf dem Kellerboden liegen. Er streckte die Arme wie kraftlose Tentakel nach ihr aus. Mit flachen, verzweifelten Stößen japste er nach Luft. Sie sah, wie sich seine Lippen bewegten, aber kein Laut drang hervor. Der rechte Mundwinkel war zu einer schiefen Grimasse verzogen, während er fauchend versuchte, etwas zu flüstern.

Ylva hatte nie herausgefunden, was.

Was wolltest du sagen, Papa?

Sie blickte über die funkelnde Ödnis, ihr war, als befände sie sich in der Schneekugel, die ihr der Vater an seinem letzten Weihnachtsfest geschenkt hatte. Wie ein nacktes, schutzloses Neugeborenes lag sie in der dünnen Glasblase, kurz bevor sie geschüttelt wurde.

So in Embryonalstellung zusammengerollt, apathisch vor sich hin starrend, nahm Ylva einen dunklen Schatten wahr, der über sie hinwegzog. Sie schaute zum Himmel, und dort, stumm in immer tieferen Kreisen durch die Luft gleitend, die wachsamen Augen auf sie gerichtet, sah sie einen riesigen Steinadler. Der Raubvogel war erschreckend schön, mit hellen Flecken im braunen Federkleid und einem weißen Schwanz, dessen hinteren Rand ein schwarzer Streifen zierte. Ylva lächelte. Die Flügel verdeckten den Himmel und warfen erneut einen dunklen Schatten über sie. Sie schloss die Augen.

Exakt in diesem Moment stürzte der Steinadler herab. Mit seinen fünf Zentimeter langen Krallen perforierte er den Pilotenanzug, ihren Pullover und ihre Haut. Mit einer schnellen Bewegung schlug er die Krallen tief in Ylvas Rücken. Sie spürte, wie er an ihren Rippen kratzte und drehte sich auf den Bauch, um ihn zu verscheuchen. Der

Adler änderte den Winkel der Flügel, um sich mit der Beute in den Fängen in die Luft zu erheben. Sie spürte den Druck der kräftigen Flügelschläge, doch sie war zu schwer. Der Raubvogel ließ nicht locker, er war hungrig und musste fressen. Die Flügel zu einem zwei Meter breiten Fächer aufgespannt, starrte er auf sie herab. Ylva war nicht in der Lage, den Mund zu einem Schrei zu öffnen, Gesicht und Lippen waren zu einer weißen Maske erstarrt. Sie drehte den Kopf und sah direkt in die bernsteingelben Augen des Adlers.

Ylva hatte von Adlern gehört, die mit Rentierkälbern davongeflogen waren, und sie hatte mit eigenen Augen gesehen, wie auf der Hochebene krumme, scharfe Adlerschnäbel saftige Fleischstücke aus ihrer zappelnden Beute rissen. Die Krallen bohrten sich immer tiefer in ihren Rücken. Die Raubvogelaugen starrten auf sie herab, und sie stöhnte vor Schmerz. Dann hackte er zu.

1

EINE WOCHE ZUVOR

Ironischerweise war es vollkommen windstill, als der arktische Sturm losbrach. Mit 60.000 Soldaten fegte die Exercise Arctic Blizzard, die größte Winterübung der NATO aller Zeiten, mit einem massiven Druck über den nördlichsten Landstrich Norwegens. Obwohl die Soldaten während der eigentlichen Übung auf verschiedene Stützpunkte im gesamten Gebiet verteilt waren, waren viele von ihnen nach Bodø gekommen, um dem Auftakt beizuwohnen, weshalb die kleine Stadt derzeit völlig von Menschen überlaufen war.

Auf dem Militärflugplatz in Bodø sollten die Kampfpiloten der NATO eingewiesen werden, bevor die Übung am nächsten Tag startete. Ylva Nordahl sollte um 17 Uhr im größten Hangar des Flugplatzes erscheinen. Sie freute sich wie ein kleines Kind. Schon als sie sich dem Hangar näherte, hörte sie das Lachen zwischen den Betonwänden hallen, dort drinnen war die Wiedersehensfreude offenbar groß. Sie blieb in der Tür stehen und betrachtete die siebenunddreißig Kampfpiloten des ENJJPT von der

Sheppard Air Force Base in Texas. Es fühlte sich seltsam an, alle Piloten in dem Hangar versammelt zu sehen, in dem sie als kleiner Wildfang herumgerannt war. Überhaupt war es seltsam, zurück in Bodø zu sein. Zum ersten Mal, seit sie den Pilotenschein gemacht hatte, war sie wieder an dem Ort, wo alles angefangen hatte. Und alles und nichts war wie früher.

Der Hangar wirkte jetzt kleiner, und die Zeit hatte ihre Spuren hinterlassen. Hier drinnen hatten Ylvas Vater und die anderen Kampfpiloten gesessen und die ständigen Umwälzungen in der Welt diskutiert, während im Hintergrund oben an der Wand der Fernseher flimmerte. Sie wusste, dass ihr Vater zusammen mit seinen Kollegen am Donnerstag, dem 9. November 1989, die Nachrichten verfolgt hatte, als die Berliner Mauer fiel und Ylva geboren wurde. Dieser Tag war, wenn nicht das Ende der Geschichte, so zumindest ein enormer Wendepunkt sowohl für ihn als auch für die Welt.

Von diesem Tag an brauchten die Regierungschefs beiderseits des Eisernen Vorhangs ihre Legitimität nicht mehr dadurch zu sichern, dass sie ihr Volk gegen einen gemeinsamen äußeren Feind vereinten. Jetzt standen sie alle auf derselben Seite. Die Demokratie und die unsichtbare Hand des freien Marktes hatten endgültig gesiegt. Wobei nur jemand, der noch nie als junge Frau an einem feuchtfröhlichen Abend teilgenommen hatte, unsichtbare Hände für etwas Gutes halten konnte.

Der graue Hangar war nach dem Ende des Kalten Krieges vernachlässigt worden, die Atmosphäre, der Geruch und die soliden grauen Wände aber hatten sich trotz des materiellen Verfalls nicht verändert, seit Ylva hier förmlich aufgewachsen war.

Als Majorin V. »Ajax« Armour den Hangar betrat, wurde es augenblicklich still. Als erste farbige Kampfpilotin der USA setzte sie einen hohen Standard, und ihre Vorlesungen an der Sheppard Air Force Base waren beliebt. Die Majorin ließ sich viel Zeit, damit alle zur Ruhe kamen, sie mochte den großen Auftritt.

»Piloten, willkommen in Bodø und zur Exercise Arctic Blizzard.«

Ihre Stimme füllte den Raum, und die Piloten schauten zu ihr auf.

»Viele von Ihnen haben ihren Pilotenschein in diesem Herbst beim ENJJPT erworben, und Sie kennen einander gut. Aber jetzt, jetzt geht es für Sie raus in die reale Welt, und hier wissen Sie überhaupt nichts!«

Die Erwartung, der Ernst und die Spannung unter den Piloten stiegen.

»Jeder bekommt seinen FWIT-anerkannten Fluglehrer zugeteilt, und Sie werden mindestens zwei Abgänge pro Tag fliegen.«

Ein zufriedenes Raunen ging durch den Raum, alle wollten sie hoch in die Lüfte.

Alle wollten sie fliegen.

Bereits um 17:43 Uhr war Ylva auf dem Weg zurück ins Hauptgebäude, wo sie ihren Mentor treffen sollte. Sie wusste sehr gut, wer er war, alle kannten Major John

»Stone« Evans, und ihn zum Mentor zu bekommen, war zugleich eines jeden Piloten größter Traum und schlimmster Albtraum. Er galt als einer der legendärsten Kampfpiloten der NATO und wurde in allerhöchstem Maße bewundert. Alle wussten aber auch, dass er ein misanthropischer Teufel war, der am liebsten für sich blieb.

Auf dem Weg an der Rollbahn vorbei passierte Ylva eine Reihe F-35-Maschinen. Weiter entfernt standen mehrere F-16, Eurofighters und AWACS. Sie wollte am liebsten alle fliegen und fühlte sich in diesem Moment wie ein Kind im Spielzeugladen. Mit durchaus exklusivem Spielzeug, mit dem sie sich die Zeit vertreiben konnte. Die 52 neuen F-35, die Norwegen von den USA gekauft hatte, kosteten weit über 70 Milliarden Kronen, was im Vergleich zu den gut 1,6 Billionen Dollar, welche die Welt jedes Jahr für Militärausgaben aufwendete, fast lächerlich wirkte. Ylva fiel es schwer, sich die tatsächliche Dimension dieser Summe vorzustellen. Einer Berechnung zufolge, die sie in einer Sommernacht in Texas spaßeshalber vorgenommen hatte, könnte die Menschheit mit den Militärausgaben eines Jahres locker die gesamte Armut auf der Erde sowie die meisten tödlichen Krankheiten ausrotten. Mit den Ausgaben eines Jahres!

Als Ylva ins Vestibül kam, wartete er bereits auf sie. Sie war etwas enttäuscht. Die Legende John Evans sah aus wie ein ganz gewöhnlicher Mann mittleren Alters. Kurze Haare, etwa 1,85 Meter groß, drahtiger Körperbau und mit einem handelsüblichen Fliegeroverall bekleidet. Sie konnte nicht genau sagen, was sie erwartet hatte, aber es verwunderte sie, dass er nicht größer war. Das Einzige, was ihrer Ansicht nach darauf hindeutete, dass der Mann etwas zu bieten hatte, waren seine Kiefermuskeln. In dem schmalen, kantigen Gesicht wölbten sie sich beeindruckend unter der glatt rasierten gebräunten Haut. Bei näherem Hinsehen erinnerte er ein wenig an ein Reptil, einen Komodowaran.

Stoneface nannten ihn alle, und jetzt sah sie auch, warum. Mit seinen eisblauen Augen machte er seinem Spitznamen alle Ehre. Dass es ihr gelingen sollte, seinen Respekt zu gewinnen, war eher unwahrscheinlich, das Ziel bestand darin, von ihm akzeptiert zu werden. Obwohl ihr selbst diese Option fraglich schien. Er grüßte kurz angebunden.

»Major John Evans, ich bin während der Übung Ihr Mentor. Wir treffen uns morgen um 6 Uhr hier.«

Das war alles. Genug geredet.

Als er sich vorstellte, achtete Ylva aufmerksam auf seinen Blick. War er einer dieser Machos, die der Ansicht waren, sie verwässere unter den Alphamännchen der Luftstreitkräfte den Respekt vor der heiligen Bruderschaft? War das der Grund, dass er sie kaum ansah, als er seine beiden instruktiven Sätze überbrachte? Schwer zu sagen, wie er insgesamt schwer zu deuten war.

Aber wen kümmerte das? Ylva interessierte sich herzlich wenig für Major Evans' Seelenleben. Mit einem der besten Kampfpiloten der U.S. Air Force zu fliegen, wog seine Defizite in Sachen Charme allemal auf. Sie hatte es auf seine Fähigkeiten abgesehen, eventuellen Respekt musste sie sich verdienen. So viel hatte sie begriffen. Schließlich war sie trotz allem die Tochter ihres Vaters.

2

Im Kulturhaus von Bodø wimmelte es von adrett gekleideten Politikern, uniformierten Generälen, hochbesoldeten Vertretern des militärisch-industriellen Sektors, Offizieren und zivilen Pseudosachkundigen. Das Presseaufgebot war relativ mager, allerdings registrierte Ylva, dass NRK, TV2 und ein paar internationale Zeitungen sich vor der Bühne postiert hatten. Die in Armani gekleidete Verteidigungsministerin Norwegens betrat das Podium. Auf ihre typische pointierte Art präsentierte sie die Begründung der NATO für die diesjährige Übung:

»Auf der Weltuntergangsuhr stehen die Zeiger auf eine Minute vor zwölf, und darin liegt unser Marschbefehl.«

Ylva hatte oft gehört, wie Politiker in sicherheitspolitischen Belangen Bezug auf dieses symbolische Zifferblatt nahmen. Seit 1947 überwachten Forscher des *Bulletin of the Atomic Scientists* den Hang der Menschheit zur Selbstzerstörung, wobei die berühmte Weltuntergangsuhr als ein pädagogisches Instrument eingeführt worden war, um zu vermitteln, wie nah wir der metaphorischen Mitternacht waren – der totalen Selbstvernichtung. Anfangs hatte sich die Expertengruppe damit begnügt, die Gefahren eines Atomkriegs zu überwachen, nachdem aber die Bedrohungen durch den Klimawandel und Neuerungen innerhalb der Biowissenschaften auf ein lebensauslöschendes Niveau angestiegen waren, nahmen sie auch diese einzigartigen menschlichen Technologien der potenziellen kollektiven Selbstschädigung in ihre Prognosen mit auf. Der Verteidigungsministerin zufolge stand die Menschheit jetzt also 60 Sekunden vor dem Armageddon.

Ylva blieb sitzen und beobachtete die Leute im Saal, die in das blaue Licht der Bühne getaucht waren und mit ernsten Mienen der Rede der Verteidigungsministerin lauschten. Es waren Kenntnisse, über die sie bereits verfügten, die wieder und wieder bestätigt zu bekommen, jedoch beruhigte. Trotz allem war es diese Bedrohung, von der sie lebten. Die Bedrohung, von der Ylva lebte. Der Weg war bereitet, jetzt mussten der Feind eingeführt und der Auftrag definiert werden.

»Ein Drittel der bisher ungenutzten Öl- und Gasvorkommen der Welt sowie bedeutende Mengen wertvoller Mineralien befinden sich im arktischen Meeresboden. Jetzt, da die globale Erwärmung zu einem Abschmelzen der Tundra und des Meereises führt, werden diese Ressourcen zugänglich. Russland hat in den vergangenen Jahren mehrere Billionen Dollar in die militärische Aufrüstung in der Arktis investiert. Durch die diesjährige NATO-Übung werden wir wertvolle Kompetenzen zur Wahrnehmung unserer gemeinsamen Interessen in den nördlichen Gebieten erlangen.«

Die Verteidigungsministerin hielt inne, nahm einen kleinen Schluck Wasser und blickte über die Versammlung. Wie stumme, wissbegierige Kinder saßen sie da und warteten. Sie blätterte um.

Normalerweise hörte Ylva der Verteidigungsministerin gerne zu, diese Rede jedoch vermittelte ihr nichts Neues.

Sie stand auf, verließ diskret den Saal und setzte sich ins Foyer. Sie war zum ersten Mal in Bodøs neuem Prachtbau. Der Ausblick aus den großen Panoramafenstern mit dem Hafen auf der einen und dem mächtigen Horizont, wo das Meer auf das Gebirge traf, auf der anderen Seite, machte sie traurig. Es war kein Zufall, dass Ylva die Stadt verlassen hatte, in der sie aufgewachsen war, und dass sie nun hier stationiert wurde, hatte nicht sie selbst entschieden.

Sie schaute durch die Scheibe und sah eine gespenstische Gestalt, die ihren Blick stumm erwiderte – ihr Spiegelbild. Sie sah genau in dem Moment weg, als ein Schatten über die Glasfläche glitt.

»Ylva! Bist du das?«

Sie erkannte die Stimme und drehte sich um. Du lieber Himmel, dort stand er, der Mann, den Ylvas Vater als seinen engsten Freund betrachtet hatte. Er lächelte sie warmherzig an. Die Jahre waren auch an ihm nicht spurlos vorübergegangen, dennoch war General George Rove noch immer der attraktive amerikanische Offizier, der die zehnjährige Ylva ins Cockpit hatte klettern und so tun lassen, als würde sie nach Texas fliegen. Das volle, kurz geschnittene Haar war ergraut und das Gesicht faltig, der kräftige Bariton jedoch strahlte noch immer dieselbe freundliche Autorität aus. Sie stand automatisch auf und grüßte ihn förmlich.

»Mr. Rove, Sir.«

Oder wie sollte sie ihn nennen? Als Kind hatte sie ihn Goggo genannt, aber vermutlich war es unpassend, General Rove jetzt mit seinem Spitznamen anzusprechen. Er nickte anerkennend.

»Kampfpilotin bei der norwegischen Luftwaffe.«

Ylva streckte den Rücken durch, der Stolz ließ sich schwerlich verbergen, was George Rove mit einem herzlichen, beinahe gerührten Lächeln quittierte.

»Geir wäre so stolz auf dich.«

Den Namen des Vaters zu hören, tat noch immer weh, selbst so viele Jahre nach seinem Tod. Rove betrachtete sie, er war einer von denen, die einem die volle Aufmerksamkeit zuteilwerden ließen, als sei man die wichtigste Person im Raum.

»Wow, das ist fast zwanzig Jahre her.«

Ylva nickte.

»Yes, Sir.«

Er lächelte und wedelte entwaffnend mit der Hand.

»George. Nenn mich George.«

Ylva erschien es am natürlichsten, ihn entweder Goggo, Sir oder General Rove zu nennen. Als George hatte sie ihn nie gekannt.

»Sind Sie noch immer bei der U.S. Air Force, Sir?«

Er lächelte.

»Nun, nach einer kurzen Phase als Bürohengst bei der

Carlyle Group habe ich das operative Geschäft vermisst. Du weißt, wie das ist.«

Ylva lächelte, alle wussten, dass niemand, der draußen im Feld operativ tätig gewesen war, sich anschließend mit einem Leben im Innendienst anfreunden konnte.

»Nein, ich habe rechtzeitig den Absprung geschafft. Jetzt betreibe ich meine eigene Sicherheitsfirma und arbeite als strategischer Berater für die NATO.«

Wenn es einen Mann gab, der in Sachen Sicherheit und Militärstrategie Rat geben konnte, dann war es George Rove, so viel wusste Ylva. Ihn hier zu sehen, tat gleichzeitig weh und gut, weil er sie an ihren Vater und dessen klare Präsenz erinnerte. Nach seinem Tod war alles im Chaos versunken. Sie waren wie Brüder gewesen, Rove und ihr Vater, und keiner war stolzer als Ylvas Vater, als der Freund in den Dienstgraden aufstieg und General wurde, Dreisternegeneral. Er hatte Rove bewundert, das wusste sie, und sie verstand gut warum. Rove verfügte über ein enormes Charisma, und er besaß die Fähigkeit, gleichzeitig jovial wie auch autoritär zu sein. Das gelang nicht vielen.

Roves Blick ruhte auf Ylva, als würde er nach Antworten suchen, wie er es auch früher immer getan hatte.

»Wie geht es deiner Mutter?«

Selbstverständlich fragte er nach ihr. Was sollte Ylva antworten? Dass ihre Mutter die meiste Zeit auf dem Sofa lag und Pillen schluckte, während sie von einem Kanal zum nächsten zappte? Dass sie im pechschwarzen Labyrinth ihres Gehirns gefangen war und kaum noch das

Haus verließ? Dass sie ebenso wenig wie Ylva daran glaubte, dass der Vater an einem Blutgerinnsel im Kopf gestorben war, sondern davon ausging, dass man ihn ermordet hatte?

Ylva lächelte unbekümmert.

»Gut so weit.«

Roves Blick ließ nicht von ihr ab, er wollte hören, was sie nicht sagen wollte, daher log sie.

»Sie ist die freundlichste und sensibelste Frau, der ich je begegnet bin«, sagte er.

Leider hat er recht, dachte Ylva. Und genau das war der Grund, dass sie zu einem in ihrem eigenen sensiblen Gemüt gefangenen Leben verdammt war. Ylva vermied bewusst jede Ähnlichkeit mit ihrer Mutter, weil sie nicht deren unglückliches Schicksal erleiden wollte.

Rove bemerkte Ylvas Reaktion.

»Sie war am Boden zerstört, als dein Vater …«

Genug. Dieses Gespräch hatte sie in unterschiedlichen Versionen mit all jenen geführt, die ihren Vater gekannt, sich nach seiner Beerdigung aber nie mehr hatten blicken lassen. Sie alle wollten nur hören, dass ihre tapfere Mutter einen schweren Schlag erlitten, sich als die gute und loyale Ehefrau, die sie war, aber zusammengerissen hatte und wieder auf die Beine gekommen war.

Auf- und einstehen für Gott und Vaterland.

»Es geht ihr gut.«

Ylva lächelte mit unverändert ruhiger Miene. Sie hatte früh gelernt zu sagen, was die Leute hören wollten, und ihre Präsenz nach außen zu kontrollieren, bis hin zum

Schwitzen, zur Atmung und der Herzfrequenz. Sie konnte, was sie können musste. Nach kurzem, unbeholfenem Schweigen, gefolgt von einem Lächeln und einem unergründlichen Blick, beendete Rove das Gespräch.

»Schön, dich zu sehen, Ylva.«

»Ganz meinerseits, Sir.«

Ylva nickte und lächelte. Lächelte und nickte. Wie immer. Während Rove zum großen Saal ging, ließ sie die Fassade fallen und ihr Herz so heftig schlagen, wie es wollte.

Zwanzig Jahre waren zwei Drittel ihres Lebens, plötzlich aber fühlte es sich an, als sei es gestern gewesen, dass sie mit ihrem Vater und Rove im Hangar des Militärflugplatzes gespielt hatte. Ylva schaute Rove hinterher, als dieser auf John Evans traf und gemeinsam mit ihm in den Saal ging. Zwei alte Helden der U.S. Air Force, topmotiviert und bereit, ein weiteres Mal die Welt zu retten. Aber wollte die Welt auch von ihnen gerettet werden?

3

Ylva fröstelte, als sie den Marktplatz überquerte. Draußen im Bodøfjord bäumten sich weiß schäumende Wellen auf, bevor sie wieder in sich zusammenfielen. Sie überlegte, wie ihr Leben aussähe, wenn ihr Vater noch am Leben wäre: Wer wäre sie dann? Sie kam nach ihm, wollte sein wie er.

»Wohin willst du?«

Ylva blieb stehen. Die Stimme gehörte dem einzigen Menschen, der ihr den Atem nahm. Die Energie, der Sog in der Magengegend löste ein Schwindelgefühl aus. Der Bodøer Marktplatz in seiner grauen Tristesse bot ihr keinen Halt. Sie drehte sich um, und dort, eingehüllt in wirbelnde Schneeflocken, die wie schläfrige Motten unter den Straßenlaternen tanzten, stand er und lächelte. Storm wusste, dass Ylva in der Öffentlichkeit nicht mit ihm gesehen werden wollte, jetzt aber stand er da und grinste, als sei alles nur ein Spiel.

Storm wirkte immer wie einer, der nichts zu verlieren hatte. Und soweit ihr bekannt war, hatte er das auch nicht. Nach einer Nacht zwischen warmen Laken hatte sie ihm vorgehalten, besorgniserregend vertrauensselig zu sein, wenn man bedachte, dass er in der Sondereinheit der CYFOR arbeitete.

»Entspann dich, ich bin extrem paranoid«, hatte er sie beruhigt und war der darin mitschwingenden Frage mit Humor ausgewichen.

Storm hatte immer mehrdeutige Antworten parat, die sie ganz nach eigenem Gutdünken auslegen konnte.

Ylva setzte ihren Weg über den Marktplatz fort.

»Ich will zu meiner Mutter.«

»Ich kann dich fahren.

»Das brauchst du nicht.«

»Nein, das brauche ich nicht, aber ich möchte es gern.«

Sie blieb stehen und sah ihn an. Er lächelte galant.

»Your wish is my command, Ma'am.«

Würde er dasselbe sagen, wenn Ylvas Wünsche seinen eigenen widersprächen?

Kaum. Entschlossen ging sie weiter.

»All work and no play makes Storm a dull boy«, erwiderte Ylva.

Storm überhörte die Abweisung einfach.

»Dann müssen wir mehr spielen …«

Ylva blieb stehen, drehte sich erneut um und sah zu ihm hoch. Er war der größte Kerl, den sie kannte. Die anthropometrischen Beschränkungen der Luftwaffe sorgten dafür, dass niemand über 1,93 Meter Kampfpilot werden konnte, weshalb es in ihrem Umfeld keine Männer von fast zwei Meter Größe gab. Abgesehen davon, dass ein Typ wie Storm sowieso nicht in die Luftwaffe gepasst hätte. Kein Kampfpilot würde mit Dreitagebart und den dunklen, nachlässig über den Rücken hängenden Haaren zum Dienst erscheinen. Zudem würde kein Kampfpilot den Einfältigen mimen, um einen IQ zu verbergen, der sich proportional zu seiner beachtlichen Körpermasse verhielt. Vorsichtig wischte er eine Flocke weg, die auf ihrer Wange gelandet war und zog sie an sich. Ylva nahm umgehend den puren maskulinen Geruch und die seinem Körper innewohnende Glut wahr. Es war so unfassbar schön, ihm nahe zu sein, und sie hasste es.

»Okay, ich fahre dich zu deiner Mutter, anschließend kommst du zum Spielen mit zu mir.«

Die Wärme seiner Hand strahlte in Ylvas Kreuzbein aus und verursachte tief in der Magengegend ein angenehmes intensives Kribbeln. Man konnte über Storm Bure sagen, was man wollte, aber ein »dull boy« war er streng genommen nicht.

4

Gestank schlug Ylva entgegen, als sie die Tür öffnete. Das Chaos, die Dunkelheit und der stickige Mief verrieten ihr alles, was sie wissen musste: Ihre Mutter hatte mal wieder eine schlechte Phase. Ylva holte tief Luft, bevor sie den Flur betrat.

Nicht denken, wenn sie jetzt zu viel nachdachte, brachte sie es nicht fertig, hineinzugehen und die Tochter zu sein, die sie sein wollte. Doch der Gestank und der Blick in den Flur beschworen noch immer Erinnerungen herauf, die sich nicht ignorieren ließen.

Ylva schaute zur Treppe, die in den ersten Stock führte. Wachsam blieb sie stehen und lauschte; aus dem Wohnzimmer drang gedämpftes Murmeln, doch die Stille aus dem oberen Stockwerk waberte herunter und hüllte sie ein. Der Nachhall der Geräusche, die sie vor zwanzig Jahren geweckt hatten, saß noch immer in den Wänden.

Sie erinnerte sich an die grauenvolle Nacht, als wäre es gestern gewesen. Sie hatte mit dem Buch *Die Brüder Löwenherz* auf der Brust im Bett gelegen und geschlafen, als Stimmen sie aus dem Traum rissen. Ängstlich hatte sie sich aufgesetzt und mit pochendem Herzen gelauscht.

War da jemand vor dem Haus? Sie spähte aus dem Fenster. Die Stille wurde durch den Schnee verstärkt, der im Schein der Straßenlaternen vom Wind aufgewirbelt wurde. Die Uhr auf dem Nachttisch zeigte 15:30.

Benommen wollte sie wieder zurück unter die warme Decke kriechen, da hörte sie erneut gedämpfte Laute. Sie kamen aus dem Keller. Mit angehaltenem Atem hörte sie jemanden flüstern. Gefolgt von einem leisen Rascheln, das Geräusch eines Menschen, der nicht hier sein sollte, von jemandem, der nicht gehört werden wollte.

Sie schlich hinaus in den Flur. Die Tür zum Schlafzimmer der Eltern war angelehnt. Sie hörte die schweren Atemzüge ihrer Mutter, und im Lichtstreifen, der vom Flur hineinfiel, sah sie die unzähligen Pillendöschen auf dem Nachttisch. Die Mutter schlief tief und traumlos, doch ihr Vater war nicht in seinem Bett. Wo war er?

Barfuß tappte Ylva über den Linoleumboden und so leise sie konnte die Treppe hinunter. Die Kellertür stand einen Spaltbreit offen, das Licht war nicht eingeschaltet, doch jetzt vernahm sie das Flüstern deutlicher. Sie schlich weiter. Ein feuchter Luftzug strömte ihr aus der Dunkelheit entgegen. Der Vater stöhnte. Dann wurde es still.

Ylva konnte gerade noch hinter die Tür huschen, als eine Gestalt die Kellertreppe hochhastete. Ein Windzug ließ die Gardinen in der Küche flattern, als die Tür zur Straße geöffnet wurde, der Schatten glitt in die Nacht hinaus und verschwand. Die Tür fiel lautlos ins Schloss. Mit einem

Mal herrschte eine andere Art von Stille, eiskalt und bedrohlich. Es war, als hielte das alte Holzhaus den Atem an.

Die Stille aus dem Keller sandte Schauer über ihre Haut. In ihrem blauen Schlafanzug mit den aufgedruckten Planeten schlich sie die Treppe hinunter. Dort, im Lichtstreifen, der durchs Kellerfenster fiel, sah sie ihn. Mit aufgerissenen Augen lag er auf dem nackten Boden, starrte mit leerem Blick in die Luft. Sein Atem ging in keuchenden Stößen, der Körper wurde von Krämpfen geschüttelt. Ängstlich näherte sie sich ihrem Vater und sah auf ihn hinab. Er kam ihr vor wie ein Fremder, wie ein krankes Tier. Er versuchte, etwas zu flüstern, und sie beugte sich vor, hielt ihr Ohr dicht an seinen Mund.

Sein Atem streifte warm ihre Wange, doch aus seiner Kehle drang nur ein heiseres Röcheln. Die Kälte kroch in sie hinein, und sie spürte, wie sich die Härchen auf ihren Armen aufstellten. Sie wollte weglaufen, aber die Hand ihres Vaters ergriff ihren dünnen Arm, seine Lippen bewegten sich, doch kein Laut kam heraus. Ylva riss sich los und wich zurück, zu erschrocken, um zu schreien. Er streckte die Hand nach ihr aus, seine Lippen formten weiter lautlose Worte. Was wollte er ihr sagen? Oberst Geir Nordahl sah seine Tochter an. Das zierliche, widerspenstige Mädchen starrte voller Angst und Verwirrung zurück, der Blick tränenverschleiert.

Ylva sah, wie der Körper ihres Vaters zu Boden sackte. Die Krämpfe verebbten, während sich unter ihm eine Lache aus Urin ausbreitete und der Tod in seine Muskeln kroch.

Polizei und Rettungsdienst kamen. Der Vater wurde auf eine Trage gehoben und weggebracht, die Mutter weinte hysterisch.

Ylva atmete erneut tief durch, schüttelte das Unbehagen ab und ging ins Wohnzimmer.

Der Fernseher lief und spuckte geistloses Infotainment in Form von grellen Logos und billigen Werbemelodien aus. Ylvas Mutter lag auf dem Sofa und schlief. Mit ihrem nachtblauen Kimono und den langen grauen Haaren, die ihr Gesicht einrahmten, glich sie einer gealterten Proserpina. Wer Proserpina war, wusste die Kulturbanausin Ylva nur, weil ihre Mutter sie ihre gesamte Kindheit und Jugend hindurch in jede Kunstausstellung geschleppt hatte, die sich finden ließ. Ylva hasste die Geschichte von Hades, dem Gott der Unterwelt, der sich in die schöne Proserpina verliebte. Aber statt ihr den Hof zu machen, höflich um ihre Hand anzuhalten und seiner Angebeteten eine Wahl zu lassen, entführte Hades – klischeehafter ging es kaum – die junge Frau und zwang sie, ihn zu heiraten. Ob Hades ein glückliches Leben mit der traumatisierten, ihm hilflos ausgelieferten Proserpina führte, die bei seinem Anblick blanken Hass empfand, hatte Ylva nicht mitbekommen, da sie den weitschweifigen Ausführungen ihrer Mutter selten lange zuhörte.

Sie war nie richtig schlau geworden aus ihrer Mutter und konnte noch immer nicht nachvollziehen, dass diese sich weder mit dem Leben als Pilotenfrau abgefunden, noch Verantwortung übernommen und ihren eigenen Bereich gestaltet hatte, unabhängig von der Lebensweise, die mit der Arbeit ihres Mannes einherging. Stattdessen unterdrückte die Mutter ihr wahres Selbst, bevorzugt unter Zuhilfenahme von Pharmazeutika, und lebte passiv in einem beständigen Vakuum zwischen den Erwartungen anderer und ihrer eigenen Persönlichkeit. In Ylvas Augen war das die schlechteste aller Lösungen, weil es ihre Mutter darauf reduzierte, ihr Dasein wie die in der Unterwelt gefangene Proserpina zu fristen.

Die Militärstützpunkte, auf denen Ylva aufgewachsen war, glichen sich auf surreale Weise. Egal, wo in der Welt die Familie lebte, war es, als befänden sie sich stets am selben Ort. Krieg, Frieden und Geschäfte wurden in der Welt der Männer verhandelt, während den Frauen ein Dasein als dekorative, perspektivlose Heimchen bestimmt war.

Morgen für Morgen hatte Ylva die Mutter dabei beobachtet, wie sie sich in die langweiligsten Sachen kleidete, die sie finden konnte, ehe sie ihre Haare zu einem strengen Knoten hochsteckte und in die Welt hinausging. Sie nahm sich zurück, machte sich hässlich und verbarg ihre Persönlichkeit, um nicht die Eifersucht der anderen Frauen, die Verurteilung der Spießbürger oder das peinliche Begehren der Männer zu erregen.

Doch in ihrem Elend hatte die Mutter Ylva zumindest zwei nützliche Maximen eingetrichtert. Zum einen sollte sie stets darauf hinarbeiten, sich allein versorgen zu können. Nicht wie die Mutter, die finanziell von Ylvas Vater abhängig und diesem daher vollkommen ausgeliefert war.

Die niemals wagte, auszubrechen und ihren eigenen Wünschen zu folgen. Niemand, der vom Geld anderer lebt, ist jemals frei. Der zweite Lehrsatz der Mutter lautete, dass sie sich niemals kleinmachen solle, um Männern zu gefallen. Denn, so die Mutter, selbst wenn Männer starke, ungezähmte Frauen hassen, sind sie ihnen vollkommen verfallen. Sie heiraten Mauerblümchen und begehren Wildkatzen.

Ylva stand auf der Türschwelle und betrachtete ihre Mutter, wie sie auf dem Sofa schnarchte. Der Kimono war fleckig, die Seide zerknittert und ausgeblichen. Das flimmernde Licht des Fernsehers warf einen grellblauen Schein ins Zimmer. Der russische Außenminister sprach in die Kamera; er verurteilte die NATO-Übung und erachtete sie als offenkundige Provokation. Die norwegische Verteidigungsministerin indessen versicherte den Reportern, dass die Militärübung rechtzeitig und ordnungsgemäß angekündigt worden sei.

Ylva hatte genug gehört, sie ging in die Küche. Im Kühlschrank standen die Fertiggerichte, die sie vor fünf Tagen gekauft hatte, ungeöffnet und sorgfältig aufgereiht in den Fächern, so wie sie sie dort zurückgelassen hatte. Auf jede Packung hatte sie Post-its geklebt, die mit *Montag, Dienstag, Mittwoch* usw. beschriftet waren. Nichts davon hatte die Mutter angerührt.

Ylva ging zurück ins Wohnzimmer. Auf dem Couchtisch lagen mehrere Pillendöschen.

»Mama.«

Sie reagierte nicht. Ylva rüttelte sie sachte.

»Mama.«

Noch immer keine Reaktion. Ylva rüttelte etwas fester.

»Mama!«

Das Geleier der Nachrichtensendung ging ihr auf die Nerven, und sie suchte auf dem Sofa zwischen Büchern, schmutzigen Kleidern und Essensresten nach der Fernbedienung. Erst jetzt wurde die Mutter wach. Halsketten und Armreife klimperten, als sie sich erschrocken aufsetzte und Ylva anstarrte wie eine vollkommen Fremde.

Ylva fand die Fernbedienung, die unter der Mutter lag, und schaltete die Kiste aus.

»Hallo, Mama.«

Die Mutter schien verwirrt, verängstigt.

»Ich wollte nur schnell ein paar Sachen holen.«

Die Mutter nickte wortlos, nahm die Fernbedienung und schaltete den Fernseher wieder ein, und erneut wurde das Zimmer von blauem Licht und schnatternden Stimmen erfüllt.

Wie ein dürres, zerzaustes Vogeljunges hockte sie auf dem Sofa und starre apathisch auf die Mattscheibe. Ylva ging in die Küche und wärmte eines der Fertiggerichte in der Mikrowelle auf. Sie musste die Mutter dazu bringen, ein paar Happen zu essen, doch die schob den Teller weg, als Ylva ihn ihr reichte.

»Du musst was essen, Mama.«

Ihre Mutter nickte stumm, starrte jedoch weiter wie hypnotisiert auf das flackernde Licht, das ihr entgegenströmte. Ylva seufzte und blickte resigniert auf das Durcheinander, die Bücher, die Essensreste und den ganzen

Dreck. Die Mutter hatte das Wohnzimmer in ein Abbild ihres inneren Chaos verwandelt, und Ylvas Eingeweide krampften sich zusammen vor Wut, nein, vor Abscheu.

»Mama, ich bin während der Manöverübung weg, aber sobald ich zurück bin, mache ich hier sauber, ja?«

Die Mutter schien sie nicht zu hören. Ylva sah traurig auf die Pillendöschen. Wie viele Psychopharmaka warf dieses unglückliche Häufchen Elend eigentlich ein?

Wie es schien, unendliche Mengen.

»Brauchst du irgendwas?«

Keine Antwort.

Ylva ging.

5

John Evans schauderte in der Kälte. Dass so weit im Norden noch freiwillig Menschen lebten, war ihm ein Rätsel. Seine ewigen Rückenschmerzen, an die er sich inzwischen schon fast gewöhnt hatte, verschlimmerten sich bei den eisigen Temperaturen und strahlten in die Glieder aus. John wusste, dass die NATO-Übung gezielt in den Zeitraum der verhassten Polarnacht während der arktischen Wintermonate gelegt worden war, damit die Soldaten lernten, permanente Dunkelheit und beißende Kälte zu ertragen. Er konnte sich nicht entscheiden, was nervenzehrender war: die Schneestürme und fortwährende Finsternis oder der blutrote Ghibli-Wind in der Wüste Libyens.

Beim Treffen mit seinem neuen ambitionierten Schützling, Leutnant Nordahl, hatte er seine Erschöpfung gespürt. Diese verdammten Jungspunde, die vor Tatendrang und Selbstbewusstsein nur so strotzten. Was veranlasste eine hübsche junge Frau wie Ylva Nordahl dazu, ein Leben als Kriegerin zu wählen? Für John war es unbegreiflich, dass sie die Möglichkeit ausschlug, beschützt zu werden, durchs Leben getragen zu werden von Männern, die mit Freuden für sie in den Tod gehen würden. Männern wie ihm. Wofür zur Hölle zogen sie dann noch in den Krieg, wenn Frauen meinten, besser zu kämpfen als die stärksten, kühnsten und diszipliniertesten Männer?

Das Militärsystem war nicht für Frauen geschaffen. Es war geschaffen, um aus aggressiven Alphamännchen, den blutrünstigsten Killermaschinen des Planeten, zielgerichtete Krieger zu machen, die im Dienste der Gemeinschaft kämpften. John respektierte Frauen. Er liebte Frauen. Als Mütter, Geliebte, Freundinnen und als Gegengewicht zur Aggression der Männer. Wenn Frauen partout die Welt retten wollten, dachte John, sollten sie dafür sorgen, der männlichen Rohheit etwas entgegenzusetzen und ihre Weiblichkeit kultivieren.

John blieb stehen und blinzelte zu den Umrissen des nordöstlich vom Rollfeld aufragenden Steigtind. Die Polarlichter zuckten über den Himmel. Ein Stück der Ewigkeit leuchtete auf, und für den Bruchteil einer Sekunde spürte er nichts anderes.

»Danke, dass Sie sich die Zeit für ein Treffen genommen haben, John.«

George Rove war lautlos hinter ihn getreten. Natürlich war er auf die Minute pünktlich.

Rove war einer derjenigen gewesen, die am hartnäckigsten dafür gekämpft hatten, dass U.S. Airforce und NATO die Verantwortung übernahmen, John aus Libyen zu holen, wo er als Geisel gefangen gehalten wurde. Obwohl sie sich nie zuvor persönlich begegnet waren, hatte Rove alles dafür getan, Johns Rettung voranzutreiben. John hatte den Bericht gelesen und kannte George Roves Devise »Einer für alle, alle für einen«. Rove hatte Stärke bewiesen. »Leave no man behind«, war für ihn mehr als nur ein schöner Spruch aus den Rekrutierungsbroschüren.

»Wie läuft es als Mentor für die neuen Piloten?«

John antwortete nicht, er blickte unverwandt zu den über den Bergen tanzenden Polarlichtern.

»Das ist ein wichtiger Job, Evans.«

George Rove wusste, dass John nach der Sache in Libyen kämpfen musste, um seinen Posten in der Luftwaffe zu behalten. Die Stelle als Mentor für neue Piloten war ein unbeholfener Versuch zu verbergen, dass der große Held als »beschädigte Ware« galt.

»Gratulation zum Distinguished Flying Cross. Libyen, richtig?«

Johns heisere Stimme war leise und hart.

»Afghanistan.«

Rove nickte.

»Natürlich. Wohlverdient.«

John antwortete nicht, er dachte an die Dunkelheit.

Die astronomische Dunkelheit, wie man sie nur weit entfernt von der menschengemachten Lichtverschmutzung erlebt. Er hatte sich nach dieser befreienden Abwesenheit von Licht gesehnt und gehofft, sie hier oben im Norden zu finden. Wie sich jedoch herausgestellt hatte, war die gefürchtete Polarnacht alles andere als dunkel. Um die Mittagszeit gab die Sonne, die direkt unter dem Horizont stand, für einen kurzen Zeitraum ein malerisches, beinahe magisches Winterlicht ab. Kollegen hatten ihm von dem arktischen Licht erzählt, aber er hätte sich nie den Wirkungsgrad der weichen Pastelltöne vorstellen können, die sich in diesen Stunden über die Landschaft ergossen. Tagsüber wurde es zwar niemals richtig hell, aber auch nicht vollkommen dunkel. Die Wirkung der hypnotisierenden Polarlichter, die die Nacht erleuchteten, hatte er sich ebenso wenig vorstellen können. Er hatte früher schon Polarlichter gesehen – Himmel, wer hatte das nicht? – , doch niemals in dieser Art.

Rove musterte John.

»Evans, ich habe gehört, was passiert ist ... mit Ihrer Familie. Üble Sache. Tut mir leid.«

Bald würde das letzte bisschen Dunkelheit von der Erde verschwinden, dachte John. Wie weit nach Norden musste man gehen, um einen Ort zu finden, an dem die Nacht nicht vom künstlichen Licht der Menschen verschmutzt war? Wo hatte die Dunkelheit noch eine reelle Chance gegen das Licht?

»Viel zu viele von unseren Leuten haben das durchgemacht. Zivilisten verstehen das nicht. Es ist hart.«

General Rove holte Luft und beugte sich vertraulich zu John vor.

»Ich weiß, wovon ich rede.«

John sah Rove ausdruckslos an.

»Ah ja?«

Rove nickte betrübt.

»Ja, leider. Ich bin nicht damit klargekommen. Solange ich im Krieg war, habe ich von nichts anderem geträumt als von einem Leben als Zivilist. Ein guter Job, ein anständiges Gehalt, Zeit für die Familie. Mehr wollte ich nicht. Ein vorhersehbares Leben unter friedlichen Bürgern, Zeit für Hobbys und Freunde.« Rove lächelte schief. »Und ich fand es schrecklich.«

John nickte schweigend. Er wusste, was Rove meinte.

»Ehre und bequeme Bürojobs können niemals den Verlust der Kameradschaft ersetzen, alles, was Sie geopfert haben, Evans.«

John holte tief Luft, sein Rücken schmerzte, und er bewegte sich unruhig.

»Wir wissen, was Sie geopfert haben«, wiederholte Rove.

Die letzten dünnen Zungen des Nordlichts zuckten über dem Steigen-Fjell, flackernd wie Flammen, wie Geister, ehe sie sich auflösten und verschwanden.

»Ich habe nur meine Arbeit gemacht.«

Johns Stimme klang hohl und matt.

»Sie sind einer unserer tapfersten Männer, und das Land sollte Ihnen für Ihre Dienste mit weit mehr als nur Medaillen danken.«

John musterte den General skeptisch. Was wollte er von ihm? Warum stand er hier in der eisigen Winternacht und sagte all die Dinge, die John so gern hören wollte?

Warum hatte Rove John um ein Treffen unter vier Augen hier draußen in der Eiseskälte gebeten?

Rove folgte Johns Blick zu dem schwarzen Nachthimmel, den die Polarlichter zurückgelassen hatten.

»Die Arktis wird der neue Nahe Osten.«

John warf dem General einen kurzen Blick zu, doch

Rove hatte es ohne jede Dramatik gesagt, wie eine vollendete Tatsache.

»Falls die Arktis der neue Nahe Osten wird, werden Leute wie Sie wohl sehr mächtig«, murmelte John zurück. »Und sehr reich«, fügte er hinzu.

Rove lächelte.

»Nicht *falls*, sondern *wenn*. Glauben Sie mir, dies ist der Ort, an dem die großen Jungs in Zukunft ihr Geld verdienen werden.«

John sah ihn ausdruckslos an, jeder Dreisternegeneral, der die Bruderschaft des Militärs für einen zivilen Spitzenjob verließ, weckte Widerwillen in ihm. Zivilisten im Allgemeinen und Großunternehmer im Besonderen waren opportunistische Ratten. So einfach war das.

Rove schien Johns Gedanken zu lesen, er lächelte nachdenklich.

»Wir beschützen Menschen, und sie belohnen uns dafür.«

John lachte bitter.

»Ihr seid Söldner, nichts weiter.«

Rove zog den Mantel enger um sich. John sah, dass der stolze General fror.

»Ja, da haben Sie recht, aber Sicherheitsunternehmen wie unseres werden beauftragt, um Hilfsorganisationen, Botschafter und Geschäftsleute zu beschützen, wo das Militär keine Beteiligung wünscht oder wagt.«

John kannte die Regel.

»Oder wo das Militär aus politischen Gründen nicht involviert werden will?«

George Rove nickte.

»Auch das. Wir beschützen Zivilisten in gesetzlosen Gebieten, in die sich keine Armee hineinbegeben möchte.«

Der General schwieg einen Moment, dann lachte er verlegen und hob mit einer entwaffnenden Geste die Hände.

»Und wir verdienen ein Schweinegeld damit, ich geb's ja zu.«

John musste schmunzeln.

»Guter Sales Pitch.«

»Wir beschützen unsere Klienten. Das ist alles.«

John sah Rove kalt an.

»Gegen Geld.«

Rove lächelte freundlich.

»Arbeiten Sie gratis, Major Evans?«

Johns Geldsorgen waren allgemein bekannt, und wie die meisten Leute arbeitete auch er, um Zahlen im Cyberspace zu akkumulieren.

»Sicherheit ist eine mathematische Aufgabe, bei der die Kenntnis der Gefahrenlage gegen die Effektivität verschiedener Gegenmaßnahmen abgewogen wird. Aber sich sicher zu *fühlen*, das ist etwas völlig anderes.«

John zog eine Braue hoch.

»Was meinen Sie?«

»Ob die Leute sich sicher fühlen, basiert nicht auf Wahrscheinlichkeiten oder mathematischen Berechnungen, sondern auf psychologischer Überzeugung. Den Bürgern faktisch Sicherheit zu gewährleisten, kostet Geld, es kostet langfristige Anstrengungen, Spezialtraining, Flexibilität, Ausrüstung sowie Kompetenz und Visionen. Aber die

Politiker verkaufen den Bürgern keine Sicherheit, dafür haben sie weder die Mittel noch den zeitlichen Horizont, sie verkaufen ihnen *das Gefühl* von Sicherheit, von Schutz. Und die Leute wollen Gefühle, keine Fakten.«

John holte tief Luft, die Kälte brannte in seiner Brust.

»Die Leute haben viel größere Angst vor Terrorismus als vor Wespen, dabei sterben jedes Jahr weit mehr Menschen an Wespenstichen als bei Terroranschlägen.«

John lächelte, Rove wusste für seine Sache zu sprechen.

»Die Politiker verkaufen den Leuten ein Gefühl von Schutz, während wir damit reich werden, den Politikern Sicherheit zu verkaufen – die sind ja nicht blöd, diese Politiker.«

John war sich im Klaren darüber, dass Rove besser als jeder andere wusste, wovon er redete. Der Mann war trotz allem der Kriegsheld, der nach einer Zeit als hohes Tier in Washington das größte Sicherheitsunternehmen der USA gegründet hatte. Und jetzt, dachte John, jetzt hatte er den Blick gen Norden gerichtet.

6

Ylva lag wach und lauschte Storms tiefen, gleichmäßigen Atemzügen. Sie schlief immer allein, egal, mit wem sie ins Bett ging, das war am sichersten und bequemsten. Sie starrte in die Dunkelheit, nur ein Schimmer fahlen Mondlichts fiel durch das große Nordostfenster ins Zimmer. Ihre erste gemeinsame Nacht lag bald einen Monat zurück, und eigentlich hätte es bei dieser einen Nacht bleiben sollen. Es war anders gekommen.

Wenn er so dalag, ungeschützt und selig schlummernd, spürte sie seine Wärme und Kraft. Sie spürte seinen nackten Körper, der sie umschlungen hielt. Sie fror. Er war warm. Sie hatten einen gefährlichen Punkt erreicht.

Storm hatte lächelnd akzeptiert, dass Ylva nicht bei ihm übernachten wollte, dass sie unter keinen Umständen am nächsten Morgen neben ihm aufwachen wollte, um im Anschluss gemeinsam zu frühstücken. Sie wollte keine Pläne für den Tag schmieden, für die Woche, den Monat oder ein Leben zu zweit. Sie suchte keine Geborgenheit, brauchte keine Bestätigung. Im Gegenteil, sie wollte unabhängig und frei sein. Er sagte, dass er eben das am meisten an ihr mochte.

Dieselben Eigenschaften hatten wohl auch anziehend auf Ylva gewirkt, als sie Storm zum ersten Mal begegnet war; er schien unabhängig und wunderbar unkompliziert zu sein.

Ylva hatte ihn in einer Samstagnacht um 02.17 Uhr in der Nordlændingen-Bar in Bodø ins Visier genommen. Er überragte die restliche, eher abgerissene Klientel des Etablissements um einen Kopf.

Sie war zusammen mit einem Pilotenkumpel in der Bar gelandet, der sich unters gemeine Volk mischen wollte, um ein paar heiße Schnitten aufzureißen. Aber Storm war weder heiß noch Schnitte mit seinem Rauschebart, dem ausgewaschenen schwarzen T-Shirt mit dem sich über die breite Brust spannenden Totenschädel und dem in roten und weißen Lettern geschriebenen Text MC MANIAC. Die derben Knastmuskeln und der auf den Rücken gedruckte Spruch *Don't let your tongue get your teeth knocked out!* verschafften ihr Gewissheit. Er musste Mitglied der Hells Angels oder einer ähnlichen pseudomaskulinen Bruderschaft sein. Wäre sie nicht betrunken gewesen, hätte sie vermutlich schnell bemerkt, dass der Bart sorgfältig getrimmt, das Deo eine teure Angelegenheit und die großen Hände gepflegt und weich waren. Doch Ylva war ziemlich angetrunken und scharf auf einen Nervenkitzel, und der zwei Meter große Bösewicht schien diesbezüglich vielversprechend.

Als Ylva Bodø vor vier Jahren verlassen hatte, hatte sie nichts zu verlieren und alles zu beweisen gehabt. Dass sie nun als fertig ausgebildete Kampfpilotin in die kleine graue Stadt zurückkehrte, um an dem größten NATO-Wintermanöver aller Zeiten teilzunehmen, war eine süße Rache an dem Ort, der ihren Vater getötet und ihre Mutter zerbrochen hatte. Ylva brannte so begierig darauf, endlich mit der Übung loszulegen, dass sie ein Ventil für ihre überschüssige Energie benötigte. Der breitbeinig dastehende Typ, der sich mit geschlossenen Augen zu Metallica wiegte, schien der perfekte Blitzableiter, bevor das Abenteuer losbrach. Seine Lippen bewegten sich zu *Nothing Else Matters*.

Lässig schlenderte Ylva auf ihn zu und stellte sich neben ihn, er schaute zu ihr hinunter und grinste. Sie wies mit dem Kinn auf das MC-Shirt und rief gegen die Musik an:

»In welchem Club bist du?«

»Mensa«, rief er zurück.

Okay, damit hatte sie nicht gerechnet.

Er beugte sich vor und fragte Ylva nach ihrem Namen, die Musik dröhnte so laut, dass sie sich nah an ihn heranlehnen musste, damit er sie verstand.

»Ylva«, rief sie.

Er nickte und deutete auf sich.

»Storm.«

Ylva sah ihn an, sein Gesicht war immer noch dicht an ihrem, und sie konnte sich die Frage nicht verkneifen.

»Ist das ein Name oder eine Warnung?«

Sein Lächeln war unergründlich.

»Liegt ganz bei dir!«

Bring it on, dachte Ylva, und so standen sie da, während

die ohrenbetäubende Musik ihre Trommelfelle marterte. Es war unmöglich, mehr zu sagen, allerdings gab es auch weiter nichts groß zwischen ihnen zu bereden. Letztendlich nahm sie die Sache in die Hand.

»Alles klar, Storm, wollen wir abhauen?«

Drei Wochen und vier Nächte später fand sie den Weg zu Storms Wohnung mit geschlossenen Augen, so wie sie auch mit geschlossenen Augen zurück zur Kaserne gehen konnte. Und dorthin würde sie sich jetzt auf den Weg machen, um zu schlafen. Vorsichtig schob sie seinen Arm von sich herunter und richtete sich auf. Er holte jäh Luft, und Ylva verharrte in der Bewegung, besorgt, ihn aufzuwecken. Sein Profil zeichnete sich gegen das Licht draußen vor dem Fenster ab, seine Stirn war glatt, die Lippen weich. Ohne die schlagfertigen Antworten, das laute Lachen und die wilden Haare wirkte er sanft, beinahe ungefährlich.

Seine Augen, deren Blick sie stets festhielt, waren geschlossen. Seine Körperwärme und die sich mit jedem Atemzug gleichmäßig hebende und senkende Brust verleiteten sie fast dazu, sich doch wieder hinzulegen.

Für Ylva stand nachts die Zeit still, es war, als würde sie fallen, durch schwarze Wolken sinken und in die Tiefe gezogen werden. Meist beschwor sie dann das einzige Gefühl herauf, das sie oben hielt: sie alleine im Cockpit, die Startbahn entlangzudonnern, den Nachbrenner zuzuschalten und mit lautem Dröhnen abzuheben. Hoch oben in der Luft konnte ihr niemand etwas anhaben.

Ylva setzte sich auf die Bettkante und spähte in den Raum, suchte mit den Augen nach ihrem Slip, der irgendwo zwischen ihren und Storms Klamotten auf dem Boden liegen musste.

»Schläfst du nie?«

In seiner Stimme schwang stets ein Lächeln mit, selbst wenn er müde war.

»Ich schlafe allein besser.«

Ylva erhob sich mit einer schnellen Bewegung und begann, nach schwarzer, in der Dunkelheit verborgener Spitze zu suchen. Storm wälzte sich träge zur Bettkante und strich mit dem Finger über den zähnefletschenden Wolf, der mit auf ihren Nacken tätowiert war.

»Ich dachte, Wölfe seien Rudeltiere.«

Ylva wühlte in dem Kleiderhaufen, Storms Finger kitzelten sie leicht, und ihre Nackenhärchen stellten sich auf.

»Ich bin ein einsamer Wolf.«

Sie tastete zwischen Einzelteilen eines Computers, den er augenscheinlich auseinandergenommen hatte, und einem guten Dutzend Bücher, die verstreut um das Bett herum auf dem Boden lagen, nach ihrem Slip.

»Einsame Wölfe sind am verletzlichsten.«

Sie hörte das schiefe Lächeln, er hatte die Angewohnheit, Metaphern extrem in die Länge zu ziehen.

»Und am gefährlichsten«, gab sie zurück. Sein Chaos ging ihr auf die Nerven. »Ich dachte, ihr von der Cyberabwehr hättet einen besonderen Sinn für Ordnung.«

Storm beugte sich vor und küsste den Wolf auf Ylvas

Nacken. Tief in ihr flammte heftiges Verlangen auf. Fuck. Er wusste genau, dass sie so reagieren würde.

»Nope, wir sind Anhänger der Chaostheorie«, flüsterte er.

Sein Bart kitzelte auf ihrer Haut, als er sich vorbeugte und spielerisch mit der Zunge die gotischen Buchstaben entlangfuhr, die sich auf Höhe des Slipbündchens über ihren Bauch zogen. *Marcet sine adversario virtus.* Ylva hatte es sich in die Haut stechen lassen, damit sie niemals vergaß, dass Ehre und Tapferkeit ohne Widerstand erschlaffen … oder »No pain, no glory«. Das Zitat von Seneca sollte sie daran erinnern, Herausforderungen nicht zu fürchten oder zu meiden, sondern sich ihnen zu stellen und sie zu meistern. Außerdem deutete Ylva das Zitat auch im Sinne von *Die Leidenschaft verblasst ohne Herausforderung*, daher die pikante Platzierung.

Endlich fand sie ihren BH, aber wo war der verdammte Slip?

»Ich mag System«, erwiderte sie gereizt. »Chaos wird überbewertet.«

Jetzt musste sie nur noch acht Quadratzentimeter schwarze Spitze finden, die sie irgendwo auf den fünfundzwanzig Quadratmeter großen Fußboden geworfen hatte.

»Chaos ist nur eines von mehreren möglichen Systemen, Ylva.«

Seine Fingerspitzen glitten ihre Wirbelsäule hinab, wanderten seitlich wieder hinauf und umkreisten ihre Brüste. Sie lehnte sich ihm entgegen, erfahren liebkoste er sie, und ihr Körper überzog sich mit einer verräterischen Gänsehaut.

»Jede Aktion führt zu einer Reaktion«, flüsterte er in ihr Ohr.

Ylva stöhnte, sein Atem war heiß.

Er spürte, wie sie reagierte. Storm liebte es, dass er sie mit so einfachen Mitteln erregen konnte, sie war unmöglich zu zähmen, aber leicht zu erregen.

»Das Chaos ist schön, eben weil es so extrem kontextsensitiv ist«, lächelte er.

Ylva keuchte, als er mit den Fingern über ihren Bauch strich.

»Kontrollierst du den Auslöser, kontrollierst du auch den Verlauf, kontrollierst du den Verlauf, kontrollierst du das Chaos, und kontrollierst du das Chaos, gehört dir die Welt.«

Ylva seufzte zitternd, sie wollte ihn so unbedingt. Draußen war die Nacht pechschwarz und kalt, hier drinnen war es warm. Niemand erwartete sie.

Storm stellte ein Risiko dar, eine Verwundbarkeit, und sie *musste* ihn aus ihrem Leben streichen. Aber jetzt war es zu spät, um aufzustehen und zu gehen, oder?

Sie kroch zurück zu ihm unter die Decke, zurück zu der sinnlichen Haut, dem kraftvollen Körper und dem flammenden anarchistischen Verlangen, das er in ihr auslöste. Sie grub die Finger in sein zerzaustes Haar und fuhr mit den Nägeln über seinen Rücken. Er lächelte, und Ylva zog ihn zu sich, ein allerletztes Mal.

7

Murmansk ist nicht nur die größte Stadt der gesamten Arktis, sondern ein Geisteszustand, bewohnt von 320.000 sanftmütigen Fatalisten und hartgesottenen Überlebenskünstlern, die jeden Winter aufs Neue den Kopf einziehen und sich in vier Monate strafende Kälte und totale Finsternis fügen. Die einzige Daseinsberechtigung der Stadt ist der ewig hämmernde graue, trostlose Hafen, der dank des Golfstroms eisfrei ist, selbst wenn die Hölle gefriert, was sie ja häufig tut. Die riesige Kaianlage ist Dreh- und Angelpunkt des Nordpolarmeers, hier werden jährlich sechzehn Millionen Tonnen Waren umgeschlagen, die die Gewissenlosen mit Rubel, Dollar, Waffen und Dope versorgen.

Igor Serkin joggte durch die graue Industriestadt. Feuchte Luft und ein schneidender Wind vom Meer sorgten dafür, dass sich die harschen zwölf Minusgrade auf dem Thermometer an diesem Morgen besonders beißend anfühlten. Er lief an trister Sowjetarchitektur und für die Neureichen erbauten Einkaufszentren vorbei, zusammengewürfelt in einem dystopischen Wirrwarr. Genau aus diesem Grund liebte Igor die Stadt. Mit ihren rostigen Stahlkonstruktionen, den rissigen Betonwohnblöcken, dem ewigen Schrott des Hafens und den zwielichtigen Gestalten verfügte Murmansk aus seiner Sicht über einen Charme, der so ansteckend war wie Gonorrhö.

»Woran erkennt man, dass die Leute unten in Pritschaly lügen?«

Igor erinnerte sich an den aufblitzenden Schalk in den graublauen Augen des Großvaters, wenn er diese Frage stellte.

»Sie machen's Maul auf.«

Auf den Witz folgte jedes Mal das heisere, rasselnde Gelächter des Großvaters, und Igor musste schmunzeln, obwohl er den Witz schon Hunderte Male zuvor gehört hatte. Als alter Seebär hatte Igors Großvater die Rohheit und Brutalität schätzen gelernt, die die jungen Abenteurer stählte, wenn sie draußen auf dem Nordpolarmeer ihre ersten Schritte im Seemannsgang machten, und er wollte sie an Igor, sein einziges Enkelkind, weitergeben.

Es war 06.35 Uhr, und Igor lief wie in einer meditativen Trance. Ph … ph … ph … der Rhythmus von ST1M *Futurama* wummerte in seinem Headset. Mit dem Beat des russischen Eminem im Ohr joggte Igor an dick eingemummelten Frühaufstehern vorbei, die sich gebeugt zur Arbeit schleppten, als wären sie auf dem Weg zum Schafott. Er begegnete auch Angehörigen der am schnellsten wachsenden Bevölkerungsgruppe von Murmansk: den Obdachlosen, die tagaus, tagein wie zu Salzsäulen erstarrt am Hauptbahnhof standen und warteten. Und warteten. Und warteten.

Ph … ph … ph …

Igor lief die Ulitsa Vorovskogo hinauf, wo er an zwei Männern vorbeikam, die ein zugefrorenes Schloss mit einem Schneidbrenner bearbeiteten. Die Nacht war kalt gewesen, so wie auch der Tag es werden würde.

Igor hielt ein zügiges Tempo. Er bog links in die Ulitsa Chelyuskintsev ein, lief am Museum für militärische Ehre vorbei und hinauf zur Erlöserkirche. Jetzt kam der steile Teil, wo er die Straße verließ und offenes Gelände durchquerte. Mit gleichbleibender Geschwindigkeit lief er durch den tiefen Schnee auf die fünfunddreißig Meter hohe Alyosha-Statue zu, ein riesiges Monument aus verstärktem Beton zum Gedenken an den patriotischen Einsatz eines unbekannten Soldaten im Zweiten Weltkrieg. Die irdischen Überreste des Soldaten waren unter der »ewigen Flamme« bestattet, die symbolträchtig direkt vor der Statue platziert war. Igor blieb jedes Mal hier stehen, um die Aussicht auf das zusammengekauert unter ihm liegende Murmansk zu genießen. Sein Puls pochte hinter der Schläfe, der Atem stieg wie eine Rauchsäule vor ihm auf. Er schaltete die Musik ab und lauschte dem Klang der Stadt, die niemals schläft.

Das steinerne Gesicht der Alyosha-Statue war zum westlich gelegenen »Tal der Ehre« gerichtet und zeugte stumm von dem Tag, als die deutschen Bastarde russischen Stahl zu spüren bekommen hatten. An einem klirrend kalten Wintertag 1942. Igor kam es vor, als wäre er selbst dabei gewesen, als hätte er jede einzelne Minute der Schlacht miterlebt. Der Großvater hatte ständig Geschichten vom Krieg erzählt, und insbesondere das Blutbad, welches das arktische Schicksal der Deutschen eiskalt besiegelte, hatte er bis ins letzte Detail beschrieben.

Vier Brüder hatte Igors Urgroßmutter in den Kampf geschickt. Unter Tränen und Gebeten sah sie ihre Kinder, ihr ganzes Glück, die Straße hinuntergehen, bereit, ihre Pflicht zu erfüllen. Vier russische Brüder zogen in jenem Winter aufs Schlachtfeld, nur einer kehrte zurück.

Der absolute Irrwitz der Menschheit, ihre Opferbereitschaft und Grausamkeit brachen während der Kämpfe gegen die Nazis im »Großen Vaterländischen Krieg« hervor, doch es war der sibirische Winter mit seiner Kälte und Dunkelheit, der letztendlich die Apokalypse auslöste. Von den über drei Millionen Deutschen, die am 22. Juni 1941 in die Sowjetunion einmarschierten, wurden 67.000 nach Norden geschickt, um Murmansk einzunehmen, nur wenige kehrten zurück.

Die Nazis waren auf den erbitterten Widerstand der Russen vorbereitet, nicht aber auf die dramatischen Auswirkungen, die die monatelange Polarnacht und Wochen mit unablässig heulenden Schneestürmen und eisiger Kälte auf die Soldaten haben würden. Versorgungs- und Kommunikationslinien brachen zusammen, und weder Uniformen noch Ausrüstung schützten die deutschen Soldaten im Kampf gegen die arktischen Elemente. Direkt auf der anderen Seite der Grenze, in Norwegen, war es den Deutschen gelungen, das Land zu erobern, und über 60.000 Russen waren in Arbeitslagern in der Finnmark interniert. Der Plan war, dass deutsche Soldaten das russische Murmansk einnehmen und gemeinsam mit der deutschen Front in der Finnmark die Macht Deutschlands im Norden konsolidieren sollten. Der Plan war gut. In der Theorie.

Igors Großvater und seine Brüder meldeten sich freiwillig zur Polararmee. Die Strategie der russischen Befehlshaber war erfolgreich erprobt. Zunächst ließen sie Kälte, Nahrungsmangel, Langeweile und Heimweh sämtlichen Lebensmut aus den jungen, ungewappneten deutschen Soldaten heraussaugen, um sie dann, während die Winterstürme am heftigsten wüteten, mit gnadenloser Brutalität anzugreifen. Die deutschen Generäle waren nicht darauf gefasst und gerieten in Panik. Sie schickten all ihre Soldaten bis auf den letzten Mann hinaus in den Sturm, um zu kämpfen.

Der Großvater erinnerte sich an das Manöver als einen Albtraum in Weiß. Niemand konnte die Hand vor Augen sehen oder die Stimmen der anderen hören, irgendwann wussten sie nicht mehr, gegen wen sie gerade kämpften, und bereits am ersten Tag erfroren unzählige Soldaten auf beiden Seiten der Frontlinie.

Alexej, der kleine Bruder, wurde zur Verteidigung der Versorgungslinien abgestellt. Da er der Jüngste war und weniger robust als die anderen, hielten die Brüder es für das Beste, wenn er hinter der Front blieb. Dort war es am sichersten. Erst Tage nach der Schlacht fanden sie ihn und zwei deutsche Soldaten, allesamt erfroren. Sie hatten versucht, sich gegenseitig zu wärmen. Wie Hundewelpen lagen sie eng aneinandergekauert beisammen, im verzweifelten Versuch, den Schneesturm zu überleben.

An der Front kämpften die drei anderen Brüder Seite an Seite, Kugeln pfiffen an ihnen vorbei, krachende Explosionen färbten das Inferno kohlschwarz und orange. Lautes Knallen, das Knattern von Maschinengewehren, das Heulen und Tosen des Sturms verschmolzen mit den Schreien von Männern, die kämpften und starben. Schnee und Eis drangen unerbittlich durch die Kleidung, krochen die Ärmel hinauf, den Nacken hinab und in die Schuhe. Die Kälte zehrte die Kräfte der Kämpfenden auf, bis sie sich in einem Taumel vollkommener Benommenheit bewegten. Wer war Freund, wer Feind? Aus welcher Richtung kamen die Kugeln? Wie lange kämpften sie schon?

Alle Sinne waren benebelt, man tötete, wen man sah. Der Großvater hatte Igor erzählt, er habe den Schmerz am eigenen Leib gespürt, als sein Zwillingsbruder über hundert Meter hinter ihm getötet wurde. Entsetzt war er zurückgerannt, um den Bruder zu retten, im Bewusstsein, dass er von seinen eigenen Leuten erschossen oder als Deserteur vors Kriegsgericht kommen könnte. Doch in diesem Moment spielte das keine Rolle. Und plötzlich sah er das halbe Gesicht des Bruders, das ihn mit einem furchtgeweiteten Auge und aufgerissenem Mund leblos anstarrte, die andere Hälfte war weggeschossen.

Jedes Mal, wenn der Großvater die schmerzvolle

Entscheidung schilderte, weiterzukämpfen oder zu seinem toten Zwillingsbruder zu laufen, hatten sich seine Augen mit Tränen gefüllt. Dann kam die Wut. Der starke Mann verstummte, weil Worte unzureichend waren, doch seine Faust ballte sich, dass die Knöchel weiß hervortraten. Der älteste Bruder starb später an einer Blutvergiftung, nachdem sich ein Granatsplitter in sein linkes Auge gebohrt hatte und dort stecken geblieben war.

Nach drei Tagen Unwetter und verwirrenden Kämpfen lagen über achttausend tote russische Soldaten auf dem Schlachtfeld. Von den Deutschen starben weit mehr, doch niemand machte sich die Mühe, sie zu zählen. Nur die vaterlosen Kinder, die zu Hause sehnsüchtig wartenden Liebsten und gebrochenen Mutterherzen kannten den Umfang der deutschen Niederlage. Der Kampf um die Arktis war für diesmal beendet.

Igor hielt sich nicht lange auf, nun stand der Höhepunkt der morgendlichen Runde bevor. Er lief den Hang hinab zum Semyonovskoyesee, wo er, gemeinsam mit mehreren Schwimmern aus der Stadt, ein fünf mal fünfzehn Meter großes Loch in das dicke Eis gehackt hatte. Am Ufer angekommen, ließ Igor den Rucksack mit seinem Handtuch auf den Boden fallen und zog die Laufkleidung aus. Die Kälte peitschte gegen seine Haut, ehe er Luft holte und ins eisige Wasser eintauchte.

Als er die Oberfläche durchbrach und in die schwarze Tiefe verschwand, schlug die Kälte augenblicklich zu. Sein Hirn explodierte in einer Woge aus Schmerz. Instinktiv wollte sein Körper nach oben, aus dem Wasser heraus, doch Igor schwamm besonnen weiter. Dann tauchte er auf, atmete bemüht ruhig durch die Nase ein und durch den Mund wieder aus. Bekam er Panik, würde sein Körper erstarren, und er würde ertrinken. Igor bekam keine Panik. Die Kälte stach in sein Gesicht, bohrte sich wie Nadeln in jede Pore der Haut. Allmählich setzte die Wirkung des Adrenalins ein, und er schöpfte Kraft für einen weiteren Schwimmzug.

Igor schwamm vier Bahnen, lächerliche sechzig Meter, aber für heute musste es reichen. Er stemmte sich aus dem Eisloch, fischte sein Handtuch aus dem Rucksack und rubbelte sich gründlich und fest damit trocken, ehe er die Sportkleidung auf links drehte und überzog. Er musste in Bewegung bleiben, die Kälte durfte ihn nicht steif werden lassen. Das schwache Licht der Sonne, die es noch immer nicht schaffte, ganz aufzugehen, schimmerte als goldener Streifen am Horizont. Igor lief auf das Licht zu, in Richtung der unverkennbar sowjetischen Wohnblöcke, die den See umstanden. Das letzte Stück bis zu den grauen Betonklötzen legte er im Sprint zurück, durch die Haustür, die Treppe hinauf bis zur Wohnung, wo der Rest der Familie bereits beim Frühstück saß.

»Guten Morgen, ihr Racker.«

Igor zog Jacke und Schuhe aus, ehe er die kleine Küche betrat und seine Frau auf den Nacken küsste. Sie lachte.

»Deine Nase ist eiskalt.«

Ihre verschmitzten blauen Augen brachten ihn immer zum Lächeln.

»Alles andere ist warm«, flüsterte er und kitzelte sie.

Drüben im engen Wohnzimmer saß Igors Vater Alexej. Er hatte sich einen kleinen Bereich mit Büchern, Zeitungen und einem alten Computer eingerichtet. Wie immer verfolgte er im Internet die Nachrichten.

»Schaut euch das an, die haben über 60.000 NATO-Soldaten direkt hier an der Grenze zusammengetrommelt. Anscheinend sind sie fertig mit ihrer Plünderei im Nahen Osten, und jetzt kommen sie zu uns.«

Natascha lächelte gelassen, während sie den Frühstückstisch abräumte.

»Zieht euch an, Kinder.«

Die Kinder sprangen auf, während Igor zum Bad ging.

»Die NATO will sich Russland einverleiben. Schaut euch das an!«

Der Vater zeigte aufgeregt auf die Karte von Russland, die deutlich illustrierte, wie das Land von NATO-Stützpunkten umgeben war. Er hatte jeden Stützpunkt sorgsam mit blutroter Farbe eingekreist.

»Reg dich nicht auf, das ist doch nur eine Übung«, lächelte Natascha.

»Das wollen die uns weismachen, ja. Mit der Lüge kommst du durch die ganze Welt, aber nicht mehr zurück«, wetterte Alexej. Das hatte er vom Großvater, dachte Igor, während er in die Dusche stieg und das Wasser anstellte. Er konnte sich noch gut an die Ermahnungen seines Großvaters erinnern.

»Igor, mit der Lüge kommst du durch die ganze Welt, aber nicht mehr zurück.«

Damals hatte Igor nicht wissen können, dass genau das sein Schicksal werden sollte.

8

Wie entstehen Mythen? Wann wurde aus Major John Evans, einem der vielen ambitionierten Kampfpiloten, die Legende John Evans? Während der Inspektion des Flugzeugs versuchte Ylva, sich Evans als Kind vorzustellen. Sie sah ihn als ernsten, willensstarken Jungen vor sich, der mit wachsamem Blick das unbekümmerte Spiel der anderen Kinder beobachtete, während er selbst stets darauf bedacht war, sich niemals im Moment zu verlieren. Wann hatte der kleine John gelernt, dass wer überleben wollte, niemals Furcht, Gnade oder Schwäche zeigen durfte? Wann hatte er begonnen, die Zähne so fest zusammenzubeißen, bis die harten Kiefermuskeln schließlich von seinem lebenslangen erbitterten Kampf gegen die Welt zeugten? Lässt sich so etwas schon in frühen Jahren erkennen? Im Falle von John Evans war Ylva fast geneigt zu glauben, dass er bereits ausgerüstet mit einem unzerbrechlichen Kampfgeist und eiserner Selbstkontrolle auf die Welt gekommen war.

Wie auch immer, so war aus dem kleinen John ein ausgezeichneter Kampfpilot geworden, genauso eiskalt, hart und zielgerichtet wie ein Projektil, abgeschossen mit einem einzigen Ziel: zu töten. Kindliche Züge waren in seinem Gesicht nicht mehr auszumachen, der Mensch hinter dem Major war unmöglich zu entschlüsseln, der Pilot John Evans jedoch flößte absoluten Respekt ein, und das gefiel Ylva.

John warf einen Blick auf seine Uhr, eine alte, von häufigem Gebrauch gezeichnete Pilotenuhr.

»Bereit für den Start?«, fragte er.

»Dachte schon, Sie würden nie fragen«, erwiderte sie und schaffte es nicht, ihren Sarkasmus zu verbergen.

John Evans sah sie frei von jeglichem Humor an. Peinlich.

Sie bemerkte, dass er die Uhr am rechten Handgelenk trug. War er Linkshänder?

»Mein Vater hatte so eine.«

»Eine Benrus?«

»Keine Ahnung, welche Marke es war, ich weiß nur, dass es ein ähnliches singlefunktionales Instrument war, das als Identitätsmarker und Zeitanzeiger am Handgelenk getragen wurde.«

John sah sie ausdruckslos an.

»Wie viele Funktionen braucht es, um die Zeit anzuzeigen?«

Ohne eine Miene zu verziehen, ging Evans in den hinteren Teil des Hangars, um sich fertig zu machen. Ylva notierte sich im Geiste, dass Humor keine geeignete Strategie im Umgang mit dem prominenten Ausbilder war. Auch gut, dann konnte sie sich die Mühe sparen. Sie wollte einfach nur so schnell wie möglich in die Luft.

Ohne ein Wort zogen sie Wollunterwäsche, Fliegeroverall, Anti-g-Hose und Kampfweste an. Die hochtechnologische Ingenieurskunst der Bekleidung und die Multifunktionalität des Anzugs erfüllten Ylva jedes Mal wieder mit Ehrfurcht.

Mit aufgesetzter Lässigkeit zog sie den dicken Reißverschluss auf der Innenseite der Beine hoch, nervös, womöglich bereits jetzt durch ungeschicktes Herumfummeln als unfähig zu erscheinen. Das Anziehen des Fliegeroveralls machte jedes Mal etwas mit ihr, irgendetwas fügte sich. Sie mochte das Gefühl, beim Hineinschlüpfen eine andere zu werden. Sie wurde sie selbst.

Mit dem Helm unterm Arm gingen sie zur startbereiten F-16. Gewandt glitten beide auf ihre Sitze. John nahm hinten Platz, sein Auftrag war es, Ylva zu beobachten, während sie flog, und sie war darauf eingestellt, zu fliegen, um zu beeindrucken. Sie setzten die Helme auf, und Johns Stimme klang metallisch über das Intercom.

»Die FYI Benrus ist ein bifunktionales Instrument, das mit einem analogen Kompass ausgestattet ist.«

Ylva musste schmunzeln. Hatte er also doch ein bisschen Humor. Cool.

»Nicht übel für so eine alte Uhr«, erwiderte sie.

Er gab keine Antwort. Shit, war sie zu weit gegangen? Das passierte ihr häufig in solchen Schlagabtauschen, dabei hatte sie diesmal gar nicht versucht, spöttisch zu sein.

Ylva startete die Maschine und rollte auf die Startbahn, während sie an all die Flüge dachte, die Evans absolviert hatte. Es würde nicht leicht werden, ihn zu beeindrucken, so viel war klar. Ylvas Ziel bestand darin, sich ungeachtet der Kampfsituation in der Luft zu halten, so wie John Evans es stets getan hatte. Mit einer Ausnahme: Libyen. Über Libyen wurde wenig gesprochen. Die Angelegenheit war zu blamabel für alle Beteiligten. Der beste Pilot der U.S. Air Force abgeschossen, gefangenen genommen und acht Monate lang gefoltert von den Gegnern Gaddafis, denselben Leuten, für die USA und NATO eigentlich kämpften. Die Situation vor Ort ist stets eine andere als die, die Politiker und Bürokraten in ihren Berichten und auf Satellitenbildern sehen. Vor Ort wechseln Allianzen schneller, als Leute ihre Kleider wechseln. Der Miliz, die John gefangen gehalten hatte, war es nicht um eine Ideologie gegangen, sondern einzig und allein um Geld. Das Problem war natürlich, dass sich sowohl die USA als auch die NATO offiziell weigerten, Lösegeld an Terrorristen zu zahlen. »Leave no man behind« stellte sich als hohles Ideal heraus, mit dem sich die Elite schmückte, um die Kampfmoral zu heben und das schlechte Image der Kriegsmaschinerie in der Öffentlichkeit aufzupolieren. Die Politiker warfen mit Medaillen und Ehrentiteln um sich, doch tatsächliche Hilfe, wenn die Hölle losbrach, konnte man vergessen.

Zur großen Erleichterung der Politiker ging die gesamte Berichterstattung über John Evans' unglückliches Schicksal in der durch Bengasi ausgelösten Nachrichtenflut unter. In dem Chaos, das auf den Kollaps Libyens folgte, war ein abgeschossener Pilot eine Lappalie. Als er acht Monate später auf einmal als freier Mann in Tanger auftauchte, stellte niemand Fragen danach, was geschehen war. Jedenfalls nicht offiziell.

Auf der Startbahn spürte sie das bekannte Ziehen in der Magengegend, die kribbelnde Vorfreude vor dem Takeoff. Sie ging die Checkliste durch.

- External lights – As required
- Trim – Center
- Pressure – Check
- Altimeter – Set
- Warning/Caution lights – Check

Es war wie Musik. Rhythmisch, vorhersagbar, hypnotisch. Die anderen Piloten hatten Talismane und Lieblingsshirts, die ihnen Halt gaben, Ylva hatte die Checkliste. Sie war wie ein Mantra, eine meditative Übung. Häufig ging sie die Punkte in der Nacht durch, damit ließen sich selbst die blutigsten Albträume in Schach halten.

- Speed brakes – Closed
- Landing light – ON
- Probe heat – ON
- Ejection seat – ARM

Das Flugzeug rollte langsam los, am Ende der Startbahn drehte sie es gegen den Wind. Ylva rief den Tower.

»Bodø TWR, Lion 35, ready for departure.«

»Lion 35, runway 25, cleared for take-off, contact departure passing 5000 feet.«

»Full throttle.«

Dann gab sie Gas, und das Flugzeug antwortete mit einem Dröhnen, als das Strahltriebwerk hochspulte. Ylva wurde von den enormen G-Kräften nach hinten gedrückt, während die Startbahnleuchten paarweise an ihr vorbeirasten – schneller und immer schneller.

Im Headquarter von CYFOR saß Storm vor dem Monitor und grinste, während er den Start über den Bildschirm mitverfolgte.

»Ha, ha, ich liebe es, wenn mein Mädchen abhebt.«

9

Auch diesen Morgen begann der Präsident den Tag seinen Routinen weitgehend treu – mit einer Ausnahme: Es war 07.15 Uhr, als er aufstand. Als ausgeprägter Nachtmensch, der er war, schlief er um diese Zeit in aller Regel noch. Entsprechend erfreute er sich an dem seltenen Anblick der rot leuchtenden Sonne, die bei der mächtigen Moskwa direkt unter dem Horizont stand. Auf der nach Osten gerichteten Terrasse blieb er stehen und genoss das Licht, das still und sanft die Dunkelheit ablöste. Obwohl er den reinen, klaren Schein des Mondes eindeutig bevorzugte, ergriff ihn der friedvolle Augenblick, als das unschuldige Morgenlicht die sechs Meter hohen Mauern des Novo-Ogaryovo-Palastes blutrot färbte.

Methodisch, wie eine Beschwörung, führte er jeden Schritt seiner Morgenroutine durch. Wer den Präsidenten kannte, wusste, dass Selbstbeherrschung, Disziplin und Kontrolle ihn zu dem mächtigen Mann gemacht hatten, der er heute war. Sein Stab war es gewohnt, um Punkt 08.00 Uhr zu erscheinen, um dann geduldig stundenlang darauf zu warten, dass er aufwachte, sein vierzigminütiges Schwimmtraining absolvierte, eine Runde

Gewichte stemmte und sein Frühstück einnahm, ehe er sie empfing.

Sie wussten, dass die Moskauer Nacht eine Quelle der Inspiration für ihn war. Während die anderen schliefen, hatte er die nötige Ruhe, um konzentriert zu arbeiten und strategisch und langfristig zu denken. Allein. Ab und an machte er Pausen und werkelte in den Gärten des Palastes oder saß auf dem einfachen Sofa in seinem Arbeitszimmer und sah die Nachrichten im Fernsehen. Immer seltener machte er sich die Mühe, ins Büro im Moskauer Zentrum zu fahren. Er zog das ländliche Leben vor, das er zu nächtlicher Stunde im Palast am Ufer der Moskwa verbrachte. Verglichen mit seinen Nachbarn lebte er bescheiden. Gleich außerhalb der ihn umgebenden schützenden Mauern lebten Russlands Neureiche, verschanzt in ihren pompösen Palästen, umringt von Mauern, Stahltoren und einer Armee von Sicherheitsleuten. Für private Sicherheitsunternehmen herrschten auch in Russland gute Zeiten, das wusste der Präsident zur Genüge.

Er war kein großer Bücherfreund, einzig Werke über russische Geschichte las er gern. Dass er Novo-Ogaryovo zu seiner Residenz erklärte, lag insbesondere an dem dramatischen Hintergrund und der Entstehungsgeschichte des Anwesens. Gerade wegen dieser blutigen Geschichte wollte er dort leben, um nie, niemals die Lektionen zu vergessen, die dieser Ort ihn lehrte.

Die Datscha zeugte davon, wie der Pöbel jeden Herrscher tötete, als Dank für die Freiheit, die er ihnen gab.

Ein freudloses Lächeln glitt über das steinerne Gesicht. Der Palast stand am Ufer der Moskwa und war von Zar Alexander II., der den Beinamen »Befreier-Zar« trug, persönlich errichtet worden. Trotz seines dekadenten Wohnstils war der Zar ein liberaler Herrscher gewesen, der 1861 die bäuerliche Leibeigenschaft beendete. Als etwas unglücklich erwies sich rückblickend allerdings der Umstand, dass vor dem Hintergrund der opulenten Datscha mit ihren Spitzen und gotischen Bogen die befreiten Bauern gezwungen waren, sich bezahlte Arbeit zu suchen, um zu überleben. Auf dem Land herrschte massive Arbeitslosigkeit, und die russischen Bauern zogen in die Städte, um dort ihr Glück zu suchen. Sie fanden es nicht, ganz im Gegenteil.

In den vergoldeten Sälen des Zaren bekam man davon wenig mit, und so wurde der Befreier der Leibeigenen 1881 von seinem eigenen befreiten und desillusionierten Volk ermordet.

Der Präsident hatte nichts für Alexander den Befreier übrig, in seinen Augen war der Mann ein Idiot gewesen, auch weil er Alaska im Jahr 1867 für 7,2 Millionen Dollar an die USA verkauft hatte! Unfassbar! In Anbetracht der heutigen geopolitischen Lage war dies womöglich die dümmste Entscheidung, die ein russischer Herrscher jemals getroffen hatte.

Die senfgelbe neoklassizistische Villa, in welcher der Präsident nun seine Zeit verbrachte, war von Georgij Malenkow, Stalins treuestem Lakaien, erbaut worden. Sein Schicksal war in den Augen des Präsidenten eine gute Lektion in Sachen russische Verwaltungskunst. Jeder Herrscher, der auch nur im Ansatz auf die Idee kommt, etwas verändern zu wollen, wird von seinesgleichen hingerichtet werden.

Georgij Malenkow war ein geduldiger und hart arbeitender Staatsdiener, daran bestand kein Zweifel. Vor Ablauf des Jahres 1940 hatte er beinahe sämtliche Generäle der Sowjetunion und über die Hälfte des Offizierskorps eliminiert. Das war nötig, da Stalin sich aus jenen Reihen mit unliebsamen Fragen zu seinem Führungsstil konfrontiert sah. Weniger günstig war natürlich, dass Malenkows effektive Liquidierung der eigenen militärischen Führung Hitler dazu inspirierte, im darauffolgenden Jahr in Russland einzumarschieren. Siegessicher proklamierte der »Führer«, die deutschen Soldaten wären pünktlich zu Weihnachten wieder daheim. Das war Hitlers mit Abstand größte Fehleinschätzung.

Der Präsident teilte Malenkows praktische Einstellung bezüglich Zahlen, er war nicht der Typ, dem die siebenundzwanzig Millionen russischen Leben, die im Kampf gegen die Deutschen geopfert werden mussten, schlaflose Nächte bereiteten, ganz sicher nicht. Denn auch wenn die Deutschen »nur« 5,2 Millionen Soldaten an der Ostfront verloren hatten, war es doch die Sowjetunion, die den Krieg gewann. Wie so oft aber in der russischen Verwaltungskunst wurde auch der Kriegsheld Malenkow von seinen Nächsten verraten. Voller Zukunftsglauben, gespickt mit ein klein wenig Selbstüberschätzung, machte er sich daran, die hoffnungslos rückständige Landwirtschaft des kommunistischen Russland zu modernisieren. Das gefiel den Apparatschiks im Kreml nicht, und ruckzuck wurde auch Genosse Malenkow zum Feind des russischen Volkes erklärt, ein Titel, der zu dieser Zeit freilich recht großzügig vergeben wurde. Verhasst und entehrt ging er in die Geschichte ein, als ein weiterer Beweis für die Maxime: Willst du einen loyalen und treuen Freund, schaff dir einen Hund an.

Aber der Palast war nicht zu verachten, auch wenn der Präsident sich nie an die vielen Parks und Alleen gewöhnte, die sich zwischen Oasen aus künstlichen Seen und reich ornamentierten Villen erstreckten. Er war und blieb ein aggressiver Straßenjunge aus der ärmsten Kommunalka Leningrads. Die Tausende von Quadratmetern verschwenderischer Luxus, auf denen er nun lebte, waren extrem unübersichtlich verglichen mit der zwanzig Quadratmeter kleinen Gemeinschaftswohnung, die seine Familie mit zwei weiteren Familien geteilt hatte. Der Duft des Palastes nach exklusivem Leder, Mahagoni und teuren Putzmitteln erschien ihm noch immer ungewohnt, obwohl der Gestank seiner Kindheit nach Angst, Gewalt, Fäulnis und Verfall bereits ein ganzes Leben zurücklag.

Statt selbstzufriedener Genusssucht zu verfallen, hatte er sich ein perfektes Arbeitsumfeld geschaffen, und seine täglichen Routinen wurden nur von einem beinahe zeremoniellen Kontakt zu anderen Menschen unterbrochen. Seine größte Freude bestand in totaler Kontrolle und Ruhe, um optimal arbeiten zu können. Er brauchte keine

Freunde oder etwas so Törichtes wie romantische Liebe. Alle Menschen in seiner näheren Umgebung wussten, dass er sie jederzeit opfern würde, sollten sie seiner Forderung nach bedingungsloser Loyalität nicht entsprechen. Der Präsident pflegte zu sagen, dass sein Bedürfnis nach Liebe durch das Volk von Mütterchen Russland gestillt wurde, auch wenn dies eine seiner vielen Lügen war, die niemand glaubte.

Auf halbem Weg durch seine Morgenroutine kraulte der Präsident mit rhythmischen, kraftvollen Zügen durch das kühle Wasser im olympischen Becken des Palastes. Er nutzte diese ungestörte Zeit im Wasser, um den Großteil der strategischen Denkarbeit für das Imperium zu erledigen. Auf das morgendliche Training folgte ein Frühstück bestehend aus Hüttenkäse, Omelett und Fruchtsaft, welches er ebenfalls allein einnahm.

Normalerweise arbeitete er in einem geruhsamen Tempo, doch heute herrschte in den Korridoren des Palastes eine ungewöhnlich geschäftige Betriebsamkeit. Seine diensteifrigen Mitarbeiter waren bereits seit mehreren Stunden aktiv, und der Sicherheitsstab des Moskauer Büros hatte eine zusätzliche Arbeitsstation in einer der zum Palast gehörenden Villen eingerichtet. Die Stimmung war angespannt, es war ein großer Tag, den sie über ein Jahr lang vorbereitet hatten. Nachdem der Präsident sein Morgenprogramm abgeschlossen hatte, wurde ihm eine Tasse schwarzer Kaffee serviert, die er in Stille genoss, bevor er die Mobilmachung und Entsendung von 65.000 militärischen Kräften einschließlich 57 Schiffen, zwei U-Booten und 120 Kampfflugzeugen zur russisch-norwegischen Grenze in der Arktis anordnete.

Um 08.54 Uhr verkündete der russische Verteidigungsminister in einer Pressemitteilung, dass Russland nun auf die Aggressionen der NATO reagiere, indem zu einer Snap-Übung, einem Ad-hoc-Manöver an der russisch-norwegischen Grenze, mobil gemacht werde. Die Übung sollte um 09.00 Uhr Moskauer Zeit beginnen und im Laufe der folgenden vierundzwanzig Stunden demonstrieren, dass Russland in der Lage war, sich gegen die zunehmende Bedrohung im Nordwesten zu verteidigen.

Welch ein Spektakel darauf folgte! Die westlichen Staatsoberhäupter waren sich schmerzlich bewusst, dass die russische Okkupation von sowohl Georgien als auch der Krim unter dem Deckmantel ebensolcher Snap-Übungen erfolgt war und dass die durch das Manöver erzeugte Unruhe zum Plan des Präsidenten gehörte. Mit dem Ziel, zu verwirren und Angst zu verbreiten. Wenn der Feind den Kopf verliert, lässt es sich leichter navigieren. Die westlichen Journalisten, diese nützlichen Idioten, spielten dem Kreml ein weiteres Mal bereitwillig in die Hände, und wenige Minuten nach Veröffentlichung der Pressemitteilung wurde in fetten Lettern verkündet, dass Russland darauf eingestellt sei, die Nuklearstreitkräfte des Landes in Bereitschaft zu versetzen, um der Präsenz der NATO im Norden zu begegnen.

Der Präsident verfolgte den im Westen losbrechenden Tumult über den Fernseher in seinem Büro und stellte fest, dass alles nach Plan lief. Er schaltete auf Lautlos und betrachtete seine schwarze Labradorhündin, die seelenruhig unter dem massiven Mahagonischreibtisch schlief. Sie gähnte und streckte sich träge.

»Konnie, du wirst langsam faul«, schmunzelte der Präsident gutmütig.

Die Hündin spitzte die Ohren, als sie ihren Namen hörte. Er wuschelte ihr durchs Fell, und sie drehte sich auf die Seite, um am Bauch gekrault zu werden.

»Nicht jetzt, kleine *podrusjki*, Herrchen hat zu tun.«

Da draußen in der Welt, in betriebsamen Büros, Kommandozentralen und hektischen Nachrichtenredaktionen brodelte es vor hysterischer Aktivität, doch im Palast am Ufer der Moskwa war es ruhig. Die Mitarbeiter des Stabes kommunizierten bedacht und diskret, während sie effizient die Pläne ausführten, die sie bis zur Perfektion eingeübt hatten. Der Präsident hatte alles unter Kontrolle.

Er persönlich betrachtete mittlerweile selbst solche Aktionen als Routineübung. Im Laufe der letzten zwei Jahre hatte er über ein Dutzend Snap-Manöver durchgeführt, und jedes Mal jammerte und klagte die NATO, weil die Übungen gegen die Vereinbarungen des Wiener Dokuments verstießen. Hysterisch wedelten sie mit dem Übereinkommen von 2011, in dem alle Parteien Transparenz in Bezug auf militärische Manöver in Europa zusagten. Was für ein Affenzirkus, er kannte die Resolution bestens, schließlich hatte er sie unterschrieben!

Ob er derweil einen Spaziergang mit Konnie machen sollte? Als hätte sie seine Gedanken gelesen, hob die

Hündin den Kopf und sah ihn hoffnungsvoll an. Sie brauchten frische Luft, alle beide. Offen gestanden war er den ganzen Wirbel jetzt schon leid. Die Hündin erhob sich und schaute ihn mit lebhaften braunen Augen an, sie sah es in seinem Blick, tief drinnen sehnte sich ihr Herrchen danach, all dem hier den Rücken zuzukehren. Ein für alle Mal.

Doch er wusste, wenn er jetzt nachlässig wurde, wenn er auch nur das kleinste Anzeichen von Unsicherheit oder Erschöpfung erkennen ließ, würde das Kartenhaus zusammenfallen und das Land sich eigenhändig in Stücke reißen. Sollte das geschehen, würde er im besten Fall ermordet werden von all den »engen und loyalen Freunden«, die seine Reise zum Gipfel der Macht ermöglicht und sich daran bereichert hatten, ihm aber dennoch die Aussicht von dort oben missgönnten.

Er stand auf, und die Labradorhündin war auf der Stelle bei Fuß. Gemeinsam gingen sie in den Garten, das Sonnenlicht glitzerte auf dem verschneiten Hügel und den schneebeladenen Ästen der Bäume. Er atmete tief durch. Ja, ich drehe eine Runde mit dem Hund, entschied er.

10

Es gibt Momente, die vereinen alles, wovon man geträumt und wofür man gearbeitet hat. Momente, in denen sich das Glück mit besinnungsloser Schwerelosigkeit einstellt und man weiß, dass man genau das tut, wofür man bestimmt ist. Entspannt zurückgelehnt im 30-Grad-Winkel, umschlossen vom harten, schmalen Flugzeugsitz der US Air Force genoss Ylva die Panoramaaussicht über die Lyngenalpen. Die über die tief hängenden Morgenwolken aufragenden Berggipfel wirkten schwerelos. Das kalte Winterlicht tauchte das Gebirge in Magenta. Die Stille unter dem Helm stand in brutalem Kontrast zu dem Donnern, das die Luft außerhalb des Kampfjets erfüllte. Das Einzige, was Ylva hörte, waren ihre eigenen Atemzüge unter der Maske. Schauder durchrieselten sie – wie damals, als sie diese Route als Kind mit ihrem Vater fliegen durfte. Obwohl sie mit einer alten Saab Safari mit armseligen 110 Knoten unterwegs gewesen waren, hatte Ylva sich bereits damals für die tollkühnste Top-Gun-Pilotin gehalten.

Jetzt cruiste sie ganz entspannt und konzentriert mit 400 Knoten durch die Lüfte. Sicher, die linke Hand auf dem Schubhebel ruhend, führte die rechte Hand den Steuerknüppel. Die Steuerung fühlte sich wie eine natürliche Verlängerung ihres Arms an und reagierte folgsam auf jede noch so kleine Bewegung.

Ylva war mit diesem Flugzeugtyp aufgewachsen und erinnerte sich an die Diskussionen der Piloten, die darauf beharrten, dass es gerade das sensible Fly-by-Wire-System der F-16 war, das die Fighting Falcon zum meistproduzierten Kampfflugzeug der Welt machte.

Eine leichte Justierung mit der linken Hand, und das Düsentriebwerk schickte das sieben Tonnen schwere Kampfflugzeug federleicht durch die Luft. Major Evans saß im Sitz hinter ihr, und sie wusste, dass er alles, was sie tat, kritisch verfolgte, eifrig darauf bedacht, Fehler zu finden. Er hatte kaum mit ihr gesprochen, nachdem er sich vorgestellt hatte, und genau das war nervenaufreibend. Tat er das, um ihre Psyche auf die Probe zu stellen?

»Leutnant Nordahl, haben Sie die Höhe im Blick?«

Ylva warf einen Blick auf das Head-up-Display.

»Yes, Sir.«

Major Evans schnaubte gereizt über das Intercom. Bisher war noch keine einzige positive Rückmeldung von ihm gekommen, nur mürrische Erinnerungen an Kleinigkeiten und Selbstverständlichkeiten. Ylva schloss daraus, dass er versuchte, sie zu stressen, sie zu verunsichern. Vermutlich schwor er auf die dumme alte Methode, die darauf abzielte, die Leute zu zermürben, um sie dann den eigenen Vorstellungen entsprechend wieder aufzubauen. Ylva hatte nicht die Absicht, sich von irgendjemandem zermürben zu lassen, niemals, aber sie brach sich keinen Zacken aus der Krone, wenn sie seine Erwartungen spiegelte und sich angemessen zermürbt gab, damit er den Druck lockerte und sie weniger triezte. Darin war sie gut.

500 Kilometer weiter nordöstlich näherte sich ein Bristows-Zubringerhelikopter der Ölplattform HOOP-Viking, die im neu eröffneten HOOP-Feld, direkt am Eisrand, in unmittelbarer Nähe der russischen Grenze lag. Das Wetter war schön und die Sicht gut. Abgesehen von einem Hubschrauber der Küstenwache, der um die Bäreninsel herum im Einsatz war, war auf der Route kein weiterer Verkehr gemeldet, was einen ganz normalen Routineflug verhieß. Kapitän Eriksen war entspannt. Er flog diese Tour seit zwei Jahren regelmäßig, und die Routine lieferte ihm die ersehnte Portion Ruhe und Stille. Mit drei Kindern unter sieben Jahren waren die Stunden im Cockpit seine einzige wirkliche Auszeit.

Erfahren ließ er den Blick über die Instrumente gleiten. Alles war im grünen Bereich, sie waren bereit zur Landung und gingen in den Sinkflug. Er sah zu seinem Co-Piloten.

»Du behältst den Überblick, Bjørn, dann übernehme ich die Kontrolle.«

»Alles klar.«

Eriksen ergriff den Steuerknüppel und konzentrierte sich auf die Instrumente. Ruhig begann er mit dem Sinkflug.

Plötzlich wurde der Frieden gestört.

Mit Getöse kreuzte direkt vor ihnen ein Kampfflugzeug. Eriksen zuckte zusammen, dann legte er den Hubschrauber schnell in eine scharfe Linkskurve. Die Maschine wackelte und der Rotor klapperte, als sie die Luftwelle des Kampfflugzeugs durchquerten.

»Was zur Hölle …«

Eriksen sah von den Instrumenten auf, um sich zu orientieren. Die beiden Piloten schauten dem davonsausenden Jagdflieger nach. Im Halbdunkel sahen sie die Nachbrenner leuchten.

»Das war ein Russe. Woher zur Hölle kam der?«

»HOOP ops, 204, wir hatten eine Beinahekollision mit einem russischen Jagdbomber.«

Am Horizont sah er das Kampfflugzeug umkehren, es war, als würde es wachsen, als es sich dem Hubschrauber in rasantem Tempo näherte.

»Was zum … Er kommt zurück. Wir steigen ab.«

Eriksen drückte das Collective bis zum Anschlag nach unten, woraufhin der Hubschrauber Richtung Meer sank. Mit einem Knall passierte der Jagdbomber sie erneut, dieses Mal wenige Meter über dem Hubschrauber.

Igor Serkin flog so dicht an den Zubringerhubschrauber heran, dass er den Anblick der schockierten Gesichtsausdrücke der Piloten genießen konnte, als er die Maschine kreuzte. Er lehnte sich bequem zurück und befahl der Fullback mit federleichten Bewegungen, ein weiteres Mal umzukehren. Der norwegische Zubringerhubschrauber flog dicht an die russische Grenze heran, und angesichts der angespannten Situation um die NATO-Übung bestand Igors Aufgabe darin, ihn so weit wie möglich von der Grenze wegzudrängen. Er gab Gas und spürte, als der Jagdbomber losschoss, tief im Magen das subsonische Dröhnen.

Ylva genoss die Stille und konzentrierte sich auf die majestätische Landschaft unter ihnen. Obwohl sie diese Route zu den Lyngenalpen über den Storfjord bereits unzählige Male geflogen war, berührte sie der Anblick der Berge, die 1883 Meter tief zum schäumenden Eismeer hinunter abfielen, jedes Mal aufs Neue.

Während ihrer Ausbildung hatte Ylva eine außerordentliche Disziplin und Ausdauer an den Tag gelegt. Die Instrukteure am Stützpunkt waren sichtlich beeindruckt gewesen. Evans hingegen war skeptisch. Sie war schnell im Kopf, und alle Tests belegten, dass sie ein optimales räumliches Vorstellungsvermögen besaß, was seiner Erfahrung nach keine ausgeprägte Eigenschaft der weiblichen Spezies war. Alle Berichte deuteten darauf hin, dass sie furchtlos war, über eine mehr als adäquate Situationserfassung verfügte und blitzschnell priorisierte. Sie stand den männlichen Piloten in Sachen Aggressivität, Selbstsicherheit und Entschlossenheit in nichts nach. Was Ausdauer und Motivation anging, übertraf sie die Jungs sogar. Welche Frau gebietet, verdammt noch mal, über einen derart resoluten, infernalischen Willen? Was kompensierte sie? Er hatte selbst darum gebeten, während der NATO-Übung mit ihr zu fliegen, und Majorin Armour hatte das Mädchen ärgerlicherweise über den grünen Klee gelobt.

Obwohl sie die Check-outs mit Bravour bestanden und ihren Pilotenschein bereits erhalten hatte, spürte er, dass etwas nicht stimmte. Irgendetwas hakte.

Ylva steuerte das Jagdflugzeug auf den höchsten Gipfel inmitten der Gebirgsformation zu. Evans sah, wie der Berg sich näherte und murmelte, wie kaum anders zu erwarten:

»Nordahl, bedenken Sie das Terrain.«

Sie verzog keine Miene, selbstverständlich hatte sie alles unter Kontrolle. Ylva beschleunigte, und die Maschine raste auf den aufragenden Berg zu. Der Zusammenstoß schien unausweichlich, aber Major Evans griff nicht ein. *Cool*, dachte sie, er war also genauso kalt, wie sie gehofft hatte.

In letzter Sekunde vollzog Ylva ein jähes 90-Grad-Manöver, welches das Kampfflugzeug direkt am Berg entlang nach oben beförderte, und als sie über den Gipfel schossen, drehte sie die Maschine um 180 Grad, sodass sie auf der anderen Seite mit dem Gesicht zum Berghang gewandt kopfüber flogen. Während sie auf den Boden zustürzten, galt es, das Tempo zu erhöhen, das war natürlich kontraintuitiv, doch die glutheißen Gase der Motoren mussten mit maximaler Leistung arbeiten, um das Flugzeug an der Seite des nächsten Gipfels hinaufzuschieben. Würde sie jetzt kneifen, war es vorbei. Aber Ylva kniff nicht, sie gab Vollgas. Die Geschwindigkeit, mit der die Maschine abwärts raste, löste einen heftigen Sog in Johns Magen aus. Er lächelte.

Okay, sie ist gar nicht so schlecht, dachte er.

Von Evans kamen keine weiteren negativen Kommentare, was Ylva als ein großes Kompliment erachtete.

»Tiger 13!«

Die Stimme der Radarkontrolle in Sørreisa verschaffte sich Gehör.

»Ein ziviler Hubschrauber wurde von einem russischen Kampfjet bedrängt. Er braucht so schnell wie möglich eine Eskorte vom HOOP-Feld zum Festland. Ihr seid am nächsten dran.«

Ylva rechnete damit, dass Major Evans antworten würde, der aber blieb stumm, er erteilte Ylva die Befugnis, als Fahrzeugführerin zu agieren. Sie fühlte sich ziemlich cool, als sie antwortete.

»Auf wann ist der Abflug von HOOP terminiert?«

»Der Slot ist um 8.30 Uhr.«

Ein schneller Blick auf die Anzeige bestätigte ihr, dass sie genug Treibstoff für eine Eskorttour hatten.

»Copy, mission accepted.«

Ylva steuerte das Flugzeug, mit der Schnauze nach Nordosten gerichtet, in einem weiten, ansteigenden Bogen zurück zum Meer.

11

Auf dem russischen Militärflughafen war Majorin Ivana Chodorkowski noch immer im Dienst. Trotz der Snap-Übung war es relativ ruhig, selbst eine massive Mobilisierung wie diese war für die russische Armee reine Routine. Ein Blick auf den Radarmonitor zeigte, dass der Verkehr in der internationalen Zone zwischen Norwegen und Russland normal ablief. Ein kleiner Punkt, direkt neben dem norwegischen HOOP-Feld, erweckte jedoch ihre Aufmerksamkeit. Den Koordinaten und der Bewegungsgeschwindigkeit zufolge handelte es sich wahrscheinlich um einen norwegischen Servicehubschrauber vor dem Verlassen der Ölplattform. Sie schaute auf die Uhr. Ja, das passte zu den Auftankzeiten, die sie zu einem früheren Zeitpunkt registriert hatten. Es handelte sich um denselben Hubschrauber, den sie bedrängt hatten. Ein schrilles Klingeln des internen Festnetztelefons riss sie aus ihren Gedanken. Die Majorin nahm automatisch Haltung an, als sie sah, dass es sich um eine Direktverbindung aus dem Verteidigungsministerium in Moskau handelte. Sie räusperte sich und hob ab.

»Majorin Chodorkowski.«

Am anderen Ende der Leitung war eine tiefe Stimme zu vernehmen.

»Chodorkowski, Sie erhalten von höchster Stelle den Befehl zur Intervention bei 75,26° N 39,32° W.«

Ivana warf einen Blick auf den Bildschirm und stellte fest, dass Igors Fullback sich bereits auf dem Rückweg nach Montschegorsk befand.

»SU-34 befindet sich derzeit auf dem Rückweg aus diesem Gebiet.«

»Fordern Sie ihn auf, unmittelbar umzukehren.«

Ivana war überrascht, sie fragte sich, wie viel Treibstoff Igor noch hatte, es dürfte schwierig werden, noch einen Abstecher einzulegen.

»SU-34 Serkin hat wenig Treibstoff und befindet sich auf dem Rückweg. Ich empfehle Artyom für den Auftrag.«

»Negativ. SU-34 Serkin kehrt in das Gebiet zurück. Das ist ein Befehl.«

Ivana verspürte Unbehagen.

»Das weicht vom Protokoll ab, sollte nicht …«

Am anderen Ende wurde aufgelegt. Verwundert starrte sie das Telefon an. Wie lautete der Name des Befehlshabenden? Hatte er seinen Namen überhaupt genannt?

Ivana spürte, wie ihr Mund trocken wurde. Diese Abweichung vom Protokoll gefiel ihr ganz und gar nicht. Hatte es mit diesem Helikopter etwas auf sich, das sie wissen sollte? Warum waren sie bereit, den Verlust von Flugzeug und Pilot zu riskieren, um gerade diese Maschine zu bedrängen?

Sie stand auf und ging zur Toilette. Es kam selten vor,

dass sie zögerte, einen Befehl zu befolgen, aber da war dieses ungute Gefühl, dass sich eingestellt hatte, als sie die Stimme am anderen Ende der Leitung gehört hatte. Auf dem Weg durch den Raum bat sie ihren Stellvertreter, zu überprüfen, wer sie aus Moskau angerufen hatte. Die merkwürdige Anweisung aus der Hauptstadt war sicher Teil der Snap-Übung. Die Militärbasis Montschegorsk war heruntergekommen, in der Toilette konnte man deutlich die Fäulnis riechen, die sich in den Wänden festgesetzt hatte. Ivana verrichtete ihre Notdurft, wusch sich die Hände und entschied, dass der Befehl vermutlich ein Test der Reaktionsfähigkeit des Teams war und sie Leutnant Serkin definitiv umgehend den Befehl erteilen sollte.

12

Drei Stunden vom Festland entfernt, hell erleuchtet inmitten eines Ozeans aus heulendem Wind und beißender Kälte, lag die norwegische Ölplattform HOOP-Viking. Kapitän Eriksen war soeben vom Hubschrauberdeck gestartet und flog nach Südwesten. Schneeregen peitschte über die Scheiben, und der Wind nahm langsam an Stärke zu. Die Stimmung im Cockpit war keineswegs mehr so gelassen und entspannt wie vorher.

Auf dem russischen Stützpunkt in Montschegorsk verfolgte Ivana die Bewegungen auf dem Bildschirm. Sie sah jetzt zwei Punkte, die sich dicht entlang der russischen Grenze südwärts bewegten, der eine Punkt wesentlich schneller als der andere.

»Wir haben einen ›fast mover‹.«

Ivana sah zu dem jungen Feldwebel Oleg hinüber, der dasselbe wie sie beobachtet hatte.

»Eskorte?«, fragte er.

Ivana nickte. Selbstverständlich hatten sie ein Kampfflugzeug losgeschickt, um den Hubschrauber sicher zurück aufs Festland zu lotsen, davon ausgehend, dass er auch beim Rückflug bedrängt werden würde. Ivana seufzte.

Jetzt durfte Serkin beweisen, wie leicht und elegant seine Fullback im Vergleich zu dem alten Arbeitspferd F-16 war. Das würde ihm gefallen, dachte Ivana kopfschüttelnd. Sie mochte den Jungspund Serkin.

Ylva blickte auf den surreal schönen Himmel, während sie in weiten Bögen um Eriksens Hubschrauber kreiste. Der tiefblaue Himmel ging in mächtige dunkle Wolken über, die sich schwerfällig und in Zeitlupe bis an den Horizont ergossen wie auf eine riesige blaue Leinwand gekleckste Aquarelle. Sie hatte das Glück, die Welt aus der Perspektive Gottes erleben zu dürfen, das erfüllte sie mit Ehrfurcht und machte deutlich, wie klein und vergänglich der Mensch war.

Vor ihr tuckerte die träge kleine Hummel geduldig von dannen, Herrgott, wie langsam das voranging. Major Evans schwieg nach wie vor und überließ ihr die volle Kontrolle, und das gefiel ihr. Die Stimmung im Cockpit war trotzdem eher bedrückend. Sie fragte sich kurz, ob Major Evans eingeschlafen war, erhielt jedoch die Bestätigung, dass er jede ihrer Bewegungen konzentriert verfolgte, als über Intercom ein missbilligendes Grunzen ertönte. Er wirkte rastlos, beinahe unruhig, als sei etwas im Anmarsch. War der legendäre John Evans nervös, dass sie von den Russen abgefangen werden könnten? Die Spannung stieg, und obwohl Ylva es liebte, im Rahmen von Übungen Intercepts zu fliegen, spürte auch sie den Druck. Obwohl sie keine zu hohen Erwartungen hatte, da sie bislang noch kein russisches Flugzeug gesichtet hatten und aller Wahrscheinlichkeit nach auch keins auftauchen würde.

Um von der angespannten Stimmung abzulenken, unternahm Ylva einen letzten Versuch, Konversation zu betreiben.

»Sir, ich hätte eine Frage. Wann haben Sie mit dem Fliegen angefangen?«

»Vor Ihrer Geburt.«

»Wow.«

»Nicht sonderlich lange her, mit anderen Worten.«

Ylva sagte nichts mehr, aber wie alt war der Mann nun eigentlich?

Major Evans blickte müde auf die Wolken, die sich am Horizont sammelten. Unter ihnen schlugen die Wellen immer höher, hier draußen nahm der Wind mitunter innerhalb von Minuten an Stärke zu. Bevor sie losgeflogen waren, hatte Ylva den Wetterbericht gecheckt, der starken Sturm meldete. Geplant war, die alte Hummel zurück nach Kirkenes zu eskortieren, um dann wieder Kurs auf die Basis in Banak zu nehmen und aufzutanken. Ärgerlich, dass es so unfassbar langsam voranging, Herrgott, war es überhaupt möglich, sich mit diesem Tempo in der Luft zu halten? Ylva hatte den Gedanken kaum zu Ende gedacht, als sie sah, wie sich ihnen von hinten eine russische Fullback näherte.

»Sir, wir bekommen Gesellschaft.«

Mit einem Donnern schoss Igors Fullback an ihnen vorbei, Ylva atmete ruhig, sah das Flugzeug einen scharfen U-Turn fliegen und unter ihnen zurückkehren. Sie verspürte eine stille Freude, okay, das versprach spannend zu werden. Mental war sie diese Art von Abfangversuchen unzählige Male geflogen, und jetzt würde sie sowohl Evans als auch dem Russen zeigen, wer hier die Überlegene war.

»Sir, ich bitte um Erlaubnis zu reagieren.«

»Negativ. Das ist internationales Fahrwasser, er hat dasselbe Recht wie wir, hier zu fliegen.«

»Aber …«

Der Russe ließ die Fullback über das NATO-Flugzeug gleiten. Ylva schaute durch die Scheibe im Dach nach oben und begegnete dem Blick des Piloten, während er eine Kamera zückte und ein Foto von ihr schoss. Sein Auftrag bestand offensichtlich darin zu dokumentieren, wie viele Personen an Bord waren. Verdammt, was für ein Idiot. Kurz darauf ließ Igor das Flugzeug vor ihnen nach unten sinken, souverän drosselte er das Tempo und pendelte von einer Seite zur anderen, als würde er winken. Ylva wurde kalt vor Wut, sie gewann jedoch schnell ihre Fassung zurück, wollte sich unter Kontrolle haben, bevor sie reagierte.

Plötzlich setzte Igor vor ihnen den Nachbrenner ein, die Wirbelschleppen ließen das Flugzeug kräftig beben.

»Nordahl, nicht die Kontrolle verlieren!«

Johns mechanische Stimme über Intercom ärgerte sie. Wie zum Teufel kam er darauf, sie könnte die Kontrolle verlieren? Hallo, sie verlor nie die Kontrolle. Es war diese Art von Situationen, in denen sie zur Ruhe kam. Sie gab Gas, flog elegant neben den Russen und heftete sich dicht an seine Seite. Sie registrierte den unruhigen Blick des Piloten, als sie ihn nun voll eiskalter Schadenfreude mit dem Handy fotografierte. Der Handschuh war geworfen, der Kampf im Gange.

Ylva gab Vollgas, das Flugzeug schoss nach vorn, und während sie die Schnauze nach oben zog, pressten die g-Kräfte sie so stark in den Sitz, dass sie Schmerzen beim Atmen hatte. Das Adrenalin pumpte blitzschnell durch den Körper, instinktiv spannte sie Bein- und Bauchmuskulatur an, um zu verhindern, dass die Schwerkraft das gesamte Blut aus Oberkörper und Kopf in die Beine presste. Gleichzeitig reagierten die Airbags in der g-Hose und erzeugten zusätzlichen Gegendruck, um das Blut wieder ins Gehirn zurückzuleiten, wo sie es jetzt brauchte. Der Adrenalinkick ließ nach, es folgte ein prickelnd leichter Endorphinrausch. Ah, das war definitiv das krasseste Gefühl der Welt, fast besser als Sex. Sie atmete ruhig und grinste selig. Das war verflucht viel besser als Sex.

Das Ganze artete schnell in ein Duell aus, in dem beide aggressiv flogen, um den anderen zum Aufgeben zu drängen. Sie stachelten sich beständig dazu an, größere Risiken einzugehen. John verfolgte das Geschehen, genau das hatte er erwartet. Leider kannte er das Ergebnis.

»Nordahl! Beruhigen Sie sich!«

Ylva passierte Igors Fullback mit vollem Nachbrenner. Die Fullback legte sich in die Kurve, jetzt war der Russe derjenige, der unter Druck stand. Sie schmeckte seine Angst wie kaltes Eisen im Mund. Hinter ihr starrte Major Evans auf die schnell sinkende Treibstoffanzeige. In einem

»Dogfight« mit vollem Nachbrenner hatte die F-16 einen extremen Treibstoffverbrauch. John kalkulierte schnell und ließ Ylva weitermachen. Die Sache entwickelte sich leider wie nach Drehbuch.

Verärgert positionierte Igor sich wieder hinter der NATO-Maschine, und Ylva antwortete, indem sie stark beschleunigte, bevor sie kräftig nach rechts zog. Unter den gewaltigen g-Kräften, die das Manöver auslöste, konnten John und Ylva sich kaum bewegen, und erneut spürte John, wie die Schwerkraft das Blut aus Gehirn und Oberkörper in Füße, Gesäß, Arme und Ellenbogen presste. Bei maximaler Belastung der F-16 konnte sie bis zum Neunfachen der Schwerkraft erreichen, und dann würde sein armseliger 85-Kilo-Körper 765 Kilo wiegen. Selbstverständlich gab sie Vollgas. Die Geschwindigkeit war eine immense Belastung für Körper und Geist, selbst die Augenlider wurden schwer und fielen zu. Die Haut brannte und schwitzte, und John wusste, dass er kleine Blutergüsse an den Stellen bekommen würde, wo unter dem enormen Druck die kleinen Kapillaren in der Haut rissen.

Der wohlvertraute Schmerz machte ihn klar und fokussiert. Ohne zu zwinkern registrierte er, dass Ylva härter am Steuerknüppel zog, um den russischen Floh abzuschütteln, aber der erhöhte selbstverständlich ebenfalls das Tempo. Erneut hängte sich die Fullback hinter sie.

John spürte, wie sein Puls stieg. Die Entscheidung lag jetzt bei ihm, ob er Ylva sich noch ein bisschen hervortun ließ, bevor sie den Russen abschüttelte und voller Stolz nach Hause flog. Das wäre die klügste Entscheidung, sie hatte alles unter Kontrolle.

Igor rückte dichter auf, und John las die Art, wie er sein Flugzeug flog, wie Eltern den Gesichtsausdruck ihres Kindes lasen. Der Russe war unreif, und darum war John nicht überrascht, als Igor den Nachbrenner zuschaltete. Der Russe war im Angriffsmodus.

John knirschte mit den Zähnen, der Schweiß lief ihm den Rücken herunter. Es war extrem verlockend, sich einfach ruhig zu verhalten, aber deshalb war er nicht hier. Sein Auftrag bestand nicht darin, schicksalsergeben dazusitzen und das Beste zu hoffen. Er schaute sich um. Der Russe war einen großen Bogen geflogen und raste ein weiteres Mal heran; wenn er eingreifen wollte, dann jetzt. Der Schicksalsmoment war gekommen, und er war bereit.

»Nordahl, ich übernehme die Kontrolle.«

»Was?«

Bevor Ylva reagieren konnte, übernahm John die Kontrolle über die F-16. Igor, der nicht mit dem Tempowechsel rechnete, als John die Maschine mithilfe der Luftbremse drosselte, blieb weniger als eine Sekunde, um zu reagieren. Blitzschnell drehte er von dem NATO-Flieger ab, allerdings nicht schnell genug. Durch die Fullback ging ein heftiger Ruck, als ein Flügel an der Unterseite des linken Flügels der F-16 entlangschrammte. Das schrille und intensive Geräusch krallte sich wie eine kalte Klaue in Johns Eingeweide. Genau dort, unter dem linken Flügel der F-16, befand sich ihre Achillesferse, der einzige

Schwachpunkt der ansonsten vollkommenen Konstruktion. Verdammt.

Im Zentralnervensystem der Maschine ertönte ein lauter Knall, der Computer, der das komplette Fly-by-Wire-System steuerte, erlitt einen Kurzschluss. Damit war ihr Schicksal besiegelt. John wusste, dass alles, was von jetzt an geschehen würde, sich als ein schlimmerer Albtraum erweisen würde als das, was er in Libyen durchlebt hatte. Jetzt gab es keinen Weg zurück.

Die Avionik im Cockpit hatte einen Kurzschluss, das GPS und die komplette Elektronik in der Schalttafel fielen aus. John sah nach draußen, Flammen schlugen aus dem Riss unter dem Flügel, das Abbrennen der elektrischen Verbindungen zog schwarzen Rauch nach sich. Das Flugzeug schlingerte heftig. John kämpfte darum, nicht die Kontrolle zu verlieren, aber das Steuerungssystem reagierte nicht. Das Flugzeug wackelte heftig und drehte ab. Während sie kopfüber über dem immer näher kommenden, schäumenden offenen Meer unter sich flogen, erwog er erneut, die Kontrolle aufzugeben, das Flugzeug die aufgepeitschten Wellen durchbrechen und versinken zu lassen. Innerhalb von Sekunden wäre es vorbei, jeglicher Schmerz hätte ein Ende. John hielt die Luft an. Nur ein kurzes Zögern, und alles wäre vorüber. Aber er zögerte nicht, sein Überlebensinstinkt übernahm automatisch, und er erlangte die Kontrolle zurück.

Ein Schock durchfuhr Igor, als er sich hinter der F-16 positionierte, um den Umfang des Schadens zu betrachten, den er der Maschine zugefügt hatte. Kalter Schweiß brach ihm aus den Poren, als er erkannte, was er verursacht hatte. Sein Befehl lautete, das NATO-Flugzeug zu bedrängen, nicht, es zu beschädigen. Eine NATO-Maschine während eines friedlichen Eskort-Auftrags in der internationalen Zone zu beschädigen, eventuell sogar zum Absturz zu bringen, würde verheerende Konsequenzen nach sich ziehen, seine Karriere zerstören und Russland demütigen. Igor spürte Panik in sich aufsteigen. Es war vorbei, er schaltete den Nachbrenner ein und flog schleunigst davon.

Ylva brauchte mehrere Sekunden, um den Schock zu überwinden. Sie schaute nach draußen. Teile der Unterseite des Flügels waren abgefallen und ins Nordpolarmeer unter ihnen gestürzt. Der linke Flügel war aufgerissen, der Treibstoffbehälter war perforiert und leckte kräftig. Ihre Gedanken rasten. Hatte der Russe versucht, sie zum Absturz zu bringen? Warum? Sie befanden sich auf der norwegischen Seite der Grenze und führten einen ganz normalen Eskort-Flug durch! Ihr Herz schlug wie besessen, als sie die russische Fullback davonfliegen sah.

Sie fühlte sich von Panik komplett gelähmt, registrierte jedoch, dass es John gelang, das Flugzeug in eine leichte Linkskurve zu legen. Mit einem beschädigten Fly-by-Wire-System ließ sich die F-16 kaum steuern. Ylva kämpfte mit sich selbst, es war, als würde das Ganze außerhalb ihrer selbst geschehen, als würde sich alles vor ihren Augen in einer irrealen Langsamkeit abspielen. *Tief ein- und ausatmen, nicht in Panik verfallen. Nicht den Fokus verlieren.* Sie atmete ruhiger. *So, ja. Geh die Checklisten durch, wir müssen die Avionik zum Laufen bringen.* Ylva redete sich ruhig zu, während sie reflexmäßig handelte. Während der zahlreichen Visualisierungen dessen, was zu tun war, sollte sie jemals abgeschossen werden, hatte sie auch dieses Szenario durchgespielt. Es ging um Sekunden, sie überprüfte die Sicherungen im Cockpit und versuchte, die Avionik wieder in Gang zu bringen. Keine Reaktion, alles war komplett tot.

Ohne Kontakt zum elektronischen System konnten sie nicht kommunizieren und Hilfe anfordern. Sie versuchte es weiter, zuerst ruhig und drängend, dann verzweifelter.

»Mayday, Mayday, Mayday. Tiger 13, Flugzeugkollision in der Luft. Flugzeug schwer zu kontrollieren. Schweres Treibstoffleck. Mayday, Mayday, Mayday.«

In Montschegorsk beobachtete Majorin Chodorkowski mit wachsender Unruhe die im Zickzack durch die internationale Zone fliegende NATO-Maschine, bevor sie die russische Grenze überquerte. Was trieben die dort? Es sah aus, als würden sie Igors Fullback nach Russland jagen! Hatten sie den Verstand verloren?

Schockiert verfolgte Ivana das Geschehen am Bildschirm. Es sah aus, als hielte das NATO-Flugzeug direkt Kurs auf den Atomstützpunkt. Das hätte sie niemals vorhergesehen. War das ein Test? Ein Teil der Snap-Übung auf der russischen Seite? Sie atmete schwer, jetzt musste sie rational agieren. Das Prozedere war klar und eindeutig.

»NATO-Fighter F-16, identifizieren Sie sich und Ihre Mission, oder Sie werden abgeschossen. Over.«

Sie lauschte der Stille im Netz. Keine Antwort.

Die Sekunden verstrichen, das NATO-Flugzeug konnte jederzeit den Atomstützpunkt angreifen und alles Leben im Umkreis von 700 Kilometern auslöschen. Sie kontaktierte Leutnant Igor Serkin, der bald über Murmansk hereinfliegen würde.

»SU-34, Montschegorsk ruft. Das NATO-Kampfflugzeug hat die russische Grenze überquert und ist in russisches Territorium eingedrungen. Bleiben Sie in seiner Nähe und halten Sie sich zum Einsatz bereit.«

Igor durchlief es kalt. Was? Verfolgten sie ihn?

Er biss die Zähne fest zusammen, entsicherte den Marschflugkörper und verfolgte den Radar, während er kehrtmachte. Bereit, den Eindringling abzuschießen, ließ Igor den Finger über den Auslöser gleiten.

Ylva versuchte es weiter über den Notruf, wusste jedoch, dass sie keine Antwort erhalten würde. Ihr Gehirn arbeitete auf Hochtouren. Wenn sie die Varanger-Halbinsel erreichten, könnten sie sich dort herauskatapultieren. In der Hoffnung, Land zu sehen, starrte sie auf den Horizont, aber die Sicht war bescheiden, es schneite und windete immer kräftiger. Der Sturm hatte sie erreicht. Im Schneegestöber konnte Ylva kaum die Flügel erkennen.

John gelang es mit Mühe, das Flugzeug in der Luft zu halten. Zwischen den Böen suchte er nach Konturen von Land und navigierte auf Sicht. Das Schneegestöber hätte ebenso gut ein Sandsturm sein können. Das anormale Geräusch des abdriftenden und an Geschwindigkeit verlierenden Flugzeugs ätzte sich in sein Nervensystem.

Der Standby-Kompass im Cockpit zeigte an, dass sie sich ein Stück weit östlich ihres eigentlichen Kurses befanden, aber wo exakt? Wie weit nach Osten waren sie abgedriftet?

Ein mechanisches Knarren des Motors gab an, dass das Flugzeug keinen Treibstoff mehr hatte. Als John die Maschine leicht nach vorn neigte, versagte der Motor komplett seinen Dienst. Die F-16 sank in die Wolken und verschwand in einer grauen Masse aus Hagel und Eis.

Ylva ließ den Höhenmesser und den Standby-Kompass nicht aus den Augen, der Boden unter ihnen war in dem Unwetter schwer auszumachen, sie erhaschte jedoch einen flüchtigen Blick auf eine hufeisenförmige Gebirgskette, die sie gut kannte, weil sie bereits mehrfach dort gewesen war.

Das war unmöglich, wie waren sie so weit nach Nordosten gelangt? Sie mussten Murmansk und den Atomstützpunkt passiert haben.

»Sir, wir befinden uns über Lowosero, das hier ist Gebirge. Wir sollten abspringen.« Ylva schaute nach hinten, um zu prüfen, ob John sie hörte. Er hob den Daumen. Aus dem Augenwinkel heraus registrierte sie direkt hinter ihm einen grauen Kondensstreifen, ein Marschflugkörper war unterwegs. Blitzschnell drehte John den Steuerhebel maximal nach rechts, wodurch das Flugzeug dem Geschoss in letzter Sekunde auswich. Ylva sah es einen halben Meter vom Cockpit entfernt vorbeijagen.

»Evans! Abspringen!«

Ylva zog heftig an dem Griff zwischen ihren Beinen. Im Abstand einer Zehntelsekunde wurden sie aus der Maschine in eine undurchdringliche Wolke aus dichtem Hagel und Schneegestöber katapultiert.

Der Luftdruck traf Ylva wie eine harte Wand und presste die Luft aus ihr heraus. Sie keuchte verzweifelt, während sie mit über 200 km/h Richtung Boden stürzte.

Instinktiv drehte sie sich in die »Box«, den Bauch nach unten und Arme und Beine ausgestreckt. Während sie in wilden Saltos abwärtstrudelte, jagten Schockwellen von Übelkeit durch ihren Körper. Machtlos schoss sie durch die Luft wie ein menschliches Projektil, ohne zu ahnen, wo oben oder unten war.

Um die Kontrolle zurückzugewinnen, redete sie sich weiterhin ruhig zu.

»Mir ist schwindelig, ich muss zählen. 1001, 1002, ...«

Sie berechnete die Absprunghöhe. Wenn sie in etwa 3000 Metern nach draußen katapultiert worden waren, müsste sie nach 50 Sekunden freiem Fall den Fallschirm öffnen.

Die Windböen schleuderten sie wie eine Schlenkerpuppe durch die Luft, Runde um Runde wurde sie in einer irren Geschwindigkeit herumgewirbelt. Sie übergab sich.

Igor hielt nach der NATO-Maschine Ausschau, die im Schneegestöber verschwunden war. Wütend darüber, das Ziel verfehlt zu haben, feuerte er einen weiteren Marschflugkörper ab.

Die Druckwelle der Explosion, als dieser Sekunden später die F-16 traf, presste Ylva die Luft aus den Lungen und schleuderte sie horizontal durch die Luft. Hundert Meter unter ihr erhaschte John einen Blick auf die brennenden Wrackreste des Flugzeugs, die auf ihn zurasten. Er versuchte, ihnen auszuweichen, verspürte jedoch plötzlich einen stechenden Schmerz, als ein Metallteil sich in seinen Wadenmuskel bohrte. John brüllte und krümmte sich, der Schrei ging jedoch im Dröhnen der Maschine unter, die auf dem Boden explodierte.

Umgeben von einem unwirklichen Inferno aus Schnee, Wolken, Rauch, Wrackresten und Feuerzungen, versuchte Ylva, die Fassung zurückzugewinnen, bevor sie den Fallschirm auslöste, der sich mit einem Knall über ihr öffnete. Plötzlich wurde alles sonderbar still. Der Flugsitz, in dem ihr Körper bis zum Öffnen des Fallschirms festgeschnallt gewesen war, koppelte sich automatisch ab und fiel schwerfällig in Richtung der Erde unter ihr.

Ihr Körper fühlte sich jetzt leichter an. Sie konzentrierte sich darauf, trotz des heftigen Windes die Kontrolle über den Fallschirm zu erlangen. Das Herabsinken wurde zu einem weichen, surrealen Schweben durch flauschige Wolken.

Igor beobachtete die Explosion mit verblüffter Ruhe. Die brennenden Teile der NATO-Maschine fielen wie in Zeitlupe in die Eisöde unter ihm, wo sie glühend liegen blieben. Die Hitze der Explosion öffnete ein Loch im Schneesturm, durch das er sah, dass das Flugzeug am Rande einer Stadt explodiert war. Es lief ihm kalt den Rücken runter. Das musste Apatity sein, er hatte dort Familie.

Mit hämmerndem Herzen, aber fester Stimme kontaktierte er den Stützpunkt und gab den Bericht durch.

»Confirmed kill, NATO F-16.«

13

Da es das Unwetter unmöglich machte, den Abstand zum Boden einzuschätzen, krachte John vollkommen unvorbereitet in eine große Schneewehe. Das in seiner Wade steckende Metallstück wurde bei dem Aufprall noch tiefer hineingedrückt, und John stöhnte vor Schmerz. Mehrere Sekunden lang blieb er nach Luft japsend liegen. Der Schnee wehte über ihn wie bei den Sandstürmen in Ghibli der Sand, allerdings brannte die Kälte schlimmer als die 45 Grad heiße Wüste. Benommen nahm er den Helm ab, doch als er sich aufrappelte, um sich zu orientieren, erfasste der Wind seinen Fallschirm, der im nächsten Augenblick wie ein Segel hinter ihm aufragte. John wurde zu Boden geworfen und machtlos über die festgefrorene Tundra gezerrt.

Knappe 200 Meter entfernt landete Ylva in einer tiefen Schneewehe, ihr Fallschirm flatterte über dem Boden. Schnell zog sie ihn unter sich und rollte ihn zu einem Bündel zusammen. Erst nachdem sie den Fallschirm gesichert, den Helm abgenommen und ihre Sturmhaube aufgesetzt hatte, richtete sie sich auf und sah sich um.

Wo war Major Evans?

Der Wind blies noch immer heftig, und sie sah ihn nirgends.

»Major Evans!«

Sie drehte sich mit dem Rücken zum Wind und schirmte die Ohren mit den Händen ab, um in dem Rauschen Johns Stimme hören zu können. Keine Antwort. Wohin sie sich auch wandte, hörte sie nichts außer dem Heulen des Windes.

Sie blieb einen Moment lang stehen, verloren, mutlos. In diesem Wetter nach ihm zu suchen, war aussichtslos. Er konnte sonst wo gelandet sein. Sie richtete sich auf. Der Wind kam von Nordwesten, derselben Richtung, aus der sie gekommen waren. John war eine Sekunde vor ihr aus dem Flugzeug katapultiert worden, weshalb er vermutlich in Windrichtung gelandet war. Ylva befreite sich von dem Floß, das noch immer mit dem Sitzpaket verbunden war, nachdem der Schleudersitz abgekoppelt worden war. Sie beschloss, es mitzunehmen und setzte sich entgegen der Windrichtung in Bewegung. Das war die einzige Hoffnung. Außer Atem erklomm sie eine steile Anhöhe, von deren Kuppe aus sie ein Stück weiter unten am Hang eine reglose Gestalt liegen sah. Ylva lief rufend auf sie zu.

»Major Evans!«

Er antwortete nicht, und sie kämpfte sich mühsam durch tiefe Schneewehen zu der verletzten, wie leblos daliegenden Gestalt durch.

»Major Evans, sind Sie okay, Sir?«

Erst als sie direkt vor ihm stand, hörte sie ihn stöhnen.

»Sehe ich so aus, als ob ich okay wäre?«

Die Stelle, wo er lag, war uneben, unter ihm waren spitze Steine zu erkennen. John versuchte aufzustehen, sackte jedoch zusammen. Ylva sah, dass er aus einer Schnittwunde am Hinterkopf blutete, und aus seiner Wade ragte ein schwarz-weißes Metallstück.

»Sir, lassen Sie mich …«

Sie hockte sich hin und berührte vorsichtig das Metallstück. John zog den Fuß so heftig zu sich heran, dass Ylva rücklings zu Boden fiel. Sie musterte ihn, er war blass, und auf seiner Stirn standen Schweißperlen.

Ylva setzte sich auf.

»Sir, ich muss die Schnittwunde an Ihrem Kopf untersuchen und dann den Metallsplitter entfernen, der in Ihrer Wade steckt.«

John zitterte, seine Lippen waren blau vor Kälte. Er nickte kurz.

»Aber zuerst müssen wir den Wärmeverlust verringern.«

Sie schaute sich um, direkt neben ihnen befand sich eine große Schneewehe, und auf der Westseite bot sie Schutz vor dem Wind. Schnell grub sie eine Mulde, die groß genug für John war, dann holte sie seinen Fallschirm ein. Das Tuch mit einem Durchmesser von zehn Metern sorgte für eine gewisse Isolation gegen die Kälte. Vorsichtig half sie John auf und führte ihn zu der schützenden Mulde. Er sank schwer zu Boden, die Abschirmung vor dem Wind wirkte unmittelbar.

Schnell versicherte sich Ylva, dass zwischen Haut und Kleidung an Johns Halsbündchen sowie den Übergängen zu Handschuhen und Stiefeln kein Eis und Schneematsch eingedrungen waren. Trotz Spezialunterwäsche, Gore-Tex-Überlebensanzügen und Anti-g-Hosen würde die arktische Kälte schnell lebensgefährlich werden, wenn sie nass wurden. Nachdem sie also sichergestellt hatte, dass an den besagten Stellen keine Feuchtigkeit eingedrungen war, begutachtete sie Evans Wunde am Hinterkopf. Glücklicherweise handelte es sich nur um einen oberflächlichen Schnitt, der bereits aufgehört hatte zu bluten.

»Sie können die Sturmhaube aufsetzen, Sir, es ist nur ein Kratzer.«

Sie zog die Sturmhaube aus seinem Sitzpaket und half ihm, sie aufzusetzen. Evans wirkte verlegen, beinahe verärgert darüber, Hilfe annehmen zu müssen.

Besorgt blickte sie auf das Metallstück, das aus seiner Wade ragte.

»Sir, ich habe die Gebirgskette wiedererkannt, wo wir uns herauskatapultieren mussten, wir befinden uns in der Nähe von Lowosero in Russland.«

John starrte sie an.

»Wo?«

»Lowosero … Russland.«

Erst jetzt kam die Information bei ihm an. Sie waren viel zu weit nach Osten geflogen und hinter feindlichen Linien gefangen. Es glich einem unwirklichen Déjà-vu, er musste sich sammeln.

»Sir, haben Sie gehört, was ich gesagt habe?«

John nickte verbissen. Sein Bein schmerzte höllisch, und für einen kurzen Moment stieg Panik in ihm auf. Er hatte nicht die Kraft, das alles noch einmal durchzustehen, sein Herz klopfte heftig, und er kämpfte darum, sich seine Furcht nicht anmerken zu lassen. Er sah zu Ylva auf, die über ihm stand, ihr Blick war konzentriert, sie dachte nach. Ihre Ruhe war ansteckend. Die Panik verebbte, und er schaltete in den Überlebensmodus.

»Stehen Sie nicht rum und quatschen. Kommen wir lieber in die Gänge«, fuhr er sie an.

Ylva setzte sich neben ihn und nahm sein Bein in Augenschein. Der Metallsplitter war etwa zehn Zentimeter lang und zu einer Spitze geformt, die in Johns Wade verschwand, Blut sickerte aus der Wunde und färbte seine Hose wie auch den Fallschirm rot.

»Unsere größte Herausforderung ist, ihr Bein so weit zu verarzten, dass Sie den Marsch bewältigen.«

John drehte sich zu ihr und zischte verärgert.

»Unsere größte Herausforderung besteht darin, nicht von russischen Spezialkräften geschnappt zu werden. Die SpezNas machen garantiert Jagd auf uns. Das hier ist ihr Hinterhof. Wir stecken in verdammten Schwierigkeiten.«

Ylva setzte sich in den Windschutz, zog die Kampfweste aus und öffnete den Reißverschluss ihres Fliegeroveralls, bevor sie Johns Stiefel aufschnürte und seinen Fuß auf die nackte Haut ihres Bauches legte. John zuckte zusammen, als er die Wärme ihrer Haut an seiner

Fußsohle spürte, die in seinen Körper ausstrahlte. Es fühlte sich seltsam intim an, und es brachte Linderung.

John ließ sich zurücksinken und schaute matt in den über ihm wirbelnden Schnee. Er hatte sich schon einmal in so einer Situation befunden, auf dem Rücken liegend, schwer verletzt hinter feindlichen Linien. Damals hatte er in einen Sandsturm gestarrt, der die gnadenlose nordafrikanische Sonne verdeckt hatte. Damals war John ein anderer Mann gewesen, voller vorbehaltlosem Idealismus, Kampfwillen und Mut. Jetzt spürte er nur Kälte, Mutlosigkeit. Niemand entkam den russischen Spezialeinheiten, nicht mitten im Winter draußen in der arktischen Tundra. Was die Russen mit Piloten anstellen würden, die Kurs auf den größten militärischen Atomstützpunkt des Landes genommen hatten, konnte er sich nur ansatzweise vorstellen. Das war Teil des Deals, rief er sich selbst in Erinnerung, und er kannte die Konsequenzen dessen, was er verursacht hatte.

Ylva gelang es, das Hosenbein über den Metallsplitter zu befördern, ohne dafür die Hose aufreißen zu müssen. Besonnen studierte sie die Wundfläche, dann ruckelte sie vorsichtig an dem Metallsplitter. Blut sickerte heraus. Gut.

»Sir, ich glaube, der Splitter hat keine Arterie durchtrennt.«

John hatte nicht die Kraft zu antworten. Ylva zog das zur Überlebensausrüstung gehörende Feuerzeug und das

Messer heraus und legte beides vor sich auf den Boden. Erst als das erledigt war, streifte sie sich die Handschuhe ab und umfasste Johns Fußknöchel. Sie sahen einander an, John nickte, er verstand, was sie vorhatte. Behutsam versuchte sie, das Metallstück ein wenig zu bewegen. John brüllte vor Schmerz, schlug um sich und warf sich nach hinten. Ylva wich den Schlägen geschickt aus, die sie hatte kommen sehen. Sie wartete, bis John sich beruhigt hatte, dann machte sie weiter. Aber es nützte nichts, der Splitter saß zu tief.

»Bleiben Sie ganz ruhig, Sir.«

John starrte Ylva mit wildem Blick an, rührte sich aber nicht. Der Sturm erschwerte es, das Feuerzeug zu entzünden, aber schließlich gelang es ihr. Mit dem Rücken zum Wind schirmte sie die Flamme ab, während sie sie an die scharfe Klinge hielt, um diese zu sterilisieren. Sie schaute John ins Gesicht.

»Bereit?« Er biss die Zähne fest zusammen und nickte.

Ylva platzierte die Klinge parallel zum Metallstück und schob sie zwischen Splitter und Fleisch. Vorsichtig versuchte sie zu erspüren, wie tief sie schneiden musste, um bis ganz ans Ende des Metalls zu gelangen. Die Klinge glitt gut vier Zentimeter in Evans Wadenmuskulatur, bevor Ylva den Punkt fühlte, wo die harte Fläche des Splitters endete und das Messer auf weiches Gewebe traf. Ylva registrierte, wie Evans die Kiefermuskeln anspannte, also drückte sie die Klinge ohne zu zögern von unten gegen den Splitter, woraufhin sich dieser nach oben bewegte. Mit steif gefrorenen Fingern versuchte sie, ihn herauszuziehen, aber er war glitschig vom Blut und ließ sich nicht fassen. Evans stöhnte und wand sich vor Schmerzen.

»Sir, ich muss den Splitter weiter hochschieben, um ihn greifen zu können.«

John nickte. Erneut hielt Ylva die Gasflamme gegen das Messer, der Gestank und das Geräusch von Johns schmorendem Blut ließen Übelkeit in ihr aufsteigen. Sie wollte sich abwenden, blieb aber fokussiert. Als die Klinge ein wenig abgekühlt war, führte sie sie tief in Johns Bein, um unter den Splitter zu gelangen. Zwischen dem stoßweisen Heulen des Sturms hörte sie das schmatzende Geräusch von Fleisch und Blut. Sie musste das Messer kräftig biegen, damit sich der Metallsplitter ausreichend hob und sie ihn richtig greifen konnte. Diesmal bekam sie ihn zu fassen, und mit einem festen Ruck gelang es ihr, den Splitter herauszuziehen. Johns Gebrüll übertönte das Heulen des Sturms. Dann verstummte er, und das Einzige, was zu hören war, war das klagende Wispern des Schnees, der wie verängstigte Gespenster ruhelos über die Tundra jagte.

Als der Splitter aus dem Fleisch glitt, stellte Ylva erleichtert fest, dass frisches Blut aus der Wunde lief. Somit hatte sie aller Wahrscheinlichkeit nach das komplette Metallstück erwischt.

Mit zitternden Fingern drückte Ylva die klaffende Wunde zusammen, aber das Blut pulste weiter heraus. Ihre Finger waren taub, sie war nicht in der Lage, ausreichend Druck auszuüben, um die Blutung zu stoppen und die Wunde zu verbinden. John war leichenblass, sein Körper wurde von Krämpfen geschüttelt.

»Ich muss kauterisieren, Sir.«

Er wusste, was das bedeutete. Indem man Fleisch und Blut extremer Hitze aussetzte, verbanden sich die Proteine, wie beim Braten das Protein im Ei gestockt wurde. Das würde die Blutung stoppen, erhöhte aber auch die Gefahr einer systemischen Infektion im umgebenden Gewebe. Die Kauterisation würde John einige Tage Aufschub geben, um eine medizinische Behandlung zu erhalten, bevor die Infektion tödlich wurde. Er hatte keine Wahl, das wusste er.

»Machen Sie schon, Nordahl, bringen wir's hinter uns.«

Erneut hielt sie die Klinge in die Flamme des Feuerzeugs, bis sie glühend heiß war, und schob sie dann ohne sie abkühlen zu lassen in die Wunde.

John stierte Ylva mit qualvoll verzerrtem Gesicht an. Er packte ihre Hand und versuchte, ihr das Messer aus der Hand zu reißen. Ylva stählte sich, sie durfte jetzt nicht loslassen. Also hielt sie ihren Blick starr auf ihn gerichtet, während das glühende Messer das beschädigte Gewebe verödete und die Wunde schloss. Mit einem hörbaren Zischen verkohlten Fleisch und Blut zu einer dünnen Kruste. Der rasende Schmerz ließ nach, und als das Adrenalin in seinem Körper abgebaut war, verlor John das Bewusstsein.

Ylva zog die blutige Klinge heraus und reinigte sie im Schnee, bevor sie sich langsam aufrichtete. Der Sturm war abgeflaut, und sie registrierte, dass sie von einem transparenten weißen Licht umgeben waren. Sie schnitt ein Stück Stoff aus dem Fallschirmtuch und verband die Wunde.

John Evans lag blass und ruhig da, abgesehen von reflexartigen Zuckungen war er vollkommen reglos. Neben ihm auf dem Boden lag der blutige Metallsplitter. Ylva studierte ihn genau, bevor sie daran roch. Der ekelerregende Mix aus Blut und Treibstoff war unverkennbar. Um sich zu vergewissern, hielt sie die Flamme des Feuerzeugs an das Metallstück, das mit einer leuchtend blauen Flamme brannte. Der Splitter stammte vom Benzintank. Evans öffnete die Augen und blinzelte matt in die unheilvolle Flamme, beide wussten sie, was das bedeutete. Die Frage lautete nicht, *ob* er eine Blutvergiftung bekommen würde, sondern *wann*.

Mit verbundener Wunde stand John auf. Das hier war schlimmer als Ghibli, stellte er fest, viel schlimmer. Das zu leugnen, war sinnlos. Er hatte sie in diese Lage gebracht und musste einen Ausweg finden. Er schielte zu Ylva hinüber, die unbeweglich dastand und sich umsah.

»Sir, das Flugzeug wurde wenige Kilometer südöstlich von uns abgeschossen. Die Russen werden dort mit der Suche beginnen. Das verschafft uns einen Vorsprung.«

Er nickte. Ylva blickte zu dem Licht, das durch die schneeschweren Wolken drang. Die Sonne stand im Norden. Es musste etwa 10 Uhr sein. Das gab ihnen einen Anhaltspunkt, in welcher Richtung Westen lag. John schaute auf seine Uhr. Das Glas war zerbrochen und die Zeiger verbogen, aber der Kompass funktionierte, und die Nadel zeigte nach Norden.

14

Der Präsident tobte. Das war kein Unfall. Eine NATO-Maschine flog nicht zufällig direkt auf Russlands größten Atomstützpunkt zu. Ausdruckslos lauschte er dem ungläubigen Bericht der Mitarbeiter aus Montschegorsk, während seine Gedanken Achterbahn fuhren. Das musste von Akteuren inszeniert worden sein, die ein klares Eigeninteresse daran hatten, die Arktis in einen schmutzigen Schattenkrieg zu stürzen. Wer wollte in der Barentsregion für Anarchie sorgen? Wer verfügte über ausreichend Ressourcen, um eine solche Operation auf die Beine zu stellen?

Auf den Fernsehbildschirmen hinter ihm flimmerte die übliche Medienorgie des Westens. Was für eine Parodie der Meinungsfreiheit. Die Kakofonie aus stereotypen Nachrichtenbeiträgen, billiger Grafik, banaler Wichtigtuerei und überzogenen Verschwörungstheorien wollte kein Ende nehmen.

»NATO-Flugzeug während Übung von Russland abgeschossen«, »Russischer Angriff auf die NATO verlangt resolute Antwort!«, »Wird die Finnmark zur neuen Krim?«. Von der eigenen Bedeutsamkeit überzeugt, ereiferten sich Verschwörungstheoretiker und PR-geile Debattierer.

Angeblich hatten sie so etwas schon lange kommen sehen. Russland rüste sich seit Jahren zum Krieg gegen den Westen. Jetzt bekamen sie recht. Selbstgefällig und triumphierend sonnten sie sich in der Aufmerksamkeit der Medien, während sie der Welt erklärten, dass der F-16-Vorfall selbstverständlich vom Kreml inszeniert worden sei, um einen präzise vorbereiteten Angriff auf die Grenze der NATO im Norden zu legitimieren. Der Präsident schnaubte verächtlich – als würde er sich derart banaler Strategien bedienen.

Er verabscheute diese gefühlsduselige, hyperkommerzialisierte Affektionsregie. Die Massenhysterie. Zwar hatte er gelernt, mit dem Medienzirkus des Westens zu spielen – es bereitete ihm sogar ein gewisses Vergnügen –, dennoch verachtete er es. Ebendiese Propagandamaschinerie des Westens hatte ihm all das beigebracht, was er über groß angelegte Manipulation und kollektives »Gaslighting« wissen musste. Die USA und ihre Alliierten waren Meister darin, ihre Opfer flächendeckend mit irreführenden und widersprüchlichen Informationen zu bombardieren, damit diese letztendlich den Glauben an Behörden, Nachrichtenmedien und ihre eigene Wahrnehmung verloren. Er hatte eingesehen, dass die »Meinungsfreiheit« des Westens lediglich ein akkurat orchestriertes Spektakel aus falschen Nachrichten, hirnlosen Unterhaltungsmeldungen und Clickbaits war, dessen Hauptziel darin bestand, verschiedene Gruppen gegeneinander aufzuhetzen, abzulenken und Menschen passiv zu machen. Die Medien waren zum vollendeten Psychopathen geworden, dessen Informationschaos die Menschen dazu brachte, ihren eigenen Sinnen zu misstrauen und jede Information anzuzweifeln, Fakten eingeschlossen. Vor allem Fakten. Bereits in den Achtzigerjahren hatte er mit Interesse beobachtet, wie die Medien ihr Publikum zur Passivität verleiteten, indem sie den kritischen Geist der Menschen verwirrten, zerstreuten und zermürbten und ihre Tatkraft zunichtemachten. Um von den Besten zu lernen, hatte er die führenden Medienstrategen und PR-Berater des Westens nach St. Petersburg eingeladen.

»Krieg ist epistemologisch, wer die Geschichte gewinnt, der gewinnt den Krieg«, hatten sie gesagt.

»Sieger ist derjenige, dessen Version der Ereignisse als wahr erhalten bleibt. Fakten spielen eine untergeordnete Rolle, wiederholt man eine Lüge oft genug, macht die Wiedererkennbarkeit an sich sie glaubwürdig. Die Leute wollen Sicherheit, erzählt man dieselbe Geschichte wieder und wieder, fangen sie an, daran zu glauben. Wiedererkennbarkeit erzeugt Glaubwürdigkeit.«

Also woraus bestand in diesem Fall die Geschichte?

Der Bericht von Majorin Chodorkowski deutete darauf hin, dass alles normal verlaufen war, bis das NATO-Flugzeug plötzlich die russische Fullback jagte. Als die Majorin die Piloten der Maschine beim Übertritt der russischen Grenze kontaktierte, hatten sie nicht reagiert, sondern waren weiter geradewegs auf den Atomstützpunkt in Montschegorsk zugeflogen. Das Flugzeug war über der Stadt Apatity abgeschossen worden, die bisherige Zahl der Opfer lag bei 37. Man rechnete jedoch mit einem

Anstieg der Todeszahlen. Bilder von Apatity flimmerten über den Fernsehbildschirm, ungeheuerliche Szenen von brennenden Wrackresten, deren Flammen auf ein Krankenhaus sowie einen benachbarten Wohnblock übergegriffen hatten. Verkohlte Patienten und durch das Feuer verletzte Personen brachten beiderseits der Grenze die Gefühle in Wallung. Das Militär hatte bereits das Gebiet lokalisiert, in dem sich die Reste der Flugsitze fanden, die Piloten konnten also nicht weit entfernt sein. Die SpezNas-Soldaten befanden sich aktuell auf dem Weg dorthin.

Eine vollkommen unübersichtliche und unhaltbare Situation, dachte der Präsident. Die Piloten mussten gefasst werden. Lebend, damit sie ihm alle Informationen zu den Hintermännern sowie darüber geben konnten, wie die Aktion inszeniert worden war und warum. Dann durften sie seinetwegen getrost sterben.

Obwohl die Art des Zwischenfalls ihn überrumpelte, war er nicht wirklich überrascht. Dem Präsidenten war bewusst, dass die siebzig Jahre seit dem Ende des Zweiten Weltkrieges mit relativer internationaler Ruhe, Zusammenarbeit und Regulierungen historisch betrachtet die Ausnahme waren, nicht die Regel. Beständiges Chaos war normal. Das war der Lauf der Natur, alles musste vernichtet werden, um anschließend neu entstehen zu können. Wieder und immer wieder. Das Leben war ein Mahlstrom aus anhaltendem Chaos.

Bereits als kleiner Junge hatte er die Kunst erlernt, zwischen Schatten und Chaos aufzublühen, dort, wo nichts sicher war. Er hatte sich mit der Gewissheit versöhnt, dass man niemandem trauen konnte. Nichts war, wie es schien, alles war ein Kampf. Und noch etwas hatte er schon früh begriffen: Erst wenn man die Illusion von Sicherheit aufgab, öffnete sich einem die Welt, und alles war möglich. Das war die Wahrheit. Erst wenn man in der Lage war, das Chaos zu umarmen, in dem vollkommen normauflösenden grauenhaften und illusionslosen Wahnsinn klärende Ruhe und Stärke zu finden, war man frei.

Seine Erfahrungen in den brutalen Gassen St. Petersburgs hatten ihn an die Spitze der Hierarchie geführt, und daran hielt er fest. Aber ebenso wie der frühere Eigentümer des Novo-Ogaryovo-Palastes die brutale Wirklichkeit aus dem Blick verloren hatte, hatte nun auch die Bevölkerung vergessen, wie die Welt in Wahrheit beschaffen war. Den Menschen ging es zu gut. Sie ließen sich von geistlosen Seifenopern und der infantilen Erwartung einlullen, dass die Politiker und Bürokraten schon auf sie aufpassen würden. Sie überließen den Erwachsenen, den Mächtigen, die Verantwortung für ihre Taten, während sie selbst sich ewigem Luxus, Unterhaltung und Genuss hingaben. Sie betrachteten Sicherheit und Wohlstand als gegeben und selbstverständlich.

Der Präsident trat ans Fenster und blickte auf die Menge außenpolitischer Experten, die in das Verwaltungsgebäude strömte. Ein schwarzer Mercedes fuhr vor dem Eingang vor, und Tom Erik Gran, der hochgewachsene, joviale Botschafter Norwegens stieg aus. Die Haare des Botschafters waren zerzaust, die Anzugjacke nicht zugeknöpft, er wirkte verwirrt. Gestresst. Das bedeutete ja wohl, dass der Anflug der NATO-Maschine auf Montschegorsk auch die Norweger unvorbereitet getroffen hatte. Also mussten die Amerikaner dahinterstecken, aber welche interne Fraktion in Washington saß am entscheidenden Hebel? Der Präsident war lediglich ein nützlicher Idiot, und das Verhalten der Generäle um ihn herum war normalerweise relativ vorhersehbar. Wer sonst also könnte in Washington einen solchen Befehl erlassen haben?

Dass die Snap-Übung, die er wenige Stunden zuvor angeordnet hatte, eine solche Reaktion ausgelöst hatte, war unwahrscheinlich. Der Flug einer NATO-Maschine mit Kurs auf Russlands größten Atomstützpunkt musste gründlich geplant und frühzeitig vorbereitet worden sein.

Der Präsident verfluchte sich dafür, nicht die Faktoren vorhergesehen zu haben, die dieses Geschehen ausgelöst hatten. Aber gut, dann musste er die Karten eben neu mischen.

15

Ylva spürte Johns bohrenden Blick im Rücken. Jedes Mal, wenn er mit dem verletzten Bein auftrat, hörte sie ihn kurz und scharf nach Luft schnappen. Das Unwetter hatte sich verzogen, und sie stellte erleichtert fest, dass ihre Berechnungen stimmten; sie wusste, wo sie sich befanden, war schon hier gewesen.

Die Route über den gefrorenen Seidosero war ein malerischer Albtraum. Der See erstreckte sich nach Süden, und der Nordwind hatte tiefe Verwehungen eisigen Harsches gebildet, in den sie bei jedem Schritt einsackten. Ylva spürte förmlich am eigenen Leib, wie der Schmerz Major Evans erbarmungslos durchfuhr, wenn der verletzte Fuß durch den Harsch brach und auf massives Eis traf. Er verzog keine Miene, doch die angespannten Kiefermuskeln und die glasigen Augen sprachen Bände.

Sie hielten ein zügiges Tempo, und trotz Tiefschnee und schneidendem Gegenwind überquerten sie den See binnen etwa zwei Stunden.

»Sir, wenn wir noch drei, vier Stunden weitergehen, erreichen wir die Höhlen oben im Berg. Da können wir uns ausruhen.«

John starrte Ylva an, seine Augenbrauen und Wimpern waren mit einer Schicht aus Eiskristallen überzogen. Um das eine Auge war die Haut bereits wund. Er hob die Hand zum Gesicht.

»Nicht reiben!«

»Was?«

»Das reizt die Tränenkanäle, Sie sind schon wund ums Auge. Nicht reiben.«

John antwortete nicht, verbissen schweigend stapfte er weiter. Ylva seufzte genervt, sie sah keinen Sinn in dieser wortkargen Feindseligkeit. Es war einfach nur verdammt unkollegial. Als ihr Vorgesetzter hatte er verdammt noch mal dafür zu sorgen, die Moral hochzuhalten, mit gutem Beispiel voranzugehen. John war ein unprofessioneller, egoistischer Eigenbrötler, aber bitte schön, wenn er meinte. Sie kam gut allein zurecht, dann würde sie den alten Kauz eben ignorieren.

Von Norden her peitschte ihnen der Wind stechende Eisnadeln entgegen, und obwohl sie weiterhin zügig gingen, schnitt die Kälte in Gesicht, Finger und Zehen. Allmählich war Ylva die Stille wirklich leid, sie spürte Unruhe und Ärger in sich wachsen. Was sollte dieses hartnäckige Schweigen? War es ein Machtkampf? Sie zerbrach sich den Kopf, wie es eigentlich genau zu dem Unglück gekommen war, bekam aber kein klares Bild vom Moment des Zusammenstoßes. Was hatte sie falsch gemacht? Sie konnte keinen Fehler erkennen. Die Situation war unwirklich, sie wagte kaum, daran zu denken, was jetzt gerade draußen in der Welt los war.

»Sir, glauben Sie, der russische Soldat wird erzählen, was passiert ist? Dass wir … dass dieser …«

Was fragte sie da eigentlich? Glaubte sie, der russische Pilot würde zugeben, dass der Stressflug schiefgegangen war, dass er zuerst in der internationalen Zone mit einem NATO-Flugzeug kollidiert war, um es anschließend über Murmansk abzuschießen? Oder hatten die Russen diesen Angriff geplant, war das möglich?

»Die Zeiten haben sich geändert. Wir kriegen keinen Powers-Deal.« Evans klang bitter. Francis Powers, der amerikanische U2-Pilot, der 1960 auf der Strecke von einem NATO-Stützpunkt in Pakistan nach Bodø über der Sowjetunion abgeschossen wurde, kam in Gefangenschaft und wurde wegen Spionage zu zehn Jahren Haft verurteilt. Die U2-Affäre führte dazu, dass Chruschtschow die anstehende Pariser Gipfelkonferenz absagte. Er drohte sogar damit, eine Atombombe über Bodø abzuwerfen. Dank geschickter Diplomatie auf beiden Seiten erwirkten die USA schließlich Powers' Freilassung und dass das Ereignis keine dauerhafte politische oder militärische Krise nach sich zog. John glaubte nicht daran, dass die heutigen politischen Akteure verständig und willens genug waren, diese Situation ebenso rational anzugehen.

Sie gingen schweigend weiter, das Licht schwand rasch. Sie wussten beide, dass nur wenige Kilometer entfernt 60.000 NATO-Soldaten an der Grenze zu Russland standen, und sie konnten getrost davon ausgehen, dass die Russen eine noch größere Anzahl kampfbereiter Soldaten auf ihrer Seite mobilisiert hatten. Ylva und John waren wie Zündhölzer in einem Pulverfass.

John blieb stehen und sah sich um. Über der Landschaft hing ein milchig weißer Nebel, der die Trennlinie zwischen Himmel und Erde verwischte. Man hätte das Szenario als idyllisch bezeichnen können, wäre es nicht so unbarmherzig gewesen.

»Wo sind wir?«

Ylva folgte Johns Blick über den zugefrorenen See. Im Sommer wogte dieses Wasser träge wie flüssiges Blei und spiegelte die umliegenden Berge.

»Das ist der Seidosero.«

Evans sah mutlos an dem steilen Bergmassiv hoch.

»Geht es etwas genauer, Nordahl?«

»Sir, wir befinden uns ca. 189 Meter über dem Meeresspiegel, 67,49° Nord, 34,51° Ost, am Ufer des Sees und dem Fuß der Chibinen. Das dort ist der Angwundastschorr.«

Sie zeigte auf den Gipfel, der sich über ihnen erhob.

»Der höchste Punkt liegt etwa 1120 Meter über dem Meeresspiegel, aber wir können weiter unten herumgehen. Auf der anderen Seite sind im Großen und Ganzen nur Wildnis und Tundra bis zum Ort Rayakoski an der Grenze zu Norwegen.«

Evans nickte kurz, dann setzte er den Marsch fort.

Obwohl sie zwischen den Bergen vor dem Nordwind geschützt waren, wurde es immer kälter. Ylva schloss aus dem blauen Licht, dass es zwischen 15 und 16 Uhr nachmittags sein musste. Bald würde es dunkel werden, und das Terrain war unberechenbar. Der See war von schroffen Bergen und Klüften gesäumt. Um auf die andere Seite des Massivs zu gelangen, mussten sie steile Schluchten und gefährliche steinige Bergpässe überwinden. Doch das Gebirge bot auch Schutz und gute Versteckmöglichkeiten, was sie bitter nötig hatten, wenn die Russen auf der Suche nach den NATO-Piloten, deren Leichen sie nicht zwischen den Wrackresten gefunden hatten, die Gegend zu durchkämmen begannen.

Ein Stück den Hang hinauf blieb Ylva stehen, blickte zu der Felswand, die über ihnen emporragte, und lächelte. John blieb ebenfalls stehen und sah sie fragend an.

»Nordahl?«

»Sir, wissen Sie, was das ist?«

Er folgte Ylvas Blick und riss überrascht die Augen auf. In dem blauen Nachmittagslicht erhob sich der Umriss eines beinahe achtzig Meter hohen Riesen über ihnen.

Das Licht war perfekt, die gigantische menschenähnliche Gestalt schien ihnen aus dem Berg entgegenzukommen.

»Das ist Kuiva.«

»Kuiva?«

»Der samischen Mythologie zufolge handelt es sich um den Riesen Kuiva, der in diesem Berg lebte.«

John sah Ylva schief an.

»Dieses Gebiet ist ein heiliger Ort der Samen.«

»Woher wissen Sie das?«

»Als Kind habe ich ganz in der Nähe gewohnt.«

»Jetzt sagen Sie nicht, Sie sind Russin?«

Ylva ignorierte den anklagenden Tonfall.

»Meine Familie mütterlicherseits stammt aus der Gegend, und wir haben nach dem Tod meines Vaters ein paar Monate bei ihr gewohnt.«

John sah Ylva mit einem unergründlichen Blick seiner grauen Augen durch die Eiskristalle an, die sich in den Wimpern festgesetzt hatten.

»Sie sagen, die Hyperboreer stammten von hier«, fuhr Ylva fort.

Johns Blick ruhte auf ihr, ehe er erneut zu der Gestalt aufschaute, die in der Zeit erstarrt zu sein schien. Dann fuhr er sich müde mit der Hand durchs Gesicht.

»Weiter!«

»Um diese Gegend ranken sich viele Legenden und Aberglaube. Allein in den letzten zehn Jahren sind hier oben über einhundert Menschen verschwunden. Keiner weiß, wie oder warum.«

John seufzte ungeduldig.

»Ich meinte, Sie sollen weitergehen, Nordahl!«

Sie hielt wohlweislich den Mund und ging weiter.

Während sie den Berghang hinaufkraxelten, senkte sich die Dunkelheit bleiern über die Landschaft. Obwohl er kein Wort sagte, merkte Ylva, dass John zu Tode erschöpft war.

Niemand wusste besser als er, wie Schmerz das Bewusstsein vollkommen ausfüllen konnte. Die Sekunden zogen sich in die Länge, jede Minute wurde zu einer Ewigkeit.

Aber er ertrug es. Zwischen den schwelenden Ruinen im libyschen Fessan hatte der erfahrene Arzt, der mit den Folterern zusammenarbeitete, seinen Augen kaum trauen wollen. John hatte die Zähne zusammengebissen und den Sack über dem Kopf und das Wasser, das unerbittlich über ihn geschüttet wurde, ausgehalten. Die wenigsten überstehen das von den Amerikanern erfundene Waterboarding. Schlaflosigkeit, die Verletzungen durch den Flugzeugabsturz, Infektionen, Hunger, Durst. Selbst den Respekt der alten Mudschahedin hatte John gewonnen. Jener hartgesottenen, todbringenden Arbeitsmigranten, die die schlimmsten Kriege Afghanistans mitgemacht hatten, angeheuert für die Kämpfe in Libyen. Sie hatten fast alles gesehen und durchlebt. Außer einer hübschen Stange Lösegeld, bezahlt von einem unbekannten Wohltäter, brachte John Evans den libyschen Aufständischen nichts ein. Er hatte das Unerträgliche ertragen und das Unmögliche überlebt.

Aber das hier war schlimmer. Nicht wegen des pulsierenden Schmerzes in der Wunde am Bein oder dem ohne Unterlass schmerzenden Rücken, nein, es war die Kälte. An Augenbrauen und Wimpern hatten sich Eiszapfen gebildet, jeder Atemzug stach und brannte in der Lunge. Seine Zehen und Finger waren taub. Er sah zu der zierlichen Gestalt, die sich vor ihm die Bergwand hinaufkämpfte. War Nordahl Russin? In ihren Papieren hatte nichts davon gestanden, dort wurde lediglich erwähnt, dass sie Russisch sprach, darauf hatte er keinen weiteren Gedanken verschwendet. Wer war sie? John musste sich anstrengen, um Schritt zu halten. Er entschied, möglichst viel über sie herauszufinden und sie maximal auszunutzen, bis er in Sicherheit war.

16

Der NATO-Generalsekretär war ein besonnener Mann, der schon mehrfach mit komplexen Krisen konfrontiert worden war. Er wusste mit dem Druck umzugehen, schöpfte Energie aus den Herausforderungen und ließ sich selten mitreißen. Nun saß er steif auf seinem Stuhl und lauschte den Berichten weltweit führender Experten in Sachen Taktik, geopolitische Sicherheit und Militärstrategie.

»Wie ist der Stand der Suchaktion?«, fragte er.

Der ständige Vertreter Norwegens im Nordatlantikrat räusperte sich und straffte den Rücken.

»Generalsekretär, die Rettungsaktion im HOOP-Gebiet ist in vollem Gang, und ein SAR Queen aus dem 330. Geschwader der Basis in Banak sucht in der Gegend nach Wrackteilen. Wir haben außerdem eine Fregatte aus Mehamn losgeschickt, und die KV Senja hat die Gewässer um die Bäreninsel mit Kurs auf das HOOP-Ölfeld verlassen. Die Übung Arctic Blizzard wurde natürlich abgesagt, aber sämtliche Streitkräfte in der Gegend werden für den Einsatzfall in Bereitschaft gehalten.«

»Und die Russen?«

Er sah zum Vorsitzenden des NATO-Militärausschusses, der resigniert den Kopf schüttelte.

»Wir versuchen weiterhin, den russischen Präsidenten zu erreichen, bis jetzt aber ohne Erfolg. Die Russen behaupten, sie hätten keine Ahnung, wie es zu dem Absturz gekommen ist.«

Der Generalsekretär verbarg seine Ungeduld und hörte sich aufmerksam die Empfehlungen des Expertenteams zum weiteren Vorgehen der NATO an.

Sollten sie Handlungsfähigkeit demonstrieren, die Bodentruppen mobilisieren und zurückschlagen? Oder besonnen reagieren und erst einmal abwarten? War es geschickter, sich transparent zu zeigen und in den Dialog zu treten? Oder strategisch zu agieren und sich nicht in die Karten schauen zu lassen?

Mit unergründlicher Miene studierte der Generalsekretär die Gesichter, die ihn vom Monitor an der Wand und von ihren Plätzen rund um den Konferenztisch ansahen. Worte, Worte, Worte. Berichte, Analysen, Empirie und Lagebilder wurden vorgelegt, allesamt intelligente, gewissenhaft ausgearbeitete Bewertungen. Natürlich, schließlich waren sie allesamt intelligente, gewissenhafte Menschen. Aber keiner wirkte überzeugend, die Gleichung ging nicht auf.

Die Gedanken des Generalsekretärs wanderten zu dem alten Haus auf dem Land, das er vor Kurzem mit Aussicht auf den Ruhestand gekauft hatte. Ihm gefiel das rustikale Gepräge des Hauses, das Authentische und Einfache, das jedenfalls redete er sich ein. Nach einem Berufsleben innerhalb der höchsten Machtelite der Welt war er daran gewöhnt, nur das Beste vom Besten zu bekommen. Alles und jeder um ihn herum war von höchster Qualität, alles war blank poliert und funktionierte reibungslos. Er fühlte sich noch immer ein wenig fehl am Platz inmitten dieser weltgewandten Eleganz, er vermisste das Bodenständige und Einfache. Wobei, tat er das wirklich? Er hatte jedenfalls vor, sich mehr Zeit zu nehmen, jede Menge Zeit, um herauszufinden, wonach ihm eigentlich der Sinn stand, wenn er sich irgendwann zurückziehen und das alte Holzhaus in Besitz nehmen konnte. Eigentlich war es idiotisch, sich erst am Ende des Lebens die Zeit nehmen zu können, um sich auf sich selbst zu besinnen und in sich zu gehen. Was nützte einem alten Mann eine aufrichtige Selbsterkenntnis, nachdem er von all seinen Ämtern zurückgetreten war und de facto ausgedient hatte?

»Was denken Sie, Herr Generalsekretär?«

Die Frage kam vom operativen Leiter der NATO, General David Grant.

Der Generalsekretär sah auf. Was er dachte? Wer seinen Führungsstil kannte, wusste, dass er seine Gedanken und Ansichten niemals kundtat, ehe er nicht alle Informationen gehört und sich ein möglichst umfassendes Bild gemacht hatte. Die Frage missfiel ihm, und jetzt, wo alle Blicke auf ihn gerichtet waren, spürte er die zunehmend angespannte Stimmung im Raum.

Der Generalsekretär schielte zu seinem militärstrategischen Berater, einem ambitionierten jungen Mann mit großem Potenzial. Der Berater merkte, dass sein

Vorgesetzter mehr wissen wollte, ehe er sich äußerte, und ergriff das Wort.

»Das Wichtigste ist jetzt, Ruhe zu bewahren und uns einen vollständigen Überblick zu verschaffen ...«

Die Antwort war so einleuchtend, dass keiner der Anwesenden auf den abwehrenden Tonfall reagierte, den sich der junge Mann gegenüber dem verdienten General Grant herausnahm.

Wer bevorzugte nicht Ruhe und Überblick, dachte der Generalsekretär, überhastete Entscheidungen führten fast immer nur zu noch mehr Chaos. Von Überblick konnte bislang allerdings keine Rede sein, und eine wachsende Unruhe oder wohl eher zunehmende Furcht prägte die Besprechung.

Grant, der gealterte General, der seine besten Jahre definitiv hinter sich hatte, geriet in Rage.

»Bei allem Respekt, Sir, wir sprechen über eine mögliche Kriegserklärung, das hier ist keine theoretische Strategiekonferenz. Wenn es Krieg gibt, müssen wir in die Offensive gehen. Wir müssen die Initiative ergreifen.«

»Falls es eine Kriegserklärung der Russen ist, haben *sie* wohl bereits die Initiative ergriffen«, erwiderte der junge Berater.

Der Generalsekretär lächelte, ja, er mochte den jungen Mann. Aber jetzt warteten wieder alle auf ihn, sie wollten die Meinung des Generalsekretärs hören. Er seufzte und betrachtete die angespannte Versammlung, ohne etwas zu sagen. Wartete ab. Von einem der Monitore erklang das diskrete Räuspern einer Expertin der Cyberabwehr, im Hintergrund sah er die Umrisse der New Yorker Skyline.

Der Generalsekretär nickte ihr zu.

»Ja?«

»Sir, wenn wir exakt so auf die Russen reagieren, wie sie es erwarten, werden sie vermutlich mit einer ebenso vorhersehbaren Aktion kontern. Wir müssen aufpassen, dass wir keine unkalkulierbaren Reaktionen beim Feind auslösen oder provozieren, sondern ausgehend von den Bedürfnissen und Motiven der Gegenpartei handeln.«

»Schön und gut, aber welches Motiv haben die Russen in diesem Fall?«

»Die Vormachtstellung in der Arktis zu erringen«, fuhr General Grant dazwischen.

Der junge Berater des Generalsekretärs lächelte höflich, doch sein Ton war scharf, als er dem General ein weiteres Mal in die Parade fuhr.

»Die haben sie bereits. Als größte arktische Macht der Welt haben sie dort oben die volle Kontrolle. Die Frage ist: Warum sollten sie eine Situation destabilisieren wollen, die gut funktioniert, so wie sie aktuell ist?«

Die Anwesenden tuschelten untereinander, das war im Grunde die zentrale Frage: Warum taten die Russen es gerade jetzt? General Grant schlug auf den Tisch und errang damit die gesammelte Aufmerksamkeit. Er sah den Generalsekretär durchdringend an.

»Sir, die Russen mobilisieren gerade 65.000 Soldaten an der norwegischen Grenze, wir können nicht warten, bis sie die Mobilmachung abgeschlossen haben, wir müssen sofort reagieren!«

Er ließ den Anwesenden Zeit, den Ernst der Lage zu begreifen, dann fuhr er fort, nun deutlich ruhiger und pädagogischer.

»Wenn die Russen für den Absturz verantwortlich sind, sind sie wahrscheinlich bereits bestens vorbereitet. Wir müssen in die Offensive gehen und sie maximal unter Druck setzen, um eine Reaktion zu *provozieren*, wir müssen sie zwingen, uns zu zeigen, wo sie stehen, was sie zu opfern bereit sind.«

Der Generalsekretär hörte zu, das ergab Sinn, er wollte nicht als schwach dastehen, nicht gegenüber den Russen. Das ermutigte sie womöglich nur.

»Was schlagen Sie vor?«

General Grant war in seinem Element.

»Wir müssen sie angreifen, wenn und wo sie es am wenigsten erwarten.«

Erneutes Murmeln um den Tisch, der General fuhr fort:

»Die Russen bündeln ihre Kräfte an der norwegischen Grenze, dorthin ist ihre Aufmerksamkeit gerichtet, wir müssen die NATO-Stützpunkte im Südwesten in Bereitschaft versetzen.«

Neuerliches Raunen unter den Anwesenden: Was hatten die NATO-Stützpunkte im Südwesten mit der Sache zu tun?

»Die Kunst besteht darin zu entscheiden, wann wir kämpfen müssen und wann nicht«, warf der junge Berater ein.

Der General grinste höhnisch.

»Haben Sie noch mehr Binsenweisheiten auf Lager?«

»Wie lange brauchen wir, um einen Angriff vorzubereiten?«, fragte der Generalsekretär.

»Das kommt auf die Art des Angriffs an. Herkömmliche Angriffe kosten Zeit, während psychologische Operationen, Luft- und Cyberangriffe leichter in die Wege zu leiten sind. Am besten wäre es, wenn wir einen Hybridangriff vorbereiten, bei dem sowohl PSYOPS, Cyber, Luftwaffe, Marine als auch Bodentruppen beteiligt sind«, antwortete der General.

Der Generalsekretär nickte.

»Danke, danke für Ihre Beiträge, wir müssen alle unsere Kräfte in Bereitschaft versetzen, eine Strategie entwerfen, um sämtliche Domänen zu implementieren, und dann warten wir ab, bis wir mehr wissen.«

Mit anderen Worten: Vielen Dank, wir machen sowohl das eine als auch das andere.

Erneutes Murmeln und einsetzende Diskussionen, doch der Generalsekretär signalisierte, dass die Besprechung beendet war, woraufhin die Versammlung sich auflöste.

Alle waren sich einig, dass sie sich uneins waren, sie waren trotz allem die NATO.

Nachdem alle gegangen waren, hatte der Generalsekretär dreizehn Minuten Pause bis zur nächsten Besprechung. Er checkte sein Handy, keine neuen Nachrichten.

Seit dem Erhalt der Meldung, dass die Russen ein NATO-Flugzeug abgeschossen hatten, wartete er voller

Anspannung darauf, von seinem guten Freund Tom Erik Gran zu hören, dem norwegischen Botschafter in Moskau. Der norwegische Ministerpräsident hatte den versierten Botschafter kurz nach dem Abschuss des Flugzeugs zu einem Treffen ins russische Außenministerium geschickt; wenn jemand die aufgeladene Situation entschärfen konnte, dann Tom Erik.

Erfahren wie er war, würde er schnell spüren, ob die Russen das Schicksal der NATO-Maschine provoziert hatten oder nicht. Politik war nun mal Politik, und der Generalsekretär wusste, dass alles, was während des Treffens gesagt wurde, mit Skepsis zu betrachten war, ihn interessierte aber Grans persönlicher Eindruck von der Stimmung auf russischer Seite. Vieles ließ sich bei den russischen Bürokraten aus ihren nervösen Blicken und der ungewöhnlichen Zugeknöpftheit ablesen, vor allem jedoch wollte er wissen, ob der russische Außenminister eher offen und gelassen oder angespannt und ausweichend wirkte. Doch wie waren diese Signale dann zu deuten? Offen und gelöst konnte genauso gut ein Ablenkungsmanöver sein, um kein Misstrauen zu erregen. Gleichzeitig konnte angespannt und ausweichend bedeuten, dass auch die Russen überrumpelt worden waren und Angst hatten, ebensolche Angst wie sie. Der Botschafter war ein ausgesprochen guter Menschenkenner, und der Generalsekretär vertraute seinem Urteil uneingeschränkt. Nun mussten sie einfach warten, während sie sich auf sämtliche erdenklichen Szenarien vorbereiteten, auch auf den worst case, vor allem darauf.

Der Generalsekretär atmete tief durch, sein Rücken schmerzte, nachdem er stundenlang in Besprechungen und Videokonferenzen gesessen hatte. Wie immer, wenn er arbeitete, war er so konzentriert, dass er weder Hunger noch Müdigkeit oder Schmerz wahrnahm, doch sobald er eine Pause bekam, spürte er es mit voller Wucht. Steif stand er auf und versuchte, sich ein wenig zu strecken, aber das machte es nur noch schlimmer. Das Kribbeln entlang des Ischias ließ Ärger in ihm hochkochen. Was hatte das NATO-Flugzeug weit jenseits der Grenze auf russischem Territorium verloren? Und warum hatte auf westlicher Seite keiner den leisesten Schimmer, was vor sich ging?

Das war suspekt, irgendjemand wusste immer etwas, aber wer?

Er blieb stehen und betrachtete die Datensimulationen, die in Gang gesetzt worden waren, um mögliche Szenarien auszuloten. Er mochte diese Herangehensweise; die enorme Kapazität künstlicher Intelligenz, ungeahnte Mengen an Daten und Variablen zu verarbeiten, war gelinde gesagt beeindruckend. Kein menschliches Gehirn war auch nur ansatzweise dazu in der Lage. Das Problem war natürlich, dass die Simulationen unterschiedliche Ergebnisse präsentierten, welche jeweils durch die impliziten Voraussetzungen begrenzt waren, die in höchstem Maße fehlbare Menschen in sie hineinprogrammiert hatten. So gesehen war er nicht weiter als zuvor.

Die Resultate waren im Grunde samt und sonders Vermutungen, sonst nichts. Der Nachteil der künstlichen Intelligenz war ja gerade, dass sie, nun ja … künstlich war.

Krieg und Frieden entstanden weiterhin zwischen Menschen, und Menschen sind irrationale, reaktive und emotionale Tiere, und eben damit konnte die künstliche Intelligenz schlecht umgehen.

Sein Handy klingelte, der Generalsekretär sah unmittelbar auf die Nummer, nahm das Gespräch jedoch nicht an. Es war die Pressesprecherin der NATO, sie benötigte weitere Informationen. Der Druck nahm von Stunde zu Stunde zu, die Leute wollten Antworten, sie wollten wissen, wie der nächste Schritt aussah. Die NATO musste reagieren, dieser Ansicht war er auch, sie mussten zum Gegenschlag ausholen, keine Frage. Aber zum Gegenschlag wofür genau eigentlich?

Instinktiv hatte der Generalsekretär gedacht, er müsse die Sache rational lösen, doch dann erkannte er, dass eben das ja bereits all die Datensimulationen und Analytiker taten. Die rationalen Aspekte waren abgedeckt, was aber war mit den irrationalen Elementen, wie sollte er die angehen?

Er rieb sich den steifen Nacken, sein rechter Fuß war eingeschlafen. An Überlegungen und Analysen mangelte es nicht, er musste die Gefühle, die Intuition miteinbeziehen. Das gestaltete sich in aller Regel schwieriger, aber gut, er hatte noch ein paar Minuten und konnte es versuchen. Was also fühlte der russische Präsident in diesem Moment? Welche Impulse und Motive leiteten ihn? Worauf hoffte er? Was fürchtete er?

Sie hatten sich im Laufe der Zeit bei mehreren Gelegenheiten getroffen, und die Begegnungen waren im Großen und Ganzen stets sachlich und freundschaftlich verlaufen. Der Präsident machte einen intelligenten, besonnenen und rationalen Eindruck, und der Generalsekretär hatte das Gefühl, dass er fürchtete, als dumm, gefühlsgeleitet und irrational zu erscheinen. Ergo war es ihm wichtig, wie er nach außen wirkte, was die Leute von ihm dachten. Er verwendete erhebliche Zeit und Ressourcen darauf, sich selbst als vitales Alphamännchen zu inszenieren, und er würde niemals etwas tun, was ihn in Verlegenheit bringen könnte. Das mussten sie berücksichtigen. Sie durften ihn unter keinen Umständen in der Öffentlichkeit blamieren.

Er erinnerte sich noch gut an ihre erste Begegnung. Es war ein warmer Septembertag im Jahr 2000 gewesen, die tief stehende Herbstsonne hatte New York in einen goldenen Schimmer getaucht.

Während das weiche Sonnenlicht durch die großen Fenster des UN-Gebäudes schien, kam er zum ersten Mal in seiner Rolle als frischgebackener Ministerpräsident Norwegens bei der UN-Generalversammlung an. Er erinnerte sich an die Anspannung; als Staatsoberhaupt bei der Generalversammlung der Vereinten Nationen hatte er eine enorme reale Macht, was mit einer entsprechenden Verantwortung einherging. Außerdem war er sich bewusst, dass er in der UN von den versiertesten Kriegstreibern überhaupt umgeben sein würde, und das bekam er zu spüren. Aber er liebte die Macht, die Herausforderung und das Spiel. Genau wie sein Gegenpart, der russische Präsident.

Beide waren sie durch die Kapitulation anderer an die Macht gelangt, und beide waren sie taktische und geduldige Opportunisten; keiner von ihnen war revolutionär oder neigte dazu, Krisen noch zu verschärfen. Als sie sich damals, vor zwanzig Jahren kennenlernten, war die Situation durch Glasnost geprägt und die Beziehung zwischen Russland und dem Westen so entspannt wie seit über hundert Jahren nicht mehr. Heute war die Lage, falls möglich, noch unübersichtlicher und angespannter als während der frostigsten Dekade des Kalten Krieges.

In solchen Situationen einen kühlen Kopf zu bewahren, hatte sich als unschätzbar wertvoll erwiesen.

Der Generalsekretär dachte an Stanislaw Petrow, den russischen Oberstleutnant, der 1983 einen möglichen Atomkrieg verhindert hatte. Die Spannungen zwischen Russland und dem Westen waren auf ihrem Höhepunkt angelangt, als Petrow, der verantwortliche diensthabende Offizier in der sowjetischen Luftüberwachungszentrale, auf seinem Computer von einem Überwachungssatelliten die Meldung erhielt, dass die USA fünf Atomraketen Richtung Sowjetunion abgefeuert hatten. Für den Fall eines Atomangriffs lautete der Befehl, einen sofortigen nuklearen Gegenschlag durchzuführen. Petrow musste eine Entscheidung treffen, die das Schicksal der Menschheit bestimmen sollte. Statt reaktiv zu handeln, untersuchte Petrow, ob noch andere sowjetische Überwachungsradare die Raketen registriert hatten. Das war nicht der Fall. Sollte er dem landgestützten Radar oder der Satellitenüberwachung glauben? Petrow kam zu dem Schluss, dass sie nicht allein aufgrund der Meldung eines einzelnen Überwachungssatelliten einen Atomkrieg starten konnten, und wartete ab. Die Viertelstunde, die die Russen warten mussten, ungewiss, ob sie nun einem Atomangriff ausgesetzt waren oder nicht, musste sich wie eine Ewigkeit angefühlt haben. Doch als keine Atomraketen kamen, erkannten sie, dass es falscher Alarm gewesen war. Wie sich später herausstellte, hatte einer der sowjetischen Satelliten Sonnenreflexionen in der Nähe des US-Bundesstaates Montana fälschlicherweise als Raketenstart interpretiert.

Damals, 1983, hatten sie etwa dreißig Minuten, um auf einen nuklearen Angriff zu reagieren, heutzutage maximal fünf.

Wenn jemand den Friedensnobelpreis verdient hatte, dann Oberstleutnant Petrow, dachte der Generalsekretär.

17

Sie marschierten schweigend, unterbrochen von dem spröden Knirschen des Harsches unter ihren Füßen. Nach dem Tod ihres Vaters war Ylva häufig mit ihren unternehmungslustigen Cousins durch diese Gegend gestreift. Mythen rankten sich um das Gebirge und den See, und die Cousins verdienten sich ein paar Rubel, indem sie UFO-Fanatiker und diverse Hyperborea-Touristen zum Gipfel führten. Nun versuchte sie, sich an den schnellsten Weg um den Gipfel herum und bergab durch das Massiv auf der Westseite zu erinnern, ein Gebiet, in dem sie noch nie gewesen war.

Die unmittelbare Zeit nach dem Tod ihres Vaters war die schlimmste, aber vielleicht auch die beste in Ylvas Leben gewesen. Sie erinnerte sich nur noch verschwommen an die Ereignisse, nachdem sie den sterbenden Vater auf dem Kellerboden gefunden hatte, alles war ein einziges Chaos gewesen. Merkwürdigerweise bewahrte ihre Mutter nach dem ersten Zusammenbruch in den ersten Tagen weitgehend die Fassung. Als Ylva von dem Schatten erzählte, den sie Sekunden vor dem Tod des Vaters gesehen hatte, glaubte die Mutter ihr vorbehaltlos.

Doch die Polizei fand keine Spuren. Keine DNA, nichts, was darauf hindeutete, dass der Vater Opfer eines Verbrechens geworden war. Da Piloten aber extremen Druckunterschieden und g-Kräften ausgesetzt sind und ein erhöhtes Risiko für medizinische Komplikationen wie etwa Hirnthrombosen haben, war laut Obduktionsbericht eben das die Todesursache gewesen.

Der Schnee ums Haus war jungfräulich unberührt. Es war deutlich zu erkennen, dass niemand einen anderen Eingang als die Haustür benutzt hatte, und die dorthin führenden Fußspuren stammten allesamt von den Sanitätern. Dennoch zweifelte die Mutter nicht daran, dass Ylva die Wahrheit sagte, auch wenn sie wusste, dass ihre Tochter in anderen Situationen gerne mal Märchen erzählte.

Die Verwandtschaft sorgte sich, wie Ylva und ihre Mutter die schwere Zeit nach dem Tod des Vaters überstehen sollten. Sie kannten das empfindsame Gemüt der Mutter, und als Ylvas Cousine ihnen vorschlug, für eine Weile zu ihnen nach Lowosero zu ziehen, um Abstand zu gewinnen, nahmen sie das Angebot an.

In Lowosero fand die Mutter eine neue Beschäftigung. Ihre Nichte war mit einem samischen Rentierhirten aus Russland verheiratet, und dank Glasnost und offeneren Grenzen konnte man sich endlich gegenseitig besuchen. Die Mutter entwickelte sogleich ein Interesse für die Geschichte der Samen und begann, sich für deren Rechte in Russland zu engagieren. Damit hatte sie mehr als genug zu tun.

In Gesellschaft ihrer Verwandten kam die Mutter zur Ruhe, und für eine Weile schien sie beinahe normal. Nach langen Tagen mit der Herde auf der Hochebene, schlief sie die Nächte ohne nennenswerte pharmazeutische Interventionen durch. Sie wurde nachdenklicher und in sich gekehrt, lächelte jedoch häufiger, wenn auch unergründlich. Sie hörte nun auch mehr zu, statt selbst zu reden, was für Ylva eine willkommene Abwechslung war.

Doch als sie nach Bodø zurückkehrten, verschlechterte sich der Zustand der Mutter rapide, und nach einer Weile driftete sie vollends ab. Sie redete ohne Unterlass davon, dass der Vater Opfer eines politischen Komplotts sei, und behauptete, er habe etwas gewusst und deshalb sterben müssen. Irgendwann wurden die Verschwörungstheorien so abstrus und die Zusammenhänge so verworren, dass die Polizei nicht länger auf ihre Nachfragen reagierte. Stattdessen bekam sie immer mehr Medikamente und wurde – wie so viele Menschen, die nicht konforme Verhaltensweisen an den Tag legen – gründlich pharmazeutisch ruhiggestellt. Und da, erst da … verstummte sie.

Die Stille setzte Ylva zu. Sie vermisste fast das ewige Geschwafel über Mythen, Spiritualität, Geister, Etymologie, Literatur, Politik, Metaphysik, Epigenetik, Musik, Kulturen, Rituale, Psychologie, Malerei, Filme und Geschichte, gespickt mit bizarren wissenschaftlichen Fakten über … ja, was auch immer. Besonders vermisste Ylva die »quasiwissenschaftlichen« Vorträge über Quantenphysik und Verschränkung. Denn wenn Ylva anschließend nachprüfte, wo die Wissenschaft tatsächlich in den unterschiedlichen Fragen stand, mit denen sich die Mutter beschäftigte, zeigte sich, dass sie in aller Regel recht hatte. Sie kannte die Fakten und war bestens informiert über die aktuelle Forschung in völlig unterschiedlichen Disziplinen.

Tagsüber verfolgte sie nonstop die Nachrichten in Zeitungen oder im Fernsehen, nachts las sie Bücher oder sah Videos im Internet, und zwar nicht die von niedlichen Katzenbabys; es waren die progressivsten wissenschaftlichen und politischen Vorträge, die man finden konnte. Aber was wollte sie mit dem ganzen Wissen anfangen? Sie hatte ja niemanden, mit dem sie es teilen konnte. Eben weil sie alles aus verschiedenen Blickwinkeln betrachtete, sich so leidenschaftlich in alles vertiefte, was sie lernte, und nach Zusammenhängen und Verschwörungen suchte, wo keine waren, verlor sie sich selbst in der endlosen Informationsflut und wurde für verrückt erklärt. Kein Wunder, dass sie den Verstand verloren hat, dachte Ylva, niemand kann solche Mengen an Input verdauen.

Während sie sich Schritt für Schritt durch die Kälte kämpfte, ertappte sie sich dabei, dass sie sich nach der hektischen Stimme ihrer Mutter sehnte, die ohne Punkt und Komma in einem ewigen unredigierten Gedankenstrom aus farbenprächtigen Geschichten, humorvollen Betrachtungen, wissenschaftlichen Erörterungen und wilden Verschwörungstheorien die Welt beschrieb.

Wäre ihre Mutter jetzt hier statt des verbissen schweigenden John, dachte Ylva mit einem Hauch von Wehmut, würde sie vielleicht über die Bestandteile des Permafrosts referieren und über die uralten arktischen Jakuten-Pferde, die bei minus 50 Grad überleben konnten, und selbstverständlich war sie bereits auf einem geritten. Am allerliebsten hielt sie Vorträge über die Sastrugi, lange stromlinienförmige Eisrillen, die der Wind aus der schneebedeckten Landschaft fräste. Auf den Sastrugi zu laufen, war die Hölle, dachte Ylva, aber ihre Mutter mochte es, wie sie sich seidenweichen Sanddünen gleich entlang der dominierenden Windrichtung wanden. In den Sastrugi gingen sämtliche Interessen der Mutter in einer höheren Einheit auf, die ästhetischen Muster in der Eisdecke waren skulpturenartige Wegweiser, die zudem Auskunft über die örtlichen Wetterverhältnisse gaben. Das Wissen darüber konnte in der Tundra über Leben und Tod entscheiden.

Dann würde die Mutter – ohne jeden Zusammenhang – anfangen, über irgendwelche Themen zu fabulieren … die Hyperboreer, Giganten aus dem Land »jenseits des Nordwinds«, von Herodot persönlich beschrieben, lange bevor Jesus geboren wurde und Kleopatra sich Julius Cäsar angelte. Die Mutter mochte die griechische Mythologie lieber als Theologie und römische Geschichte. Herodots Ausführungen zu den sagenhaften Hyperboreern hätte sie vermutlich voller Einfühlung und Dramatik vermittelt. Dass etwas alt und mythenumwoben war, machte es für sie stets besonders bedeutungsvoll. Und kannte

Ylva ihre Mutter recht, hätte dieses Thema sie im nächsten Schritt zu längeren philosophischen Betrachtungen darüber geführt, dass das Volk der Samen eigentlich von der iberischen Halbinsel kam – wer hätte das gedacht? Genetisch betrachtet stammen wir tatsächlich von den nordafrikanischen Berbern ab, würde sie betonen. Und ja, natürlich hatte die Mutter mehrere Monate in einem Zelt in der Wüste bei den Berbern gelebt, nicht ein, sondern zwei Mal. Wobei die Berber sich selbst nicht als *Berber* bezeichneten, sie nannten sich *Imazighen*, was so viel bedeutete wie »freie Männer«. Sicher war es das, was der Mutter so gut gefiel. Freie Männer, wer mochte keine freien Männer?, dachte Ylva. Und da kam die Sehnsucht nach Storm wieder hoch. Sie lächelte in sich hinein und dachte an seine Augen, seine Hände, seine Lippen. Gott, wie wundervoll er war.

John sah Ylva lächeln. *Was zum Teufel stapfte das Mädchen hier durch die Kälte und lächelte? War sie übergeschnappt?* Er notierte sich im Geiste, auf ihren mentalen Zustand zu achten. Wenn er diese Sache lebend überstehen wollte, war er gänzlich abhängig von ihrem Urteilsvermögen. Und das Urteilsvermögen eines Menschen, der in ihrer Situation vor sich hin grinste, war zweifelhaft. Verdammt, warum musste alles so kompliziert sein?

Sie wanderten in eine eisklare und mondlose Nacht. Die Umrisse des Gebirges verschmolzen allmählich mit dem dunklen Himmel. John wurde von einem kalten Unbehagen ergriffen. Endlich erlebte er die absolute

Dunkelheit, von der er geträumt hatte. Die so allumfassend und undurchdringlich dunkel war, wie er gefürchtet und gehofft hatte. John bereute vieles in seinem Leben, für einen Henker der aggressivsten und allgewaltigsten Macht der Weltgeschichte gab es unzählige Gründe zur Reue, doch in diesem Augenblick, kurz bevor die Finsternis ihn verschlucken wollte, spürte er mit zunehmender Gewissheit, dass er trotz allem richtig gehandelt hatte. Die Menschen, die er beschützen wollte, die er beschützen musste, würden dank ihm zurechtkommen. Er hatte das einzig Richtige getan.

John versuchte, sich an den Moment zu erinnern, an dem er einen Schlussstrich unter sein Leben als Soldat hätte ziehen sollen. Von den etwa fünfzig militärischen Konflikten, worin die USA seit dem Zweiten Weltkrieg verwickelt gewesen waren – die meisten unbekannte Schattenkriege, um die sich niemand scherte –, war John in sechs involviert. Erst Afghanistan, dann der Irak und Somalia; nach einer kurzen Zeit zu Hause in den USA wurde er nach Uganda geschickt, ehe er zunächst nach Syrien und anschließend nach Libyen gesandt wurde. John war weit gereist. Doch im Nachhinein hatten ihn Zweifel beschlichen. War es das alles wert gewesen? Trug er wirklich dazu bei, die USA zu einem sicheren Ort zu machen? Half er mit diesen militärischen Interventionen in anderen Teilen der Welt wirklich, sein Land und seine Leute zu beschützen? Ursprünglich hatte John gute Absichten gehabt, aber auch der Weg zur Hölle ist bekanntlich mit guten Vorsätzen gepflastert.

Die Stille wurde von einem etwas weiter entfernt ertönenden Brummen durchbrochen. John erkannte den Laut und seufzte.

»Da wären sie.«

»Wer?«

»Russische Überwachungsflugzeuge.«

Ylva reagierte augenblicklich, blitzschnell huschten sie unter einen Felsvorsprung. Sekunden später flog das große Spionageflugzeug über sie hinweg. In ihrem Versteck erfassten die Wärmebildkameras sie nicht. Das Flugzeug flog weiter.

John sah Ylva an.

»Sie haben entdeckt, dass wir nicht mit der F-16 abgestürzt sind.«

Ylva nickte.

Die Jagd hatte begonnen, und sie waren die Beute.

18

Als Igor Serkin achtzehn Stunden zuvor zur Arbeit gegangen war, war er ein Nobody gewesen. Als er nach Hause kam, war er Russlands größter Held. Igor war am Ende.

Der Tag war ein einziges Chaos gewesen. Nach dem schönen Start mit Joggingrunde und Familienfrühstück hatte sich das, was eigentlich als unkomplizierter Stressflug geplant war, zu einem Albtraum entwickelt, wie Igor ihn sich nicht ansatzweise hätte vorstellen können. Der Adrenalinrausch, der ihn erfasst hatte, als er das NATO-Flugzeug abschoss, war rasch vorübergegangen, als er die Maschine mit rasender Geschwindigkeit zu Boden stürzen und in Apatity explodieren sah. Igor wusste, dass an die 65.000 Seelen in der westlich der Chibinen gelegenen Minenstadt lebten. Er sah den auf dem Boden aufschlagenden Flugzeugkörper in einem grellen Lichtschein im Schneegestöber explodieren, dann folgte ein riesiger zum Himmel aufsteigender Feuerball. Die Hitze der Explosion und die auflodernden Flammen rissen ein Loch in das Schneetreiben, und Igor erkannte, dass das Feuer auf die Umgebung übergriff.

Nachdem er gelandet war, wurde er direkt zu einem Debriefing bestellt, wo er erklären sollte, was geschehen war. Igor schilderte den Hergang und ließ auch nicht aus, dass er das NATO-Flugzeug während des Stressflugs gestreift und möglicherweise beschädigt hatte. Er erwartete eine Verwarnung mit anschließender gründlicher Untersuchung, doch sein Vorgesetzter hatte offenbar eine andere Lösung für das Problem. Igor wusste nicht, ob er erleichtert oder bestürzt sein sollte, als er die Weisung erhielt, kein Wort darüber verlauten zu lassen, was während des Stressflugs geschehen war; er durfte lediglich bestätigen, dass er auf Befehl eine NATO-Maschine mit Kurs auf den Atomstützpunkt in Montschegorsk abgeschossen hatte. Das war die ganze Geschichte, mehr gab es nicht zu sagen.

Sein Vorgesetzter schien in keiner Weise überrascht angesichts der entstandenen Situation, und insbesondere dieser Umstand bereitete Igor Unbehagen.

Im Laufe des Tages hatte ihn das surreale Gefühl beschlichen, dass sich alles nach einem ihm unbekannten Plan entwickelte. Als sei er nur eine Figur in einem größeren Spiel. Aber in welchem Spiel? Welche Rolle hatte er inne, und wer führte Regie?

Das Debriefing war schnell überstanden, und als er in den Hangar zurückkam, wurde er mit Applaus empfangen. Nachdem er sich umgezogen hatte, musste er vor die Presse treten, die sich bereits vor dem Flugplatz versammelt hatte, und Igor befolgte den Befehl und sagte nur, was ihm aufgetragen worden war. Erleichtert und zugleich erschüttert stellte er fest, dass die Medien die Geschichte vorbehaltlos schluckten.

Zu Hause saß seine Familie auf dem Sofa und schaute fern, die Nachricht von dem NATO-Angriff dominierte das gesamte Geschehen, und Igors kurzes Statement wurde wieder und wieder gesendet. Er wurde als Held dargestellt, als Retter der Nation. Durch den Abschuss eines NATO-Flugzeugs, hieß es, habe Igor möglicherweise einen Angriff auf den Atomstützpunkt abgewehrt. Eine Handvoll Tote in Apatity war ein geringer Preis dafür, die vielleicht schlimmste Atomkatastrophe Russlands verhindert zu haben.

Wie sich herausstellte, war das Flugzeug auf eine Düngerfabrik am Rand der Stadt gestürzt, und über den Bildschirm flimmerten nun Aufnahmen verkohlter Menschen, die wie Stoffpuppen am Boden lagen. Verletzte Kinder und Erwachsene wurden von Freiwilligen und städtischem Gesundheitspersonal versorgt, während bestürzte Augenzeugen beschrieben, wie die Explosion mit der Wucht eines Erdbebens eingeschlagen war und die nervenzerreißenden und chaotischen Momente nach dem Crash eine Panik ausgelöst hatten. Die Einsatzfahrzeuge kamen nicht zur Unglücksstelle durch, da Teile der Straße weggesprengt waren und sich der Verkehr in beide Richtungen staute. Sie sahen Bilder von frei umherlaufenden Nutztieren, nachdem Zäune und Ställe in die Luft geflogen waren, und von Gebäuden mit klaffenden Löchern, hinter denen die zerstörten Wohnungen der Menschen wie in Puppenhäusern zur Schau standen.

Die Zahl der Toten und Verletzten war noch nicht bestätigt, wurde jedoch hoch angesetzt. Die Evakuierung des Gebiets verzögerte sich, da die Behörden besorgt waren wegen gefährlicher Gase in der Luft um die Düngerfabrik. Ein Krankenhaus und ganze Wohnkomplexe waren in Stücke gesprengt worden, und nur die Skelette der Gebäude ragten als unheilverkündende Zeichen für das empor, was kommen würde.

Die russischen Behörden gingen davon aus, dass das NATO-Flugzeug sein ursprüngliches Ziel, den Atomstützpunkt in Montschegorsk, nicht erreicht und daher den Kurs geändert und stattdessen auf das Atomkraftwerk Poljarnyje Sori einhundertsechzig Kilometer südlich von Murmansk zugesteuert war. Zum Glück war es Igor Serkin gelungen, das Flugzeug abzuschießen, ehe es auf das Atomkraftwerk stürzte.

Igor spürte eine eigenartige Kälte unter seine Haut kriechen. Die Geschichte, dass die Mission des NATO-Flugzeugs darin bestanden hatte, den Atomstützpunkt in Montschegorsk zu sprengen, war eine vollendete Tatsache, öffentlich verkündet und abgesegnet. Aber sie stimmte ja überhaupt nicht. Wie wollten sie etwas über den Auftrag des Flugzeugs wissen, bevor sie die Piloten vernommen hatten? Bevor die NATO sich dazu geäußert hatte? Es waren Vermutungen, die als Fakten präsentiert wurden.

Igor hörte das Interview mit dem Präsidenten, das in schwindelerregender Endlosschleife in sämtlichen Medien ausgestrahlt wurde. Russland werde den Angriffsversuch erwidern, darauf könne sich die NATO verlassen, sagte der Präsident. Das glaubte Igor sofort. Zumindest was *das* anging, hatte er keinerlei Zweifel.

Auf dem Militärflugplatz war Majorin Ivana Chodorkowski derweil zu ihrer großen Erleichterung dem ganzen Trubel entgangen und brauchte sich glücklicherweise nicht mit der Presse auseinanderzusetzen. Ihr weitaus ambitionierterer und PR-geiler Vorgesetzter hatte diese Ehre für sich in Anspruch genommen.

Während draußen der Rummel andauerte, stand Ivana allein im Hangar und inspizierte aufmerksam Igors Flugzeug. Dabei fiel ihr ein Kratzer am rechten Flügel auf. Bei genauerem Hinsehen sah sie Reste graugrüner Farbe. Eine tiefe Delle zeugte von einer heftigen Kollision.

Majorin Chodorkowski holte ein scharfes Messer und ein Reagenzglas, dann schabte sie Farbproben vom Flügel in das Glas. Die musste sie untersuchen lassen.

19

Ylva achtete darauf, dem Hang auf der Nordseite des Gebirges in westlicher Richtung zu folgen. Sie bemerkte Johns stillen Kampf gegen die Schmerzen in seinem Bein, und auch sie selbst kam allmählich an den Rand der Erschöpfung. Sie warf einen Blick über die Schulter, sah Johns verbissenes Gesicht und blieb stehen. Die Nacht war hereingebrochen und tauchte die Landschaft in totale Finsternis.

»Sir, brauchen Sie eine Pause?«

Die Antwort kam wie aus der Pistole geschossen.

»Nein!«

Ylva schaute auf sein Bein. Über dem Stiefel war ein dunkelroter Streifen zu sehen, wo das Blut durch die Uniformhose drang.

Bei minus 30 Grad und schneidendem Gegenwind durch den Tiefschnee zu waten, zehrte an den Kräften, und Ylva wusste, dass ihr die Orientierung in der Dunkelheit schwerfallen würde. Außerdem musste auch sie sich ausruhen.

»Es wäre besser, jetzt eine Pause zu machen, damit wir …«

John ignorierte sie, er weigerte sich, klein beizugeben und starrte stur geradeaus, während er sich weiter den Hang hinaufschleppte. Ylva biss sich auf die Zunge, um sich eine unpassende Bemerkung zu verkneifen. Wie konnte man so verbohrt sein, es war unfassbar dumm, jetzt weiterzugehen.

»Sir, ich bin mir nicht sicher, wo wir lang müssen und kann mich in der Dunkelheit nicht richtig orientieren. Es ist riskant, jetzt weiterzugehen.«

John hörte, was Ylva sagte, schenkte ihr jedoch keine Beachtung. Sie reckte den Kopf und sah sich um. Schwere Wolken verdeckten den Mond, sodass kaum etwas zu erkennen war. Die Silhouette der schneebedeckten Berge zeichnete sich schwach vor dem nachtschwarzen Himmel im Osten ab.

Sie hörte, dass John stehen blieb und erwartete ein barsches Kommando, doch er sagte nichts, stand nur reglos da und schaute sie an.

»Sir, ich glaube …«

Sie hielt inne, denn dort, direkt hinter ihm, ragte ein großer Felsüberhang aus der Bergwand.

Gut, das war die perfekte Stelle. Mit schweren Schritten stapfte sie hinüber und begann, wortlos den Schnee unter dem Fels zur Seite zu schaufeln.

John beobachtete Ylva. Seit dem Steinriesen auf der Ostseite des Gebirges hatte er sich den Kopf zerbrochen. Wer war sie? Musste er sich Sorgen machen? Stellte sie eine Bedrohung dar? Warum war nirgends vermerkt, dass die Frau in Russland gelebt hatte? War diese Information nicht relevant? War das Ganze inszeniert?

John war an den Zustand konstant wachsamer Anspannung und schwelender Aggression gewöhnt, der Feind konnte überall und in jeder Gestalt auftauchen. War Ylva der Feind? Er wollte nicht daran denken, er wollte lediglich an den einzigen Menschen denken, dem er jemals vertraut hatte, an sie und niemanden sonst.

John liebte seine Frau Kathryn, die Tochter Leah und das Zuhause, das sie sich in Willow Springs im Bundesstaat Texas geschaffen hatten. Nachdem er und Kathryn geheiratet hatten und Leah zur Welt gekommen war, hatte John mehrere Monate daheim bei ihnen verbracht. Das war die glücklichste Zeit seines Lebens gewesen. Doch nach einer Weile musste er in den Dienst zurückkehren und übernahm einen relativ standardmäßigen operativen Auftrag in Syrien. Er spürte, kaum dass er abgereist war, dass sich etwas verändert hatte, das Leben im operativen Dienst widerstrebte ihm zunehmend. Jetzt, da er selbst ein Heim und eine Familie hatte, sah er die Lokalbevölkerung mit anderen Augen. Auf einmal war es schwierig, die nötige emotionale Distanz zu wahren, und er begann, das Ganze zu hinterfragen: Warum tun wir das? Warum zerbomben wir ein Land Tausende Meilen von den USA entfernt?

Solche Gedanken waren nichts Ungewöhnliches, sie kamen und gingen bei jedem Soldaten, doch für John wurden sie immer drängender. Und so befand er sich in einem konstanten Zwiespalt: Wenn er draußen im Feld war, vermisste er sein Zuhause und seine Familie, wenn er zu Hause war, vermisste er die Energie und die Kameradschaft draußen im Feld. Es wurde zu einer Art Routine, der Wechsel zwischen dem beschaulichen Leben in Texas und dem intensiven Leben in den Kriegsarenen der USA.

Als John 2011 nach Libyen geschickt wurde, hatte er seinen Frieden damit gemacht, dass seine Lebensaufgabe darin bestand, seine Familie zu versorgen und seinem Land zu dienen. Doch all das sollte sich schon bald ändern. Nach acht qualvollen Monaten in Gefangenschaft bei den libyschen Rebellen wurde nichts je wieder, wie es vorher gewesen war. Denn nach seiner Rettung und der Rückkehr zu seiner Familie in Texas begannen die Albträume. Für John hörte der Krieg niemals auf, die Folter dauerte in seinem Inneren an, Tag für Tag, Nacht für Nacht.

Er versuchte es mit Alkohol, das machte alles nur schlimmer, er nahm Antidepressiva, davon wurde er impotent, fett, träge und hegte Selbstmordgedanken. Als seine Wut nachließ, übernahmen Hoffnungslosigkeit und Apathie die Vorherrschaft. Sein Verstand war vernebelt, in den schlimmsten Momenten erinnerte er sich kaum noch an seinen eigenen Namen. Sein einziges Ziel bestand darin, vollkommen emotionslos zu werden. Die Tage, an denen er nichts fühlte, waren die besten.

Eigentlich hatte er sich bereits entschieden. Er wollte nicht mehr. Er hatte nicht die Kraft, permanent wachsam zu sein. Er hatte nicht die Kraft für sein selbsterniedrigendes destruktives Verhalten, die Schuldgefühle, die unruhigen Nächte. Er war gut bewaffnet und bestens vorbereitet, jetzt musste er nur noch den richtigen Moment finden.

Doch der ließ auf sich warten. John zögerte, er hatte keine Angst vor dem Tod, aber etwas hielt ihn zurück, er hatte seine Rechnung noch nicht beglichen. Die Zeit verging, John dümpelte weiter in dem teerähnlich zähflüssigen Geisteszustand, als ihm der Job als Flight-Instructor im Rahmen der NATO-Übung angeboten wurde. Er hatte lange nichts mehr vom Militär gehört, vielleicht konnte dieser Auftrag ein Neuanfang für ihn sein? Eine letzte Chance, die Niederlage zu überwinden und in den Dienst zurückzukehren? Aber eigentlich wusste John es besser: Der Auftrag zögerte das Ende allenfalls hinaus.

John schob die Gedanken beiseite und spähte misstrauisch zu Ylva, die mühsam eine Schneehöhle grub, in der sie übernachten konnten. Er brauchte sie jetzt. Sie würde ihm die Antworten geben müssen, die er verlangte, aber erst mussten sie ausruhen, das sah er ein. Und so humpelte er zu ihr hinüber, kniete sich wortlos neben sie und begann zu graben.

20

»Gibt es Krieg, Papa?«

Der kleine Sergej kroch unter die Decke und schaute ängstlich zu seinem Vater auf. Igor lächelte angespannt und wickelte die Decke besonders gut um die kalten Füße seines Sohnes. Was sollte er antworten? Sollte er versuchen, es Sergej zu erklären? Oder sagen, dass er es nicht wusste, dass auch er Angst hatte?

»Denk nicht daran, mein Junge«, entgegnete er.

Dumme Antwort, als ob Sergej aufhören könnte, daran zu denken, schließlich hatte er sich den ganzen Abend lang nach nichts anderem erkundigt.

»Werden sie uns bombardieren?«

Igor seufzte müde, er fürchtete sich vor der Antwort.

»Wir lassen nicht zu, dass jemand herkommt und uns bombardiert, kleiner Mann. Wir sind sicher. Das verspreche ich dir. Schlaf jetzt.«

Er sah, dass Sergej nicht überzeugt war, seine kleinen Füße zappelten nervös unter der Decke. Seine zarte Hand legte sich sanft über die große, starke Faust des Vaters.

»Aber im Fernsehen haben sie gesagt, dass Amerika uns bombardieren will.«

Igor strich dem Sohn über die Haare, der offene Blick suchte Sicherheit, eine absolute Gewissheit, dass der Feind, wer auch immer das sein mochte, sie nicht bombardieren würde.

»Weißt du, ich glaube, das Beste, was wir jetzt tun können, ist, aufeinander aufzupassen und unserer Regierung zu vertrauen. Die finden eine Lösung. Okay?«

Aber den kleinen Sergej überzeugte das nicht, die Angst hatte sich in ihm festgesetzt.

»Du passt auf uns auf, Papa, oder?«

Igor schossen Tränen in die Augen, und er sah weg. Wie sollte er das versprechen? Er wusste, dass das Chaos, das ausgebrochen war, eine eigene, selbstverstärkende Dynamik besaß.

Was hätte er anders machen können? Es war so schnell gegangen, er hatte nicht die Zeit gehabt, an etwas anderes zu denken als an seine Pflicht, den Befehl auszuführen. Darauf war er trainiert, das war sein Job. Und dann war da noch der Adrenalinkick, er liebte diesen Adrenalinkick, aber im Angriffsmodus denkt man eben nicht sehr vorausschauend.

Nach zehn von Gorbatschows Glasnost und Jelzins Chaos-Liberalismus überschatteten Jahren hatte die Welt wieder zu ihrer Ordnung zurückgefunden und das Militär seine rechtmäßige Rolle in der russischen Gesellschaft zurückerhalten. Im heutigen Russland wurden der Lohn der Arbeiter und die Rente der Senioren peinlich genau ausbezahlt, keine großen Summen, aber genug für Essen auf dem Tisch und ein Dach über dem Kopf.

Die Welt da draußen war in Auflösung begriffen, unter dem Deckmantel der Freiheit kämpfte jeder gegen jeden. In seiner Jugend war Igor viel gereist und hatte den erbarmungslosen Konkurrenzkampf im Westen persönlich erlebt, das ewige Streben danach, gesehen zu werden und Geld zu verdienen. Alle mussten um jeden Preis erfolgreich sein. Es war einfach nur traurig. Er hatte Freunde, die alles dafür geben würden, in die USA auswandern zu dürfen, in der festen Überzeugung, dass sie dort groß rauskommen würden. Welchen Sinn hatte das? Igor wollte klare Rahmen und festen Boden unter den Füßen, das bedeutete für ihn Freiheit. Er wollte auch keine dieser opportunistischen Frauen, die um jeden Preis ihren Status durch eine Heirat zu verbessern suchten. Nein, er wollte eine echte Frau wie Natascha, beim Aufwachen in ihr lächelndes Gesicht schauen und ihrem Rumoren in der Wohnung lauschen, wenn sie zu Bett ging. Natascha veranstaltete einen ungeheuren Lärm, bevor sie sich schlafen legte, es störte, aber er mochte es, es waren gute Geräusche, an die er sich gewöhnt hatte.

Igor hatte alles bekommen, was er sich je gewünscht hatte: eine gemütliche kleine Wohnung, zwei Kinder, die er liebte, einen Vater, der ihn manchmal zur Weißglut trieb, der jedoch da war, wenn die Kinder aus der Schule kamen, und der viel wusste. Und selbstverständlich Natascha, er liebte diese schlagfertige, vorlaute Frau, die weitaus cleverer war als er und die ihn aufrichtig liebte. Und diese Liebe beruhte auf Gegenseitigkeit. Zu guter Letzt hatte er auch noch ein Jagdflugzeug, in das er in regelmäßigen Abständen einsteigen konnte, und dort drinnen, dort war er König.

»Papa, jetzt sag schon …«

Igor schaute zu Sergej hinunter, der so vertrauensvoll und offen war. Die weichen runden Kinderwangen, der zarte kleine Körper in dem etwas zu großen, von seinem Cousin geerbten Schlafanzug und die kleine Hand, die auf seiner lag, versetzten Igor einen wehmütigen Stich. Diese Lebensphase würde bald vorüber sein, Sergejs Kindheit bald zu Ende gehen. Igor war nicht imstande, sich jetzt mit den Konsequenzen auseinanderzusetzen, die Angst jedoch hatte sich auch in ihm festgebissen.

»Passt du auf uns auf, Papa?«

Igor riss sich zusammen und antwortete mit fester Stimme.

»Ja, mein Junge, ich passe auf euch auf. Immer. So wie Großvater auf mich aufgepasst hat und wie Urgroßvater auf Großvater aufgepasst hat. Mach dir keine Sorgen, Mama und Papa sind hier, und wir passen auf euch auf.«

Und er meinte, was er sagte.

Der kleine Sergej lächelte beruhigt. Seine Lider wurden schwer und sein Atem tiefer, während sich die Worte des Vaters wie eine flauschige Daunendecke um ihn legten.

»Die Leute sagen, du bist ein Held, Papa. Dass du uns gerettet hast.«

Igor wurde schwer ums Herz, während er den Sohn betrachtete, der trotz inständiger Versuche, sich wachzuhalten, kurz vorm Einschlafen war.

»Papa, wenn ich groß bin, werde ich Pilot, und ich werde die Bösen abschießen und auf alle Guten aufpassen. Genau wie du.«

Igor musste lächeln, er konnte sich den kleinen Sergej lebhaft als stolzen jungen Mann in Uniform vorstellen.

»So machen wir es, mein Junge, wir passen auf die Guten auf.«

Denn das war auch Igors Traum gewesen, als er ein kleiner Junge war, er wollte aufpassen und die Dinge regeln, die Leute sollten auf ihn zählen können. Der kleine Sergej gähnte und rollte sich auf der Seite zusammen, endlich war er beruhigt. Sein Papa würde aufpassen.

Der Kleine wollte schon immer wie sein Vater werden. Er und sein Papa würden durch die Luft fliegen und die Bösen vertreiben. Es war ihm nicht entgangen, was für eine Angst alle vor den Rowdys in der Schule hatten, dass sich niemand einzugreifen traute, wenn sie mal wieder ein zufällig ausgewähltes Opfer verprügelten. Alle schauten weg und taten so, als wäre nichts, um sicherzustellen, dass die bösen Blicke der Schläger nicht sie trafen. Sergej hatte das am eigenen Leib erfahren, er war einer von denen, die verprügelt, gehänselt und in den Schnee getaucht wurden. Er wollte niemandem davon erzählen, denn es war demütigend. Vielleicht hatte er jetzt endlich Ruhe vor den Rowdys, jetzt, wo sein Papa zum Helden geworden und im Fernsehen zu sehen war?

Der kleine Sergej lächelte auf dem Weg ins Land der Träume. Jetzt müssten sie sich vor ihm in Acht nehmen. Er und sein Papa würden die tollkühnsten Kerle sein, sie würden es denen schon zeigen. Ein angenehmes Kribbeln breitete sich in dem schmächtigen kleinen Jungenkörper aus. Er sah es vor sich und freute sich. Jetzt hatten die Plagegeister nichts mehr zu lachen.

Igor saß schweigend da und beobachtete, wie die Augen seines Sohnes zufielen, bis er mit einem kleinen Lächeln um den Mund einschlief. Als Igor das Licht ausschaltete, hörte er drüben im Wohnzimmer sein Handy klingeln. Vorsichtig gab er Sergej einen Kuss auf die Stirn.

»Gute Nacht, mein Junge.«

Dann schlich er sich aus dem Zimmer.

Im Wohnzimmer saß Igors Vater wie festgeklebt vor dem Fernseher, Natascha stand in der Küche und machte den Abwasch. Igor nahm sein Handy und schaute aufs Display, der Anruf kam von Ivana. Warum rief sie ihn jetzt an?

Seine Vorgesetzten hatten ihm die klare Weisung erteilt, mit keinem Außenstehenden zu sprechen. Nicht ein Wort sollte er sagen, weder gegenüber Kollegen noch gegenüber der Familie oder Freunden und schon gar nicht zu Journalisten. Er bemerkte Nataschas besorgten Blick, als er sich die Jacke überzog und zum Telefonieren auf den Balkon hinausging.

»Serkin.«

»Guten Abend, Serkin, hier Chodorkowski.«

»Guten Abend.«

Ivana verschwendete niemals Zeit mit Smalltalk, sie zog es vor, direkt zur Sache zu kommen.

»Haben Sie in Ihrem Bericht mir gegenüber etwas ausgelassen?«

Igor war sofort auf der Hut, er zündete sich eine Zigarette an und nahm einen tiefen Zug, um Zeit zu gewinnen, bevor er antwortete.

»Bezieht sich Ihre Frage auf etwas Bestimmtes?«

»Gab es bei dem Stressflug physischen Kontakt zwischen der Fullback und der NATO-Maschine?«

Igor antwortete nicht, er wusste nicht, ob es ihm erlaubt war, darauf zu antworten.

»Serkin, haben Sie die Frage verstanden?«

Igor hatte die Frage verstanden, und er bemerkte auch Ivanas Irritation über sein Zögern. Sie wusste von dem Zusammenstoß, dachte er, aber offensichtlich gehört sie nicht zum Kreis der Eingeweihten, da sie nachfragen musste. Igor blieb stumm.

»Haben Sie das Unglück während des Stressflugs verursacht?«

Igor nahm erneut einen tiefen Zug von der Zigarette. Sie zählte definitiv nicht zu den Eingeweihten. Er antwortete freundlich, aber bestimmt.

»Ich habe einen Befehl befolgt.«

»Darüber muss Bericht erstattet werden.«

Igor blickte auf sein gedoppeltes Spiegelbild in der Fensterscheibe. Drinnen in der Wärme saß seine Familie, Igor stand draußen in der Kälte.

»Ich habe unseren Vorgesetzten in Moskau detailliert Bericht erstattet. Sollte etwas unklar sein, müssen Sie dort nachfragen.«

»Aber Sie haben nichts gesagt über …«

Ivana unterbrach sich selbst. Igor schien begriffen zu haben, dass sie nicht informiert war und irgendwie Verdacht geschöpft haben musste und eine Vermutung hatte, was zwischen der Fullback und der NATO-Maschine geschehen war. Instinktiv verspürte er den Wunsch, dieses Dilemma mit ihr zu besprechen, aber das ging natürlich nicht, er hatte den klaren Befehl, den Mund zu halten. Davon abgesehen gab es sicher einen Grund, warum die Majorin nicht zum Kreis der Eingeweihten gehörte.

»War das alles, Majorin Chodorkowski?«

Er bediente sich einer so neutralen und professionellen Tonlage wie möglich, seine Stimme verriet hoffentlich nichts von seiner inneren Unruhe. Ivana sah ein, dass sie nichts weiter aus ihm herausbekommen würde und beendete das Gespräch höflich.

Igor blieb draußen in der Kälte stehen und blickte auf die vielen Lichter der ihn umgebenden Wohnblöcke. In der Ferne war der Lärm der Stadt zu hören. Sie weiß von dem Crash, dachte er, ist von offizieller Seite aber nicht unterrichtet worden. Ob er dem Team in Moskau Bescheid geben sollte?

Falls sie herumschnüffelte und das Ganze auf eigene Faust untersuchte, könnte die komplette Strategie der Geheimhaltung platzen, und dann würde ihn die Kritik treffen. Igor schüttelte sich, die Unruhe zermürbte ihn. Nein, die Majorin musste die Situation selbst beurteilen und eventuell an den entsprechenden Verantwortlichen berichten, er würde sich nicht einmischen.

Außerdem wollte er nichts sagen, was Ivana Schwierigkeiten mit den Jungs in Moskau einbringen könnte, die Truppe dort sollte man besser nicht provozieren, das wusste jeder. Igor zog ein letztes Mal an der Zigarette, dann drückte er sie aus und steckte den Stummel in die Tasche, bevor er nach drinnen ins Warme ging.

21

Es war Rove unbegreiflich, wie Menschen sich freiwillig so weit nördlich vom Polarkreis niederlassen konnten. Vom Meer her wehte ein beißend nasser Schneeregen, und obwohl es kaum 16 Uhr am Nachmittag war, wurde es bereits dunkel. Nach fast vierundzwanzig Stunden angespannter Krisenbereitschaft war er im Hotel gewesen und hatte einige Stunden schmerzlich benötigten Schlaf bekommen. Das war eines seiner Talente, dass er ungeachtet der Umstände jederzeit und überall schlafen konnte, wie es sich gerade ergab, und die kommenden Tage und Nächte würden lang werden.

Alles stand auf dem Spiel, und Rove spürte den Druck. Er konnte sich jetzt keinen Fehler erlauben. Das Wichtigste war, dafür zu sorgen, dass Russland Norwegen nicht angriff und somit Artikel 5 aktiv wurde, den Grundpfeiler der Verteidigungsstrategie der NATO. Ein Angriff auf eines der Mitglieder der Organisation war ein Angriff auf alle 29 Mitgliedsländer und würde einen Weltkrieg auslösen, den Russland niemals überleben würde … Es sei denn, es brachte Atomwaffen zum Einsatz. Als Atommacht könnte es leicht die Welt mit in den Untergang reißen.

Rove beruhigte sich selbst damit, dass die USA streng genommen nie für jemanden kämpften, es sei denn, ihre eigenen Interessen standen auf dem Spiel, und die kollektive Verteidigung der NATO war daher im Laufe der Geschichte nur einmal zum Tragen gekommen – zur Verteidigung der USA, als Antwort auf die Terroranschläge vom 11. September 2001. Die Anarchie, die im Gefolge dieses Krieges entstanden war, wütete im Nahen Osten nach wie vor, und heute, zwanzig Jahre nach der Invasion Afghanistans befanden sich die USA noch immer im Krieg mit den Afghanen. Die ansehnliche Waffenmacht der NATO konnte noch immer jedes Land in die Knie zwingen, aber sie konnte keine Kriege mehr gewinnen. Die Spielregeln hatten sich verändert.

Während er aus dem Stadtzentrum von Bodø herausfuhr, blickte er hinaus auf das trostlose Wetter, die ganze Zeit schmerzlich bewusst, dass etwas weiter nordöstlich beiderseits der Grenze große militärische Streitkräfte zum Kampf bereitstanden.

Zwar war die norwegisch-russische Grenze eine der ältesten und friedlichsten Landesgrenzen der Welt, aber wie groß wäre das Vertrauen noch zwischen dem norwegischen und dem russischen Volk, wenn sich zwischen beiden Ländern ein militärischer Konflikt zuspitzte?

In den Grenzgebieten im Norden hatte er eine spürbar russenfreundlichere Haltung wahrgenommen als unter den mächtigen Eliten und Technokraten in Oslo.

Die Bewohner der Ost-Finnmark hatten ein besonderes Verhältnis zu ihren Nachbarn, gegen Ende des Zweiten

Weltkriegs waren sie sogar durch russische Streitkräfte befreit worden. Die merkwürdigste Kriegsgeschichte, die Rove zu Ohren gekommen war, waren die Geschehnisse nachdem die Russen die Deutschen in Nordnorwegen bekämpft hatten. Anstatt Anspruch auf die eroberten Gebiete zu erheben, traten die Russen geordnet den Rückzug an und gaben den Norwegern ebenso anständig ihr Land zurück. Wer tut so etwas? Er erinnerte sich nicht daran, jemals von einer ähnlichen Geste eines anderen Siegerlandes gehört zu haben.

Im Hauptquartier der Armee sprudelte es vor Aktivität. Auf dem Weg zur Besprechung stellte Rove fest, dass der seltsame Typ von CYFOR noch immer im Dienst war. Er blieb stehen und musterte ihn. Krumm gebeugt starrte der kräftige Kerl mit roten Augen auf die Bildschirme vor sich. Neben ihm standen sechs Red Bull sowie ein halb gegessenes Baguette. Rove lächelte, ihm gefiel das Engagement, und er spürte intuitiv, dass der Mann wusste, was er tat.

Storm befand sich irgendwo im Cyberspace, als Rove hinter ihn trat. Rove sagte nichts, notierte jedoch, dass Storm sich in das zentrale Nervensystem diverser russischer Satelliten gehackt hatte. Aktuell folgte er einem Satelliten in perfektem Flug 67,49° Nord, 34,51° Ost, hoch über dem Seidosero in Russland. Rove stutzte. Was befand sich dort? Das Flugzeug war über Apatity abgestürzt, und sein Team war zu dem Schluss gekommen, dass sich die Piloten weiter nordöstlich herauskatapultiert haben mussten. Verfügte Leutnant Bure über Informationen, die ihm nicht bekannt waren?

Rove räusperte sich. Storm zuckte zusammen und schnellte sofort in die Höhe, als er sah, wer hinter ihm stand. Er grüßte formell.

Rove nickte kurz und gab ihm mit einer Geste zu verstehen, dass er sich wieder setzen sollte.

»Wie ist der Stand?«

Storms Finger glitten über die Tastatur. Er loggte sich aus dem russischen Satelliten aus und in den Bauplan des Hauptcomputers der F-16 von General Dynamics ein.

»Nun, Sir, die F-16 wird von hier aus gesteuert.« Er zeigte auf einen Punkt unter dem linken Flügel der Maschine. »Sie könnten aufgrund eines Fehlers im Navigationssystem zu weit nach Osten geflogen sein.«

Rove nickte nachdenklich. Storm fuhr fort:

»Das Flugzeug wurde aber gerade erst einer umfassenden technischen Überprüfung unterzogen, bei der alles in Ordnung war. Außerdem würden technische Fehler im Navigationssystem nicht erklären, warum wir keinen Kontakt zur Maschine bekommen haben.« Rove schaute auf die gerenderten 3-D-Simulationen verschiedener Szenarien, die Storm ausgearbeitet hatte.

»Könnte sich jemand in ihr System gehackt haben?«

Storm zog die Augenbrauen zusammen und schüttelte den Kopf.

»Es ist unmöglich, sich in eine F-16 zu hacken und sowohl die Kommunikations- als auch die Navigationsfunktionen außer Betrieb zu setzen. Das sind unterschiedliche Kreisläufe.«

Rove schaute auf die Karte.

»Warum suchen Sie im Gebiet westlich des Seidosero?«

Storm zuckte mit den Schultern.

»Das Logischste wäre, dass sie versucht haben, sich so nah wie möglich am Koaschwa herauszukatapultieren.«

Rove sah ihn verwundert an.

»Logisch? In diesem Wirrwarr ist doch wohl nichts logisch.«

Storm klickte weiter.

»Alles ist logisch, wenn man die auslösende Ursache, die beteiligten Variablen und die Gesetzmäßigkeiten des Spiels kennt.«

Rove schmunzelte, er mochte diese verrückten Kybernetiker, die fast allem gegenüber eine proaktive »Can-Do«-Haltung an den Tag legten.

»Okay, erklären Sie mir die Logik.«

Als Storm sich streckte, bemerkte Rove, dass er Schmerzen in Rücken und Nacken haben musste, während die geröteten Augen vermutlich vom Schlafmangel herrührten.

»Vorausgesetzt, dass die NATO unserer F-16 nicht befohlen hat, nach Russland zu fliegen …«

Storm schielte kurz zu Rove hinauf, der mit ausdrucksloser Miene darauf wartete, dass er fortfuhr.

»… dann muss die auslösende Ursache seitens der NATO-Maschine unbeabsichtigt gewesen sein.«

Rove nickte.

»So viel haben wir verstanden.«

Storm zuckte mit den Schultern, er dachte laut nach.

»Na ja, sie haben gerade einen Hubschrauber auf dem

Weg vom Hoop-Feld nach Kirkenes eskortiert, als die Fullback sie attackiert hat. Irgendetwas muss also während des Stressflugs passiert sein.«

Er kratzte sich den Bart.

»Irgendetwas, das den Hauptcomputer unter dem linken Flügel lahmgelegt hat. Das ist die Achillesferse der Maschine, die komplette Elektronik muss ausgeschaltet worden sein, die gesamte Elektrizität des Flugzeugs.«

Rove blickte Storm nachdenklich an, der mit seinen Überlegungen fortfuhr.

»Wenn sie die Kontrolle über das Flugzeug verloren und versucht haben, mithilfe eines analogen Kompasses nach Südwesten zu steuern, ist die Chance groß, dass sie aufgrund der Windrichtung zu weit nach Osten abgedriftet sind. Der Sturm kam aus Nordwesten. Theoretisch könnten sie aufgrund eines Missgeschicks in russisches Territorium geraten sein. Sollte das der Fall sein und sie hätten es durch die Identifizierung der Landmarken auf dem Boden bemerkt, während ihnen zur selben Zeit die Russen auf den Fersen waren, wäre das einzig Logische, zu versuchen, sich dem Wind anzupassen und so nah wie möglich zum Koaschwa zu gelangen. Deshalb ist das Flugzeug hier abgestürzt.«

Er zeigte auf die Stadt Apatity.

»Wenn sie sich zehn bis zwölf Sekunden vor dem Abschuss des Flugzeugs herauskatapultiert haben, hat der Wind die Fallschirme mit einer Windstärke von zweiunddreißig Knoten nach Südwesten getrieben. Leutnant Nordahl ist 1,74 Meter groß und wiegt fünfundfünfzig

Kilo, sie hat einen BMI von 18,2. Major John Evans ist 1,85 Meter groß und 84 Kilo schwer, BMI 24,5.«

Rove unterbrach ihn.

»Woher wissen Sie das?«

Storm rutschte verlegen auf dem Stuhl hin und her.

»Na ja, ich habe mich in die medizinischen Daten von Major John Evans gehackt, und Ylva Nordahl habe ich ein paar Mal hochgehoben, aber auch ihre Daten habe ich gehackt. Sicherheitshalber.«

Rove grinste, und Storm fuhr fort.

»Wie auch immer, ich habe die Trajektorie von zwei Körpern kalkuliert, die in 10.000 Meter Höhe herauskatapultiert werden, was der letzten gemessenen Höhe entspricht, die ich von ihnen habe.«

Storm zeigte Rove seine Berechnungen, der sich fasziniert nach unten beugte, um sich das Ganze genauer anzusehen.

»Zwei Körpern von besagter Größe, Gewicht und BMI würde es, bei gegebener Windrichtung und -stärke, wenn sie Glück haben, gelingen, in diesem Gebiet zu landen, nahe den Chibinen.«

Rove studierte die Informationen auf dem Bildschirm sowie auf der Karte der russischen Gebirgskette, die Storm ausgedruckt hatte. Das ergab Sinn, Rove war beeindruckt.

»Aber warum sollten sie versuchen, in diesem Gebirge zu landen?«

»Weil es schwer ist, dort nach ihnen zu suchen. Das Gebirge ist voller Höhlen, in denen man sich verstecken kann, und drumherum erstreckt sich endlose arktische

Wildnis. Ihr Plan könnte darin bestehen, durch die Chibinen zu kommen und diesen Weg Richtung Westen einzuschlagen.«

Storm zeigte auf die Karte. Rove sah ihn aufmerksam an.

»Diese Ortskenntnisse lagen den Piloten im Augenblick des Herauskatapultierens vermutlich nicht vor?«

Storm starrte in das blaue Licht des Bildschirms. Er seufzte traurig.

»Doch, Leutnant Nordahl schon, sie hat dort gelebt.«

22

Ylva und John gruben konzentriert im verkrusteten Schnee. Ylva merkte, wie ihr im Nacken, unter den Armen und am Rücken der Schweiß ausbrach. Sie hielt inne, öffnete den Fliegeroverall und machte sich obenrum frei. John sah sie schockiert an.

»Was tun Sie da, Nordahl?«

»Sir, in feuchten Kleidern zu arbeiten, erhöht das Risiko, dass wir erfrieren.«

John seufzte. Sie besaß gute Überlebensinstinkte, das musste man ihr lassen. Dann öffnete auch er seinen Pilotenanzug und zog seine Sachen aus. Mit nacktem Oberkörper standen sie in der Kälte und trockneten sich sowohl selbst als auch gegenseitig ab. Die Reibung förderte die Durchblutung der Haut, was sie gleich etwas munterer machte. Ylva musterte John aus dem Augenwinkel, sein Körper wies an mehreren Stellen üble Narben auf. Sie vermutete, woher sie stammten und sagte nichts, aber er bemerkte ihre Blicke. John seinerseits registrierte die vielen Tätowierungen auf Ylvas Körper. Tätowierte Frauen waren für ihn ein absolutes No-Go.

Als sie allen Schweiß und alle Feuchtigkeit abgetrocknet

hatten, drehte Ylva ihre Sachen auf links und zog sie mit der trockenen Seite auf der Haut wieder an. John tat es ihr gleich. Anschließend fröstelte es beide.

Als Ylva in die Höhle krabbelte, um sie von innen heraus auszugraben, verspürte John plötzlich Wehmut. Sie erinnerte ihn an seine Tochter Leah auf ihren unzähligen Zelttouren am Lake Michigan. Alles war spannend, alles war Spaß. Der Ernst und die Realitätsorientierung, die er versucht hatte, ihr auf die sogenannte harte Tour beizubringen, war für sie lediglich ein weiteres Abenteuer. Sie war sich sicher, absolut sicher, dass der Vater wusste, was er tat und sich schon alles regeln würde.

Aber sie war nicht sicher. Der schmerzlichste, der definitiv schmerzlichste Augenblick in John Evans' Leben war gewesen, als er im Blick der Tochter sah, dass ihr Glaube an ihn erloschen war. Ihr Gesichtsausdruck, als die sichere Welt verschwand und der Vater zu einem Monster wurde, würde ihn ein Leben lang verfolgen. Vollgepumpt mit Psychopharmaka, Marihuana, LSD und Alkohol war er nach Hause gekommen und hatte ihre Mutter angegriffen, die Liebe seines Lebens, die Frau, für die er mit Freuden gestorben wäre …

Er schlug sie, sie stürzte, er warf sich auf sie, und bevor sie reagieren konnte, schlug er wieder und wieder zu. Sie schrie: »Hau ab, du bringst uns um!« Das sanfte Gesicht, das er geliebt und für das er gekämpft hatte, die hübsche junge Frau, die er jede Nacht vor sich gesehen hatte … die sinnlichen Lippen und die leuchtenden, verschmitzten Augen … erreichten ihn nicht mehr. Er sah die Lügner, die Betrüger, die Folterer, die Politiker, die Bürokraten … er sah den Hohn der Feinde und schlug zu. Er hörte Knochen brechen, er sah Blut spritzen, das Adrenalin und die Wut als ekelerregend metallischen Geschmack im Mund. Und er schlug zu. Der Blick verschwand, er schlug zu, sie verschwand, und er schlug zu. Er schlug, mit voller Kraft und Knöcheln wie Stahl. Er schlug und schlug, wieder und wieder, bis sie reglos dalag, mit leerem Blick. Er hatte gewonnen, er hatte den ersten und den letzten Schlag ausgeführt. Er war stärker, sie hatte keine Chance, sie gab ihm in allem recht und stellte keine weiteren Fragen. Sie war sanft. Er war der Starke. Sie lag reglos da.

Erst da kam er zu Sinnen. Erst da erkannte er, dass sie es war, nicht der Feind, die blutend und leblos in seinen Armen lag. In der Tür sah er die Tochter stehen, die ihn mit verstörtem, zu Tode erschrockenem Blick anstarrte. Das Kind sank auf dem Boden zusammen, den Mund zu einem lautlosen Schrei aufgerissen: Mama! Mama! Mama!

Es war das letzte Mal, dass er sie sehen sollte.

John schob die Gedanken mit Gewalt beiseite und beugte sich zum Eingang hinunter. Die Höhle bot kaum genug Platz für sie beide, aber es musste reichen. Ylva sagte nichts, als er sich möglichst weit von ihr entfernt hinlegte, im Grunde war es egal. Die Dunkelheit und die kalten Wände aus Schnee lösten das klaustrophobische Gefühl aus, in einem Sarg aus Eis begraben zu sein.

»Bedaure die Ausstattung, Sir«, murmelte sie.

John antwortete nicht, er lag in Embryonalstellung

zusammengekauert zur Wand gedreht, seine Muskeln schmerzten, und er zitterte vor Kälte.

Auch Ylva spürte, wie sich die Kälte ihren Weg nach innen fraß, nun, da sie nicht in Bewegung waren, würden sie bald auskühlen. Sie kroch zurück zur Öffnung und sah in die mondlose Nacht hinaus.

»Sir, es schneit stark, wir können in der Höhle ein kleines Lagerfeuer anzünden, der Rauch wird in der Dunkelheit kaum sichtbar sein.«

John murmelte etwas, das sie nicht ganz verstand, jedoch als Zustimmung deutete. Fröstelnd kroch sie nach draußen, um trockene Zweige und ein paar Flechten auszugraben.

Einige Zweige und einen Funken später war das kleine Feuer entzündet und brachte unmittelbar Linderung. Als John seine steif gefrorenen Hände über die Flammen hielt, kribbelte es, als würden Tausende Ameisen durch seine Adern krabbeln. Allmählich wurden die Finger wieder durchblutet, was auf eine angenehme Weise wehtat. Ylva setzte sich an den Höhleneingang, um ihre gefühllosen Finger und Zehen im Lichtschein des Feuers zu untersuchen. Nachdem die Wärme nach und nach in sie eindrang, wurden sie rot, und das Gefühlsempfinden kehrte zurück. Anschließend richtete sie ihre Aufmerksamkeit auf John und überprüfte auch ihn. Seine Finger waren okay, die Zehen des linken Fußes ebenso, als sie jedoch den rechten Fuß sah, überkamen sie sofort Bedenken. Die Haut war gräulich, kalt und steif. Behutsam versuchte sie, die Haut zu verschieben, um zu sehen, ob sie über dem darunterliegenden Gewebe bewegt werden konnte. John stöhnte.

»Sir, bei Erfrierungen bilden sich Eiskristalle in der Haut, die die Zellen und die Blutgefäße sprengen, dadurch kommt es zum Zelltod, ich muss das checken.«

»Was nützt es zu wissen, ob ich Erfrierungen habe? Ich kann doch sowieso nichts dagegen tun«, schnaubte John.

Ylva sagte nichts, drückte jedoch weiterhin auf seine Haut, die sich weitestgehend bewegen ließ.

»Sie haben Erfrierungen, aber ich glaube nicht, dass das Gewebe abgestorben ist.«

Erneut öffnete sie ihren Pilotenanzug und führte behutsam Johns Füße an ihren nackten Bauch. John starrte sie an, die Wärme ihrer Haut war willkommen, sein Atem wurde sofort ruhiger. Tiefer.

»Wir müssen darauf achten, dass Sie keine Erfrierungen erleiden, Sir.«

Er nickte. Die Wärme kehrte zurück, es kribbelte in den Beinen und brannte, als das Blut wieder frei in die Zehen strömen konnte. John lehnte sich zurück. Ylva saß still da und wärmte Johns Füße an ihrer Haut auf.

Besorgt sah sie, dass aus der Wunde an seinem Bein Blut ausgetreten war, das war nicht gut. Feuchtigkeit erhöhte die schädlichen Auswirkungen der Kälte beträchtlich, und sie wusste mit Sicherheit, dass John wegen der Treibstoffreste an dem Metallsplitter, der in seiner Wade gesteckt hatte, bald Gangrän bekommen würde. Ebenso war ihr bewusst, dass die Wunde am Bein das Risiko für

Erfrierungen im Fuß erhöhte, und leider war sie sich nur allzu sehr im Klaren darüber, was das bedeutete.

John zog einen der Proteinriegel hervor, die Teil ihrer Ausrüstung waren. Sie aßen stumm. Das kleine Feuer in der Höhle glühte heiß, der Rauch zog in die sibirische Nacht hinaus und vermischte sich mit dem in schweren Flocken fallenden Schnee. In Johns Körper war ein wenig Wärme zurückgekehrt, das half. Er schaute zu Ylva, die mit abwesendem Gesichtsausdruck über die grünen Tattoos auf ihrem Unterarm strich. Er lächelte süffisant.

»Sie sind eine wandelnde Enzyklopädie von Klischees.«

Ylva zog die Augenbrauen zusammen.

»Was?«

John setzte sich leicht auf.

»Marcet sine adversario virtus ... Was bedeutet das?«

Er hatte den Schriftzug unten auf ihrem Bauch bei ihrer Trockenrubbelaktion gelesen. Ylva antwortete nicht sofort, was sollte sie schon sagen? Sie schaute auf ihre Finger, das Kribbeln hatte sich gelegt, und beide Hände fühlten sich schwer und brennend heiß an.

»Keine Ehre ohne Widerstand«, murmelte sie.

John machte große Augen.

»Du lieber Himmel!«

»Oder *No pain, no gain*«, ergänzte sie mit einem verschmitzten Lächeln.

Er musste lachen, was seltsam war. Es war lange her, dass er irgendeinen Grund zum Lachen gehabt hatte, und in Anbetracht der Umstände hatte er streng genommen auch jetzt keinen.

»Sie sind 30, ist das nicht ein bisschen arg melodramatisch?«

Ylva warf John einen gereizten Blick zu. Sie wusste genug über ihn, Storm war ihr mit Informationen behilflich gewesen, die streng genommen nicht für jedermanns Augen gedacht waren. Den Rest über ihren Mentor hatte sie sich angelesen. John war ihr in der Beziehung nicht unähnlich gewesen, er hatte auch an die Heldenmythen und den Traum von großen Taten geglaubt, bevor er vom Thron des Pantheons der Luftwaffe gestürzt war. Sie wusste, dass er es wusste, war jedoch nicht in der Verfassung, ihn herauszufordern und wechselte daher das Thema.

»Meine Zehen sind kalt.«

John sah sie fragend an, sie wackelte mit den Füßen, und er verstand den Wink. Mit tauben Fingern öffnete er seinen Overall. Ylva streifte Schuhe und Socken ab und steckte ihre gefrorenen Zehen zwischen Unterhemd und die warme Haut an Johns Bauch. John zuckte unter ihren kalten Füßen zusammen, was Ylva mit einem Grinsen quittierte. Sie genoss die Wärme seines Körpers, und auch John entspannte sich allmählich. Die Situation war sonderbar intim. Sie lagen sich gegenüber, die Fußsohlen am Bauch des anderen; nackte Füße, Haut an Haut. Im Stillen dachte John, dass es lange her war, seit er zuletzt Hautkontakt mit einer Frau gehabt hatte. Genau genommen war es lange her, dass er überhaupt irgendeine Form von realem Kontakt zu einem anderen Menschen gehabt hatte.

»Welche originellen Mottos haben Sie sonst noch so tätowiert?«

Ylva dachte nach, dann lächelte sie.

»*Live free or die!*«

John pfiff und zog die Augenbrauen hoch, unbewusst strich er behutsam über ihre Füße. Das war ein Reflex, er hatte immer die Füße seiner Frau gestreichelt, wenn sie vor dem Fernseher gelegen und Serien geschaut hatten. Die hatten ihn oft gelangweilt, ihr Geschmack war schmerzlich banal, aber John hatte es gemocht, ihre Füße zu massieren. Nein, er hatte es geliebt, ihre Füße zu massieren.

»*Tod ist nicht der größte Feind.* General Stark nach der Schlacht bei Bennington«, nickte er.

Mit gekünstelter Empörung über Johns Unwissenheit schüttelte Ylva den Kopf: »Nope, Stark hat das geklaut, typisch Amerikaner. Das Original lautet ›Vivre Libre ou Mourir‹. Aus der französischen Revolution.«

John schmunzelte, ballte die Faust und hob sie nach oben, als rufe er zum Kampf auf.

»Vive la révolution.«

»Yes, Sir, live free or die, vive la révolution!«

Johns Lächeln erlosch ebenso schnell, wie es aufgetaucht war. Er starrte in die schwachen Flammen des Feuers.

»Leichter gesagt als getan«, murmelte er.

»Was?«

»Frei zu leben.«

Ylva schnaubte, für sie war Freiheit das einzige Ziel. Aber ihr Freiheitsdrang war wie eine Zwangsjacke, beim geringsten Anzeichen, dass jemand sie kontrollieren oder sie an die Leine legen wollte, geriet ihr gesamter Körper in Aufruhr.

»Ich bin bereit, für meine Freiheit zu sterben«, sagte sie. Und meinte es.

John schnaubte freudlos.

»Sie haben überhaupt keine Ahnung! Sie sind bloß ein verwöhntes kleines Mädchen, das in einer banalen Fantasie lebt.«

Ylva antwortete nicht. Sie sah, dass das Feuer kurz vorm Erlöschen war, aber sie war zu müde, um hinauszugehen und nach weiteren Zweigen zu graben.

»Als ich von den libyschen Rebellen gefangen gehalten wurde, nahmen sie mir alle Freiheit, und mit Freuden hätten sie mir auch das Leben genommen. Allein die Aussicht, mit mir ein paar Dollar zu verdienen, motivierte sie, mich am Leben zu lassen. Und nie habe ich mir so sehr gewünscht, zu leben, wie in diesem Moment, nie. Selbst ein Leben in Gefangenschaft.«

»Stammen daher die Narben?«

Dumme Frage, sie kannte die Antwort. John nickte.

»Ihre Gastfreundschaft war davon geprägt, dass ich kurz zuvor ihr Dorf zurück auf Steinzeitniveau bombardiert hatte, um es mal so auszudrücken.«

»Das muss schrecklich gewesen sein.«

John antwortete nicht, er betrachtete Ylva, im Schummerlicht des ausgehenden Feuers sah sie älter aus. Ihr Gesicht war leidgeprägt, dachte er, sie war eine alte Frau in einem jungen Körper.

John schloss die Augen.

»Es war die Hölle, Leutnant, aber nach Hause in die Freiheit zu kommen, war schlimmer.«

Ylva betrachtete John, sie wollte mehr wissen, aber seine Augen blieben geschlossen, und als sie seine tiefen Atemzüge vernahm, begriff sie, dass das Gespräch beendet war.

23

Russland hielt den Atem an, die Menschen warteten auf ein Zeichen, ein Zeichen, das ihr Schicksal besiegeln würde, wie bereits so viele Male zuvor. Gebannt verfolgten alle die Ereignisse vor ihren Fernsehgeräten, Computerbildschirmen und Radios, und sie warteten. Sie warteten auf ihn, den Präsidenten. Folgsam hofften sie darauf, dass er ihnen sagte, was richtig und was falsch, was wahr und was gelogen war. Sie warteten jetzt auf ihn, wie er selbst auf sie gewartet hatte. Denn er hatte sich nach diesem Augenblick gesehnt, dieser Möglichkeit, seinem Volk, der Welt und sich selbst den Weg zu weisen. Jetzt war er da, der Augenblick, in dem alles an ihm lag, aber war er bereit?

Die Reise hatte in bitterer Finsternis begonnen.

Auf dünnen Kinderbeinen war er einst an blassen graugrünen Fassaden entlanggelaufen, die nach den Zerstörungen des Zweiten Weltkriegs mit Kugel- und Granatlöchern durchsiebt waren. Die ärmlichen Hinterhofviertel Leningrads waren von Gewalt geprägte, verwüstete und zukunftslose Orte gewesen. In einer kümmerlichen Wohnung, die sie mit zwei anderen Familien teilten, hausten die Eltern des Präsidenten. Gebrochen nach nicht nur einem, sondern zwei Weltkriegen und dem Verlust zweier geliebter Kinder. Unterjocht von ihrem tragischen Schicksal infolge der absurden Bosheit und kompletten Unfähigkeit des kommunistischen Regimes wurde er, das Wunder, zum einzigen Lichtblick ihres Lebens. Als er empfangen wurde, waren sie alt, erschöpft und kinderlos, aber der Armut zum Trotz trug seine Mutter ihn in freudiger Erwartung auf dieses neue Leben aus, das ihre Welt mit Hoffnung erfüllen sollte.

Er wuchs im Schatten der Verwüstungen des Krieges und der entmenschlichenden Tyrannei der Armut auf, er sah das Leid der Eltern und er litt mit ihnen, denn damals war er machtlos. Aber das sollte nicht so bleiben; der Kampf gegen das Joch der Eltern und Russlands Demütigungen wurde für ihn zur Lebensaufgabe.

In den ärmlichen Hinterhöfen gab es für die Kinder nicht allzu viel Beschäftigung, er jedoch vergnügte sich damit, mit Knüppeln Ratten zu jagen. Einmal sah er ein enormes Exemplar von der Größe einer ausgewachsenen Katze, ein richtiges Monster. Er verfolgte sie mit seinem Stock über den Hof in den Keller hinunter, bis er den riesigen Nager in eine dunkle Ecke gedrängt hatte. Für die Ratte gab es keinen Ausweg, er hatte die Oberhand, und er schlug fest mit dem Knüppel auf sie ein, wieder und wieder. Fiepend und wimmernd kauerte sich das Tier zusammen, machte sich klein und schützte mit den kleinen Pfoten seinen Kopf. Er war sich seines Sieges sicher, als sich plötzlich die Ratte umdrehte und ihn ansprang. Verwirrt und erschrocken fiel er rücklings zu Boden, jetzt war es die Ratte, die *ihn* angriff. Schockiert rappelte er sich auf und lief durch das dunkle, enge Kellerlabyrinth davon. Direkt hinter sich hörte er, wie die Ratte fauchend immer näher kam, er spürte, wie die Kräfte der Bestie im Takt mit seiner Angst und Ohnmacht wuchsen. Endlich erreichte er die Treppe, die aus dem Keller hinausführte. In letzter Sekunde schaffte er es nach draußen, wo er dem aggressiven Nager die Tür direkt vor der Nase zuschlug. Er hörte, wie das Tier auf der anderen Seite vor Wut fiepte und an der Tür kratzte, aber er war in Sicherheit. Diese Geschichte erzählte er gern, obwohl er sich nicht sicher war, ob sie stimmte. So oder so wohnte ihr eine poetische Wahrheit inne, dachte er, denn er hatte viel von der Ratte gelernt. Wenn jemand ihn in eine Ecke drängte, würde er angreifen, immer und überall.

Jetzt wartete das Volk auf ihn, dasselbe Volk, dem anzugehören er sich so lange erträumt hatte. Das Volk, die Menschen, Mütter und Väter, Söhne und Töchter, sie hatten den Boden für seine Apotheose bereitet – seine Vergöttlichung.

Jetzt war der Augenblick gekommen, nach einem langen Leben voller Vorbereitungen. Vom schmächtigen Jungen, der sich in den stinkenden Hinterhöfen Leningrads geprügelt und Hohn und Demütigungen ertragen hatte, war er zum KGB-Agenten aufgestiegen, der in das bedeutungsloseste Niemandsland der Weltgeschichte verbannt wurde. Dresden in der DDR hatte noch nie jemanden zu Größe inspiriert, im Gegenteil. Dort hatte er in tiefer Langeweile das Streben der Mittelmäßigen gegen den unvermeidbaren Verfall aushalten müssen, oder bestenfalls ihr trostloses Trachten nach Ablenkung von der eigenen Bedeutungslosigkeit. Ganz anders als er, er war nicht bedeutungslos, und Verfall akzeptierte er nicht.

Er hatte gelernt, selbst inmitten der monotonen Sinnlosigkeit *nicht* zu resignieren, sich niemals den Launen des Schicksals zu unterwerfen oder sich in sein Los zu fügen, nein, er musste proaktiv zum Angriff schreiten, selbst wenn um ihn herum das Inferno und das Chaos ausbrachen und seine Welt sich auflöste.

Und im Herbst 1989 löste sich die Welt der Russen auf, und zu seinem Schrecken blieb Moskau stumm, genau wie Gott es zur Angewohnheit hat, stumm zu bleiben, wenn das Leid der Menschen zu groß wird. Gott taucht nur in schönen, feierlichen Zusammenhängen auf, in heldenhafter Größe und tiefer Liebe. Wer aber braucht da einen Gott? Wer braucht Gott, wenn das Leben lacht und unerträglich leicht und schön ist? Niemand. So verhielt es sich auch mit Moskau. Gott und Moskau erwiesen sich als schwach, selbstgerecht und irrelevant, als Gorbatschows neoliberale Welle die Welt der Russen wegspülte, als Jelzin betrunken und illusionslos das Land an die einfältigsten Oligarchen und gemeines Diebespack verkaufte, um seinen Wohlstand zu sichern. Sowohl der Präsident als auch das Mutterland waren in eine Ecke gedrängt worden, er sah, wie sich der Feind allerorten hineinfraß. Er musste angreifen.

Ein weiteres Mal stand er mit dem Rücken zur Wand,

die NATO hatte ihn umzingelt, und er musste sich und das Land verteidigen. Der Präsident verspürte eine nagende Unruhe. Er stand in der Datscha vor seinem Stab und betrachtete einen nach dem anderen. Dort saßen die willenlosen, passiven Kriecher und warteten auf Befehle, keiner wagte es, eine Meinung zu haben, bevor er gesprochen hatte. Letzteres war im Übrigen nur recht und billig.

Menschen waren wie kopflose Hühner, eher hackten sie einander zu Tode, als gemeinsam gegen den Fuchs anzugehen, der sich im Hühnerstall eingenistet hatte. Er hasste ihr Gerede, die Gerüchte, die Gier, die Schmeicheleien, die Selbstgerechtigkeit und die Beleidigungen, den Verkehr und die Luftverschmutzung sowie die sinnlose Genusssucht. Das machte sie schwach. War das Reptilienhirn aktiviert, drang keinerlei Vernunft in die Köpfe der Hühnerschar.

Ein Unternehmenschef, der vor einigen Jahren an seinem Tisch saß, hatte von einem norwegischen Psychiater berichtet, der eine vollkommen verschreckte und misshandelte Wildkatze adoptiert hatte. Er gab ihr den Namen Amygdala. Der Psychiater versuchte, die Katze zu zähmen, er wollte sie davon überzeugen, dass er es gut mit ihr meinte, dass die Katze in seiner Gesellschaft sicher war. Das funktionierte nicht, die Katze Amygdala griff beständig die Hand an, die ihr Futter und Fürsorge zuteilwerden ließ, weshalb der Psychiater letztendlich aufgab. Am humansten wäre es gewesen, die Katze zu töten, aber das tat er nicht, er überließ das selbstzerstörerische

Tier einem schlimmeren Schicksal als dem Tod; er ließ die Katze ein Dasein in konstanter Angst vor der ganzen Welt und sich selbst führen.

Der Präsident war immer der Ansicht gewesen, dass derjenige, der in der Lage war, die Amygdala des Volkes nach eigenem Gutdünken zu aktivieren und zu deaktivieren, die Welt regierte. Das war die beste Waffe eines jeden Anführers. Das war der Grund, warum er jeden einzelnen Morgen sorgfältig die Boulevardpresse las, das war sein exakter Seismograf für die eruptiven Gefühle des Volkes, lange bevor die Expertenanalysen der öffentlichen Meinung auf seinem Pult lagen. Die kleinen Reptilienhirne der Menschen waren unendlich vorhersagbar, und er mochte Vorhersagbarkeit. Alles drehte sich um Ursache und Wirkung, nichts geschah von selbst. Der Unterschied zwischen Gewinnern und Verlierern bestand einzig in der Erkenntnis der Gewinner, dass niemand sie retten würde, dass sie niemandem vertrauen konnten, dass sie immer zuerst die Initiative ergreifen und angreifen mussten, um dann bis zum Letzten zu kämpfen.

Die faschistoiden Züge der Affektregie hatte er bereits Anfang der Neunzigerjahre von den Hohepriestern der Marktliberalisten gelernt. Aus New York, L.A. und London kamen sie in ihren dekadenten Privatjets nach Moskau geflogen, gern trendig gekleidet und mit coolen Brillen, um zu zeigen, dass sie von Markenmanagement etwas verstanden. Allein das war seiner Meinung nach ein sicheres Zeichen für Schwäche. Für ihn waren die Designerklamotten und schillernden Flugzeuge eindeutige Beweise dafür, dass ihre verletzbaren Egos in einer Wirtschaft wechselnder Trends auf äußeren Identitätsmarkern aufbauten. Jedoch hatte er seine Verachtung nicht gezeigt, selbstverständlich nicht, schließlich wollte er ihre Tricks lernen.

Für eine aberwitzige Summe Geld brachten sie ihm wohlwollend all ihre Künste bei. Durch die Entwicklung der Massenmedien waren sich die Menschen ihrer selbst als Subjekte bewusst geworden, sagten sie, aber so sehr die meisten Leute auch danach strebten, ihre individuelle Verantwortung in einer identitätslosen Masse aufzulösen, wollten sie noch immer das Gefühl haben, glorreiche einzigartige Individuen zu sein. Alle Trends und Moden waren der Beweis dafür, dass ihre Sklaven der Illusion bedurften, einzigartig zu sein, ihren eigenen Stil zu haben und sich von der Masse abzuheben … genau wie alle anderen. Alle wollten sie die Freiheit des Individuums und die bewundernden Blicke anderer auf sich gerichtet sehen, jedoch ohne sich dafür anstrengen oder individuelle Verantwortung übernehmen zu müssen.

Der Präsident schaute seine Mitarbeiter an. Er wusste, dass sie ihm durch dick und dünn folgten, sie wollten keine reale Freiheit, das war zu anstrengend, nein, sie wollten einen Anführer, der alle Verantwortung von ihren Schultern nahm, während sie sich unterhalten und ablenken ließen. Sie wollten, dass ein Vater, der Staat, die Regierung oder Gott die Verantwortung übernahm. Sie wollten Kinder in Disneyland sein.

Die Kunst bestand darin, seinem Publikum zu schmeicheln: Ihr seid einzigartig, ihr habt genug gelitten und verdient nur das Beste, und ich, ich kann es euch geben! In der Tat war es lächerlich einfach, selbst den individualistischsten Intellektuellen mit Sex, Schmeicheleien, Luxus und hirntoten Prominenten, die freudig als ihre Abgötter posierten, abzulenken. Gott, der sich früher damit begnügte, der herrschenden Klasse zu ähneln, musste sich jetzt in der gemeinen Menge spiegeln. Indem sie die mittelmäßigen Realitystars anbeteten, beteten sie sich selbst an. Denn die Massen hassten immer das, was Anstrengung erforderte, das Sublime, das Brillante und das Wahre. Weil sie sich im Vergleich faul, platt und dumm fühlten. Das ewige Hetzen der Menschen nach Genuss und falscher Selbstverwirklichung war ihr niederer Instinkt. Einfacher ging es nicht.

Dieses Credo predigten die großen Gurus, die Spindoktoren der Neunzigerjahre, und es erwies sich als eine nützliche Information.

Also unterhielt, schmeichelte und erhöhte er seine Landsleute; sie gehörten einem einzigartigen Herrenvolk, einem rechtmäßigen Volk an ... Russia first, make Russia great again! Die Schlagworte klaute er vom Marketinggenie Adolf Hitler, oder war es Mussolini ...?

Aber eine Nation, die nur billige Schlagworte und Genusssucht schlürft, langweilt sich schnell. Die Menschen werden undankbar und rastlos. Er musste ein wenig Spannung hineinbringen, einen Antagonisten einführen. Das Volk in der kollektiven Angst vor einem äußeren Feind zu einen, war ein wohlbekannter Trick, weshalb er den Westen und die USA als Feind auserkoren hatte ... das heißt, eigentlich hatten sie sich selbst auserkoren.

Indem das Volk, die Masse, sich von einem äußeren Feind bedroht fühlte, gab es schnell seine individuelle Freiheit auf, es verwarf seine Fähigkeit zum kritischen Denken und seine persönliche Verantwortung. Wie die meisten Kinder liebte das Volk die wohligen Schauer, es wollte ordentlich erschreckt werden, um dann vom großen Vater, IHM, beruhigt zu werden.

Diesen instinktiven Wunsch, Unbehagen oder Verlust zu vermeiden, mit dem daraus folgenden Impuls, den Weg des geringsten Widerstands zu wählen, hatte er bereits in der Grundschule durchschaut. In seinem fast siebzigjährigen Leben war ihm nichts begegnet, das diese Hypothese widerlegt hätte. Äußerst wenige Menschen waren in der Lage, ihren instinktiven Drang nach unmittelbarer Bedürfnisbefriedigung und kurzfristigem Genuss zu kontrollieren.

Das Nächste, was er von seinen überbezahlten westlichen Gurus lernte, war, sich selbst als die Inkarnation seiner Marke zu inszenieren, den Menschen eine Story zu liefern. Das war eine neue Information gewesen, die er mit besonderem Eifer aufgenommen hatte. Er war darin ausgebildet, so anonym wie möglich zu sein; um beim KGB erfolgreich zu sein, hatte er in der Menge verschwinden müssen, hatte er keine Aufmerksamkeit auf sich ziehen oder Raum einnehmen dürfen. Diese Anweisung wurde nun ins Gegenteil verkehrt. Er müsse sich hervortun, sagten sie, er müsse wohlwollend davon berichten, wie er sich aus seiner traurigen Kindheit emporgearbeitet und trotz schier unüberwindbarer Widrigkeiten das Böse besiegt hatte. Aristoteles' Poetik und Campbells Monomythos funktionierten damals wie heute gleichermaßen.

Gut, also inszenierte er sein Leben als das des einsamen Helden, des archetypischen Helden, entsprechend den bekannten Mythen. Alle persönlichen Marken seien über den gleichen Leisten geschlagen, sagten sie, unabhängig davon, ob sie Computer, Steaks, Religion, Popmusik oder politische Führung verkauften. Die Leute liebten das. Er zum Beispiel war zum Coca-Cola-Etikett auf der Flasche mit billigem Zuckerwasser geworden, und es störte ihn nicht die Bohne, weil es funktionierte.

Und jetzt stand er hier, umgeben von seinen gehorsamen Mitarbeitern und sah ein, dass der Augenblick gekommen war, an dem er für seine mühsame Arbeit, sich als der große Anführer zu etablieren, seinen verdienten Lohn einstreichen sollte.

Der Präsident richtete sich auf, alle Blicke und alle Kameras waren auf ihn gerichtet. Er schwitzte. Ruhig zog er die Rede hervor, die er bereits als junger Mann formuliert hatte, die Rede, in der er sein Volk zum grandiosen Krieg für das Mutterland aufrief! Das Monster, der Feind, der Drache sollte ein weiteres Mal besiegt werden.

»Liebe Landsleute.«

Er unterdrückte ein leichtes Zittern der Stimme. Seit das NATO-Flugzeug in russisches Territorium eingedrungen war, hatte sich im Volk eine unerträgliche Spannung aufgebaut, und jetzt forderte die Nation Erlösung. Unentschlossenheit und Ungewissheit waren für Menschen unerträglich, so viel hatte er begriffen.

Eine nüchterne Ruhe überkam ihn. Er war kein Idiot. Erklärte er jetzt den Krieg, würde sich die vereinte NATO gegen Russland zusammenrotten, und eine solche Konfrontation könnten sie niemals gewinnen. Was er brauchte, waren Zeit und List. List besaß er reichlich, aber Zeit? Hatte er die?

Die Ratte hatte eingesehen, dass Angriff die beste Verteidigung war, aber wie war es für die Ratte ausgegangen? Sie war vermutlich in der Rattenfalle gelandet oder von einer Katze geschnappt worden, so lief es mit Ratten. Sie werden nicht alt. Er sah ein, dass er der Rattenmetapher entwachsen war, sie taugte besser als Räubergeschichte denn als Lebensmotto.

»Russland ist bereit, wir haben an der Grenze zu Norwegen 65.000 kampfbereite Männer mobilisiert, und die Waffen sind geladen. Wir fürchten nichts, und wenn sie Krieg wollen, dann bekommen sie ihn.«

Der Präsident blickte über sein Publikum. Ratten waren impulsiv und dumm, er war nichts dergleichen.

»Niemand gewinnt einen Krieg zwischen Großmächten, alle Parteien werden ausgelöscht.«

Die Stille und die Spannung im Raum verstärkten jedes Geräusch und jede Bewegung. Es raschelte laut, als er das Blatt mit der Rede weglegte.

»Russland gibt der NATO drei Tage, um ihre Unschuld in der F-16-Frage zu beweisen, anschließend muss sie die Konsequenzen tragen. Wir sind hier, und wir sind bereit!«

Noch immer herrschte Stille, die Anwesenden wussten nicht, ob sie klatschen oder buhen sollten. Der Präsident hatte auf die schwelende Lunte gepinkelt, und er spürte sofort die Antiklimax im Saal. Er wusste, dass dies als Schwäche angesehen werden würde, dass die Raubtiere in seinen eigenen Reihen jetzt Blut rochen, sein Blut. Aber sie sollten nur kommen, das Urteil der Geschichte war wichtiger als ein kurzlebiger Sieg, der zu aller Untergang führte. Als er damals die Tür hinter sich zugeschlagen hatte, hatte er auf der anderen Seite die Wut und die Enttäuschung der Ratte gespürt, und so war es auch jetzt. Der größte Sieg bestand darin, ohne Kampf zu gewinnen. Der Handschuh war geworfen, die kommenden Tage würden zeigen, ob die Gegenseite ihn aufhob.

24

Irgendetwas musste unternommen werden, die Sache konnte nicht einfach unter den Teppich gekehrt werden. Majorin Chodorkowski fröstelte in der Kälte. Ihr Blick richtete sich auf den Boden. Trockener feinkörniger Schnee hatte sich über eine harte, dicke Eisschicht gelegt. Leutnant Serkin log, sie wusste nur nicht, warum.

Der tiefgefrorene Boden, auf dem sie stand, war lediglich eine dünne Hülle zwischen ihr und dem siedenden Inferno, das unter dem Firnis der Kontrolle tobte. Es war ein ewiger Kampf zwischen dem brodelnden emotionalen Part eines Menschen und dem beherrschten, dem sozialisierten und dem primitiven. Auch wenn der Boden, auf dem sie stand, in einer Wüste kontrollierter Kälte eingefroren und unbeweglich erschien, wusste sie, dass es direkt unter der Oberfläche schwelte. Eine Lawine hatte sich in Bewegung gesetzt, die Unruhe, die sie nach dem verhängnisvollen Anruf aus Moskau empfunden hatte, war zu nackter Angst angewachsen. Sie liebte die eiskalte Tundra und die Warmherzigkeit der Menschen, mit denen sie dort zusammenlebte. Der sibirische Mantel aus Frost reflektierte die stoische Standhaftigkeit des arktischen Volkes. Aber die kristallklare Kälte würde verlieren, denn dort unten, unter der gefrorenen Erdkruste, kochte ein magmatischer Eintopf, der früher oder später jedes Eisherz zum Schmelzen bringen würde. Gegen Temperaturen von über fünftausend Grad plus im Inneren der Erde hatte selbst der Permafrost keine Chance, es war nur eine Frage der Zeit.

Kalter Wind fegte und pfiff um die Häuserecken. Majorin Chodorkowski fror, blieb jedoch stehen und schaute zum Himmel hinauf. Der Militärflughafen in Montschegorsk war perfekt gelegen, weit über dem Polarkreis, hier oben flackerte das Nordlicht mit einer nahezu unnatürlichen Intensität über den Himmel. Wie Neonlicht.

Ivana stand gern so da und schaute hinauf zu den Sternen und dem Nordlicht, von dem sie als Kind geglaubt hatte, es seien Gespenster, ruhelose Geister von Toten, dazu verurteilt, auf der Suche nach Erlösung und Vergebung auf ewig über den Himmel zu jagen. So hatte es ihr ihre Großmutter erzählt, und Ivana hatte die schaurigen Gruselgeschichten geliebt, mit denen sie die Polarnacht gefüllt hatte. Man solle dem Nordlicht Ehrfurcht erweisen, hatte die Großmutter gesagt, denn ehrte man die verlorenen Seelen nicht, würde man selbst als eine gejagte Seele enden.

Die grünen Lichtzungen, die über den arktischen Himmel zuckten, erfüllten Ivana mit Ehrfurcht, selbst in einer Katastrophennacht wie dieser.

Insgeheim fand sie das Schreckensszenario der Großmutter, sie könne als ruhelose, ewig über den Nachthimmel irrende Seele enden, reizvoll. Und wenn sie die Augen schloss, konnte sie sich noch immer einbilden, dass sie sich von der Tundra erhob und leicht wie Eisnebel in die Ewigkeit hinaufschwebte. Ivana lächelte, als sie sich die winzig kleinen Häuser vorstellte und den Liza, wie er sich das Tal hinabschlängelte, bevor er sich unter ihr im Arktischen Ozean auflöste. Sie wollte reisen, hinauf, hinaus und weit weg, aber sie blieb auf dem Boden, vor Kälte und Unentschlossenheit von einem Fuß auf den anderen trippelnd. Es war unklug, die eigenen Instinkte zu ignorieren und blind Befehle zu befolgen, sie hätte abwarten sollen, bis sie überprüft hatte, von wem die Order gekommen war. Sie hätte sich selbst nicht derart unter Druck setzen lassen oder ihre Unruhe bagatellisieren sollen. Die Konsequenzen ihres blinden Gehorsams und der Mangel an Professionalität könnten im schlimmsten Fall für Menschen beiderseits der Grenze enormes Leid nach sich ziehen. Bei dem Gedanken schauderte es ihr, ihr wurde übel. Aber es gab wenig, was sie jetzt tun konnte, der Bericht war abgeliefert, und er war von Moskau ohne Einwände abgesegnet worden. Ivana war jeder offiziellen Schuld enthoben. Aber sie selbst machte sich Vorwürfe.

Hinter ihr ging eine Tür, und Ivana zuckte zusammen. Sie drehte sich um und sah durch die Glastür, dass eine weitere Delegation aus Moskau eingetroffen war, müde nach der langen Reise. Die Abendschicht des Stützpunkts saß bereits auf ihren Plätzen, im blassblauen Licht der Bildschirme sahen sie aus wie vor sich hin starrende Zombies. Ivana strich sich über die Haare, für den Fall, dass die Winterluft Strähnen aus dem strammen Knoten im Nacken geweht hatte. Sie setzte eine ausdruckslose professionelle Miene auf, und als sie hineinging, wusste sie, dass sie für die Kollegen die vorhersehbare, autoritätsgläubige und pedantische Stützpunktchefin verkörperte. Das war zu ihrer Rolle auf der Welt geworden.

Sie ging durch das Großraumbüro und saß eine Viertelstunde später in dem graugrünen Besprechungsraum, um ein weiteres Mal die Geschehnisse zu diskutieren. Sie hatte nicht die Kraft für weitere Formalitäten oder mehr Drumherumgerede und kam daher direkt zum Punkt.

»Ich bin im Labor gewesen.«

General Svetla und das Beraterteam des Präsidenten sahen sie überrascht an.

»Und?«

Ivana blieb so sachlich und neutral wie möglich.

»Ich habe Proben von Farbresten eingereicht, die ich an Serkins Fullback entdeckt habe.«

Einer der Delegierten richtete sich sichtlich interessiert auf.

»Farbreste?«

Ivana nickte.

»Möglicherweise hat es einen Zusammenstoß gegeben, die Flugzeuge müssen einander gestreift haben.«

Sich in seiner Haut merklich unwohl fühlend, den Blick starr auf die Majorin gerichtet, rutschte General Svetla auf seinem Stuhl herum. Ivana fuhr fort:

»Die Schäden an Leutnant Serkins SU Fullback 34 stimmen nicht mit seiner Berichterstattung überein.«

General Svetlas Augen wurden schmal. Ein wohlgenährter Kerl aus dem Moskauer Team unterbrach sie.

»Aber Leutnant Serkin hat nichts von einem Zusammenstoß berichtet. Wollen Sie damit sagen, dass er uns falsch informiert hat?«

Ivana bemerkte den Stimmungswechsel im Raum, eine zunehmende Feindseligkeit, und begriff, dass sie ab jetzt behutsam vorgehen musste.

»Nun, ich habe am linken Flügel der Fullback Dellen und Farbreste gefunden und dachte, die Schäden seien ein Hinweis auf …«

»Und warum sind sie in russisches Territorium und auf den Atomstützpunkt zugeflogen?«, unterbrach General Svetla ungehalten Ivanas Überlegungen.

Ivana kannte die Antwort nicht, aber sie hatte eine Theorie. Eine unwahrscheinliche, möglicherweise weit hergeholte, aber sie hatte die ganze Nacht hindurch gegrübelt und war auf keine andere Lösung gekommen.

»Na ja, vielleicht wurde das Navigationssystem der F-16 infolge des Zusammenstoßes außer Betrieb gesetzt.«

General Svetla schien empört ob der Hypothese der Majorin, die den ganzen Plan durcheinanderbrachte. Er packte seine Sachen zusammen und signalisierte mit aller Deutlichkeit, dass die Besprechung beendet war.

»Danke für den Bericht, Majorin Chodorkowski. Ich werde dem persönlich nachgehen.«

»Aber sollte die NATO nicht Zugang zu diesen Informationen erhalten?«, wandte sie ein.

Der General und das Beraterteam tauschten Blicke aus.

»Das müssen unsere Vorgesetzten entscheiden.«

Ivana spürte eine Irritation in sich gären, als ihr klar wurde, dass es im Eigeninteresse des Generals lag, eventuelle Fehleinschätzungen auf russischer Seite unter Verschluss zu halten.

»Man muss sich doch nur das Flugzeug ansehen, das verändert die ganze Situation.«

Der wohlgenährte Anzugträger wandte sich mit fragenden Blicken an General Svetla, nicht an sie.

»Ich habe nichts davon gehört, dass die Techniker irgendeinen Schaden gefunden hätten«, murmelte er.

Ivana stand auf.

»Ich kann es Ihnen zeigen.«

General Svetla blickte sie resigniert an, er arbeitete seit sieben Jahren mit Ivana zusammen und wusste, dass sie extrem pedantisch und hartnäckig war. Hatte sie sich erst einmal etwas in den Kopf gesetzt, versuchte man besser nicht, sie zu stoppen.

Zehn Minuten später standen Ivana, General Svetla und die Berater des Präsidenten im Hangar. Zielstrebig schritt Ivana auf Igors Flugzeug zu.

»Hier, sehen Sie, hier ist ...«

Ivana hielt jäh inne und starrte auf den Flügel. Er war vollkommen intakt, ohne die geringste Spur von Dellen oder Kratzern.

25

Ylva schrak aus dem Schlaf, sie war vollkommen desorientiert und brauchte mehrere Sekunden, bis ihr einfiel, dass das alles nicht einfach ein weiterer Albtraum war. Sie und John lagen eng aneinandergedrückt in der Höhle. Das Feuer war erloschen, und die einzige Wärme fanden sie beim Körper des anderen. Sie krabbelte hinaus ins Morgengrauen, dem Stand der Sonne nach zu urteilen musste es gegen neun sein. Sie hatten lange geschlafen. Sie fröstelte, erst jetzt erahnte sie die Landschaft, durch die sie sich am Abend zuvor gekämpft hatten.

Die Nacht war klirrend kalt gewesen, und es hatte kräftig geschneit. In den frühen Morgenstunden war das Wetter umgeschlagen, und nun lag eine Decke aus weißem Puder über der Landschaft. Der Widerschein von tiefblauem, lila und magentafarbenem arktischem Licht fiel auf die sibirische Tundra, der Himmel war wolkenlos. Hinter ihnen zeichnete sich das Gebirge vor dem Dämmerlicht im Nordosten ab, vor ihnen, im Südwesten, fiel die schroffe Landschaft zu den zwischen ihnen und Norwegen liegenden Ebenen hin ab. Sie trat an die Kante des Abhangs, den sie entlanggegangen waren, und stellte erleichtert fest, dass sie auf dem gestrigen Marsch weiter vorangekommen waren, als sie zu hoffen gewagt hatte. Sie konnten es in fünf oder sechs Tagen schaffen, wenn John nicht vorher zusammenbrach.

Sie war direkt nach ihm eingeschlafen und hatte tief und traumlos geschlummert, bis sie von seinem Stöhnen geweckt wurde. Zuerst dachte sie, er sei wach, als er jedoch weiter Unverständliches murmelte, begriff sie, dass er Albträume hatte. Damit kannte sich Ylva nur allzu gut aus, und sie war an ihn herangerückt, hatte die Arme um ihn gelegt und ihm vorsichtig übers Haar gestrichen. Brüsk drehte er sich weg, verschreckt und wütend wie ein wildes Tier. Erst als sie mit leiser, sanfter Stimme Gutenachtlieder zu singen begann, wurde er ruhiger. So wie eine Mutter ihr aufgeregtes Kind wiegte sie John zurück in einen barmherzigen und traumlosen Schlaf. Sein verbissener Gesichtsausdruck entspannte sich, das Kinn sackte herunter, und die Furche zwischen den Brauen glättete sich. Er wirkte mit einem Mal viel jünger und sanfter.

Als er anfing zu schnarchen, konnte auch sie endlich schlafen.

John erwachte kurz nach Ylva, und ohne große Worte zu verlieren, packten sie zusammen und setzten ihren Weg Richtung Norwegen fort.

Ein Schritt und noch einer … und noch einer. Den Blick auf Ylvas Rücken geheftet, schleppte John sich durch den tiefen Schnee, als sie die Westseite des Berges hinunterstapften, krabbelten und kletterten. Ylva suchte angestrengt in ihrer Erinnerung, wo der Weg über den Pass zwischen Angvundaschorr und Kedykvampakhk verlief. Sie fragte John nicht, wie es ihm ging, das war unnötig, sie wusste, dass er litt.

Als sie den steilsten Teil erreichten, blieb Ylva stehen und blickte über das tiefe, schmale Tal, das sich unter ihnen erstreckte. Auf der linken Seite hörten sie Wasser rauschen, und Ylva wusste, dass sie den Wasserfall erreicht hatten, der in das Tal stürzte und im Fluss Tawajok endete. Umgeben von steilen, unüberwindbaren Bergen hatte das Wasser im Laufe der Jahrtausende eine tiefe Schlucht durch das Tal gegraben. Der Fluss schlängelte sich westwärts in die fruchtbare Taiga, wo dichter Wald ihnen Schutz bieten würde. Dort konnten sie Holz und Flechten für ein Feuer sammeln; verborgen zwischen den Bäumen würden die Rauchfäden in der nächtlichen Dunkelheit nicht so leicht zu entdecken sein. Wenn sie es bis dorthin schafften, wäre der schlimmste Teil des Marsches überstanden, doch vorerst war die Strecke noch äußerst strapaziös.

Ylva sah sich um. Die Berghänge zur Rechten fielen steil ab, und zwischen den Eisblöcken war loses Geröll zu erkennen. Die bessere Wahl war der Weg den weniger steil geneigten Hang auf der Südseite hinab. Sie ging los, und John folgte ihr wortlos.

Sie kämpften sich durch den tiefen Neuschnee, der im Laufe der Nacht gefallen war, und John mühte sich, abschüssige Hänge hinab- und an Steinbrocken vorbeizukommen, ohne das verletzte Bein allzu sehr zu belasten. Auf der anderen Seite des Berges sahen sie erleichtert, dass der Hang mit sanftem Gefälle ins Tal führte, und sie begannen den Abstieg. Auf einmal erklang ein merkwürdiges Rumpeln, Ylva blieb abrupt stehen und lauschte. John sah sie fragend an.

»Nordahl?«

Mit erhobener Hand bedeutete sie ihm, still zu sein und lauschte angespannt. Das Rauschen des Windes, der über die Bergrücken fuhr, ein sprödes Knistern der vereisten Zweige und windschiefen Bäume waren zu hören, doch der Berg war ruhig.

Ylva ging in die Hocke und untersuchte den lockeren, pulverigen Schnee genauer. Vorsichtig machte sie einen Querschnitt mit dem Messer und sah sich die Schneeschichten an. Über einer dicken Kruste aus kompaktem Eis lagen etwa fünfzig Zentimeter Pulverschnee. Sie stocherte ein wenig mit dem Messer am Übergang zwischen den Schichten und prüfte die Schneefestigkeit. Dann richtete sie ihre Aufmerksamkeit erneut auf die Bergwand.

»Heute Nacht dürfte die Windgeschwindigkeit etwa fünfzehn bis zwanzig Meter pro Sekunde betragen haben. Vielleicht auch etwas mehr.«

John nickte und bestätigte, dass es kräftig gestürmt hatte, doch er spürte, dass Ylva sich um mehr als nur um das Wetter sorgte. Reglos hockte sie da und lauschte. Ohne den Blick von der weißen Bergwand abzuwenden, murmelte sie: »… 35 bis 45 Grad Neigung.«

»Nordahl, worauf wollen Sie hinaus?«

»Die Stelle hier wäre ideal für den Abstieg, aber …«

Erneut hielt sie inne und ließ den Blick über die Bergwand gleiten.

»Der Wind hat den Neuschnee von dort weg und in die Leegebiete im Nordosten getragen.« Sie zeigte zu großen dem Wind ausgesetzten Bereichen auf der Südwestseite. »Dadurch ist die Schneeschicht direkt über uns besonders dick, hatte aber noch keine Zeit, sich zu verfestigen.«

Erneut ertönte ein tiefes Grollen. Ylva zuckte zusammen, jetzt ernsthaft beunruhigt. Sie richtete sich auf. John folgte ihrem Blick zu den weichen, kaum sichtbaren Wellen der weißen Fläche, die den Steilhang bedeckte, und bemerkte schmale horizontale Risse auf dem über ihnen liegenden Hang sowie mehrere vertikale Risse den Bergrücken hinab.

»Hier wird eine Lawine runterkommen«, konstatierte Ylva.

John durchfuhr es kalt, sie standen mitten in einem Lawinenfeld, und er begriff, was das bedeutete.

»Okay. Was schlagen Sie vor?«

Behutsam zog Ylva den Fallschirm heraus und schnitt eine lange Stoffbahn ab, den Blick unablässig auf den Berg und die über ihnen hängenden Schneewechten gerichtet. Mit vorsichtigen Schritten bewegte sie sich zu einem hohen, einsam stehenden Baum einige Meter entfernt und spannte ein Seil aus Fallschirmstoff zwischen dem dünnen Stamm auf der einen und einem großen runden Stein auf der anderen Seite. Sorgfältig verdeckte sie sowohl das Seil als auch ihre Spuren mit Schnee, sodass sie unmöglich zu entdecken waren. Dann richtete sie sich auf und sah John an.

»Wir müssen rückwärts in unseren Fußspuren zum Abhang zurückgehen.«

»Okay?«

»Die SpezNas ist uns wahrscheinlich auf den Fersen.«

John nickte, davon war auszugehen.

»Und wenn sie unseren Fußspuren bis hierher folgen …«

Sie wies mit dem Kinn auf den Fallschirmstoff, der wie ein dünnes Seil über die Spur gespannt war, die sie im Schnee hinterlassen hatten, und lächelte. John begriff und lächelte ebenfalls. Im Geiste sah er vor sich, wie die SpezNas-Soldaten ihren Fußspuren auf leistungsstarken Motorschlitten den Hang hinauf folgten, geradewegs in Ylvas findige Konstruktion hinein, wodurch der Stein in Bewegung versetzt werden würde. Alternativ würde der Baum sich biegen und abknicken oder heftig zurückschnellen, wenn das Seil riss. Die Verfolger im hohen Tempo würden von ihren Sitzen geschleudert werden, während die Schneemobile weiter über den Hang rasten. Und die Vibrationen würden die Lawine auslösen.

»Die werden schön was erleben«, grinste sie, während sie sich behutsam rückwärts von der Falle entfernte. John folgte ihr und spürte, wie seine Unruhe zunehmend wich, je näher sie dem Rand des breiten Hangs kamen.

Sie kamen nur langsam voran und erreichten außer Atem ihren Ausgangspunkt. Damit waren sie so weit wie zuvor.

Ylva spähte in die steil abfallende Schlucht mit dem halb gefrorenen Wasserfall, der sich die schroffe Felswand hinunterstürzte.

Ihr Blick wanderte den Bergrücken entlang, weiter entfernt war der Grat noch schärfer und endete in einer steilen, mit Eis und Geröll bedeckten Schlucht.

Ylva seufzte. Der Weg würde zu viel Zeit kosten, außerdem war das Geröll gefährlich, die Steine konnten sich jederzeit lösen. Am gefrorenen Wasserfall entlang zu klettern würde vielleicht eine Stunde dauern. Da gab es nicht viel zu überlegen.

Sie trat dicht an den Rand des Abhangs und blickte hinab. Eine senkrechte Wand aus Eis stürzte ins Tal hinab. Das Eis war zerklüftet, und an mehreren Stellen ragten Halt bietende Felsbrocken hervor.

»Können Sie klettern, Sir?«

John sah sie ungläubig an.

»Nordahl, Sie wollen doch nicht ernsthaft …«

Er beendete den Satz nicht, die Antwort war bereits gegeben, Ylva war auf dem Weg über den Rand.

26

Ali war gegangen, um sich eine weitere Dosis Koffein zu besorgen, und so saß Storm allein im Computerraum. Er studierte die Aufnahmen verschiedener Überwachungskameras sowohl auf dem Stützpunkt als auch in den übrigen zentralen Arealen der Übung. Er unterdrückte ein Gähnen, vor Müdigkeit flimmerte es ihm vor den Augen. Verbissen suchte er nach einer auffälligen Situation oder Person, etwas, das aus der Reihe fiel, vom Erwartbaren abwich. Es war wie die Suche nach der berühmten Nadel im Heuhaufen, aber irgendwo musste er anfangen. Er schloss die Augen, um ihnen einen Moment Ruhe zu gönnen, sie brannten vor Erschöpfung. Aber mit geschlossenen Augen wurde ihm schwindelig, also machte er weiter. Während er seinen steifen Nacken streckte, hackte er erneut in die Tasten und stürzte sich in die unendlichen Weiten des Cyberspace.

Bilder flimmerten über den Monitor, Menschen, Soldaten und Politiker strömten zusammen und schwirrten wie Insekten auseinander, wie Heuschreckenschwärme. Sie redeten, lachten, schimpften, gingen, standen, saßen und wuselten durcheinander. Plötzlich riss er die Augen auf und richtete sich jäh auf. Da, auf einer Aufnahme aus dem Foyer des Bodøer Kulturhauses, waren Rove und Ylva im Gespräch zu sehen. Es machte den Eindruck, als ob sie sich kannten, darüber musste er mehr herausfinden. Sie sah klein aus und schien auf der Hut zu sein. Storm achtete auf jedes Detail, während er sich die Aufnahme ansah. Als das Gespräch beendet war, ging Rove zum Hörsaal, Ylva blieb allein zurück. Es war 18.37 Uhr, eine Minute bevor Storm sie auf dem Marktplatz getroffen hatte. Er fror das Bild von Ylva ein und grübelte. Was wusste er eigentlich von der Frau, die er wohl, wie er sich eingestehen musste, wider besseres Wissen liebte? Sie hatte so viele Seiten, so viele Geheimnisse. Er vermisste sie, und sie dort alleine stehen zu sehen, wie sie Rove nachschaute, weckte eine Verzweiflung in ihm, die er sich jetzt nicht leisten konnte.

Storm drückte wieder auf Play. Während General Rove zum Hörsaal ging, sackte Ylva sichtlich zusammen, ihr stolzer, freundlicher Gesichtsausdruck veränderte sich merkbar. Sie sah einsam aus, beinahe traurig. War sie das? War das die echte Ylva? Sie sah sich im Foyer um, starrte aus den großen Fenstern hinaus auf das Nordpolarmeer, dann straffte sie die Schultern und ging zum Ausgang.

Storm bemerkte Major John Evans, der von der rechten Seite des Foyers kam. An der Tür zum Hörsaal traf er auf Rove. Storm runzelte die Stirn und verfolgte überrascht, wie die beiden sich begrüßten, ehe sie gemeinsam durch die große Tür ins Auditorium gingen.

27

»Hört einander zu! Spürt einander!«

Alexej Galba gestikulierte begeistert, während er in einer Mischung aus Norwegisch und Russisch rief:

»Denkt nicht, fühlt! Tut nicht, seid!«

Die Musiker des norwegisch-russischen Ensembles spielten hochkonzentriert, es waren noch vier Minuten bis zum traditionellen Freundschaftskonzert zwischen Norwegen und Russland im Rahmen des Riddu-Riđđu-Festivals, und jede einzelne Probe mit dem russischen Meisterkomponisten war wertvoll.

»Leistet nicht, schenkt! Genießt es!«

Mette Wang ließ den Blick über das Ensemble gleiten: zwei pickelige Technotypen, einer aus Murmansk, einer aus Tromsø, zwei Kehlkopfsänger aus Tuva, eine Geigerin und ein Cellist aus Harstad, zwei samische Trommler, eine samische Joikerin … Wo die Frau mit den Schellen, den Becken und den tibetischen Klangschalen herkam, hatte sie vergessen. Vielleicht war sie Tibeterin oder Mongolin? Ihr Äußeres ließ darauf schließen.

Galbas Musik war ein Zustand, eine Meditation, ein Gebet. Die monotonen Rhythmen erzeugten einen Wirbel aus Träumen, wieder und wieder hatte sie erlebt, wie die Musik das Publikum in eine Symphonie aus im Gleichtakt schlagenden Herzen mitnahm.

»So, ja, jetzt haben wir es … so …«

Das runde, konzentrierte Gesicht strahlte, die Augen funkelten. Es war das fünfte Mal, dass Galba in die Finnmark gekommen war, um seine Werke mit dem Ensemble zu proben, und wenngleich er ein weltgewandter Kosmopolit war, fühlte er sich in der arktischen Kleinstadt doch auch ein wenig heimisch.

Die Leute in Nordnorwegen ließen sich von seiner Musik berühren und begeistern, weshalb er wieder und wieder eingeladen wurde. Die Begegnung mit dem Publikum in Kirkenes war befreiend anders als die zurückhaltende und analytische Anerkennung, die er in Moskau und vom Rest der Welt erfuhr. Ein von besonderer Wärme geprägtes Interesse hatte er bei der Journalistin Mette Wang gefunden. Sie hatte ihn bei seinem ersten Besuch interviewt, und die beiden hatten sofort eine enge Beziehung entwickelt. Sehr eng. Mette war wohl einer der ausschlaggebenden Faktoren für sein anhaltendes Engagement im Orchester und beim Festival, zumal die finanzielle und künstlerische Ausbeute reichlich bescheiden ausfiel.

Bei ihrer ersten Begegnung war sie sichtlich nervös gewesen. Nicht aus demütiger Bewunderung für sein Genie, sondern weil sie den Job kurzentschlossen angenommen hatte, nachdem sich der Journalist, der das Interview eigentlich führen sollte, beim Skifahren den Fuß verletzt hatte. Sie hatte keine Ahnung von dem international renommierten Komponisten Alexej Alexejewitsch Galba und seinem Schaffen, und eben das war er nicht gewohnt.

Seit ihr Mann vor fünfzehn Jahren an Krebs gestorben war, lebte Mette allein mit zwei arroganten Katzen in Tromsø. Zwischendurch schrieb sie sporadische Kulturreportagen für die Lokalzeitung, obwohl sie schon vor langer Zeit in den Ruhestand gegangen war. Hauptsächlich über kleinere Kulturevents, für die sich niemand in der Redaktion interessierte. Ihr war das nur recht, sie hatte ohnehin keine Lust, über Schlagersängerinnen, Popbands und eine weitere Bjarne-Melgaard-Ausstellung zu berichten, damit war sie durch.

Alexej war überrascht, als er zum ersten Mal nach Kirkenes kam, das Städtchen war wie ein kleines Stück Russland. Die kyrillischen Buchstaben auf den Straßenschildern, das russischsprachige Regionalradio und die Lokalzeitung zeugten davon, dass das Brudervolk im Osten eng mit dem Leben der Menschen an der äußersten nordöstlichen Grenze Westeuropas verflochten war. Verwundert hatte er festgestellt, dass es einen russischen Bibliotheksdienst sowie eine russische Seemannskirche gab und in den Geschäften sämtliche Waren sowohl in norwegischer wie auch in russischer Sprache ausgeschildert waren. Als Russe konnte man problemlos in Kirkenes leben, ohne Norwegisch zu lernen. Wobei Alexej im Laufe der fünf Jahre, die er die Stadt nun schon regelmäßig besuchte, mehr als nur ein paar Brocken Norwegisch gelernt hatte.

Weil er das kleine Land und die bezaubernde Mette besser verstehen wollte.

Keiner von beiden hätte erwartet, noch so spät im Herbst des Lebens die große Liebe zu finden. Doch so war es, und sie wussten es zu genießen. Verliebtheit war an die Jugend verschwendet, fand er, die jungen Menschen verstanden nicht, welches Wunder es bedeutete, seinem Seelenpartner zu begegnen. Doch Mette und Alexej wussten es, sie waren alt und begriffen, welch unerwartetes Glück ihnen zuteilgeworden war.

Nach der Probe packten sich alle gut ein und machten sich auf den Weg, um gemeinsam essen zu gehen. Zusammen mit den Musikern und Tontechnikern schlenderten Mette und Alexej untergehakt zum örtlichen Fischrestaurant, sorgsam darauf bedacht, auf der glatten Straße nicht auszurutschen.

Ein Passant filmte, was im Folgenden geschah, und dieser Clip sollte später um die Welt gehen. Aus einer Gasse tauchten auf einmal drei betrunkene Norweger auf, und es war eindeutig, dass sie sich die Russen in der Gruppe ausgeguckt hatten, denn sie begannen, sie anzupöbeln.

»Verpisst euch zurück nach Russland, ihr Drecksrussen!«

Die Rowdys schlugen und stießen die russischen Mitglieder des Ensembles, und als einige Norweger Alexej Galba und seinen Landsleuten zu Hilfe kommen wollten, eskalierte die Situation. Die Schläger zückten große Messer und stachen zu. Wenige schmerzvolle Minuten später lagen Alexej und seine drei Landsleute blutend im Schnee. So verlor Russland einen seiner namhaftesten zeitgenössischen Komponisten und Mette Wang die Liebe ihres Lebens.

Die Videoaufnahme der drei Norweger, die den Komponisten Alexej Galba töteten, flimmerte alsbald weltweit über die Bildschirme. In Brüssel schaute sich der Generalsekretär mit seinem Stab zusammen die grausamen Bilder an.

Dem Generalsekretär war sofort klar, wie die Tat in Moskau gedeutet werden würde, und er fürchtete, dass der russische Präsident sich aufgerufen fühlen würde, sein selbst erklärtes Recht auszuüben, alle Russen, wo auch immer auf der Welt, zu beschützen. Vermutlich waren die Repressalien bereits umgesetzt worden, denn unmittelbar nachdem das Amateurvideo ins Netz gestellt worden war, wurde das Satellitensystem, welches den gesamten norwegischen Flugverkehr steuerte, gehackt und für mehr als eine Stunde lahmgelegt.

Der Clip mit dem brutalen Angriff wurde direkt vor dem anberaumten Treffen zwischen der NATO und den Grenzkommissaren Norwegens und Russlands hochgeladen, was verständlicherweise Besorgnis und Entrüstung aufseiten der russischen Delegation auslöste. Das Treffen endete in einem Fiasko. Die Russen verwehrten Norwegen und der NATO, sich an der Suche nach den Piloten auf der russischen Seite der Grenze zu beteiligen, und angesichts der jüngsten Ereignisse deuteten sie den Vorfall mit dem NATO-Flugzeug als feindliche Handlung.

Der Generalsekretär trat an das große Fenster und sah hinaus, graues Tageslicht hing matt über der Großstadt. Brüssel war im Winter keine Schönheit. Per Video war die norwegische Militärzentrale zugeschaltet, und auch dort war die Stimmung gedrückt.

Die norwegische Verteidigungsministerin blickte in die Kamera.

»Herr Generalsekretär, welche Handlungsmöglichkeiten sieht die NATO für sich?«

Ehe jemand zu einer Antwort ansetzen konnte, klopfte es an der Tür hinter ihr, und General Rove trat ein. Die Verteidigungsministerin schien überrascht, sie hatte Rove nicht zu der Besprechung eingeladen.

Der amerikanische Leiter der NATO-Übung, General Bale, lächelte ihr freundlich zu.

»Wir waren so frei und haben einen unserer wichtigsten strategischen Berater eingeladen, Sie kennen Rove.«

Die Verteidigungsministerin begrüßte den General zurückhaltend.

»Ich glaube nicht, dass ein Repräsentant privater Auftragnehmer an diesem Briefing teilnehmen kann. Norwegen hat die Anti-Söldner-Konvention der UNO ratifiziert.«

Sie schielte zum Generalsekretär auf dem Großbildschirm. Auch ihm war die Verblüffung angesichts von Roves Erscheinen anzusehen, da er George Rove aber gut kannte, entschied er, erst einmal abzuwarten. Rove, der den Einwand der Ministerin vorhergesehen hatte, nickte höflich und ging gelassen zur Tür, schien jedoch in keiner Weise überrascht, als General Bale dazwischenfuhr.

»Die USA hat diese Konvention niemals ratifiziert. General Rove ist seit 2016 ein integriertes Mitglied des strategischen Teams von USA und NATO, und in dieser Funktion ist er heute eingeladen.«

Erneut schielte die Verteidigungsministerin zum Bildschirm, in der Hoffnung, der Generalsekretär würde einhaken, doch als aus Brüssel keine Einwände kamen, wurde sie unsicher. Wie lautete das Protokoll für eine solche Situation? George Roves guter Ruf war allgemein bekannt, er hatte eine glänzende militärische Laufbahn hinter sich, und nach einigen Jahren in Washington stand er einer der größten privaten Sicherheitsfirmen der USA vor. Unter seiner Führung hatte sich das Unternehmen zu einer beeindruckenden Eliteeinheit entwickelt. In einigen Teilen Afghanistans und Somalias operierte ausschließlich Titans Security, die staatlichen militärischen Organisationen waren zu schwerfällig und bürokratisch, sie hatten die Kontrolle verloren.

Vielleicht war es auch ein Vorteil, ihn bei der Besprechung dabeizuhaben. Rove kannte sich mit paramilitärischen Strategien und asymmetrischer Kriegsführung besser aus als jeder andere, und er war ein Trumpf angesichts der Hysterie, die der Mord an dem russischen Komponisten in Kirkenes ausgelöst hatte. Sie zögerte. Warum äußerte Brüssel sich nicht? Wobei, vielleicht war das gar nicht so merkwürdig – sollte die NATO Artikel 5 in Kraft setzen und die gesamte Allianz Norwegen beistehen, würde die NATO die Führung übernehmen müssen, und in diesem Fall kam man nicht um die Amerikaner herum. Sie blickte zu Rove, der sie entwaffnend anlächelte. Er war durchaus ein interessanter Mann. Vor ein paar Jahren hatte sie auf einem NATO-Gipfeltreffen einen Vortrag von ihm gehört, und ihr hatte gefallen, wie er die Militärbonzen provozierte.

»Warum haben die USA und der Westen sämtliche Kriege verloren, in die sie seit dem Zweiten Weltkrieg verwickelt waren?«

Die Frage war an die selbstzufriedenen Befehlshaber im Saal gerichtet gewesen, und das dröhnende Schweigen, das darauf folgte, war Antwort genug. Obwohl die NATO, angeführt von den USA, mit beinahe 3,5 Millionen kampfbereiten Kräften und einem Budget von fast einer Billion Dollar pro Jahr die mit Abstand stärkste Militärmacht der Welt war, hatte die Allianz bei ihren Kriegseinsätzen keine sonderlich großen Erfolge zu verzeichnen. Macht und Ehre der Oberbefehlshaber standen im proportionalen Verhältnis zur militärischen Kapazität und dem Budget, über das sie verfügten, und nicht zu der von ihnen erbrachten Leistung.

Souverän hatte Rove sie während seines gesamten Vortrags zur Schnecke gemacht. Wobei, was heißt Vortrag, es war eher eine Abkanzelung gewesen.

Die NATO leide an strategischer Atrophie, meinte er. Große stehende Heere und teure Kampfflugzeuge seien unbrauchbar, wenn sich die gegenwärtigen Kriege in den Medien, im Cyberspace, in zwielichtigen Seitengassen und unüberschaubaren Wüstenlandschaften abspielten. Eine große, schwerfällige Armee in Bereitschaft zu halten, während sich die Aufständischen unter der Lokalbevölkerung im Verborgenen halten, manchmal über Jahre, sei zu teuer, zu kompliziert und zu ineffektiv. Die Verteidigungsministerin hatte ihm stillschweigend zugestimmt. Doch selbst wenn Rove zweifelsohne recht hatte, waren die Zuhörer im Saal persönlich zu stark involviert in den Status quo, um auf ihn zu hören.

Rove hatte seine Anklage fortgeführt: »Die Luftwaffe der Zukunft braucht keine teuren F-35-Flugzeuge und AWACS, sondern billige unbemannte Kampfdrohnen. Auf den Schlachtfeldern der Zukunft werden von künstlicher Intelligenz gesteuerte Roboter unsere Kämpfe ausfechten, keine verwundbaren Soldaten, die teures Kampftraining, Verpflegung und Ausrüstung benötigen. Ich weiß, dass dies für viele von Ihnen ein erschreckendes Szenario ist, aber unbemannte Drohnen und Kampfroboter führen weitaus präzisere und wirtschaftlichere Angriffe aus, sowohl was Kollateralschäden und Personal als auch finanzielle Mittel betrifft.«

Das hat gesessen, dachte sie und spürte, wie die selbstzufriedene Stimmung im Saal merklich nachließ. Nur sehr wenige hatten den Mut, zu sagen, dass der Kaiser in diesem Raum keine Kleider trug. Roves unverblümte Ehrlichkeit verdiente Anerkennung.

Die auf den Vortrag folgenden Diskussionen waren interessant gewesen. Ein Punkt war, dass sämtliche kriegsbezogenen Regulationen zwischen Staaten galten, nicht aber zwischen privaten Akteuren. Das bedeutete, dass professionelle Söldner, Roboter und Drohnen alle Mittel zur Verfügung hatten, ohne dass dies politisch zum Thema wurde. Die Verteidigungsministerin war sich nicht ganz sicher, ob eben das in Roves Augen ein Vorteil war.

Nun schaute sie unruhig zu Rove, während er höflich ihre Entscheidung abwartete.

»Sofern juristisch und formal nichts dagegenspricht, kann General Rove selbstverständlich bleiben«, antwortete sie.

Rove nickte und setzte sich neben General Bale. Die Verteidigungsministerin war unsicher, wer die Besprechung leiten sollte, sie oder der Generalsekretär? Sofern Artikel 5 zur Anwendung kam, würde die NATO die Führung übernehmen, und da die USA die größte und handlungsstärkste Macht innerhalb der Organisation waren, würde es früher oder später nach dem Willen der Amerikaner laufen. Würde General Bale die Besprechung leiten?

Die Anwesenden im Raum verstummten, und alle sahen zum großen Bildschirm an der Wand, wo der Generalsekretär nun am Konferenztisch Platz genommen hatte.

»Welche inoffiziellen Kanäle haben wir, nachdem die offiziellen diplomatischen Kanäle zusammengebrochen sind?«, fragte er.

Das Schweigen der Berater verhieß nichts Gutes. Rove räusperte sich dezent und wandte sich sowohl an die Versammlung im Raum als auch an den Generalsekretär.

»Nun ja, das wahrscheinlichste Szenario ist, dass sich der Konflikt zu einem asymmetrischen Hybridkonflikt entwickelt, und in diesem Fall wird das diplomatische Feld relativ unübersichtlich. Wir müssen mit einer Kombination aus konventionellen kinästhetischen Anschlägen und irregulären Methoden wie Cyberangriffen, Sabotage, Terrorismus und diversen anderen Manipulationsoperationen rechnen.«

Der Generalsekretär nickte.

Rove fuhr fort: »Unsere aktuell größte Herausforderung besteht darin, dass es der angreifenden Partei möglich ist, zu verbergen, wer hinter dem Angriff steckt. Denken Sie nur an die Invasion der Krim.«

»Eben das ist auch unsere Sorge. Ist das hier Krim 2.0?«

Die Stimme des Generalsekretärs klang ruhig, doch seiner Körpersprache war die Anspannung deutlich anzusehen. Rove schwieg, er dachte nach. Der Generalsekretär fuhr sich müde mit der Hand übers Gesicht und seufzte tief, ehe er laut aussprach, was allen auf der Zunge brannte.

»Wie können wir vermeiden, dass der Konflikt eskaliert? Wie vermeiden wir, dass sich die Angelegenheit zu einem Krieg entwickelt?«

Rove sah vom Generalsekretär zur Verteidigungsministerin, die mit blassem, ernstem Gesicht am Ende des Tischs saß.

»Herr Generalsekretär, was ich zu sagen versuche, ist, dass der Krieg höchstwahrscheinlich bereits in vollem Gange ist!«

Roves Worte hingen in der Luft. War das möglich? Hatten die Russen Norwegen und der NATO in Wahrheit bereits den Krieg erklärt, ohne es direkt zu sagen?

»Was sollen wir also tun?«

Die Stimme des Generalsekretärs klang weiterhin fest, doch alle spürten, dass er erschüttert war über Roves deutliche Worte. Dieses Szenario war das denkbar schlimmste für die NATO und die ganze Welt.

»Tja, falls Russland die NATO-Allianz destabilisieren will, bringt es wenig, mit konventionellem Krieg zu drohen, so wie die ehemalige Sowjetunion es getan hätte. Die Russen sind militärisch unterlegen, was ihnen schmerzlich bewusst ist. Wir haben einige der Methoden gesehen, die zu gebrauchen sie bereit sind. Statt die NATO direkt herauszufordern, haben sie Syrien bombardiert. Diese Taktik hat Tausende von Flüchtlingen nach Europa getrieben und zu einer in höchstem Maße destabilisierenden Migrationskrise geführt, die wiederum den Neofaschismus sowie die von Russland unterstützte Anti-Establishment-Politik angeheizt hat. Die Flüchtlingskrise hat in der Praxis den Brexit eingeleitet. Europa bricht vor unseren Augen auseinander, und wir schauen tatenlos zu.«

Rove nahm die beklommenen Reaktionen im Raum wahr, er war es gewöhnt, dass Politiker einfache aufmunternde Antworten hören wollten, nicht die harte Wahrheit.

»Jetzt zu zögern, würde bedeuten, den Russen die Oberhand zu lassen, sowohl strategisch als auch im Hinblick auf optische Kampfmittel. Am effektivsten ist es, weiterhin mit inoffiziellen Kanälen zu arbeiten sowie unseren Einsatz von Cybertaktiken, psychologischen Operationen und subversiven Informationsstrategien zu koordinieren.«

Rove legte eine Kunstpause ein, bis hierher schienen alle seiner Argumentation zu folgen, niemand war überrascht. Also fuhr er fort.

»Gleichzeitig empfehle ich die Beauftragung von paramilitärischen Sicherheitsunternehmen, um die kinästhetischen Aufgaben hinter den feindlichen Linien auszuführen, das gibt uns die Möglichkeit zur ›glaubhaften Abstreitbarkeit‹. Wir wollen keine offene Konfrontation.«

Die Verteidigungsministerin richtete sich auf, sie war gänzlich anderer Meinung, es entbehrte jeder rechtlichen Grundlage, militärische Aufgaben an nicht staatliche Kräfte zu übertragen.

»General, noch einmal: Laut der 2001 in Kraft getretenen UNO-Anti-Söldner-Konvention 44/34 können wir die Inanspruchnahme privater militärischer Akteure in einem Konflikt nicht autorisieren.«

Rove nickte, er sah das Dilemma.

»Da haben Sie recht, aber weder Russland noch China, das Vereinigte Königreich oder die USA haben diese Konvention ratifiziert. Wenn wir den USA ab jetzt die Zügel überlassen, hat Norwegen den Rücken frei, selbst wenn wir paramilitärische Waffenkraft hinzuziehen müssen, um wieder die Oberhand zu gewinnen.«

»Das wird keinen guten Eindruck in der Presse machen«, wandte sie ein und hörte selbst, wie hohl ihr Argument klang.

Rove nickte verständnisvoll.

»Es ist wichtig, dass eine Strategie wie diese *niemals* an die Öffentlichkeit gelangt.«

»Halten Sie das für möglich?«

»Der Sieger schreibt bekanntlich die Geschichte, aber in der heutigen Zeit wird auch derjenige, der die Geschichte schreibt, zum Sieger. Der Krieg findet ebenso sehr im Informationsraum wie auf dem Schlachtfeld statt. Wir müssen die globale Informationsvorherrschaft erlangen, um die Oberhand zurückzugewinnen.«

Die Verteidigungsministerin spürte ein leichtes Zittern in den Händen und verschränkte sie energisch unter der Tischplatte.

»Und wie sollen wir diese Informationsdominanz Ihrer Meinung nach konkret erreichen?«

General Rove schien die Frage erwartet zu haben.

»Das Schlimmste, was jetzt passieren kann, ist, dass die Kommunikationsberater verschiedener Regierungen und Abteilungen widersprüchliche Aussagen machen, sei es im Namen ihrer Minister oder im Namen ihrer Länder innerhalb der NATO. Wenn wir einem Hybridangriff ausgesetzt sind, ist es von elementarer Bedeutung, welche Geschichte oder Darstellung als wahr bestehen bleibt. Unsere Botschaft muss glasklar und von vorne bis hinten konsistent sein. Die gesamte Kommunikation von Regierungen und Behörden innerhalb der NATO muss zentral gesteuert werden.«

»Und zwar von wem?«

Rove sah zu Bale, es wirkte fast, als hätten die beiden sich im Vorhinein abgesprochen und eine gemeinsame Strategie festgelegt.

»Wir müssen einen Rat bestehend aus den beteiligten

Parteien innerhalb der NATO bilden, die gesamte Kommunikation muss sich an die dort entwickelte Lesart halten.«

Die Verteidigungsministerin spürte erneut Unruhe aufsteigen.

»Und was ist mit der Pressefreiheit? Der Meinungsfreiheit?«

»Das erste Opfer des Krieges ist in aller Regel die Wahrheit, daher müssen wir dafür sorgen, dass unsere Wahrheit gewinnt, koste es, was es wolle. Krieg ist eine Extremsituation, nun wird darum gekämpft, welche Version letztlich vor der Welt Bestand hat.«

Der Generalsekretär fuhr dazwischen, er hatte genug gesehen und gehört. Es war an der Zeit, zur Tat zu schreiten.

»Legen Sie uns einen Entwurf für eine konkrete Strategie vor! Wir sind bereit, sie umgehend anzupassen!«

28

Ylva und John hatten es ein gutes Stück die Felswand am Wasserfall hinunter geschafft. Das Gestein war glatt und rutschig von Wasser und Eis. Beide hatten steif gefrorene Hände und kaum noch Gefühl in den Fingern.

Ylva schaute nach unten, es waren höchstens noch fünf Meter bis zum Grund. Sie spürte ein aufgeregtes Ziehen im Bauch.

Bald hätten sie den wohl schwierigsten Teil der Strecke hinter sich, das verlieh ihr neuen Elan. John kam direkt über ihr heruntergeklettert, er zitterte am ganzen Leib vor Schmerz, wenn er mit dem verletzten Bein auftrat. Sie richtete den Blick wieder nach unten, wo ein massiger glatter Eisblock vorragte und einen Überhang bildete. Sie musste entscheiden, ob sie den Eisblock überwinden oder wieder ein Stück hinaufklettern und versuchen sollte, das Hindernis zu umgehen. Sie zögerte, unsicher, ob es einfacher wäre, auf der anderen Seite des Eisblocks hinunterzuklettern? Vermutlich nicht. Kälte und Ungeduld siegten, sie zog ihr Messer hervor, schlug es ins Eis, fand Halt und schob sich über den glatten Überhang.

Als John erkannte, was Ylva vorhatte, zog er sein Messer und tat es ihr nach, doch als er den verletzten Fuß auf einem schmalen Absatz abstellen wollte, rutschte er ab. Um nicht vollends abzustürzen, trat er instinktiv auf denselben Vorsprung, an dem Ylva sich gerade festhielt, und sie schrie auf, als Johns Stiefel mit voller Wucht auf ihren blaugefrorenen Fingern landete. Mit einem Ruck zog sie die Hand zu sich, doch durch die abrupte Bewegung verlor sie das Gleichgewicht und damit auch den Halt. John sah ihr nach, als sie einige endlose Sekunden an der glatten Eisfront hinabrutschte, gegen einen Felsvorsprung knallte und von der Bergwand weggeschleudert wurde.

Dann war alles still.

Ylva lag reglos am Boden, und John spürte eine Welle aus Panik und Zorn über seine Gedankenlosigkeit in sich hochwogen, doch er bekam die ablenkenden Gefühle rasch unter Kontrolle. Er musste den Abstieg fortsetzen, ruhig und besonnen, und keine Zeit verlieren.

John schaffte es ohne weitere Probleme den Eisblock hinab. Ylva lag reglos auf dem Bauch, die Schulter in einem unnatürlichen Winkel verdreht.

John hockte sich neben sie und rüttelte sie vorsichtig.

»Nordahl.«

Ylva antwortete nicht, wie eine Stoffpuppe lag sie mit dem Gesicht auf der Erde. Behutsam drehte er sie auf die Seite und atmete erleichtert auf, als sie vor Schmerz brüllte.

»Gott sei Dank, Sie sind am Leben.«

Ylva sah ihn verwirrt an und versuchte aufzustehen. Sie stöhnte gequält, als sie dabei ihre Schulter belastete. Erst jetzt merkte sie, dass das Gelenk ausgekugelt war, und rollte zurück auf den Rücken.

»O verdammt, tut mir leid, Sir. Verdammt …«

Sie blieb liegen und hob den Blick. Der vereiste Abhang ragte über ihr in die Höhe, das Sonnenlicht brach sich in den nassen Eiskristallen und erzeugte hübsche kleine Regenbogen. Fast hätten wir es geschafft, dachte sie.

»Sie müssen ohne mich weitergehen, Sir.«

»Kommt nicht in Frage, Nordahl.«

»Tut mir leid, ich hab den Halt verloren.«

Ylva kämpfte gegen die Tränen. John erhob sich und trat ein paar Schritte zur Seite, er musste mit sich selbst ringen. Die Chance, sich nach Norwegen durchzuschlagen, war gering, selbst mit Ylva Nordahl als Führerin. Er war gänzlich auf sie angewiesen, und das gefiel ihm nicht. John drehte sich um und sah Ylva entschlossen an.

»Idiotin«, sagte er und beugte sich über sie.

Ihre Schmerzen waren so heftig, dass sie nicht antworten konnte. John öffnete vorsichtig ihre Jacke und den Fliegeroverall und begutachtete die Schulter. Ylva rührte sich nicht, sie atmete tief ein und aus und starrte verbissen geradeaus. John sah eine Mulde im Schultergelenk und ertastete ganz vorn in der Achselhöhle den Kopf des Oberarmknochens. Der Oberarmknochen war aus der Gelenkpfanne gesprungen und konnte wieder eingerenkt werden.

»Wir müssen Ihre Schulter mobilisieren.«

Ylva sah ihn wortlos an.

»Legen Sie sich auf den Bauch.«

Ylva bezwang die Schmerzen und drehte sich auf den Bauch.

Sie dachte nicht, sie fühlte nicht. Sie stellte sich die Lyngenalpen im magentafarbenen Morgenlicht vor, sie spürte die g-Kräfte und lächelte. Es gab nur sie und das Geräusch ihres eigenen Atems in ihrem Helm.

John ließ ihren Arm in dem absurden Winkel liegen, drückte ein Knie zwischen ihre Schulterblätter und umfasste vorsichtig ihr Ellbogengelenk. Er hatte vor Jahren theoretisch gelernt, wie man es machte, aber es noch nie in der Praxis versucht. Er wusste, dass man den Arm vollständig aus der Gelenkpfanne ziehen musste, ehe man ihn mit Kraft zurückschob. Das tat höllisch weh.

»Sind Sie bereit?«

Ylva antwortete nicht, sie starrte geradeaus, ihr Blick war ruhig, aber fern. John seufzte, die Kunst der Entrückung beherrschte er leider nicht, doch er hatte schon Leute gesehen, die sich in einen Trancezustand versetzten, um unfassbare Schmerzen auszuhalten. *Mind over matter.*

Ylva konzentrierte sich auf die Stille in ihrem Helm, sie spürte den Steuerknüppel in ihrer Hand. Sicher. Das Morgenlicht füllte den gesamten Horizont. Schöner ging es nicht. Sie ließ den Schmerz nicht zu, der sie durchfuhr, als John ihren Arm aus der Pfanne zog und dann mit einem deutlichen Plopp in seine ursprüngliche Position zurückführte.

Die ganze Zeit über atmete sie gleichmäßig ruhig. Woraus war sie gemacht?

»Nordahl?«

Sie sah auf, desorientiert und benommen zunächst, dann klärte sich ihr Blick.

»Ja, Sir.«

»Können Sie den Arm bewegen?«

Ylva spürte nach, die Schulter schmerzte noch ein wenig, tat jedoch lange nicht mehr so weh wie zuvor. Sie zögerte, dann versuchte sie vorsichtig, den Arm zu bewegen. Es klappte, und Ylva lächelte blass.

»Halleluja, I am healed.«

John schüttelte den Kopf. Wie konnte sie in dieser Situation Witze reißen?

John band eine einfache Schlinge aus Fallschirmtuch und half Ylva, sie zu befestigen.

»Bereit?«

Ylva nickte. Mit dem Arm in der Schlinge stand sie auf und trat ein paar Schritte von der Felswand und dem Wasserfall weg, um sich den breiten Fluss näher anzusehen. Sie wusste, dass er schwierig zu überqueren sein würde, da er selten komplett zufror. Sie mussten einen stabilen Eisübergang oder eine Brücke finden.

»Nordahl?«

Ylva richtete sich auf und zeigte den Fluss entlang.

»Wir müssen da lang.«

29

Storm saß hochkonzentriert vor dem Bildschirm. An der Wand hinter ihm hing eine Karte von Murmansk und daneben mehrere Bilder der Umgebung sowie verschiedene Zeitachsen und Ideen zu möglichen Routen, die Ylva gewählt haben könnte. Storm schloss die Augen. Über welche Variablen, physische, psychische und strategische, hatten sie den Überblick? Er seufzte müde; die Antwort lautete: viel zu viele.

Es war ihm gelungen, sich ins Intranet des russischen Luftstützpunkts zu hacken, und er fand schnell heraus, wer den Befehl gegeben hatte, den norwegischen Zubringerhelikopter zu bedrängen. Jetzt durchsuchte er Majorin Chodorkowskis Computer, und mithilfe des militäreigenen Übersetzungsprogramms stellte er fest, dass die Korrespondenz in ihrer Mailbox relativ verlässlich war. Auf einmal jedoch richtete er sich jäh auf. Ein Detail stimmte nicht.

Ali hatte sich für ein Nickerchen auf ein kleines abgewetztes Sofa gelegt, Storm knuffte ihn.

»Ali, schau dir das an.«

Ali blinzelte verschlafen, doch als er Storms beharrlichen Gesichtsausdruck sah, stand er auf und folgte ihm zum Computer.

»Majorin Chodorkowski ist von mehreren Kommunikationslinien abgeschnitten worden.«

Ali starrte auf den Bildschirm. Storm hatte recht, auf der Führungsebene war ein Thread eingerichtet worden, in dem Majorin Chodorkowski eine natürliche Teilnehmerin gewesen wäre, doch sie war ganz eindeutig blockiert. Merkwürdig.

»Stonewalling?«

Storm nickte, während er sich in die Korrespondenz klickte.

»Diese Mail von General Svetla ging an alle im Führungsteam, außer an sie.«

Ali rieb sich die Augen und setzte sich vor den Monitor.

»Sie ist verschlüsselt.«

Storm klickte sich durch die E-Mails von Majorin Chodorkowski an Svetla, Nachrichten, auf die der General nicht geantwortet hatte.

»Majorin Chodorkowski hat Proben von Farbresten zur Analyse geschickt, die sie an der Fullback gefunden hat, die uns bedrängt hat. Die Farbreste stammen von einer General Dynamics F-16 Fighting Falcon – 12 F-16-B, produziert zwischen 1986 und 1988.«

Storm richtete sich auf.

»Das ist unsere.«

30

Ein weißer Funkenregen breitete sich über der blassen Tundra aus. Vom Wind aufgewirbelter federleichter Schnee funkelte im kalten Tageslicht wie klare Diamanten. Wer Sinn für so etwas hatte, für den war der Effekt spektakulär.

Vier junge Männer standen am Rand des steilen Abhangs. Ohne der unwirklichen Schönheit um sie herum Beachtung zu schenken, starrten sie in die Wand aus undurchdringlichem Schneegestöber und verfluchten selbiges. Sie hatten nur ein Ziel: die NATO-Piloten zu schnappen. Im besten Fall lebendig, damit sie verhört werden konnten, was sie danach erwartete, ging sie nichts an.

Die Männer der SpezNas Gruppe A, Russlands definitiv todbringendster Spezialeinheit, waren Menschenjäger, darauf trainiert, wen auch immer zu finden, wo auch immer er sich verstecken mochte. Man konnte vor ihnen fliehen, bis ans Ende der Welt, ein Entkommen gab es jedoch nicht. Die Tundra war ihr bevorzugtes Revier.

Es war vier Stunden her, seit sie die Höhle entdeckt hatten, in der die NATO-Piloten aller Wahrscheinlichkeit nach Schutz vor der Nacht gesucht hatten, und wenn sie nicht so dumm waren, über das Gebirge zu klettern, dann war dieser Weg die einzige Möglichkeit, um sich westwärts zu bewegen. Außerdem hatten die Jäger entdeckt, dass einer der Piloten verletzt war; im Inneren der Höhle hatten sie frisches Blut gefunden.

Sie waren überzeugt, die beiden noch vor dem Abend aufzuspüren.

Jetzt standen sie an der Kante des Abhangs und starrten in den funkelnden dichten Dunst. Sie lauschten, aber abgesehen vom Pfeifen des Windes und dem dumpfen Rauschen des Wasserfalls, der sich direkt neben ihnen über die Klippen stürzte, war wenig zu hören.

Dort unten, im Schneetreiben, lag ein langes Tal, welches die wahrscheinlichste Route war. Es war nur eine Frage von Zeit und Ausdauer, bis sie sie hätten.

Die SpezNas-Soldaten beratschlagten sich. Niemand, dem sein Leben lieb war, würde den vereisten Wasserfall hinunterklettern. Folglich mussten sie einen anderen Weg genommen haben.

Nachdem sie ihre Umgebung, die GPS-Koordinaten und die digitalen Karten in Augenschein genommen hatten, gelangten sie zu dem Schluss, dass die Piloten wahrscheinlich zur Breitseite des Berges gegangen waren, das war der einzige Weg nach Westen.

Sie stiegen auf ihre Schneemobile, nickten einander kurz zu und fuhren in dieselbe Richtung, die John und Ylva wenige Stunden zuvor eingeschlagen hatten. Als sie sich der Bergseite näherten, entdeckten die Jäger etwas Interessantes – tiefe Spuren im Schnee. Neuschnee hatte sich darübergelegt, als sie jedoch anhielten und die obere

Schicht entfernten, erkannten sie deutlich die Fußspuren von zwei Personen. Der Tiefe und Größe nach zu urteilen war einer von ihnen bedeutend kleiner und leichter als der andere. Bei näherer Untersuchung fanden sie in den größeren und tieferen Fußabdrücken außerdem Blutreste. Die Soldaten schauten sich um. Wie vermutet führten die Spuren in Richtung des leichtesten Weges den Hang hinunter, und wenn sie durch den tiefen Neuschnee gestapft waren, konnten sie nicht sonderlich viel Vorsprung haben.

Mit lautem Dröhnen starteten sie die Motorschlitten und folgten den Spuren in rasantem Tempo auf den Hang hinaus.

31

Storm zögerte, bevor er an die Tür der Kommandozentrale klopfte. Auf dem Weg hierher hatte er sich genau überlegt, wie er die Information bezüglich Majorin Chodorkowskis E-Mail am besten präsentieren sollte. Noch immer gab es viele lose Fäden, die er nicht erklären konnte, wie den Wunsch der Russen, zu vertuschen, dass es einen Zusammenstoß zwischen den Flugzeugen gegeben hatte. Das war absurd, es müsste doch im Interesse aller liegen, unter der Prämisse zu agieren, dass das Ganze wahrscheinlich auf einen Unfall zurückging, zudem wäre Russland bei einer eventuellen bewaffneten Konfrontation weitaus schlechter gestellt als die NATO. Die neue Information könnte den Konflikt beträchtlich deeskalieren.

Entschlossen klopfte er an die Tür, bevor er nach Ertönen des Signals den Kommandoraum betrat. Drinnen waren George Rove, General Bale sowie die Verteidigungsministerin mitsamt ihrem Stab in Gespräche vertieft. Die Ministerin sah überrascht auf, als Storm hereinkam.

»Entschuldigen Sie die Unterbrechung, aber ich habe Informationen, die von Interesse sein könnten.«

Rove schielte zu Storm hinüber und registrierte, dass der kräftige Hacker gestresst wirkte.

Die Verteidigungsministerin kam einen Schritt auf ihn zu.

»Ja?«

Storm übergab der Ministerin einen Ausdruck von Chodorkowskis E-Mail, worin sie die Farbreste beschrieb, die sie am linken Flügel der Fullback entdeckt hatte. Im unteren Bereich des Ausdrucks stand eine eilig angefertigte Übersetzung der Nachricht.

Die Verteidigungsministerin las, stutzte und sah Storm fragend an.

»Der Crash war möglicherweise ein Unfall?«

Rove und General Bale schauten aufmerksam zur Verteidigungsministerin, die umgehend den Inhalt der Nachricht wiedergab. Rove richtete den Blick auf Storm.

»Aus welcher Quelle haben Sie das?«

»Ich habe das verschlüsselte Mailsystem der russischen Militärführung gehackt. Das ist eine der Mails, die Majorin Chodorkowski an die Führungsebene geschickt hat.«

Rove nahm den Ausdruck und studierte die Mail, während Storm eifrig fortfuhr.

»Und das ist noch nicht alles: Wir haben entdeckt, dass Chodorkowskis Vorgesetzte sie von ihrem Kommunikationskanal ausgeschlossen haben.«

Storm schaute gespannt zu Rove und dann wieder zur Verteidigungsministerin.

»Es ist dieselbe Majorin Chodorkowski, die den Stressflug zwischen unserem Flugzeug und der Fullback geleitet hat. Ich habe es doppelt überprüft, die Farbreste stammen von unserer F-16.«

Rove zuckte zusammen, dann gab er den Ausdruck der Verteidigungsministerin zurück, bevor er seine komplette Aufmerksamkeit wieder auf Storm richtete.

»Wollen Sie damit sagen, die Russen vertuschen, dass es eine Kollision zwischen ihrem und unserem Flugzeug gegeben hat?«

Storm nickte.

»Ja, Sir.«

»Und dass das wiederum den Abschuss verursacht hat?«

Storm stutzte.

»Einen eventuellen ursächlichen Zusammenhang zwischen dem Crash und dem Abschuss kann ich nicht beweisen, aber es wäre bestimmt sinnvoll, diese Hypothese genauer zu untersuchen.«

Die Verteidigungsministerin erblasste, das veränderte das Szenario komplett.

»Wenn es ein Unfall war …«

Ohne Storm aus den Augen zu lassen, unterbrach Rove die Verteidigungsministerin.

»Sie könnten unser Flugzeug auch angegriffen haben, um eine militärische Reaktion zu provozieren.«

Storm zögerte, das war natürlich möglich. Roves Blick hing an Storm, es war, als suche er nach weiteren Informationen, als glaubte er, Storm würde etwas zurückhalten. Storm wusste nicht, was er sagen sollte, die Korrespondenz lieferte keine klareren Antworten, lediglich neue

Teilchen in einem nach wie vor großen, unüberschaubaren Puzzle. Rove wandte sich an die Verteidigungsministerin, er war keineswegs überzeugt davon, dass die neuen Informationen das Bild der Lage veränderten.

»Für mich sieht es so aus, als würden sie uns testen.«

Storm stutzte.

»Wen meinen Sie mit ›sie‹?«

Rove warf Storm einen ungeduldigen Blick zu.

»Die Russen natürlich. Sie könnten die Korrespondenz gefakt haben, um uns in die Irre zu führen.«

Storm schüttelte den Kopf, das war unmöglich, er war über einen Proxyserver in die Server der Russen eingedrungen. Er war sicher, dass es sich hierbei nicht um ein Ablenkungsmanöver handelte.

»Aber das ergibt doch keinen Sinn, bei einem militärischen Konflikt könnten sie alles verlieren. Wenn wir nur …«

Rove unterbrach Storm.

»Danke, Leutnant.«

Dann wandte er sich an die Verteidigungsministerin und General Bale.

»Wir müssen den Fokus beibehalten, die Art Ablenkungsaktionen haben wir von dieser Seite schon oft erlebt. Das Wichtigste ist jetzt, Vorhersagbarkeit und Entschlossenheit zu zeigen. Das ist die einzige Sprache, die die Russen respektieren.«

Im vollen Bewusstsein, dass es gegen das Protokoll verstieß, meldete Storm sich zu Wort.

»Aber das ist genau die Reaktion, die sie erwarten und

auf die sie sich womöglich vorbereitet haben … Vorausgesetzt, sie haben das Ganze wirklich initiiert.«

Die Verteidigungsministerin räusperte sich zurechtweisend, was Storm mit einem Nicken und entwaffnend erhobenen Händen beantwortete.

»Entschuldigung.«

Rove nickte, er kümmerte sich nicht weiter um Storms Unterbrechung, dafür hatte er keine Zeit.

»Wissen Sie, mit wem Majorin Chodorkowski korrespondiert hat?«, fragte er.

Storm schüttelte den Kopf.

»Ihre Gespräche mit dem Labor sind über ein anderes Intranet verschlüsselt, aber wir arbeiten daran.«

Rove studierte erneut die E-Mail und fuhr sich dabei durch die kurz geschnittenen grauen Haare.

»Zuerst müssen wir die Authentizität der Mail verifizieren, um abzuklären, dass sie nicht als Ablenkungsmanöver platziert wurde.«

Rove richtete sich auf und klopfte Storm väterlich auf die Schulter. Er lächelte freundlich.

»Leutnant Bure, gute Arbeit. Wir werden dem nachgehen.«

Rove machte eine kleine Pause, damit Storm die Anerkennung sacken lassen konnte.

»Das ist eine wichtige Information, und ihr wird hohe Priorität eingeräumt, aber ich glaube, Sie haben ein paar Stunden Pause nötig, Leutnant. Fahren Sie nach Hause, duschen Sie und schlafen Sie ein bisschen. Wir brauchen Sie klar und bei wachem Verstand, wenn sie zurückkehren.

Wir setzen Ihren Kollegen darauf an, die Authentizität der Mail zu verifizieren und herauszufinden, mit wem Majorin Chodorkowski gesprochen hat.«

Storm zögerte, er wollte keine Pause machen, nicht jetzt. Aber als er alle Blicke auf sich gerichtet sah, wurde er sich seines rotäugigen und verkaterten Erscheinungsbildes umgehend bewusst und sah widerwillig ein, dass Rove vermutlich recht hatte. Storm verabschiedete sich förmlich und verließ den Raum.

32

Unten im Tal kamen Ylva und John schneller voran, trotz Johns verletztem Bein und Ylvas schmerzender Schulter. Schweigend gingen sie am Ufer des Flusses Malaja Belaja entlang, der sie, sofern Ylva sich richtig erinnerte, zum Imandra-See führen würde. Hinter ihnen ragten die enormen Chibinen auf, und vor ihnen erstreckte sich meilenweit flache arktische Tundra, ohne Verstecke oder Orte, an denen man Schutz suchen konnte. Das Gluckern des nicht sehr breiten, teilweise eisbedeckten Flusses verstärkte die Stille. Ylva ging im Takt ihres Atems, als sie ein unheilverkündendes Rumpeln vernahm.

Der Boden unter ihren Füßen begann zu vibrieren, dann dröhnten vom Gebirge tiefe, schallende Donnerschläge herunter. Sie drehten sich um und schauten am Berg hinauf, wo sich an der Südseite des Steilhangs Kaskaden von Schnee in gewaltigem Tempo ihren Weg ins Tal bahnten. Der weiße Tsunami riss Vegetation, Steine, alles, was sich ihm in den Weg stellte, mit sich und vernichtete es. John pfiff leise, der Anblick war beeindruckend. Die massiven Bäume brachen wie Streichhölzer, als die Welle aus Schnee und Eis über sie hinwegpflügte.

Unten angekommen, explodierte die Lawine in riesigen weißen Wolken, die sich über das Tal ergossen. John warf Ylva einen besorgten Blick zu.

»Welche Reichweite hat eine Lawine?«

»Zirka das Dreifache ihrer Höhe.«

John atmete erleichtert auf, die Lawine war maximal 500 Meter hoch, und sie waren mehrere Kilometer davon entfernt. Die enormen Schneewolken wogten weiter über die Landschaft, lange nachdem das Dröhnen verklungen war und die eigentliche Lawine sich gelegt hatte. Mehrere Minuten später kamen die Schneemassen zur Ruhe, und die Sicht Richtung Gebirge klarte wieder auf. Leer gefegt blieb der Hang zurück, stoisch, so als wäre nichts geschehen.

»Ich liebe trockene Schneebrettlawinen, sie sind so fluffig«, sagte Ylva.

John zog die Augenbrauen hoch.

»Sie sind wirklich speziell, Nordahl.«

Sie nickte gut gelaunt, wischte sich mit dem Jackenärmel über die Nase und ging weiter.

John blieb noch einen Augenblick lang stehen und sah ihr nach, dann schüttelte er resigniert den Kopf und folgte ihr.

»Jedem das Seine.«

Am Flussufer war der Schnee nicht mehr ganz so tief, und trotz Johns schmerzendem Bein hielten sie ein beachtliches Tempo. Die Landschaft vor ihnen erschien endlos, es gab keinerlei Anhaltspunkte, an denen sie den

Blick festmachen oder nach denen sie navigieren konnten. Als der Fluss eine leichte Biegung nach Osten machte, hielt Ylva nach einer Stelle Ausschau, wo sie ihn überqueren konnten. Sie mussten auf die andere Seite gelangen, um nach Westen zu kommen.

Der Plan bestand darin, den Imandra-See zu queren und den Weg bis zur E 105 fortzusetzen, um dieser nordwestwärts bis zur Stadt Montschegorsk zu folgen. Von dort aus konnten sie über die Tundra zum Pasviktal laufen, wo die Grenze zwischen Russland und Norwegen verlief.

Als das Gebirgsmassiv am Horizont hinter ihnen verschwand, änderte sich nicht nur die Topografie, sie bemerkten auch, dass der strahlend weiße Schnee immer grauer wurde, und vernahmen einen schwachen Sulfidgeruch. Ylva waren Gerüchte über die unfruchtbare, trostlose und stark verunreinigte Landschaft zu Ohren gekommen, durch die sie sich jetzt bewegten. Montschegorsk sei so dreckig und vergiftet wie der Koaschwa mythisch und spektakulär. Ihre Cousins in Lowosero hatten erzählt, dass der Schnee, der in Montschegorsk vom Himmel fiel, grau sei, und wenn man die Zunge herausstrecke, schmecke er nach Salmiak. Ylva dachte, sie hätten damit übertrieben wie bei so vielem anderen. Jetzt war sie sich nicht mehr sicher; je weiter nach Westen sie kamen, desto kränklicher und öder wurde die Natur.

Auch John nahm die veränderte Umgebung wahr, hatte aber nicht die Kraft zu reden, er rümpfte nur die Nase und schleppte sich mit schweren, müden Schritten weiter durch die verhärmte Landschaft.

Ylva hörte, wie er sich hinter ihr abmühte. Sollte sie das Tempo drosseln und ihn fragen, wie es ihm ging? Nein, das Beste war, möglichst zügig weiterzugehen, es half niemandem, wenn sie jetzt nachließen. Sie wusste, dass John hohes Fieber hatte, vermutlich, weil die Gangrän sich langsam in seinen Körper hineinfraß. Ihretwegen hätten sie noch zehn Stunden weiterlaufen können, sie wollte einfach nur vorwärtskommen, allerdings teilten ihr das gequälte Stöhnen und der zusehends schleppendere Gang mit, dass sie einen Plan B finden mussten.

Am anderen Ufer des Flusses entdeckte sie eine kleine Hütte, und ein Stück weiter vorn befand sich ein – wenn auch nicht allzu stabil aussehender – Eisübergang, den sie möglicherweise nutzen konnten. Während sie gingen, nahm sie die Hütte in Augenschein, die Fenster waren dunkel und die Hütte wirkte unbewohnt.

Es ist reine Idiotie, jetzt anzuhalten, dachte sie. Der kleine Vorsprung, den sie gewonnen hatten, indem sie den Wasserfall hinuntergeklettert waren, gab ihnen keine Sicherheit. Eine Pause einzulegen war Selbstmord.

Ylva drehte sich um, der Anblick, der sich ihr bot, war schlimmer, als sie befürchtet hatte.

Johns Augen starrten fieberglänzend ins Nichts. Sein Gesicht war ausdruckslos, die blau gefrorenen Lippen fest aufeinandergepresst. Aus der Wunde am Bein sickerte Blut.

Sie spürte selbst, wie die Schmerzen in der Schulter ihr die Kraft raubten und konnte nur erahnen, welche Qualen John durchlitt.

Sie seufzte gereizt.

»Brauchen Sie eine Pause, Sir?«

John antwortete nicht, er ging einfach weiter, den Blick blind geradeaus gerichtet. Wie ein Zombie taumelte er hinter ihr her.

»Sir, wenn wir zu der Hütte auf der anderen Seite gelangen, finden wir vielleicht etwas zu essen, und wir können Ihren Verband wechseln.«

Er sah sie mit leerem Blick an.

»Er ist durchgeblutet.«

John schien nicht recht zu begreifen, was sie von ihm wollte, sein Gehirn hatte abgeschaltet. Am Haaransatz waren Schweißperlen zu sehen, und seine Pupillen waren groß wie Zinntaler.

»Sir, wir brauchen eine kurze Pause.«

Sie verfluchte sich, kaum dass sie es ausgesprochen hatte. Warum versuchte sie, den Vorschlag einer Pause klingen zu lassen, als würde sie selbst eine benötigen? Sie war nicht das Problem, *er* war es. Um seinen männlichen Stolz zu schützen, wollte sie ihn davon überzeugen, dass eine kleine Pause ihnen beiden guttun würde. Was streng genommen nicht der Fall war. Sie könnte noch stundenlang weitergehen, sie kam mit der Kälte klar, sie kannte die Tundra. Aber nein, stattdessen schlug sie rücksichtsvoll vor, Halt zu machen, damit sie *beide* ausruhen konnten. Ylva kannte Typen wie John nur allzu gut, sie wusste, dass er viel zu stolz und zu verbissen war, um einzugestehen, dass ein Weitergehen ihn das Leben kosten würde.

Verärgert rümpfte sie die Nase. Was einige vielleicht »weibliche List« nannten, war keine List, sondern Dummheit. Sie sollte einfach weitergehen und ihn sich selbst überlassen. Das würde er tun, wäre die Situation umgekehrt, davon war sie überzeugt. Diese jämmerliche Selbstaufopferung erinnerte sie an ihre Mutter und ihren krankhaften Hang, um jeden Preis zu vermeiden, dass andere sich unwohl fühlten oder als Last empfanden. Alles drehte sich um das Wohlbefinden anderer. Sie sah doch selbst, wohin sie das gebracht hatte. Empathische Menschen waren vollkommen unbrauchbar, sie schwebten mit ihren Glorien umher, während sie immerfort mitfühlten, viel zu sehr überwältigt, um irgendetwas Vernünftiges auszurichten. Ein Leben lang hatte Ylva ihr Bestes gegeben, um der Mutter ihre selbstvernichtende Güte abzugewöhnen.

Nachdem sie noch eine Weile darüber nachgegrübelt hatte, kam sie zu dem Schluss, dass sie ein Team waren, er war ihr Vorgesetzter, und er brauchte eine Pause.

»Sir, wir machen eine kurze Pause, um wieder ein wenig zu Kräften zu kommen.«

John antwortete nicht, er stapfte stur weiter am Flussufer entlang. Typisch.

Ylva führte ihn zu der Eisbrücke, dort blieb sie stehen. Kundig begutachtete sie das dünne Eis. Unter dem Absatz gluckerte das nicht allzu tiefe Wasser, sollten sie jedoch hineinfallen, wären sie augenblicklich massiv unterkühlt, und es könnte schwer werden, das glatte Ufer hinaufzukommen. Eine Überquerung war extrem riskant, aber hatten sie eine Wahl? Ylva studierte die unebene

Eisbrücke, an den Seiten war sie ausreichend dick, die Haltbarkeit der eigentlichen Oberfläche aber war schwer einzuschätzen.

Um ihr Gewicht zu verteilen, legte Ylva sich vorsichtig auf den Bauch, dann robbte sie auf das Eis. Es knackte bedrohlich, woraufhin sie ruhig liegen blieb und ins Wasser starrte, das unter ihr entlangrann. Behutsam, mit kaum spürbaren Bewegungen, kroch sie über die Erhebung und rutschte auf der anderen Seite hinunter. John stand am gegenüberliegenden Ufer und starrte ins Wasser, er keuchte angestrengt.

»Sir, sind Sie bereit?«

John schien vollkommen geistesabwesend.

»Sir?«

John sah auf, die Augen waren matt vor Fieber, er nickte. Langsam legte er sich aufs Eis und kroch mit schwerfälligen schlängelnden Bewegungen über die Erhebung. Ein schwaches Knacken ertönte, als das Eis hinter ihm brach und ein Stück der Brücke ins Wasser fiel. John erstarrte und blieb reglos liegen. Jetzt gab es keinen Weg mehr zurück, er musste ans andere Ufer gelangen. Ylva ging in die Hocke und streckte einen Arm zu ihm aus.

»Nehmen Sie meine Hand, Sie haben es fast geschafft.«

Er sah sie an, wirkte beinahe gleichgültig. Ein Windstoß überzog ihn mit einer dünnen Schicht Schneeflocken. Er blieb mitten auf der Eisbrücke liegen und starrte vor sich hin.

»John, ich bin hier.«

Keine Reaktion.

»Reißen Sie sich zusammen, Mann!«

Ylva schrie ihren Frust heraus, und benommen wandte er ihr den Blick zu.

»Ich komme, Leah«, murmelte er.

Schwerfällig schob er sich über die leicht abfallende Erhebung und rutschte auf Ylva zu. Sie packte ihn am Ärmel und zog ihn zu sich. Als sie am Flussufer umfielen, murmelte er leise, primär zu sich selbst:

»Alles ist gut, Leah, es ist nicht gefährlich.«

Wer zur Hölle war Leah, fragte sich Ylva, sagte aber nichts.

Sie stand auf, klopfte sich den Schnee ab und lauschte. Die einzigen Geräusche waren das Gluckern des Flusses, die über die Tundra peitschenden Windstöße und Johns hektisches Keuchen.

Ylva blickte wachsam zur Hütte hinüber, die auch aus der Nähe verlassen aussah. Im Schnee waren keinerlei Spuren zu sehen, aller Wahrscheinlichkeit nach war die Hütte leer, und auch in der Umgebung waren keine Menschen zu sehen. Sie hörte John aufstehen, und als sie sich umdrehte, war er bereits auf dem Weg zum Wasser, das unter dem Eis entlangsickerte. Ylva war nicht schnell genug bei ihm, bevor er sich über dem kleinen Rinnsal zusammenkrümmte.

John schwankte, während er in das wundersam türkisfarbene Wasser schaute. Auf dem Boden des Flusses lagen Reste von Aegirin, Eudialyt und anderen Mineralien der Chibinen, die mit dem Schlamm aus den weiter nordöstlich gelegenen Gruben gespült wurden. Er formte seine

Hand zu einer Schale und trank gierig von dem alkalischen Schlammwasser. Ylva wollte ihn daran hindern, hielt jedoch inne, sie brachte es nicht über sich, ihn zu hindern, obwohl sie wusste, dass das Wasser mit Chemikalien vom Abbau verunreinigt war. Ein paar Schlucke wird er wohl überleben, dachte sie, als John hustete und sich räusperte.

Ylva ging zu der Hütte, die verlassen und baufällig im Schutz vor dem Wind stand und schaute durch das Fenster. Abgesehen von einer einfachen Pritsche, einem Ofen, einem Tisch und zwei Stühlen war die Hütte leer. Das musste reichen.

Sie brauchte die Tür nicht aufzutreten, sie stand offen, also ging sie hinein.

Ihre Augen brauchten einen Moment, um sich an die Dunkelheit zu gewöhnen, die meisten der winzig kleinen Fenster waren von einer Schneeschicht bedeckt und ließen daher kaum Licht durch. Ylva drehte sich zu John um, der schwankend in der Türöffnung stand, offensichtlich im Fieberdelirium. Als sie versuchte, ihm zu helfen, schubste er sie brüsk beiseite, also ließ sie ihn in die Hütte wanken und mit einem lauten Poltern zu Boden stürzen, bevor er die Pritsche am anderen Ende des Raums erreicht hatte.

John leistete keinen Widerstand, als Ylva ihn auf die Pritsche zog und das Hosenbein hochschob, um die Wunde an seinem Bein zu inspizieren. Der Gestank sprach eine eindeutige Sprache, und als der Verband abfiel, sah sie, dass der Bereich um die Wunde herum schwarz geworden und von einem Rand aus gelbem Eiter umgeben war. Der beißende Gestank von verfaultem Fleisch und fortgeschrittener Infektion ließ sie würgen, und Ylva musste sich abwenden, um sich nicht zu übergeben. John hatte eine Gangrän bekommen, und die Infektion breitete sich schnell aus.

33

Auf dem Weg vom Hauptquartier nach Hause dachte Storm an sein Treffen mit Ylva vor dem Kulturhaus. Er hatte still dagestanden und sie beobachtet, wie sie die Treppe herunterkam und dabei den straffen Knoten im Nacken löste, woraufhin die hellen Haare über ihre Schultern gefallen waren. Er war ihr über den Rathausplatz gefolgt, auf dem Weg zum Haus ihrer Mutter, das zwei Kilometer die Straße hinunter stand. Ihre Haare wehten im Wind, und er hatte gedacht, dass sie mit offenen Haaren sowohl freier als auch weniger selbstbewusst wirkte. Bei dem Gedanken wurde ihm warm ums Herz. Es war ein reizender Charakterzug, dass sie immer so distanziert und taff erscheinen wollte, sich gleichzeitig aber ehrlich um ihre kranke Mutter sorgte und sich rührend um sie kümmerte. Er hatte Ylva kein einziges gutes Wort über die Mutter sagen hören, allerdings auch kaum etwas Negatives, sie hatte ihn lediglich informiert, dass ihre Mutter geisteskrank war und in einem seligen Wirrwarr lebte. Dass sie es aber eingerichtet hatte, ihre Mutter vor Beginn der Übung noch mal zu sehen, entlarvte sie. Im Grunde war Ylva ziemlich sanft, wenn er es recht bedachte, konnte sie sogar richtig nett sein.

Wie mochte es ihrer Mutter jetzt gehen?

Hatte sie jemanden, der sich um sie kümmerte?

Storm spürte Unruhe in sich aufsteigen, warum hatte er nicht an sie gedacht?

Es musste ihr furchtbar gehen. Er beschloss, auf dem Heimweg bei Ylvas Mutter vorbeizuschauen, das schaffte er.

Als er an der Tür klingelte, gähnte Storm, seine Augen brannten vor Schlafmangel. Keine Reaktion, er wartete, versuchte es erneut, aber das Haus war nach wie vor still und dunkel.

Storm hatte sich bereits zum Gehen gewandt, als Ylvas Mutter hinter ihm vorsichtig die Tür einen Spaltbreit öffnete. Nervös blinzelte sie durch den schmalen Schlitz nach draußen. Feindselig.

»Hallo, ich bin ein Freund von Ylva«, sagte er mit einem Lächeln.

Sie sah ihn abwartend an.

»Habt ihr sie gefunden?«

Storm schüttelte den Kopf. Er war so müde, dass es in seinen Ohren rauschte. Er schaute zu Ylvas Mutter hinunter, der er nie zuvor begegnet war. Die beiden sahen sich ziemlich ähnlich, die gleichen intensiven Augen und das hohe Jochbein.

»Wir arbeiten daran.«

Sie nickte, Storm zögerte.

»Kann ich reinkommen?«

Ylvas Mutter mochte es nicht, wenn Leute unangemeldet

auftauchten. Sie wollte ihre Ruhe haben. Sie war nicht präsentabel, schon seit Jahren nicht mehr, was einer von vielen Gründen dafür war, weshalb sie das Haus nicht verließ. Der Mann vor der Tür jedoch war ebenso freundlich wie beharrlich, und er wollte mit ihr reden, das war offensichtlich.

Ylvas Mutter seufzte und trat einen Schritt beiseite.

Als Storm die Tür öffnete und in den Flur trat, bemerkte er umgehend den muffigen Geruch im Haus, wie Ylva ihn beschrieben hatte.

Die Mutter schlurfte ins Wohnzimmer und blieb mitten in dem Chaos aus Kleidung und Büchern stehen. Storm registrierte, dass sie mit Packen beschäftigt war.

»Ich wollte nur vorbeischauen und mich erkundigen, wie es Ihnen geht.«

Sie drehte sich jäh zu ihm um, ihre Augen waren rot und geschwollen.

»Wer sind Sie?«

»Ich bin ein Freund von …«

Ylvas Mutter unterbrach ihn ungeduldig.

»Sie hat Sie nicht erwähnt.«

»Wir kennen uns erst seit ein paar Wochen. Ich arbeite bei CYFOR.«

Storm versuchte, ruhig und entspannt zu wirken, aber sie ließ sich nicht täuschen. Sie sah deutlich, wie mitgenommen er war. Diskret schaute sie sich um, als fürchte sie, in der dunklen Stube von jemandem belauscht zu werden. Dann lehnte sie sich zu Storm vor und flüsterte verschwörerisch:

»Sie haben jetzt auch sie geholt.«

»Sie?«

Ylvas Mutter antwortete nicht, aber ihre Augen leuchteten vor Angst. Sie signalisierte, dass sie nicht mehr sagen könne.

»Wen haben sie noch geholt?«

Sie flüsterte kaum hörbar:

»Geir, ihren Vater.«

Storm stutzte. Ylva hatte erzählt, dass die Psyche ihrer Mutter ziemlich angeknackst war, aber die Frau vor ihm war ja total neben der Spur.

»Ich dachte, er sei an einem Blutgerinnsel im Gehirn gestorben?«

Sie schüttelte den Kopf.

»Das sollten wir ihrer Vorstellung nach glauben.«

»Wer sind sie?«

Erneut signalisierte sie Storm, dass er leiser sprechen müsse und sah sich misstrauisch um. Sie wartete ab, lauschte und versicherte sich, dass außer ihnen keine weitere Person im Raum war.

»Ich weiß es nicht«, flüsterte sie und starrte vor sich hin.

Storm blieb unschlüssig vor ihr stehen, unsicher, was er sagen sollte. Da wandte sie sich plötzlich von ihm ab und machte sich mit zittrigen, hektischen Bewegungen daran, Kleidung, Bücher und Medikamente in eine Tasche zu packen.

»Wo wollen Sie hin?«

»Ich bin auf dem Weg nach Hause.«

»Wo ist zu Hause?«

»Kautokeino.«

»Haben Sie dort Familie?«

Ylvas Mutter hörte auf zu packen und blickte skeptisch zu Storm auf.

»Wie gut kennen Sie sie eigentlich?«

Storm sah nach unten.

»Nicht gut genug.«

Sie nickte müde.

»Niemand tut das. Sie hält die Leute auf Abstand.«

An der Wohnzimmerwand entdeckte Storm Fotos, wie es aussah von Ylvas Eltern und Ylva als kleinem Mädchen.

Auf einigen Bildern waren sie zusammen mit Menschen in samischer Tracht abgebildet, vermutlich die Familie der Mutter. Die Eltern und Ylva wirkten fröhlich und entspannt. So entspannt hatte er Ylva noch nie gesehen, und erst jetzt wurde ihm bewusst, dass sie samische Wurzeln hatte.

»Ich fahre zu meiner Familie, damit sie mich nicht auch noch umbringen.«

Storm betrachtete die schmächtige Frau, die zwischen der vollgestopften Tasche und den kreuz und quer auf dem Boden verteilten Kleidungsstücken herumwuselte. Sie wirkte verloren und verwirrt, aber wer wäre das nicht in ihrer Situation? Aller Wahrscheinlichkeit nach hatte sie gerade ihre Tochter verloren.

»Wer will Sie umbringen?«

Sie kratzte sich zerstreut am Handrücken. Hatte sie die Frage verstanden? Das Kratzen hinterließ heftige rote Streifen. Storm tat die Frau leid, die ihn an ein verschrecktes traumatisiertes Kind erinnerte, das sich in seine eigene Fantasie flüchtete, um sich vor dem Bösen in der Welt zu schützen.

Behutsam legte er seine Hand auf ihre, sie zuckte zusammen und starrte ihn mit irrem Blick an, dann riss sie die Hand zu sich. Storm sah sie sanft an, sagte aber nichts. Er spürte ihre Furcht, ihre Verwirrung. Sie bewegte sich nicht, sondern blieb stehen und starrte den unbekannten Mann an, der über ihr aufragte. Er hat schöne Augen, dachte sie.

»Wer sind *sie*, die Sie nicht auch noch töten sollen?«

Sie zögerte, sie brannte darauf, es ihm zu erzählen, traute sich aber nicht. Das konnte lebensgefährlich sein. Storm hielt ihren Blick fest, doch sie wandte sich ab.

»Nein, nein, ich kann nicht …«

Sie schüttelte so hektisch den Kopf, dass ihr die langen grauen Haare um die Schultern flogen.

»Ich weiß es nicht. Am Tag vor seinem Tod verschwand sein Computer.«

Storm erstarrte und schaute sie aufmerksam an, instinktiv spürte er, dass das wichtig sein könnte.

»Sein Computer verschwand?«

Sie nickte.

»Hatte er irgendein Back-up?«

Ylvas Mutter starrte Storm an, ihre Augen wurden schmaler, erneut zögerte sie, dann aber packte sie weiter, noch fanatischer als zuvor. Ungeduldig zerrte sie Sachen aus der Tasche und stopfte neue hinein, augenscheinlich ohne Sinn und Verstand.

»Warum glauben Sie, dass Ihr Mann ermordet wurde?«

Ein Pullover wurde aus der Tasche gerissen, ein Schuh hineingesteckt, dann ein paar Bücher, die sie umgehend wieder herausnahm.

»Ich habe Geir nie zuvor ängstlich gesehen, nie. Da aber war er es. Er hatte Todesangst.«

»Hat er gesagt, vor was oder vor wem er Angst hatte?«

Ylvas Mutter packte ohne Unterlass weiter Sachen ein und aus, während sie leise schluchzte und am ganzen Leib zitterte. Wenn das so weiterging, klappte sie ihm noch irgendwann zusammen. Storm betrachtete das Arsenal von Medikamenten, das auf dem Sofa, dem Wohnzimmertisch und in der Tasche lag.

»Ich will da nicht reingezogen werden«, fauchte sie. »Ich möchte nur, dass Ylva und ich in Ruhe gelassen werden. Könnt ihr sie nicht in Ruhe lassen?«

Storm sah, dass hinter dem panischen Blick niemand zu Hause war, sie atmete immer schneller.

»Sie haben sie geschnappt, sie haben sie ermordet, sie haben es getan, das haben sie, niemand glaubt mir, er wurde ermordet, sie haben ihn ermordet, und jetzt Ylva. Sie haben sie ermordet, sie ist tot, mein Mädchen ist tot. Und niemanden schert es.« Ihre grelle Stimme wurde immer hysterischer.

»Niemanden schert es!«, schrie sie.

Storm atmete ruhig, er durfte sich jetzt nicht von ihrer Panik anstecken lassen, musste die arme Frau irgendwie trösten und beruhigen, bevor sie zusammenbrach. Er lächelte entwaffnend.

»Darf ich Sie in den Arm nehmen?«

Die Frage durchdrang ihre besinnungslose Verwirrung, schockiert starrte sie ihn an. Storm war selber ganz überrascht von seinem Vorstoß, er war normalerweise nicht der Typ für Umarmungen. Sie sagte nichts, sah ihn nur unablässig mit weit aufgerissenen Augen an.

Storm wartete. Tränen traten in ihre Augen, verlegen oder beschämt schaute sie zu Boden, so als wäre sie sich plötzlich ihres erbärmlichen Zustands bewusst. Sie wagte es nicht, den Blick zu heben, sondern flüsterte leise:

»Nein, oder ... na ja, wenn Sie unbedingt wollen ... meinetwegen ... okay ...«

Storm ging langsam mit geöffneten Armen auf sie zu, sie krümmte sich ein wenig zusammen, woraufhin er innehielt, ohne die Armhaltung zu verändern. Er wollte ihr das Gefühl vermitteln, dass sie die Kontrolle hatte, dass er sie nicht fangen oder festhalten wollte. Es war wichtig, dass sie selbst den letzten Schritt auf ihn zu machte. Er hatte erkannt, dass das schlau sein könnte, Ylva war genauso.

Ylvas Mutter zögerte, aber dann machte sie einen kleinen Schritt nach vorn und stellte sich ganz dicht vor ihn. So blieb sie stehen. Storm legte seine starken Arme vorsichtig um sie. Sie lehnte sich ein Stück zurück, ließ sich jedoch umarmen.

Storm hielt sie behutsam fest und bemerkte, dass sie streng roch. Der knochige Körper fühlte sich gebrechlich und angespannt wie eine Feder an. Er wurde unsicher, wie lange sollte er die Umarmung halten? Er öffnete die Arme ein wenig, damit sie selbst entscheiden konnte. Aber

Ylvas Mutter lehnte sich, mit vor der Brust verschränkten Armen, sogar noch näher an ihn heran. Als fröre sie, stand sie reglos da, die Stirn gegen Storms Brust gelehnt. Er strich ihr über den Rücken, durch den Kimono waren ihre Rippen zu spüren. Sie zitterte, biss sich fest auf die Lippen und kämpfte dagegen an, irgendwann aber gab sie den Widerstand auf. Bitterliches Schluchzen ging in Weinen über. Und Storm ließ die schmächtige Frau weinen. Während der Schmerz gnadenlos aus ihr herausbrach, durchfeuchteten die Tränen sein Hemd.

»Ich bin hier, wir stehen das gemeinsam durch«, flüsterte er.

Die Worte berührten eine Verzweiflung, für die sie die Sprache verloren hatte, es war, als würde der fremde Mann sie wirklich verstehen.

»Sie sind nicht allein«, wiederholte er sanft. »Wir finden sie.«

Allmählich verebbten die verzweifelten Schluchzer und die Tränen, und Storm ließ sie behutsam los.

Ylvas Mutter blieb stehen und starrte stumm auf ihre Hände, das Zittern ließ nach, ihr Atem wurde ruhiger, und sie gewann die Fassung zurück.

»Danke«, flüsterte sie. »Ich begegne derzeit nur Ärzten und Psychiatern, und keins dieser Genies verschreibt Mitmenschlichkeit.«

Storm betrachtete das Arsenal von Pillen auf dem Sofa, auf dem Tisch und in der Tasche.

»Aber sie geben Ihnen massenhaft gutes Dope«, lächelte er.

Sie schaute erstaunt zu ihm auf. Als sie seinen amüsierten Blick sah, lächelte sie.

»Ja, und raffinierte Diagnosen. Damit sind sie freigiebig.«

Sie lächelten, beide ein wenig verlegen nach dem Augenblick der Nähe, den sie miteinander geteilt hatten.

»Ich vermisse sie«, flüsterte Ylvas Mutter.

Storm nickte und verspürte einen Anflug von Verzweiflung. Gefühle konnte er sich jetzt eigentlich nicht erlauben, er musste einen klaren Kopf bewahren. Wortlos betrachtete er sie, Mutter und Tochter waren sich wirklich ähnlich. Die grünen Augen wirkten etwas wacher, als hätten die Tränen einen Teil des Wahnsinns aus ihr herausgespült.

»Ich vermisse sie beide«, murmelte sie.

Sie schaute zu Storm auf, erst jetzt nahm sie ihn wirklich wahr, er sah elend aus.

»Aber wie geht es *Ihnen*?«

Storm versuchte, etwas Aufmunterndes zu sagen, irgendetwas, das sie beruhigen konnte, aber er schaffte es nicht. Der Schmerz im Zwerchfell, der Knoten in der Brust und der Kloß im Hals waren unerträglich. Er konnte seine eigene Verzweiflung nicht zulassen und war nicht imstande zu sprechen. Ylvas Mutter streichelte ihm über die Wange.

»Als Kind war sie ängstlich ... aber sie wuchs zu einer starken Frau heran, stärker als ich und ihr Vater.«

Storm spürte einen Hauch von dem Optimismus und der Offenheit, für die ihre Mutter, Ylvas Aussagen zufolge, einst bekannt gewesen war.

»Das ist sie noch immer«, lächelte sie tröstend. »Wenn irgendjemand so etwas überleben kann, dann …«

Die Worte versiegten, erneut brachen sich die Tränen Bahn, und sie schaffte es nicht, den Satz zu beenden. Storm nickte dankbar.

»Kann ich etwas für Sie tun?«, fragte er. »Brauchen Sie irgendetwas?«

Sie schüttelte den Kopf.

»Ich habe eine weite Reise vor mir«, flüsterte sie. »Ich habe meine Schwester Elle seit über fünf Jahren nicht mehr gesehen. Meine Güte, dabei wohnen wir doch gar nicht so weit voneinander entfernt …«

Storm wagte einen Vorstoß.

»Gibt es möglicherweise ein Backup von dem, was sich auf dem Computer Ihres Mannes befunden hat?«

Ylvas Mutter starrte mit leerem Blick vor sich hin.

»Wenn ich Zugang zum Inhalt des Computers oder zu einem Back-up bekomme, könnte ich vielleicht herausfinden, ob es einen Zusammenhang gibt. Zumindest könnte ich erfahren, woran Ihr Mann vor seinem Tod gearbeitet hat.«

Ylvas Mutter sah sich entmutigt in dem chaotischen Zimmer um, dann schüttelte sie müde den Kopf.

»Er hat mir nichts erzählt.«

Auf dem Tisch lagen ein Stift und eine Zeitung, schnell notierte Storm seinen Namen und seine Telefonnummer.

»Sie können mich jederzeit anrufen, wenn Sie jemanden zum Reden brauchen oder wenn ich Ihnen in irgendeiner Weise behilflich sein kann.«

Sie nickte stumm und nahm den Zettel an sich.

»Ich will Sie nicht aufhalten«, murmelte Storm. »Ich wollte nur vorbeischauen und … Ich halte Sie auf dem Laufenden.«

Sie nickte.

»Danke.«

Während er zur Haustür ging, hörte Storm sie im Wohnzimmer rumoren.

»Warten Sie!«

Er befand sich auf dem Weg hinaus in die Kälte, als Ylvas Mutter hinter ihm hergelaufen kam. Er drehte sich um und sah sie überrascht an, als sie ihm ein dekoratives Schmuckstück gab.

»Nehmen Sie das.«

Storm betrachtete den hübschen Anhänger in Form einer runden Silberkugel. Als er ihn nahm, war ein feines, zartes Klirren zu hören.

»Das ist Ylvas ›Wiegenkugel‹, eine samische Tradition«, fuhr die Mutter fort.

Storm sah sie fragend an. Er hätte sicher wissen müssen, was das war, den Ausdruck hatte er schon einmal gehört, aber er sagte ihm nichts.

»Sie hat meiner Mutter und meiner Großmutter gehört, und dann habe ich sie Ylva gegeben.«

Storm nickte, noch immer unsicher, was er mit dem silbernen Schmuckstück sollte.

»Danke …«

»Ich habe den Schmuck getragen, als ich schwanger war, und nach Ylvas Geburt hat das Schellen sie beruhigt.

So ist das. Wir hängen die ›Wiegenkugel‹ über die Wiege, um unterirdische Kräfte davon abzuhalten, den Kindern im Schlaf Schaden zuzufügen. Alle samischen Kinder haben eine …«

Storm strich mit den Fingern behutsam über die hübsch dekorierte Silberkugel.

»Hat das Muster irgendeine Bedeutung?«

Ylvas Mutter schluckte heftig, ihre Stimme zitterte.

»Es bietet *šiella* – Schutz.«

Storm hielt den Anhänger in seiner großen, leicht zitternden Hand.

»Ich werde darauf aufpassen und ihn Ylva geben, wenn ich sie finde. Das verspreche ich.«

Ylvas Mutter nickte nervös.

»Tun Sie das. Der Anhänger hat beschützende Kräfte. Er wird Ihnen geben, was Sie brauchen.«

Storm legte die Silberkugel in seine Tasche und schaute Ylvas Mutter an, ihre Blicke begegneten sich und ruhten einen Moment lang ineinander.

»Finden Sie sie«, murmelte sie und machte entschlossen die Tür zu.

Storm hörte, wie sie hinter ihm abschloss.

Zurück im Auto sank Storm erschöpft zusammen. Mutlos lehnte er die Stirn gegen das Lenkrad, die Familienfotos mit einer lächelnden oder gar lachenden Ylva flimmerten vor seinem inneren Auge. Verdammt, er vermisste sie so. Als er das Schmuckstück wütend auf den Beifahrersitz warf, klirrte es leise in der Kugel, es versetzte ihm einen Stich, diesen Klang hatte Ylva bereits vor ihrer Geburt gekannt, er sollte sie beschützen.

Entschlossen startete er den Wagen und fuhr nach Hause.

Fünfzehn Minuten später parkte Storm auf seinem festen Platz vor dem Wohnkomplex im Zentrum von Bodø. Als er gerade aussteigen wollte, fiel sein Blick auf den Anhänger auf dem Beifahrersitz. Er nahm ihn und sah sich die Silberkugel mit dem filigranen Durchbruchmuster genauer an, die an der Seite mittels eines Hakens geöffnet werden konnte. Im Inneren lag eine kleinere silberne Kugel, die für das sanfte Klingeln sorgte. Vorsichtig öffnete Storm den Haken und nahm die Silberkugel heraus. Er schnappte nach Luft, als er entdeckte, dass die Silberkugel in Wirklichkeit ein kleiner, als Kugel gestalteter USB-Stick war.

34

Ylva begutachtete die infizierte Wunde an Johns Wade, die bisher glücklicherweise nur das Fleisch betraf. Weitete sie sich auf den Knochen aus, war es vorbei.

»Sir, Sie müssen hierbleiben, ich gehe nach Kirowsk und besorge Medikamente und Verbandszeug.«

Die Idee war natürlich verrückt, sie wussten beide, dass sie Russlands meistgesuchte Verbrecher waren. Wurden sie jetzt entdeckt, würde man sie im besten Fall töten, alternativ in ein russisches Gefängnis stecken. Doch John hatte keine Einwände. Er legte sich hin und schlief sofort ein.

Ylva musste sich beeilen, zum einen, um den kleinen Vorsprung nicht zu verlieren, den sie sich schwer erkämpft hatten, zum anderen, weil die Infektion in Johns Bein sich mit jeder Stunde weiter in sein Fleisch und seine Muskeln fraß. Bis zum Abend würde er septisch sein.

Ylva ging hinaus und orientierte sich. Die Sonne stand im Süden, wenn sie zum Fluss hinunterging und diesem bis zum See folgte, um von dort aus Richtung Nordosten zu gehen, wäre sie hoffentlich innerhalb einer Stunde in Kirowsk.

Sie lief am Fluss entlang, der zunehmende Gestank nach Chemikalien verriet ihr, dass sie sich der Bergbaustadt näherte.

Über eine holperige Straße mit einem Ortsschild, auf dem die kyrillischen Buchstaben kaum noch zu erkennen waren, erreichte sie endlich die verfallene Industriestadt.

Ylva schlich an Reihen verlassener Häuser vorbei, die wie Grabmonumente aus der Sowjetzeit anmuteten. Zersplitterte Fenster starrten ihr entgegen, und überall stank es nach Verfall. Die baufälligen Häuser gaben ein Zeugnis vom flüchtigen Eilen der Menschen durch die Welt. Die seinerzeit hochmoderne, funktionalistische und optimistische Zukunftshoffnung zeugte, wie nur die Sowjetarchitektur es vermochte, vom blinden Glauben an Fortschritt, Planwirtschaft und Industrie. Da war kein Raum für fein abgestimmte organische Schönheit und Menschlichkeit.

Nun standen die maroden Gebäude wie unbeholfene gebrechliche Greise da, verlassen von menschlicher Wärme und aus der Zeit gefallen. Die grauen Sowjetblöcke waren leere Hüllen ohne menschliches Leben, dem sie Schutz bieten konnten. Die Natur war dabei, die grandiosen Visionen, von denen nur noch ein Haufen Mörtel und Zement übrig war, zurückzuerobern. Eine gespenstische Stille waberte durch die Straßen.

Ylva ging nach Osten, und langsam aber sicher veränderte sich das Stadtbild. An einer Kreuzung standen düstere Ruinen auf der einen Seite, und ein Motel, mehrere kleine Läden, ein Café und eine Apotheke auf der anderen. Ylva schlich zu einem der Schaufenster, wo sie die Titelseiten der Zeitungen mit großformatigen Bildern von ihr und John sah. Das war keine Überraschung. Angespannt schaute sie sich um, sie musste aufpassen, dass sie nicht erkannt wurde, die Leute waren wachsam.

In einer Seitengasse pisste ein angetrunkener Mann gegen die Wand, neben ihm lag eine große Tasche auf dem Boden, und seine Pelzmütze mit Ohrenklappen war heruntergefallen. Perfekt.

Geschmeidig wie eine Katze glitt Ylva hinter den Mann und hob eine rostige Eisenstange auf, die von einem der abbruchreifen Gebäude gestürzt war. Ein stechender Schmerz schoss durch ihre verletzte Schulter, als sie den Mann mit einem kräftigen Hieb bewusstlos schlug. Er sackte zusammen, rotes, warmes Blut sickerte unter seinem schütteren Haar hervor. Ylva öffnete seine Tasche, in der zu ihrer Erleichterung Kleider lagen. Sie schaute sich um. Zwei Gestalten gingen am Ende der Gasse den Bürgersteig entlang, mit hochgezogenen Schultern stemmten sie sich gegen den schneidenden Wind, dann waren sie fort.

Ylva schlüpfte aus dem Fliegeroverall und stopfte ihn in die Tasche, dann zog sie die kratzigen Männersachen an, die sie im Gepäck des Bewusstlosen gefunden hatte. Sie waren viel zu groß, aber warm, und auf diese Weise fiel sie weniger auf in der Menge bleicher, hoffnungsloser

Männer, die das Schicksal in diese zukunftslose Stadt verschlagen hatte.

Zuletzt zog sie dem Mann auch seinen dicken Dufflecoat aus und wickelte sich darin ein. Rasch leerte sie seine Brieftasche, in der einige Rubel lagen, dann setzte sie sich die Pelzmütze auf den Kopf. Wenige Minuten später schlenderte sie als dünner Mann mit einer unförmigen Tasche über der Schulter auf die Straße hinaus.

Ylva ging den Bürgersteig entlang, am Ende der Straße sah sie ein blass leuchtendes Neonschild. Die Apotheke. Mit gesenktem Kopf und gebeugtem Rücken schlurfte sie hinein, es war kein Angestellter zu sehen, und Ylva registrierte keine Überwachungskameras. Ohne zu zögern, stopfte sie Verbandszeug, Antiseptika, fiebersenkende Mittel und etwas, von dem sie glaubte, dass es ein Antibiotikum war, in die Tasche. Sie hörte eine Tür hinter sich aufgehen und drehte sich um, eine kleine, dicke Babuschka kam aus der Toilette. Sie sah Ylva uninteressiert an, dann setzte sie sich auf einen Stuhl hinter der Kasse und drehte die Lautstärke des alten Fernsehers hoch, der auf der Theke stand. Die Nachricht vom NATO-Flugzeug, das auf dem Weg zur Atombasis in Murmansk abgeschossen worden war, erfüllte den Raum. Ylvas Puls schnellte in die Höhe, sie zog den Mantelkragen hoch, eilte hinaus in die Kälte und verschwand.

Jetzt musste sie noch etwas zu essen finden. Im Laden etwas zu kaufen, war zu riskant. Wachsam ging sie die Straße hinunter. Als sie an einem heruntergekommenen

Café vorbeikam, stieg ihr der Geruch von Gulasch und Borschtsch in die Nase. Schnell huschte sie in den Hinterhof, wo wie erwartet überquellende Abfalltonnen in Reih und Glied standen. Sie durchwühlte den Müll und fand Fleisch- und Gemüsereste. Sie nahm ein paar gierige Bissen von einem halbverzehrten Schnitzel, das wenn auch nicht himmlisch, so doch höchst schmackhaft war. Nachdem sie den Rest hinuntergeschlungen hatte, füllte sie die Manteltaschen mit Essen und verließ lautlos den Hinterhof.

Mit hochgezogenen Schultern, die Mütze tief über die Ohren und den Mantelkragen vors Gesicht gezogen, lief sie durch die Geisterstadt Richtung Tundra.

Am Rande von Kirowsk war die Zivilisation vollständig in die Knie gegangen. Ylva schlich an den Gebäuden entlang, als sie auf einmal eine schwarze Arctis Cat ZR 9000 in einem Torweg stehen sah. Sie schaute sich um, kein Mensch war zu sehen, und ermutigt von der Stille schlich sie zu dem Schneemobil. Das ist die Rettung, dachte sie, und setzte die Tasche ab. Mit steif gefrorenen Fingern zog sie das Kabel heraus, um die Zündung kurzzuschließen.

»He!«

Ylva erstarrte, als ein großer, fetter Kerl in den Torweg einbog.

»Was machst du da?«

Ylva starrte den Mann an, den sie durch den Schlitz zwischen Mantel und Mütze auf sich zukommen sah. Sie antwortete nicht, wich jedoch langsam von dem Schneemobil zurück. Der Mann trat vollständig in den Torweg und beugte sich neugierig zu ihr, dann verzog sich sein Mund zu einem Grinsen.

»Du siehst aus wie ’ne Frau. Bist du eine?«

Ylva sah sich um, wie hatte sie so dämlich sein können, in einen dunklen Hinterhof mit nur einem Ausgang zu marschieren? Jetzt stand der breite Kerl zwischen ihr und dem einzigen Weg nach draußen. Als könne er ihre Gedanken lesen, trat er einen Schritt vor und packte ihren Arm. Ylva schrie auf, als der Schmerz von ihrer Schulter in den Rücken schoss. Der Mann war stark, und sie erkannte, dass sie nicht weglaufen konnte. Mit einem schnellen Blick schätzte sie ihren Gegner ab. Er war groß, über 1,90 Meter, und dick. Das Gesicht war aufgedunsen, die Augen blutunterlaufen, der Atem stank nach saurem Wodka. Ylva rümpfte die Nase, sie hasste besoffene Leute.

Dann lächelte sie, hob kokett den Kopf und sah ihm in die Augen.

»Ja, bin ich.« Sie nahm all ihren Mut zusammen. »Ist das dein Schneemobil?« Ylva war recht zufrieden mit ihrer russischen Aussprache, trotz des leichten samischen Akzents. Das lag daran, dass sie die Sprache bei ihren Verwandten in Lowosero gelernt hatte.

Der Kerl schien den Akzent nicht zu bemerken, er grinste schmierig und entblößte dabei eine Reihe fauliger Zähne.

»Jep, das is’ meiner.«

Er warf einen Blick über die Schulter, der Hinterhof lag dunkel und verlassen da. Sie waren allein.

»Gefällt er dir?«

Ylva nickte treuherzig, während sie vorsichtig den Arm aus seinem Griff wand. Bemüht lässig versuchte sie, sich an ihm vorbeizuschieben, doch ohne Erfolg. Blitzschnell wie ein aggressiver Bär packte er sie und zog sie zu sich.

»Wo hab' ich dich schon mal gesehen?«

Ylva drehte das Gesicht weg. Er riss ihr die dicke Pelzmütze vom Kopf, und das blonde Haar fiel ihr über die Schultern. Der Kerl grinste.

»Na, da schau an.«

Sie rührte sich nicht, ihr Herz schlug heftig. Der dicke Wanst und die fauligen Zähne zeugten von schlechter Gesundheit und mangelnder Kondition, doch der kraftvolle Griff um ihren Arm sagte ihr, dass er irre stark war. Nahkampf war nicht optimal, aber sie war gefangen und hatte keine Wahl. Sie horchte, hörte jedoch niemanden; soweit sie es einschätzen konnte, gab es keine Zeugen. Sie richtete sich auf und begegnete dem Blinzeln des Mannes, dann lächelte sie verschmitzt: »Na, da schau an.«

»Damit kann ich einen hübschen Batzen verdienen«, murmelte er.

Er zog sie näher zu sich heran.

»Aber erst amüsieren wir uns ein bisschen, stimmt's?«

Ylva versuchte freizukommen, doch er schleuderte sie brutal gegen die harte Mauer. Ein stechender Schmerz schoss durch ihren Körper, als sie mit dem Hinterkopf gegen den Beton knallte und zusammensackte. Er beugte sich über sie, zog sie hoch und beugte sich vor. Sein stinkender Atem schlug ihr ins Gesicht, während er seinen Bauch und die Schenkel gegen ihren Körper presste.

Übelkeit wallte in ihr auf, als sie spürte, dass er steif war. Ylva schloss die Augen.

Geile besoffene Männer denken nicht klar, sie überschätzen grundsätzlich ihre eigene Intelligenz und unterschätzen den Widerwillen der Frau. Ylva blickte in seine trüben, blutunterlaufenen Augen, lächelte und seufzte tief, ob vor Schmerz oder Erregung, überließ sie seiner Deutung, aber es gefiel ihm, das merkte sie. Er begann, an ihren Brüsten zu fummeln, und sie ließ ihn den Augenblick und seine verdummende Machtbrunst genießen. Gierig zerrte er an der weiten Hose, die sie gerade erst gestohlen hatte, und sie spürte angewidert, wie die fetten, schmutzigen Finger ihre warme Haut fanden, den Bauch hinabglitten und ihr im Schritt herumfingerten. Sie rührte sich nicht, sie musste zulassen, dass er sie begrabschte. Erst als ihr warmer Atem ruhiger wurde, entspannte er sich. Er grinste erregt, während er sie weiter aus ihrer Kleidung schälte. Mit einer schnellen Bewegung versuchte sie, sich aus seinem Griff zu befreien, doch er war schneller, drückte den Ellbogen fest gegen ihre Kehle und schnürte ihr die Luft ab. Ylva sah panisch zu ihm auf, sie konnte nicht atmen. Kraftlos ruderte sie mit den Armen, und er grinste kalt. Er mochte es, wenn Frauen sich wehrten.

35

Bei CYFOR hockten Storm und Ali mit krummen Rücken vor ihren Bildschirmen, beide in ihre jeweilige Odyssee durch das stetig expandierende virtuelle Universum aus Informationen und Daten vertieft. Es war eine eigene Metawirklichkeit, gesteuert von ihrer eigenen Gesetzmäßigkeit. Erfahren navigierte Storm durch das künstliche neuronale Netzwerk aus Nullen und Einsen des World Wide Web. Der gesamte Datenverkehr, alle Suchanfragen, sämtliche Snaps, prosaische Facebook-Updates, narzisstische Posen auf Instagram, sinnlose Tweets und heimliche Chatverläufe zwischen Liebenden und Hassenden lagen ihm offen. Niemand konnte mehr auf Tauchstation gehen und sich vor dem Big Brother des Universums verstecken. George Orwells Dystopie war ein nettes kleines Abenteuer, verglichen mit der allgegenwärtigen Spyware der Gegenwart, die anhand der Analyse unserer Metadaten, unserer biometrischen Daten, jede unserer Aktivitäten, jeden unserer Gedanken mit erschreckender Präzision registriert.

Storm suchte nach Spuren, nach einer Nachricht, einem Bild, einem Algorithmus … irgendetwas, das ihm helfen konnte, Ylva zu finden.

Gleichzeitig behielt er das iPad im Blick, das als Sicherheitsvorkehrung auf seinem Schoß lag. Wenn er den USB-Stick untersuchte, den er in dem Anhänger gefunden hatte, durfte er nicht mit dem militärischen Netzwerk verbunden sein.

Eine Reihe unverständlicher Zeichen erschien auf dem Display.

»Scheiße, alles verschlüsselt.«

Ali beugte sich über Storms Schulter und studierte den Inhalt.

»Die Dateinamen sind lesbar, sie betreffen Titans Security.«

Storm sah Ali an, sie hatten denselben Gedanken. Titans Security war das Sicherheitsunternehmen, für das Rove arbeitete. Was hatte das mit Ylvas Vater zu tun?

Storm reichte Ali das iPad mit dem USB-Stick.

»Kannst du den Inhalt entschlüsseln?«

Ali lächelte.

»Hab schon gedacht, du würdest nie fragen.«

Ohne ein weiteres Wort nahm Ali sich das iPad vor, um den Code zu knacken.

Storm loggte sich in sämtliche Überwachungsaufnahmen der Basis ein, auf die er Zugriff hatte. Er wollte sehen, mit wem Rove vor dem Unglück Kontakt gehabt hatte. Methodisch scrollte er ein weiteres Mal durch endlose Aufnahmen von Leuten, die saßen, standen, kamen und gingen. Mit erhöhter Geschwindigkeit abgespielt sahen die Menschen aus wie herumschwirrende Insekten.

Die Bilder flimmerten vor seinen Augen.

Plötzlich stoppte Storm den Schnelldurchlauf. Auf einer verpixelten Aufnahme aus einem der Hangars sah er Rove allein aus der Dunkelheit kommen. Die Aufnahme war auf denselben Abend datiert, an dem die Arctic-Blizzard-Übung angelaufen war.

Aufgeregt spulte er das Video ein Stück zurück und spielte es mit normaler Geschwindigkeit ab. Wie ein verschwommener Schatten vor der grauen Hangarwand ging Rove an der Kamera vorbei auf die asphaltierte Fläche des Rollfelds. Laut Zeitcode war es zwei Stunden und vierzehn Minuten, nachdem der General Ylva und kurz darauf Major John Evans im Kulturhaus begrüßt hatte.

Storm rieb sich die Stirn: Was hatte Rove noch so spät allein draußen auf dem Rollfeld gemacht?

Die Aufnahme lief weiter, und obwohl das Bild noch unschärfer wurde, als er näher heranzoomte, konnte er deutlich eine weitere Gestalt ausmachen. Am Ende des Rollfelds stand ein Mann, er schien auf jemanden zu warten. Storm beugte sich näher zum Bildschirm und kniff die Augen zusammen. War das nicht …? Das Bild war zu verpixelt, außerdem stand die Person mit dem Rücken zur Kamera, doch als Rove dazutrat, drehte sich der Mann um, und Storm erkannte Major Evans. Storm hatte nur das Bild, keinen Ton, und es war unmöglich, zu erraten, worüber sie redeten. Major Evans Körpersprache aber wurde im Laufe der Unterhaltung deutlich entspannter. Gegen Ende schien der Ton zwischen den beiden richtig freundlich und einvernehmlich. Worüber sprachen sie?

Storm zoomte auf maximale Größe, doch damit wurde das Bild so grobkörnig, dass nichts mehr zu erkennen war. Er hatte keine Chance, von ihren Lippen zu lesen.

Auf einmal flackerte das Bild auf dem Monitor ein paar Mal, ehe es wieder kalt und klar leuchtete.

Ali sprang auf.

»Was war das?«

Er kam zu Storms Computer.

»Ein Glitch?«

Ali schüttelte den Kopf, dann stürzte er zum Hauptrechner.

»Shit! Wir sind gehackt worden.«

Storm reagierte instinktiv und begann augenblicklich, den Eindringling zu lokalisieren.

»Scheiße, schalt sofort ab!«, rief Ali.

Storm arbeitete rasend schnell, während Ali im selben Augenblick sämtliche anderen Systeme herunterfuhr und gleichzeitig das Sicherheitsleck im internen Netzwerk meldete.

»Sandworm ist es nicht, auch nicht SORM2, es ist …«

Der Prozessor lief, Storm war nah dran und wollte den Rechner nicht abschalten. Ali riss den Stecker raus, und der Bildschirm wurde schwarz. Storm sprang so wütend auf, dass der Stuhl hinter ihm umkippte.

»Scheiße, was soll das? Ich hätte rauskriegen können, wer uns gehackt hat!«

Ali sah ihn müde an.

»Du brauchst 'ne Pause, Alter. Die Sache ist zu persönlich.«

Storm starrte auf den toten Monitor.

»Wer auch immer uns gehackt hat, hätte uns zu …«

»Storm!«

Ali war eher verzweifelt als wütend, aber er stellte sich demonstrativ zwischen den Bildschirm und Storm und zwang Storm, ihn anzusehen.

»Wenn du diese Hacker verfolgst, gefährdest du die ganze Cyberabwehr. Bist du irre geworden?«

Storm starrte verbissen an ihm vorbei zum Bildschirm.

»Aber wir müssen …«

Ali unterbrach ihn bestimmt:

»Als dein Vorgesetzter bitte ich dich, wieder auf den Boden zu kommen. Nimm dir frei.«

Storm schüttelte den Kopf, er beugte sich vor, um den Rechner wieder hochzufahren, doch Ali hielt ihn zurück.

»Leutnant Bure, wir tun alles in unserer Macht, um Ylva und Major Evans zu finden. Das verspreche ich. Aber gerade setzt du die gesamte Operation aufs Spiel. Du musst eine Pause machen, Storm. Komm morgen wieder, okay?«

Storm wollte brüllen vor Wut, als auf einmal der gesamte Raum dunkel wurde. Wenige Sekunden später sprang der Generator an, und der Strom kehrte zurück. Einer der anderen IT-Techniker rief:

»Sämtliche Datenzentren nördlich von Trondheim sind lahmgelegt. Equinor, Hydro und Avinor melden Systemzusammenbrüche. Der US-Radar Globus II in Vardø hat den amerikanischen Raketenschild im Norden blockiert.«

Storm sah Ali an.

»Das muss eine neue Art Sandworm sein, oder? Sie sind uns voraus, sie wissen schon, was wir als Nächstes tun werden.«

Ali runzelte die Stirn.

»Was meinst du?«

»Die füttern uns mit widersprüchlichen Informationen und *red herrings*. Die spielen mit uns.«

Ali fuhr sich müde über die Augen. Was für ein verfluchter Mist, das Ganze.

»Wer ist uns voraus, Storm? Die Russen?«

Storm zögerte, es war komplett unlogisch, dass die Russen eine solche Operation aus völlig heiterem Himmel starteten. Aber wenn es nicht die Russen waren …? Es hatte den Anschein, als ob sowohl die NATO als auch die Russen dem Zug hinterherliefen, sie reagierten nur. Irgendjemand anderes schien die Fäden zu ziehen, jemand, der die Systeme auf beiden Seiten der Grenze gehackt hatte. Storm griff sich an seine Jacke und sah Ali an.

»Ali, ich muss weg! Kannst du den USB-Stick entschlüsseln?«

»Ja, das machen wir jetzt direkt.«

Storm senkte die Stimme, sodass nur Ali verstand, was er sagte.

»Wer auch immer hinter dem Angriff steckt, sie haben unsere Netzwerke infiltriert. Wir müssen die Sache analog lösen, ohne digitale Spuren.«

Ali nickte, kratzte sich jedoch am Kopf, als er Storms

breiten Rücken den Gang hinunter verschwinden sah. Wollte Storm die Sache allen Ernstes analog lösen?

Gott helfe dem, der ihm in die Quere kam.

36

Rote und schwarze Punkte flimmerten vor Ylvas Augen, der Sauerstoffmangel war akut, sie war kurz davor, ohnmächtig zu werden. In ihren Ohren pfiff es, und alle Geräusche klangen gedämpft und fern, als würde sie mit dem Kopf unter Wasser gedrückt. Sie starrte in das verzerrte, schnaufende rot geäderte Männergesicht und registrierte am Rande ihres Bewusstseins, wie der massige Russe seine Hose öffnen wollte, aber der Reißverschluss klemmte und er daran herumzunesteln begann. Das war ihre Chance: Schnell und mit voller Kraft schlug sie ihm auf das rechte Ohr. Er zuckte zurück und lockerte den Griff um ihre Kehle, mit einem Keuchen spürte sie kalten Sauerstoff in ihre Lungen strömen. Rasend vor Wut stürzte er sich auf sie, und obwohl sie sich vollkommen kraftlos fühlte, nutzte sie seine Bewegung, indem sie ihm mit dem Kopf einen kräftigen Nasenstüber versetzte. Der explodierende Schmerz setzte ihn für ein paar Sekunden außer Gefecht, und als er sich vorbeugte, um mit der Hand nach seiner gebrochenen Nase zu tasten, begegnete sie der Bewegung mit einem soliden Kniestoß ins Gesicht. Stöhnend taumelte er rückwärts gegen die Betonwand.

Sobald Ylvas rechter Arm frei war, schnellte sie vor und bohrte dem Russen resolut Zeige- und Mittelfinger in die Augen. Sie hörte es tief im Schädelinneren schmatzen, als seine Augäpfel aus den Höhlen gedrückt wurden. Blind und orientierungslos schlug der feiste Kerl nach ihr, doch sie konnte die Schläge abwehren und zur Seite ausweichen. Mit zwei hohen zielgerichteten Roundkicks gegen seinen Adamsapfel zertrümmerte sie Kehlkopf und Luftröhre. Mit einem rasselnden Pfeifen sank er vor ihr auf die Knie. Es kam keine Luft mehr an den Stimmbändern vorbei, er würde keinen Laut von sich geben können. Ylva rang nach Atem, sie musste sich sammeln. Blind, röchelnd und auf allen Vieren schwankte der Angreifer vor ihr hin und her. Ylva betrachtete die jämmerliche Zombiegestalt am Boden und beendete gnädig sein Leiden, indem sie ihm mit einem Sidekick gegen die oberen Halswirbel das Genick brach. Der Kopf knickte weg, und der Mann sank zusammen wie ein Sack Kartoffeln. Der fette Körper zuckte in heftigen Krämpfen, dann blieb er reglos im Schnee liegen. Der Pimmel hing schlaff in der Kälte, und zwei blutige Krater starrten blind zu ihr auf, während sie sorgfältig ihre besudelten Hände an den Kleidern des Russen abwischte. Er kam viel zu billig davon, dachte sie, zog ihre Hose gut hoch und schnürte sie straff um die Taille zusammen.

Sicherheitshalber beugte sie sich noch einmal über ihn, um sich zu vergewissern, dass er wirklich tot war.

Was jetzt? Der Kerl lag übel zugerichtet zu ihren Füßen. Ließ sie ihn liegen, würde er früher oder später gefunden werden, und das würde Verdacht erregen. Nein, sie musste ihn mitnehmen und unterwegs irgendwo loswerden. Mit einer enormen Kraftanstrengung und Schmerzblitzen in der Schulter hievte sie den fetten Mann auf das Schneemobil. Schwer kippte er vornüber und blieb über dem Lenker hängen, da lag er stabil.

Ylva setzte sich hinter den Mann, zog das Zündschloss heraus und brach die Lenkersperre auf. Dann legte sie eine Hand aufs Gas, nestelte die Kabel heraus, steckte ihr Messer ins Zündschloss und drehte es um. Mit einem lauten Röhren sprang der Motor an, und sie gab Gas.

In wilder Fahrt verließ Ylva die Stadt und fuhr hinaus in die Tundra, sie hatte wertvolle Zeit verloren. Dank des Schneemobils ließ sie Kirowsk rasch hinter sich, und eine Viertelstunde später erreichte sie die kleine Hütte. Sie parkte das Gefährt und schleifte den Mann, der noch immer wie ein Sack über dem Lenker hing, in die Hütte, wo sie ihn auszog. Seine Kleidung war vollgeblutet, aber als Wechselsachen immer noch verwendbar. Außerdem hatte er ein paar Rubel und eine halbe Flasche Wodka bei sich, die konnte sie gut gebrauchen.

John lag still und bleich auf der Pritsche. Offensichtlich hatte er die ganze Zeit über geschlafen, doch jetzt wachte er auf und sah sie blinzelnd an.

»Sir, ich habe uns ein Fahrzeug organisiert.«

Er schien nicht zu verstehen, was sie sagte, das Fieber wütete, und er zitterte. Ylva holte das Verbandszeug, den Wodka, das Antibiotikum, die Antiseptika, die fiebersenkenden Mittel und das Messer hervor.

Vorsichtig zog sie sein Hosenbein hoch und legte die Wunde frei.

Es stank noch übler als vorher, und gelber Eiter sickerte aus dem tiefvioletten Gewebe.

»Sir, ich muss infiziertes Gewebe entfernen.«

John nickte, auch wenn Ylva bezweifelte, dass er tatsächlich begriff, was sie sagte. Sie gab ihm das Antibiotikum und die fiebersenkenden Tabletten und half ihm, alles mit reichlich Wodka runterzuspülen. Dann sterilisierte sie sowohl das Messer als auch die Wunde gründlich.

John sah sie mit glasigem Blick an.

»Bereit?«, fragte sie.

John antwortete nicht. Sie hielt das Messer waagrecht an sein Bein und atmete tief durch, ehe sie begann, dicke Streifen toten Gewebes vom Bein zu schaben. Als sie das frische rote Fleisch erreichte, schrie John auf. Er bäumte sich auf, sackte zusammen und blieb reglos liegen. Es ist ein Segen, dass der Mensch bei zu großem Schmerz in die Bewusstlosigkeit flieht, dachte Ylva, so konnte sie in Ruhe arbeiten.

Sie musste alles infizierte Gewebe entfernen, besser zu viel als zu wenig, also schabte sie weiter. Anschließend reinigte und verband sie die Wunde, dann ließ sie John ausruhen. Er sollte schlafen, bis er von selbst wach wurde.

Ylva holte das erbeutete Essen aus der Tasche und warf es auf den Tisch, sie hatte einen mörderischen Kohldampf. Nachdem sie mit Holzspänen und alten Zeitungsresten, die in der Hütte lagen, ein Feuer gemacht hatte, schmolz sie ein wenig Schnee im Topf und schlang ein ordentliches Stück Fleisch herunter. Als sie sich einen Schluck Wodka genehmigte, senkte sich eine bleierne Müdigkeit über sie. Ihre Muskeln waren steif, und ihre Augen brannten vor Erschöpfung.

Ylva betrachtete die beiden Männer im Raum. Der Russe hatte bekommen, was er verdiente, aber sie hoffte inständig, dass John durchhielt. Sie musste sich eingestehen, dass der alte Griesgram ihr allmählich sympathisch wurde. Müde ließ sie sich auf den Tisch sinken und legte den Kopf auf die Arme.

Sie betastete ihre Schulter, sie tat weh, aber es war erträglich. Sobald sie sich erlaubte, etwas zu entspannen, tauchte Storm in ihren Gedanken auf. Sie vermisste ihn. Mit geschlossenen Augen beschwor sie sein Gesicht herauf, die graugrünen Augen, die fast immer lächelten, als amüsiere er sich über etwas, das die anderen nicht mitbekamen. Selbst wenn er tief in Algorithmen und kniffige Wahrscheinlichkeitsrechnungen versunken war, schien ein Lächeln seine Lippen zu umspielen. An einen Moment erinnerte sie sich besonders deutlich, sie waren seit ein paar Wochen zusammen, es war Nacht, und sie hatten miteinander geschlafen. Erschöpft war sie auf seine breite Brust gesunken wie aus der Tiefe und einem Traum kommend … oder eigentlich eher *in* einen Traum. Er hatte gelächelt und sie fragend angesehen.

Sie richtete sich auf.

»Was?«

Storm streichelte ihr übers Haar.

»Ich hab mich was gefragt.«

»Und zwar?

»Wo bist du, wenn du kommst?«

Ylva lachte, sie verstand die Frage nicht. Was für ein schräger Typ, mit dem ich da ins Bett gehe, dachte sie.

»Wo ich bin?«

»Ja.«

Sie lächelte und küsste ihn.

»Na hier.«

Er sagte nichts, schaute sie bloß unergründlich an.

»Ich bin hier«, wiederholte sie.

»Wirklich?«

Ylva schüttelte ergeben den Kopf, obwohl sie nachdenken musste. Wo war sie eigentlich, wo sind die Menschen, wenn sie kommen? Wer und was sind wir in den losgelösten Sekunden, wenn das wilde Verlangen Erfüllung findet und wir in der Ekstase fortgeschwemmt werden?

Nichts und nirgends, dachte sie. Das war das Schöne, sie verschwand.

Der kleine Tod ... so wurde er genannt, der Moment des Orgasmus. Wenn sich der Tod so anfühlte, hatte sie nichts zu fürchten.

Sie teilte diese Gedanken nicht mit Storm, stattdessen ging sie in die Küche und holte eine Anderthalb-Liter-Flasche Pepsi. Als sie zurückkam, schlief er. Sie war ein bisschen neidisch auf ihn, dass er innerhalb von Sekunden einschlafen konnte.

37

Storm verließ seinen Arbeitsplatz bei CYFOR und fuhr auf direktem Weg zu Ylvas Mutter, um mehr über den USB-Stick zu erfahren und ob ihr Mann vor seinem Tod etwas darüber gesagt hatte. Doch als er ankam, war sie, wenig überraschend, bereits abgereist. Er gab die Adresse von Ylvas Familie in Kautokeino ins Navi ein, laut dem die Fahrt auf der monotonen, endlosen Strecke von Bodø nach Kautokeino elf Stunden dauerte, sofern er die schnellste Route via Schweden nahm.

Während er durch die kalte nordnorwegische Winterlandschaft fuhr, rief er Ali an und teilte ihm mit, dass die NATO, sprich die Amerikaner, die gesamte Leitung der Operation übernommen hatten. Rove und Bale hatten strenge Regeln aufgestellt, was die komplette Kommunikation nach außen betraf, Ali fügte schnell hinzu, dass er das gut nachvollziehen könne. Im Informationsraum hatte der Krieg bereits begonnen.

»Seid ihr mit dem Stick weitergekommen?«

Ali gähnte.

»Bin dran, ziemlich tricky das Ganze.«

Auf Alis Frage, wie es ihm gehe, antwortete Storm, eine

kleine Pause täte ihm gut, und dass er damit rechne, in ein oder zwei Tagen wieder fit zu sein. Ali schwieg, und Storm stellte erleichtert fest, dass er ihm kein Wort glaubte, und fuhr fort: »Du, vielleicht kannst du mich ja auf dem Laufenden halten?«

Ali zögerte, es machte ihm Sorgen, dass Storm auf eigene Faust operierte, aber vielleicht war es ja nicht das Schlechteste. Bei CYFOR waren sowohl die Informationen, die seinem Team zuflossen, als auch das, was sie nach außen kommunizieren durften, streng reglementiert, das machte es schwierig zu improvisieren. Er seufzte ergeben.

»Na klar, Storm, ich gebe dir Bescheid, falls etwas Wesentliches passiert.«

Storm nickte, sie würden auf den gegenseitigen Input angewiesen sein, wenn sie in der Grauzone, in die sie sich hineinbewegten, navigieren wollten.

Nachdem er aufgelegt hatte, hielt Storm an einer Tankstelle und kaufte mehrere Prepaidkarten für sein Handy, die schwieriger zu orten und mit ihm in Verbindung zu bringen sein würden.

Dann schickte er Ylvas Mutter eine Nachricht, dass er auf dem Weg nach Kautokeino war.

38

Ylva schreckte hoch. Shit, sie war eingeschlafen! Eine Welle der Übelkeit wogte in ihr auf, als sie den toten Mann auf dem Boden sah. Verdammt, sie hatte alles nur noch komplizierter gemacht. Jemand würde ihn vermissen.

Sie schüttelte sich. Wie lange hatte sie geschlafen? Draußen würde es noch eine Weile hell sein, das mussten sie ausnutzen. Sie sammelte Kleidung, Essen, Medikamente und Verbandszeug zusammen. Dann schleppte sie den schlafenden John nach draußen und setzte ihn auf das Schneemobil. Von der Kälte wurde er wach, war aber noch immer benommen.

»Wo waren Sie, Nordahl?«

»Schhh, schlafen Sie weiter, Sir. Ich habe uns ein Schneemobil organisiert, wir fahren, solange es noch hell ist.«

Ylva hüllte John sorgsam in die warmen Kleider, die sie gestohlen hatte. Dann startete sie den Motor, und sie fuhren los.

Es ging schnell, der Wind peitschte ihr kleine Eisnadeln ins Gesicht, und das verlieh ihr frische Energie. Ylva und John preschten über den zugefrorenen Imandrasee, und als sie die E 105 erreichten, folgte Ylva der Straße nach Westen. Sie genoss den Wind im Gesicht, die Kraft des Schneemobils und die Wärme von Johns Körper. Das Fieber machte ihn zu einer großen Wärmequelle. Er zitterte nicht mehr, das war ein gutes Zeichen. Ylva war so darauf konzentriert, ihr hohes Tempo zu halten, dass sie fast die Kolonne aus Militärfahrzeugen übersehen hätte, die in Richtung Westen angefahren kamen.

Ylva entdeckte die großen grünen Autos, als der Motorschlitten über eine dicke Schneewehe sprang. Schnell nahm sie den Daumen vom Gas, lenkte den Schlitten hinter einen Schneehaufen am Straßenrand und schaltete den Motor aus. Hatte man sie entdeckt? Mucksmäuschenstill drückte sie sich eng an John und lauschte. In unmittelbarer Nähe donnerten die schweren Fahrzeuge vorbei, dann wurde es still. Vorsichtig reckte sie den Kopf und sah die Kolonne in westlicher Richtung verschwinden. Sie waren vermutlich zur norwegischen Grenze unterwegs und ihr schwante, was sich zusammenbraute: Die Russen machten mobil für einen Krieg.

Ylva vergewisserte sich, dass keine weiteren Fahrzeuge folgten. Die Autostraße mit den grauen Schneerändern zog sich wie eine schwarze Narbe durch die weiße Ewigkeit. Es kamen keine weiteren Autos, der Weg war frei. Sie ließ den Motor wieder an. Sie hielten sich am besten ein gutes Stück abseits der Straße, da im Folgenden mit erhöhtem Verkehrsaufkommen zu rechnen war.

Das Schneemobil legte Kilometer um Kilometer zurück, und trotz ihrer Erschöpfung spürte Ylva eine Welle der Hoffnung. John war nach vorn gesunken und schlief wie ein Kind, fest an ihren Körper gedrückt. Sie begann eine Melodie zu summen, während das Schneemobil über gefrorene Seen und durch weite Ebenen schoss, und allmählich wich ihre Müdigkeit einer seltsamen Euphorie. Sie hatte das Gefühl, über dem Eis zu schweben, reglos in der Luft zu stehen, während die Landschaft unter ihr vorbeizog, der Rhythmus des Motors ließ ihren Körper vibrieren wie bei einer schamanischen Trommelséance. Erst stemmte sie sich mit angespannten Muskeln dagegen, doch nach einer Weile gab sie aus schierer Erschöpfung nach und entspannte sich.

Es dämmerte, doch Ylva fuhr weiter. Sie raste in den Wald, wo sie das Tempo zwischen den hohen Bäumen drosseln musste. Sie sah sich um in der arktischen Taiga, die von uralten Kiefern bewachsen war, die nur weit oben im rauen Norden zu finden waren. Ylvas Puls verlangsamte sich, und die Kraft der mächtigen schneebeladenen Nadelbäume sickerte mit jedem Atemzug in sie ein, bis sie ganz davon erfüllt war. Sie war die Natur, sie war der Wald und die Taiga.

Die Bäume hatten Krieger kommen und gehen sehen, und sie hatten immer wieder Menschen auf der wilden Flucht vor ihrer gegenseitigen Brutalität Schutz geboten. Sie waren langsam gewachsen, so wie sich jedes Leben so weit nördlich des Polarkreises unendlich langsam entwickelte. Zeit war die wichtigste Ressource hier oben im

Norden. Einige Bäume ragten zwanzig, dreißig Meter in die Höhe; sie standen dort schon seit Tausenden von Jahren, seit der letzten Eiszeit, stoisch und beharrlich. Die Bäume hatten Zeit. Zeit und den Willen zu leben. Sie streckten sich so weit in die Ewigkeit, wie sie konnten, und dort blieben sie.

Das war es, was Ylva liebte, das war es, wofür sie geschaffen war. Natur, nur Natur und … Geschwindigkeit. Sie liebte das berauschende Tempo, das sie zwang, die ewige Unruhe in ihrem Inneren loszulassen und stattdessen mitzufließen und eins zu werden mit allem.

Ylva flog, ihr Herz schwoll an vor … wenn nicht Freude, so doch einer stillen inneren Ruhe, die sie sonst nur im Cockpit fand. Das war es, wonach sie sich stets zurücksehnte, weit entfernt von den Menschen und ihren Intrigen, ihrer Gier und ihrem Wahnsinn. Sie flog, sie verschmolz mit der Landschaft. Die Bäume waren wie geisterhafte Beschützer, wie in der Zeit erstarrte Seelen, gehüllt in schwere Mäntel aus weißem Frost. Sie hatte vergessen, wie schön sie in ihrem Winterkleid waren, aber jetzt erinnerte sie sich wieder. Hier war sie frei, ganz gleich, was sie erwartete. Der Motor brummte wild und ekstatisch, sie spürte die Kräfte, sie fühlte sich lebendig.

Dann wurde es still.

Das Schneemobil hustete kläglich und blieb stehen, der Tank war leer. Ylvas Ruhe wich einer bleischweren Antiklimax. Die Wirklichkeit hatte sie eingeholt. Sie stieß einen leisen Fluch aus.

Entmutigt stieg sie ab und sah sich um. Sie waren tief im Wald, aber sie konnte nicht ganz genau sagen, wo. Merkwürdigerweise fiel es ihr leichter, sich in der endlosen Ebene zu orientieren, ohne einen einzigen Anhaltspunkt vor Augen, als hier im dichten Wald.

John wurde wach, benommen richtete er sich auf. Im Unterholz sah er eine Wildkatze Zweige abschneiden und schwere Äste von den Bäumen brechen, während sie leise vor sich hin sang. Er lauschte der eigentümlichen Stimme, dem merkwürdig kehligen Gesang. John wusste es nicht, aber Ylva joikte, so wie ihre Mutter Nacht um Nacht gejoikt hatte, wenn sie nicht schlafen konnte. Ylva war ein unruhiges Kind gewesen, das nie einschlief, die Ärzte wollten ihr Schlaftabletten verschreiben, aber die Mutter lehnte es ab und joikte stattdessen für ihren Wildfang. Ylvas Mutter war unendlich geduldig mit ihrem rastlosen Kind, und der Joik war die einzige Sprache, die die Kleine verstand. Der sanfte Gesang, getragen von warmem Atem und Mutterliebe. Und am Ende schlief das Wolfsmädchen ein, irgendwann im Morgengrauen. So waren die Nächte.

Aus Ästen, umhüllt mit Fallschirmtuch, hatte Ylva ein provisorisches Lavvu gebaut, das traditionelle Zelt der Samen, und nun breitete sie die restlichen Kleider von dem Besoffenen, der geglaubt hatte, sie wäre eine leichte Beute, auf dem Boden aus. Erst als sie fertig war, wandte sie sich an John, der zusammengesunken auf dem Schneemobil saß.

»Ich glaube, hier können wir einigermaßen unbesorgt die Nacht verbringen, Sir.«

John stieg ab und strauchelte, als er das verletzte Bein belastete. Ylva stürzte zu ihm und führte ihn ins Zelt. Schwere Wolken hingen über dem Wald, die Nacht war schwarz, und sie zündete ein kleines Feuer an. Im Schein der Flammen sah sie Johns glühende Augen. Ihr Mut schwand, er hatte immer noch Fieber.

Ylva holte die Fleischreste und schlaffes Gemüse aus der Tasche. Ruhig packte sie das Essen in Rinde, die sie von den Baumstämmen geschält hatte und erwärmte es über dem Feuer. In Kürze würde John Evans die beste Abfallmahlzeit seines Lebens bekommen. Ylva sah ihm zu, wie er das Essen gierig verschlang, ehe sie ihm Wodka und Medikamente gab. Satt und zufrieden kauerte er sich an der Zeltwand zusammen. Die Wärme des Feuers, der Geruch des Essens und die leise Frauenstimme, die in einer fremden Sprache für ihn sang, lullten ihn sanft in den Schlaf.

Ylva ging hinaus und verbarg das Schneemobil unter schweren Ästen, ehe sie zurück ins Lavvu kroch. Sie fror und legte sich dicht zu John. So lagen sie da, eng umschlungen, wie die Menschen es seit Anbeginn der Zeit tun, um einander zu wärmen.

Johns tiefe, rhythmische Atemzüge weckten eine Sehnsucht in Ylva. Sie dachte an Storm, an seinen warmen Körper und seine unerschütterliche Ruhe. Sie stellte sich vor, dass Johns Körper dasselbe ausstrahlte, und drückte sich trostsuchend an ihn. Es funktionierte beinahe.

Die Nacht senkte sich über sie, und schließlich schlief auch Ylva ein. Sie träumte von Ebenen und Rentieren, von Joik und alten, weisen Augen. Sie träumte von schweren Rhythmen, Atem auf warmer Haut und Blicken, die tief in sie eindrangen.

Ylva wurde von Johns wütenden Rufen aus dem Tiefschlaf geweckt und begriff, dass er wieder Albträume hatte. Sie nahm ihn tröstend in den Arm. Er fuhr hoch und starrte sie mit blinden Augen an. Ylva wollte ihm beruhigend übers Haar streichen, das half normalerweise.

»John, ich bin's, Sie sind in Sicherheit.«

John reagierte instinktiv, er packte sie und hielt ihren Kopf in eisernem Griff. Ylva kämpfte, um freizukommen, doch John verstärkte den Griff nur. Ylva rang um Atem.

»Ich kriege keine Luft. Ich kann nicht …«

Ihre Stimme erstarb.

Mit weit aufgerissenen Augen, wie in Trance, wie eine wahnsinnige heimgesuchte Seele, zog John den Würgegriff immer fester zu, bis Ylva sich nicht länger wehrte und schlaff und widerstandslos liegen blieb. Erst da kam John zu sich und entdeckte die leblose Ylva in seinen Armen. Erschrocken ließ er von ihr ab und zuckte zurück, wer war sie?

Er schaute sich um und erblickte das Lavvu, das Feuer und das Essen. Erst da dämmerte es ihm.

»Nordahl!«

Vorsichtig schüttelte er ihren zierlichen Körper, aber sie reagierte nicht. John sackte zusammen. Hatte er sie getötet?

39

Je weiter nach Osten er kam, desto intensiver wurden seine Gedanken an Ylva. Dass Storm noch nicht einmal wusste, ob sie noch lebte, machte ihm das Herz schwer. Falls sie am Leben war, wollte er sich nicht vorstellen, was sie jetzt durchmachte. Er fluchte leise. Seine Augen brannten vom Schlafmangel und von den aufsteigenden Tränen. Er fuhr sich mit dem Handrücken übers Gesicht, es nützte niemandem, sich das Schlimmste auszumalen, irgendwie würde er sie finden. Er würde niemals aufgeben. Niemals. Das wusste sie, hoffte er, falls sie lebte … und an ihn dachte.

Es half, ein Ziel zu haben, sich darauf zu konzentrieren, wie er ihr helfen konnte, statt machtlos kilometerweit entfernt zu sitzen und Nachrichten von den Katastrophen zu empfangen, die über die Welt hereinbrachen und über die Frau, die er liebte. Sein Blick klärte sich, er musste sie finden, weil er sie brauchte und weil er endlich über das oberflächliche Geplänkel, den bloßen Flirt zwischen ihnen, hinauswollte. Er war feige gewesen, erkannte er jetzt, einerseits aus Angst, zurückgewiesen zu werden, andererseits, weil er sie nicht verschrecken wollte.

Es war enorm frustrierend, dass sie permanent auf der Hut und das Spiel zwischen ihnen stets von einem unterschwelligen Misstrauen geprägt war.

Storm folgte der E 10 bis zur norwegisch-schwedischen Grenze. Sicherheitshalber wählte er eine kleine Nebenstraße etwas weiter nördlich zur Grenzüberquerung, da die großen Grenzübergänge mit Sicherheit überwacht wurden. Die Straßen durch die schwedischen Wälder waren unwirklich einsam und friedlich, als würde die lärmende Welt dort draußen diesen Ort niemals erreichen.

Nachdem er die Grenze ein gutes Stück hinter sich gelassen hatte, fuhr er zurück auf die E 10 und folgte der Europastraße bis nach Kiruna. Dort parkte er den Wagen, schnappte seine Laptoptasche und eilte ins Hotel Scandic Ferrum. Eine Gruppe Männer stand in der Lobby zusammen und diskutierte aufgeregt die Nachricht von der über Russland abgeschossenen NATO-Maschine. Was bitte hatte das Flugzeug dort zu suchen gehabt?

Jeder hatte eine Meinung dazu, und die Verschwörungstheorien florierten. Storm musste grinsen, als einer der Männer von der QAnon-Bewegung erzählte, die der Ansicht war, es handele sich um Fake News, verbreitet von einer elitären Gruppe pädophiler satanistischer Kulturmarxisten, die das Weltgeschehen im Verborgenen lenkten. Auf die Frage, weshalb besagte Gruppierung eine solche Lüge in die Welt setzen sollte, hatten die QAnon-Anhänger keine Antwort parat. Es herrschte eine angespannte Stimmung, die Leute hatten Angst. Storm hielt sich bedeckt.

Er setzte sich an den großen Kamin in der Lounge, bestellte eine Pepsi Max und norrländische Tapas. Er stellte sicher, dass sein Laptop nicht gehackt werden konnte, ehe er sich ins WLAN-Netz des Hotels einloggte. Dann tauchte er im Cyberspace ab.

Kurze Zeit später fand er eine Auflistung der Hauptinvestoren von Titans Security, sie kamen aus den USA, Europa, China, Russland und dem Nahen Osten. Außerdem entdeckte er, dass mehrere der Aktionäre in die russische Sicherheitsgesellschaft Yvas Group investiert hatten. Die Aktionärsstruktur war gut hinter einer Reihe von Deckgesellschaften mit »Hauptsitzen« in weltweiten Steuerparadiesen verborgen. Cui bono?, das war stets die Frage. Findet man heraus, wer von einer Übeltat profitiert, findet man schnell den Schuldigen. Storm hatte Übung darin, Geldspuren im Cyberspace zu folgen, und er hätte längst erkennen müssen, wer am meisten von einem Konflikt in der Arktis profitierte. Unter den russischen Aktionären tauchte ein bekannter Name auf, General Svetla. Über diverse Strohgesellschaften besaß er sowohl Aktien von Titans Security als auch der russischen Yvas Group. Das erklärte einiges, der russische General war Roves Gegenpart innerhalb des russischen Systems.

Storm hatte kurz in Erwägung gezogen, Ali zu bitten, den USB-Stick, den Ylvas Mutter ihm gegeben hatte, der Verteidigungsministerin zu zeigen, doch ein Blick auf die Aktionärsstruktur der verschiedenen Sicherheitsunternehmen bestärkte ihn darin, besser den Mund zu halten.

Die Verteidigungsministerin würde sich garantiert verpflichtet fühlen, General Rove miteinzubeziehen, und eine innere Stimme sagte Storm, dass dieser negativ reagieren würde auf das, was durch den Stick ans Licht käme.

Ironischerweise hatte Rove selbst darauf hingewiesen, dass von den im Jahr 2017 insgesamt fünfzig weltweit registrierten Konflikten nur einer konventionell war; bei den übrigen handelte es sich um asymmetrische Hybridkonflikte, in denen private Akteure eine ebenso große Rolle spielten wie staatliche Armeen. Im selben Jahr hatte Rove von seinem Posten als Dreisternegeneral bei der US Army zu einer Vollzeittätigkeit als CEO des privaten Sicherheitsunternehmens Titans Security gewechselt. Allerdings hatte Storm auch herausgefunden, dass Rove bereits 2003 Aktionär von Titans Security geworden war, nur Wochen vor der US-Invasion des Iraks.

Finanziell betrachtet war der Irakkrieg ein voller Erfolg … für eine Handvoll Kriegsgewinnler. Der US-Vizepräsident Dick Cheney, der von 1995 bis 2000 den Ölkonzern Halliburton leitete, bezog von dort noch immer eine Betriebsrente, als er die Invasion im Irak durch die USA durchdrückte. Der Irakkrieg, vermarktet unter dem findigen Namen »Operation Enduring Freedom«, erwies sich als überaus profitabel für Halliburton. Die Gesellschaft riss sich 226 der 800 Milliarden Dollar unter den Nagel, die aus der amerikanischen Staatskasse in die Taschen verschiedener Kriegsprofiteure flossen. Storm bezweifelte allerdings, dass Rove das Risiko eingegangen wäre, einen auf Cheney zu machen, dafür war er zu schlau.

Storm rümpfte die Nase, als er auf einen Artikel stieß, der eines der abartigsten Beispiele von Medienmanipulation durch die Bush-Regierung behandelte. Dieser beschrieb, wie sich die UNO dazu hatte bringen lassen, Picassos Antikriegsgemälde *Guernica* hinter der blassblauen UN-Fahne zu verbergen, als der US-Außenminister Colin Powell im UNO-Hauptquartier in New York seine gefälschten Beweise für die Existenz irakischer Massenvernichtungswaffen präsentierte. Die berühmte Darstellung der Gräuel des Krieges machte sich schlecht als Kulisse für Powells kriegstreiberische Rede. Dass Rove so vulgär sein würde, glaubte er dann allerdings doch nicht.

Storm betrachtete die Pressebilder von General Rove. Der attraktive Mann mit dem vertrauenerweckenden Aussehen machte in Uniform eine gute Figur. Roves Karriere war beispielhaft für die aktuelle Entwicklung in der Welt, wo Macht und Ressourcen kontinuierlich von der Gemeinschaft an private Akteure übertragen werden. Das durch die Erosion der Staaten infolge der neoliberalistischen Deregulierungen entstandene Werte- und Machtvakuum hatte eine neue Elite mit ganz eigenen Idealen hervorgebracht, welche die neue Orthodoxie spiegelte. Multinationale Konzerne, immun gegenüber jedweder nationalen Gesetzgebung, Drogenbarone und ultrareiche Despoten beherrschten nun die Welt.

Storm überlegte, ob Ylvas Vater vor seinem Tod womöglich handfeste Beweise gegen Titans Security gehabt und geplant hatte, diese weiterzuleiten. In der Hotelbar war die Diskussion um das NATO-Flugzeug inzwischen richtig lautstark geworden. Storm seufzte müde, er wusste, dass Ali sein Bestes tat, den Inhalt des USB-Sticks zu entschlüsseln, aber es dauerte irritierend lange.

Bis jetzt hatte Storm nur Indizien, aber keine Beweise dafür, dass Rove in irgendeiner Weise mit dem Schicksal der F-16 in Verbindung stand. War er am Ende selbst zu einem dieser verzweifelten Verschwörungstheoretiker geworden, die überall den Teufel an die Wand gemalt sahen? Nach allem, was Storm wusste, konnte Rove durchaus ein ehrenhafter Kriegsheld im Dienst der NATO sein, und Titans Security ein wohlmeinendes und in höchstem Maße gesetzestreues Sicherheitsunternehmen. Vielleicht, vielleicht aber auch nicht.

Storm bezahlte das Essen, packte seinen Laptop ein und ging hinaus in die Winterkälte. Vier Stunden später parkte er auf dem Hofplatz vor Elle May Hættas Haus.

40

Die Sekunden, in denen Ylva bewusstlos war, zählten mit zu den längsten in Johns Leben, nicht nur, weil er sie brauchte, um seine eigene Haut zu retten, sondern auch, weil er sich zu seiner eigenen Überraschung um sie sorgte. Er mochte sie. Als sie nach seinen Wiederbelebungsversuchen, die er unter Zittern durchgeführt hatte, zu sich kam, verspürte er einen Hauch purer Freude. Er hätte sie am liebsten umarmt und fest an sich gedrückt, in Anbetracht der vorausgegangenen Geschehnisse hielt er das jedoch für keine gute Idee.

Sobald sie zu sich gekommen war, stieß sie ihn weg und lief in dem verzweifelten Wunsch, von ihm fortzukommen, zur Öffnung des Zeltes. Er war geisteskrank, komplett geisteskrank. Und böse. Sie musste weg und ohne ihn weiterziehen.

John erhob sich, um sie aufzuhalten, was sich als unklug erwies, denn Ylva griff ihn mit voller Kraft an. Sie schlug und trat ihn, und er ließ es zu. Es war nur fair, dass sie ihrer Wut Ausdruck verlieh. Er nahm es hin, ohne einen Mucks von sich zu geben oder sich zu verteidigen. Erst als er einen zielgerichteten Tritt in seine Genitalien kommen sah, wich er aus. Infolge von Johns Finte verlor Ylva fast das Gleichgewicht, für einen kurzen Moment blieb sie stehen und starrte ihn verwirrt an, gleichermaßen wütend wie ängstlich, dann griff sie erneut an.

»Sie hätten mich umbringen können! Ist es das, was Sie wollen, hä? Ist es das?«

John antwortete nicht, er stand still da und ließ Ylva auf ihn einschlagen.

Allmählich wurden die Schläge lascher, symbolischer.

»Sie geisteskranker Idiot!«, fauchte sie.

Das Adrenalin und die Wut ließen allmählich nach, und sie spürte die beißende Kälte, die Nacht und eine Mutlosigkeit, die sich in ihr einnistete. Sie war vollkommen erschöpft, jede Bewegung fiel ihr schwer. Außerdem tat ihre Schulter höllisch weh. Ylva wurde schmerzlich bewusst, dass sie weit draußen in der sibirischen Tundra mit einem unberechenbaren Mörder alleine in einem Zelt gefangen war. Wie viele Menschen hatte er umgebracht? Unzählige. Wie viele davon in Friedenszeiten? Ylva hatte keine Ahnung. Er war verrückt, so viel stand fest.

Als könne er ihre Gedanken lesen, murmelte John bitter:

»Hätte ich vor fünf Minuten Ihren Tod gewünscht, dann wären Sie vor fünf Minuten gestorben.«

Ylva glaubte ihm.

Ratlos blieb sie in dem engen Zelt stehen. Sie konnte nirgendwohin fliehen, wollte aber auch nicht in Johns Nähe bleiben. Es fiel ihr immer noch schwer, tief zu atmen, es war, als würde er ihr noch immer die Luft abdrücken. Zwei Mal an einem Tag fast erwürgt zu werden, war heftig. Ihr Gehirn arbeitete auf Hochtouren, was sollte sie jetzt tun? Welche Strategie funktionierte bei einem wie John am besten? Wie so viele andere in einem ähnlichen Dilemma Gefangene, tat sie aus Angst um ihr Leben, ohne die Möglichkeit zu kämpfen, zu flüchten oder sich tot zu stellen, das einzig Rationale: Sie lächelte abwehrend, beinahe einschmeichelnd.

»Sir, wenn Sie das nächste Mal austicken, wären Sie dann so freundlich, den Arm von meinem Hals zu nehmen, bevor ich wegtrete?«

John sah sie fragend an.

»Ehrlich, Sir, ich bin für viele Praktiken offen, Würgen ist allerdings nicht so mein Ding, wenn Sie verstehen.«

John sah sie überrascht an, es dauerte einige Sekunden, bevor er den Wink verstand; sie versuchte, sein Handeln mit einem Scherz abzutun. Ylva lächelte ein aufgesetztes Lächeln. Er betrachtete sie mit wachsender Unruhe. Sie ist wirklich nicht ganz richtig im Kopf, dachte er, als Ylva sich wieder hinsetzte.

»Wollen Sie die ganze Nacht dort rumstehen?«

Mit einem Nicken gab Ylva ihm zu verstehen, dass er sich hinsetzen sollte und sich entspannen konnte. Anschließend saßen sie schweigend da, John hatte keine Ahnung, was er sagen sollte. Wie sollte er ihr das erklären?

Ylva wollte ihn konfrontieren und mehr über das erfahren, was soeben geschehen war, ahnte die Antwort jedoch bereits. Leider kannte sie nur allzu gut die Dämonen, die die Oberhand gewannen, und wusste, dass der Krieg niemals endete. Das waren die Ursachen für Johns angespannte Kiefermuskeln.

»Sie hätten mich nicht wecken dürfen«, murmelte er. »Das war zu plötzlich.«

Ylva antwortete nicht. Sie hatte ihm durch so viele Albträume hindurchgeholfen, ihn beruhigt und getröstet, dass sie sich selbst keine Vorwürfe machte.

»Das war ein Reflex«, fuhr er leise fort.

Ylva war noch immer ängstlich und wütend, hütete sich jedoch davor, es zu zeigen.

»Was ist das für ein Reflex, Ihre Co-Pilotin zu würgen?«

Die Frage war provozierend, der Ton jedoch locker. John starrte mit leerem Blick vor sich hin, es kostete ihn Kraft, seine eigene Angst und Selbstverachtung unter Verschluss zu halten.

»Wir sind darauf trainiert, jeden anzugreifen, der uns überrumpelt, das wissen Sie.«

Ylvas Furcht ging schrittweise in Resignation über. Meine Güte, es war ihm selber nicht bewusst, wie kaputt er war. Vollkommen kaputt. Sie hatte so etwas oft gesehen: Kriegsveteranen, die endlich nach Hause kamen, in Sicherheit, glücklich darüber, physisch so unversehrt zu sein wie zum Zeitpunkt ihrer Abreise. Aber wieder und wieder zeigte sich, dass sie alles andere als unversehrt waren, denn in ihrem Inneren ging der Krieg weiter. In weniger als zehn Jahren hatten sich fast 60.000 amerikanische

Kriegsveteranen das Leben genommen, im Schnitt zwanzig pro Tag. Weitaus mehr Soldaten sterben durch Selbstmord als im Krieg. Ihre auf Fakten fixierte Mutter hatte ihr das vorgehalten, als Ylva Pilotin werden wollte. Die gefährlichste Phase im Leben eines Soldaten war die, wenn die Kämpfe vorüber waren, viele sagten, das sei der Zeitpunkt gewesen, an dem die Hölle ihren Anfang nahm. Das wusste Ylva aus eigener Erfahrung – nach seinem letzten Einsatz 2001 in Afghanistan hatte sie ihren Vater kaum wiedererkannt.

John lebte in zwei Welten, und obwohl es noch Reminiszenzen an den Mann gab, der er einst gewesen war, spürte er, dass die Dunkelheit und die Leere sich um ihn herum zusammenschnürten und ihn erwürgen würden, wie er um ein Haar Ylva erwürgt hätte.

Ylva räusperte sich heiser und griff sich an den Hals, das Gefühl des zudrückenden, die Luftzufuhr blockierenden Arms saß in ihrem Körper fest.

Hätte sie sich befreien können, hätte John womöglich dasselbe Schicksal ereilt wie den Fettwanst in Kirowsk.

»Sir, ich bin überrascht, dass die Armee Sie operativ arbeiten lässt.«

John antwortete nicht. Es war dunkel im Lavvu, er nahm erstmals das Rascheln der Bäume wahr, die sich draußen steif dem eiskalten Wind beugten, das Geräusch holte ihn ein wenig in die Wirklichkeit zurück. Ihn schauderte: Wie zur Hölle war er hier gelandet?

Ylva, die ihm ansah, wie mitgenommen er war, sprach ruhig weiter.

»Wann hat es angefangen? War es in Libyen?«

John sah nicht auf, er starrte in die schwelende Glut des erlöschenden Feuers.

»Wissen Sie, warum wir Libyen bombardiert haben?«

Natürlich wusste Ylva, warum die NATO Libyen bombardiert hatte.

»Die Operation Unified Protector sollte Zivilisten in Libyen vor Gaddafis Terrorregime schützen«, entgegnete sie.

John lachte laut auf.

»Genau. Und deshalb hat die Friedensnation Norwegen 588 barmherzige Bomben über ihnen abgeworfen.«

Ylva war irritiert.

»Ja, als NATO-Mitglied waren wir verpflichtet, einen Beitrag zu leisten.«

»Um die Zivilisten zu beschützen?«

Ylva setzte sich wachsam auf, Johns heruntergespielte Wut beunruhigte sie. Worauf wollte er hinaus?

»Gaddafi plante einen Völkermord an den Aufständischen, die ihn stürzen wollten, deshalb hat die NATO eingegriffen.«

John schüttelte den Kopf, diese Behauptung war längst überholt, und das hatte die junge Leutnantin Nordahl auch mitbekommen. So dumm war sie nicht, das wusste er.

»Gaddafi war mit den Aufrührern bereits eine Waffenruhe eingegangen.«

John machte eine Pause, bevor er hinzufügte:

»Als wir angriffen, befanden sich bei Bengasi kaum Streitkräfte Gaddafis.«

Ylva antwortete nicht, sie verstand ehrlich gesagt nicht, worauf John mit der neuen Wendung des Gesprächs hinauswollte. Er sprach weiter, vor allem zu sich selbst, wie es schien.

»Die Aufständischen, die wir so heldenhaft beschützt haben, erwiesen sich als blutrünstige Banden, die seither Hundertausende Zivilisten abgeschlachtet und Milliarden damit verdient haben, arabische und afrikanische Flüchtlinge zu schleusen, indem sie Tripolis als Abfahrtsort nach Europa nutzen. Unified Protector … Beschützer von wem?«

Ylva kannte selbstverständlich die Debatte über die Legitimität der Libyen-Angriffe, gut möglich, dass der Konflikt anders hätte gelöst werden können. Traf das nicht auf alle Konflikte zu? John ließ nicht locker, offensichtlich wollte er bei Ylva irgendeine Reaktion provozieren.

»Wer hat Ihrer Meinung nach an den NATO-Bomben das meiste verdient?«

Ylva kannte diese Frage, von Pazifisten und neunmalklugen Linksradikalen, jedoch nicht von Leuten innerhalb des Militärs. Sie war müde, merkte sie, was sollte sie darauf antworten? Es war absurd, ausgerechnet John Evans andeuten zu hören, dass die NATO zur Förderung westlicher Wirtschaftsinteressen missbraucht worden war. Er war ein Kriegsheld, Herrgott, hatte er das vergessen?

»Die Libyer selbst haben Gaddafi getötet«, wehrte sie ab.

John seufzte resigniert, er war die Diskussion leid, er

wusste, welche Wahrheit sie glauben musste, um ihren Job machen zu können.

»Wir haben eine Hölle auf Erden ausgelöst. Nichts anderes. Nach acht Monaten Bombardierung wurde das Land sich selbst überlassen.«

Ylva spürte, wie die Erschöpfung an ihr zehrte, ihre Lider waren schwer wie Blei. Sie wusste, dass John nicht ganz unrecht hatte, aber sie war Pilotin, keine Politikerin, und Soldaten kannten nicht alle Variablen eines Konflikts. Soldaten führten Befehle aus. Exakt in diesem Moment war sie eine müde Soldatin, die Kräfte für ihre Tour gen Westen am nächsten Tag sammeln musste.

»Sir, wir brauchen ein paar Stunden Schlaf.«

Auch John gähnte. Mehr hatte er nicht zu sagen, streng genommen hatte er vermutlich bereits zu viel gesagt.

»Wir schlafen abwechselnd«, sagte er. »Sie können sich zuerst ausruhen.«

Während Ylva unruhig schlief, hielt John Wache. Er verspeiste das restliche Essen und grübelte, inwieweit er Rove vertrauen konnte und was mit Ylva geschehen würde, sollten sie es über die Grenze nach Norwegen schaffen. Leider kannte er die Antwort auf die letzte Frage nur zu gut. Sobald sie nicht mehr gebraucht würde, würden sie all ihre Spuren auslöschen. Das war traurig, denn er mochte das Mädchen immer mehr, obwohl sie ihn irritierte und verflucht naiv war.

Mit zitternden Fingern wickelte er den Verband ab, den sie so mühsam an seinem Bein angelegt hatte. Er sah die tiefrote Wunde, die Gangrän war weggeschnitten, doch das Gewebe war noch immer geschwollen und heiß, die Infektion arbeitete noch.

Behutsam reinigte er die Wundfläche mit Desinfektionsmittel und legte einen neuen Verband an. Den alten blutigen warf er vors Zelt. Als er sich in die klare Nachtluft hinauslehnte, empfand er den Wald als unnatürlich still, als halte er die Luft an, bereit zum Sprung.

Noch war tiefe Nacht, bald jedoch würde der Tag sich unerbittlich seinen Weg durch die Baumwipfel bahnen. Ylva hatte gesagt, dass sie sich schätzungsweise einen Tagesmarsch von der Grenze entfernt befanden. Sie mussten aufbrechen, bevor es zu hell wurde, dachte er und gähnte. Einen Tag würde er noch durchhalten, einen Tag, dann war der Auftrag erledigt, und er war frei.

41

Spärliches Morgenlicht fiel in die kleine Wohnung am Rande von Murmansk, noch drang der Lärm der Stadt nicht dorthin vor. Sichtlich gezeichnet von einer weiteren schlaflosen Nacht saß Igor mit einer Tasse kaltem Kaffee am Frühstückstisch und schaute hinaus auf die dunkle Betonwüste. Die Menschen schliefen. Wie konnten sie nur? Begriffen sie nicht, was für ein Szenario auf sie zukam? Die aufrührende Rede des Präsidenten an das Volk bereitete ihm körperliches Unwohlsein. Drei Tage hatte der Präsident der Welt gegeben, und jetzt, zwei Tage und fünfzehn Stunden babylonischer Verwirrung später, stand die Welt am Rande des Abgrunds. Das anfänglich empfundene Chaos war einem Gefühl von Unwirklichkeit gewichen. Ein lähmender Nebel hatte sich gelichtet, und die Welt kam zum Vorschein, unnatürlich deutlich, ungeschützt und unbekleidet. Das Licht war heller, die Dunkelheit dunkler, alle Geräusche und Farben erschienen klarer.

Am Vorabend hatte er die Kinder ganz bewusst wahrgenommen, die sich am Küchentisch sitzend mit ihren Hausaufgaben abgemüht hatten. Sergej, auf dessen Stirn sich vor lauter Konzentration eine Falte gebildet hatte, der Bleistift mit den Bissspuren, die fleischige Kinderhand, die ungeduldig an der Ecke des Mathematikbuches herumfriemelte, der Wollpullover, der an dem weichen Kinderhals kratzte, die angeschlagene Tasse auf dem Tisch, der Sessel, in dem der Vater schon seit Jahren saß und dessen Polsterung sich seiner Körperform angepasst hatte. Igor war von einer wahnsinnigen Verzweiflung und Sorge ergriffen worden, die er nicht in Worte fassen konnte.

Er musste raus, die Alltagspoesie und die menschliche Wärme verdeutlichten nur den Wahnsinn, der im Begriff war zu geschehen.

Er verließ die Wohnung, um sich beim Joggen der Unruhe zu entledigen.

Vor der Wohnungstür kam ihm der Nachbar gerührt und mit glühenden Wangen auf dem Flur entgegen, in seiner Tüte klirrte es. Feierlich grüßte er ihn, Leutnant Serkin, den Helden.

Vor dem Gebäude ging Igor an einer Gruppe Jugendlicher vorbei, die immer hinter der Hausecke abhingen und heimlich rauchten, ausgelassen und heiter mit einer erzwungenen Portion Lässigkeit. Igor war genauso gewesen. Die Erinnerung schmerzte, denn in den offenen Gesichtern der Jungen erkannte er sich selbst in dem Alter wieder und seine einstigen Vorstellungen und Träume von der Zukunft.

Ein Stück weiter die Straße hinunter ging Frau Tschekowa mit ihrem Hund Gassi. Sie war schon immer alt gewesen und ging stets alleine spazieren, während sie in Babysprache auf den zerzausten Köter einredete. Auch sie grüßte höflich. Beinahe ehrerbietig.

Igor sah weg.

Das hier war die animierte Kulisse des Lebens, das er vorschriftsmäßig und nach Plan abgewickelt hatte. Der überwiegende Teil war wie erwartet verlaufen, bis vor drei Tagen. Er blieb zwischen den Betonblöcken stehen und schaute in den Himmel hinauf. Alles würde zusammenstürzen. Vor seinen Augen flimmerten Bilder von verkohlten Kindern, die aufgrund seiner Lüge und seines pflichttreuen Verrats bis zur Unkenntlichkeit verbrannt in Apatity auf der Straße lagen. Es war sein Job, das auszuhalten, und sein Los, die Konsequenzen zu tragen.

Die Nachrichten bombardierten die Bevölkerung flächendeckend mit Schlagzeilen über die NATO-Piloten, die den Abschuss überlebt hatten und sich jetzt auf der Flucht befanden. Sie würden innerhalb kürzester Zeit gefasst werden, hieß es. Die Piloten kannten die Wahrheit, und Igor wünschte sie tot. Mütterchen Russlands viele Massengräber legten nüchtern Zeugnis davon ab, dass die Wahrheit selten jemandes Freund ist, wenn sie der offiziellen Version der Behörden widerspricht. Was nützte es einem ehrlichen Mann, zum Helden erklärt zu werden, wenn er selbst weiß, dass er ein Feigling ist. Igor hatte nicht die Kraft zum Joggen, es brachte ihm ohnehin keine Linderung. Die Freude und der Endorphinrausch waren vorüber, und er ging nach Hause.

Igor bekam erst mit, dass der Vater ins Wohnzimmer kam und sich vor seinen Computer setzte, als der alte Griesgram begann, das Weltgeschehen zu kommentieren. Für gewöhnlich fand Igor es amüsant, ihm zuzuhören, jetzt aber war ihm nicht zum Lachen zumute. Kurz darauf tobten die Kinder wie kleine Wildtiere durch die Wohnung. Sie lebten auf viel zu engem Raum, dachte er, er bekam keine Luft. Natascha kam ins Zimmer, ging verschlafen zur Küchentheke und schaute ihn an.

»Musst du heute zur Arbeit?«, fragte sie.

Igor schaffte es nicht zu antworten, bevor es an der Tür klingelte. Während sie öffnete, starrte er schweigend auf die Tischplatte. Sein Herz pochte.

Vor der Tür stand Ivana.

»Ich muss mit Ihrem Mann sprechen.«

Ehe Natascha etwas sagen konnte, war Ivana bereits in die Küche geeilt. Natascha folgte ihr auf dem Fuß, empört über Ivanas ungestümes Verhalten. Beim Anblick der Majorin stand Igor sofort auf, sie passte nicht in die Wohnung. Sie gehörte in eine andere Welt, diese Vermischung gefiel ihm nicht.

Majorin Chodorkowski war sichtlich aufgebracht. Feindselig starrten sie einander an. Igor wich dem Blick als Erster aus.

»Lassen Sie uns auf den Balkon gehen, ich brauche eine Zigarette.«

Ivana nickte stumm und folgte Igor hinaus auf den schmalen Balkon. Natascha, beide Kinder und der Vater verfolgten das Geschehen mit ihren Blicken. Sie hörten nicht, was dort draußen gesagt wurde, aber sie konnten deutlich sehen, dass Igor unter Druck stand. Ivana kam direkt zur Sache.

»Leutnant Serkin, Sie müssen die Wahrheit sagen über das, was wirklich passiert ist!«

Igor zündete sich eine Zigarette an, der Tabakrauch wirkte beißend, als er ihn tief in die Lunge einsaugte.

»Das habe ich getan.«

»Wenn die NATO-Maschine aufgrund eines Unglücks in russisches Territorium eingedrungen ist, sind wir im Begriff, aufgrund Ihrer Lüge den Dritten Weltkrieg auszulösen!«

Igor empfand die Worte wie einen Schlag ins Gesicht. Er zog ein weiteres Mal an der Zigarette, die Übelkeit in ihm aufsteigen ließ.

»Ich habe gesagt, was ich zu sagen habe.«

Ivana schaute ihren jungen Kollegen mit einem unergründlichen Blick an. Sie wusste, dass er ein tüchtiger und grundehrlicher Kerl war und war sich im Klaren darüber, dass er ihr, seiner Vorgesetzten, in diesem Moment ins Gesicht log.

»Warum?«, fragte sie.

Igor antwortete nicht, er fühlte sich schlecht.

»Geht es um Ehre? Um Loyalität gegenüber Moskau?«

Igor bemerkte die Blicke Nataschas und der Kinder aus dem Wohnzimmer, er drückte die Zigarette aus.

»Majorin, Sie waren es, die mich auf diesen Stressflug geschickt hat. Ich habe auf Ihren Befehl gehandelt.«

Ivana nickte, sie hatte die ganze Nacht darüber nachgedacht. Es war ihre Schuld, sie hätte den Befehl nicht befolgen sollen, ohne zu wissen, wer ihn erteilt hatte. Sie erkannte ihre Rolle an und war bereit, die Konsequenzen zu tragen.

»Ja, das ist richtig. Und wenn Sie der Öffentlichkeit die Wahrheit darüber sagen, was geschehen ist, übernehme ich die Verantwortung, dass Sie die ganze Zeit gemäß meinen Befehlen gehandelt haben.«

»Das wird Russland in eine peinliche Lage bringen«, murmelte er.

»Gut möglich, aber alles ist besser als Krieg, meinen Sie nicht?«

Igor senkte den Blick, er hatte seine Befehle von höchster Stelle erhalten, und er hatte sie befolgen müssen.

»Ich habe gesagt, was ich zu sagen habe und muss Sie bitten zu gehen.«

Ivana sah, dass Igor sich quälte ... und dass er erschöpft war.

»Kommen Sie heute zur Arbeit und erstatten Sie einen vollständigen Bericht über den Vorfall, Sie werden sich selbst dafür danken. Alle werden Ihnen dankbar sein.«

Igor sah sie mit festem Blick an, sie aber hielt ihm stand.

Der kleine Sergej stand dicht an der Fensterscheibe und schaute verschlafen, mit zerzausten Haaren und großen fragenden Augen zu ihnen hinaus. War Papa traurig? Ivana lächelte und winkte dem Kleinen unbeholfen zu. Igor hatte sie nie zuvor lächeln sehen, plötzlich wirkte sie beinahe menschlich, dachte er. Als sie sich wieder an ihn wandte, war er, wenn möglich, noch unsicherer.

»Ich verstehe das Dilemma, in dem Sie stecken, Leutnant Serkin, das tue ich wirklich.«

Ivanas Blick ruhte sanft auf ihm, sie legte ihm eine Hand auf die Schulter, mütterlich und empathisch. Igor wich einen Schritt zurück, so als hätte sie ihn mit ihrer Freundlichkeit gebrandmarkt.

»Dennoch bitte ich Sie, es zu tun. Sagen Sie die Wahrheit, Igor, ich unterstütze Sie und übernehme die volle Verantwortung für das, was kommen mag.«

Auch Majorin Chodorkowski sah Igor jetzt klarer, sie war aufrecht und kühn, obwohl sie ebenso erschöpft, unschlüssig und ängstlich wirkte wie er. Sie tat das einzig Richtige, dachte er. Ivana Chodorkowski, die graue Maus mittleren Alters, war die eigentliche Heldin in dieser Geschichte. Igor fühlte sich, wenn überhaupt möglich, noch mehr wie ein elender Feigling.

Er stand stumm in der Winterkälte. Jetzt hörte er ihn, den Lärm von Murmansk. Die vulgäre Stadt, die er so innig liebte, war im Begriff zu erwachen. Ivana hielt den Blick weiter auf ihn gerichtet, sie sah, dass er noch immer mit sich kämpfte. Igor wandte sich ab, sie würde hier nicht weiterkommen, die Entscheidung lag allein bei ihm. Er ist ein rechtschaffender Mensch, dachte sie, in seinem tiefen Inneren ist er ein guter Mann.

Damit öffnete sie die Balkontür und ging ins Wohnzimmer. Bevor sie durch die Wohnungstür verschwand, verabschiedete sie sich höflich von Igors Familie. Igor stand noch immer draußen auf dem engen Balkon in der klirrenden Kälte.

Eine Stunde und fünfundvierzig Minuten später stellte Ivana ihr Auto auf dem Parkplatz hinter dem Militärflugplatz in Montschegorsk ab. Sie war bereit, bei der morgendlichen Besprechung zu sagen, was gesagt werden musste. Die Sache war schon viel zu weit gegangen. Das Heißblütige in ihr schwelte, es kribbelte ihr im Magen, sie war kampfbereit. Sie wusste, was sie tun musste. Obwohl sie befürchtete, einen hohen Preis zahlen zu müssen, wenn sie gegen ihre Vorgesetzten aufbegehrte, war sie willens, es zu tun. Es war ihre Pflicht.

Nachdem sie das Auto abgeschlossen und einige Meter gegangen war, registrierte sie ein Fahrzeug, das ein Stück hinter ihr angefahren kam. Ivana blieb stehen, und ohne sich umzudrehen, wusste sie, dass das Auto ebenfalls anhielt. Sie ging ein Stück weiter und blieb dann erneut stehen. Der Vorgang wiederholte sich. Jetzt drehte Ivana sich um, konnte aber nicht erkennen, wer in dem Fahrzeug saß. Eine bleierne Angst ergriff von ihr Besitz, und sie begann auf den verbleibenden 300 Metern bis zum Eingang des Stützpunkts zu laufen. Das Auto näherte sich von hinten, und Ivana lief schneller. Sekunden später wurde sie rücklings angefahren und von zwei Männern ins Auto gezerrt. Ivana sollte nie erfahren, wer sie waren.

42

Als sie das provisorische Lavvu zusammenpackten und sich auf die hoffentlich letzte Etappe ihrer Flucht begaben, war es noch immer dunkel. Durch den Tiefschnee im Wald zu stapfen, war strapaziös, Ylva war außer Atem und drosselte das Tempo, um nicht ins Schwitzen zu geraten. John war direkt hinter ihr, und wie sie hörte, keuchte auch er angestrengt. Jeder Atemzug brannte in der Brust, und Ylva versuchte bewusst, ihre Atemfrequenz zu senken, um dem Körper eine Chance zu geben, den Wärmeverlust zu kompensieren.

Nach den Geschehnissen in der Nacht sah sie John in einem ganz anderen Licht und ließ ihn nicht aus den Augen; der Mann war nicht gesund, und sie empfand sowohl Mitleid als auch Furcht. Was sie nicht verstand, war, warum Major Evans, der Held mit dem Distinguished Flying Cross und unzähligen ruhmreichen Auszeichnungen, sich darauf eingelassen hatte, NATO-Piloten zu trainieren, wenn er der Legitimität der NATO-Interventionen offensichtlich misstraute.

Aus dem klaustrophoben Wald in die offene Tundra zu kommen war, wie ein komplett neues Universum zu betreten. Bei ihrem Aufbruch war es noch dunkel gewesen, zudem hatten im Wald die schneebedeckten Zweige der Bäume kaum Mondlicht durchgelassen. Draußen in der Tundra jedoch erleuchtete der Mond die Landschaft wie ein gigantischer Scheinwerfer. Am Horizont graute der Morgen, wodurch Ylva die vor ihnen liegende Strecke deutlich sehen konnte. Sie schielte zu John hinüber, seine Miene war verbissen und sein Blick in sich gekehrt. Nichts raubt einem Menschen mehr Kraft als konstante Kälte und Schmerzen.

Beide hatten sie Erfrierungen im Gesicht und an den Händen, nichts Lebensbedrohliches, weitaus mehr Sorgen bereiteten Ylva Johns verletztes Bein und Gemüt. Gut, dass wir in einem Tag am Ziel sind, dachte sie, da es höchst zweifelhaft war, ob Evans noch viel länger durchhalten würde.

Sie waren auf der Hut und bewegten sich in angespannter Stille vorwärts, denn obwohl die Dämmerung gerade erst anbrach, wussten beide, dass sie in der offenen Tundra vollkommen ausgeliefert waren. Sie durften jetzt den Fokus nicht verlieren, denn auf dieser letzten Etappe durch die gottverlassene arktische Wildnis waren sie am exponiertesten und mussten dafür sorgen, nicht so kurz vorm Ziel noch von SpezNas-Soldaten, Drohnen oder Überwachungsflugzeugen entdeckt zu werden.

Ylva blieb stehen, abgesehen von Johns heiserem Keuchen war es vollkommen still. Sie hob den Blick zum Himmel, der Mond war von einem schimmernden Lichtring umgeben. Ylva fluchte leise.

»Sir, das Wetter wird umschlagen.«

John sah nicht eine Wolke am Himmel, die Nacht war kalt und klar gewesen, kaum ein Windhauch war zu spüren.

»Das Wetter sieht gut aus«, murmelte er.

Ylva seufzte.

»Sehen Sie sich die Halo um den Mond an.«

Der Mond glühte golden vor dem tiefblauen Firmament. Der Anblick des Mondes versetzte ihn in eine andere Zeit zurück. Er spürte die Wärme und die letzten Sonnenstrahlen des Tages auf der Stirn. Zusammen mit seinem Großvater saß er in einem alten Cadillac und schaute E.T., ein großer Augenblick für einen kleinen Knirps. Filme waren am besten, wenn sie einem unter freiem Himmel neue abenteuerliche Welten eröffneten. Seither hatte er den Streifen mindestens zwanzig Mal gesehen, und jedes Mal freute er sich gleichermaßen auf die ikonische Szene, wenn der Junge auf dem Fahrrad, mit dem Außerirdischen E.T. im Korb, auf die Polizeiabsperrung zuraste. Dem Publikum stockte der Atem, überzeugt davon, dass die beiden kleinen Helden des Films jetzt verloren waren. Dann plötzlich, wie von Zauberhand, hob das Fahrrad vom Boden ab, und der Junge samt E.T. flogen hoch hinauf und über alle Hindernisse hinweg. Der kleine John hatte begriffen, dass es sich dabei um einen filmischen Trick handelte, ohne zu verstehen, wie sie es hinbekommen hatten. Daher war er jedes Mal aufs Neue gerührt und beeindruckt, wenn der Junge und der kleine Außerirdische auf dem Fahrrad vor dem

Mond entlangflogen, als könne ihnen das Gravitationsfeld der Erde nichts anhaben.

»Sir, haben Sie gehört, was ich gesagt habe?«

John sah sie verwirrt an.

»Was?«

Entmutigt schüttelte Ylva den Kopf, der Kerl war komplett abwesend, es hatte nicht den Anschein, als würde er überhaupt etwas mitbekommen.

»Sir, schauen Sie!«

Sie zeigte zum Mond hinauf.

Jetzt sah auch er es, der Mond war von einem glasartigen Ring umgeben. Na und?

Weit draußen in der äußersten Schicht der Atmosphäre hatten sich winzige Eispartikel angesammelt, die einen Schleier federleichter Wolken erzeugten, so dünn, dass sie mit bloßem Auge kaum sichtbar waren. Die mikroskopisch kleinen Kristalle wurden in dem klaren Mondlicht reflektiert und schimmerten wie ein hauchfeiner Heiligenschein um die Lichtquelle. Johns Blick folgte der von Ylva angezeigten Richtung.

»Das sind Cirruswolken.«

Erst da wurde John bewusst, was Ylva zu sagen versuchte. Cirruswolken waren Vorläufer eines Tiefs, mit einem Mal war das magische Licht des Mondes bedrohlich. Ein Unwetter war das Letzte, was sie jetzt gebrauchen konnten.

In dem dichten, dunklen Wald, den sie soeben hinter sich gelassen hatten, ging ein kleines Wolfsrudel auf die Jagd. Die Leitwölfin bewegte sich mit der Schnauze auf dem

Boden fort. Sie hatte frisches Blut gewittert, hielt an der Stelle inne, wo das provisorische Zelt gestanden hatte und buddelte in dem lockeren Neuschnee. Die Wölfin grub, bis sie den blutigen Verband gefunden hatte. Gierig schnappte sie sich den Stofffetzen und leckte daran, die Ausbeute war jedoch mager. Die Wölfin schaute auf, das Rudel war hungrig, es war ein harter Winter gewesen. Sie hielt die Nase in die Luft, auch sie nahm den Wetterumschwung wahr. Das war jedoch nicht alles, was die Wölfin witterte, hatte sie erst einmal die Fährte von frischem Blut aufgenommen, ließ sie niemals davon ab. Die Wölfin und ihr Rudel brauchten weder Spuren im Schnee noch Überwachungsflugzeuge, um zu wissen, wo John und Ylva waren.

43

Storm betrachtete das Dorf Kautokeino, das mit Anbruch der Morgendämmerung vor ihm auftauchte. Die Silhouetten der kleinen Häuser, die sich um die langsam fließendenfließende, breite Altaelva gruppiert hatten, zeichnete sich immer deutlicher vor ihm ab.

In der weiten, flachen Landschaft schien der Horizont endlos, und er fühlte sich unendlich klein und weit entfernt von der ihm vertrauten Welt. Obwohl, genau genommen fühlte er sich immer wie ein Fremder, egal, wo er war. Denn wie oft traf man in den härtesten Bodybuilderkreisen schon auf Kybernetiker? Ebenso unwahrscheinlich war es, beim Jahrestreffen von Mensa Typen zu begegnen, die es beim Bankdrücken von 170 Kilo mit einem aufnahmen. Oder wie viele langhaarige, bärtige nonkonforme Männer gab es innerhalb des Offizierskorps der Armee? Nicht viele. So war es schon sein ganzes Leben lang gewesen, Storm war ein Außenseiter, wo auch immer er war. Hier oben jedoch, 500 Meter über dem Meeresspiegel, umgeben von einer scheinbar unendlichen arktischen Wildnis, fühlte er sich wundersamerweise fast heimisch. Das war seltsam, weil er ein Großstadtmensch war. Es war wider seine Natur, in so einer flachen Einöde aus Eis Ruhe zu finden.

Die das Dorf umgebende Landschaft bestand aus weiten Ebenen mit kahlen Erdhügeln, die dem Blick willkommene Orientierungspunkte boten. Das monotone Gelände und die klaren Überlebensregeln vermittelten Ruhe. Hier kann man verschwinden, dachte Storm, hier kann ich komplett verschwinden.

Obwohl Kautokeino als Ort kaum länger als dreihundert Jahre existierte, waren das Gebiet und die Hochebene seit unerdenklichen Zeiten vom samischen Volk besiedelt. Storm war noch nie zuvor in dieser Gegend Norwegens gewesen und hatte sich eigentlich nie sonderlich für die Samen oder die Finnmark interessiert. Wie vermutlich die meisten Norweger hatte er gedacht, die Samen würden sich dem Joik und der Rentierzucht widmen und an einem Ort leben, von dem niemand glaubte, dass es sich dort leben ließ. Jetzt aber war er hier und konnte die Stimmung des Volkes fast körperlich spüren.

Nach einer weiteren Nacht mit wenig Schlaf saß Storm am Küchentisch von Marys Schwester. Wäre da nicht das Radio gewesen, das die Nachrichten ins Wohnzimmer plärrte, hätte man denken können, es würde ein Tag wie jeder andere in Kautokeino werden, was jedoch nicht der Fall war. Denn heute war der Schicksalstag, die NATO hatte es nicht geschafft, ihre Unschuld bezüglich der Geschehnisse rund um das abgeschossene Flugzeug zu beweisen, und Russland musste auf den vermeintlichen Angriff reagieren.

Storm zuckte zusammen, als er direkt vor dem Fenster ein lautes Dröhnen vernahm. Er schaute hinaus. Zu seiner Erleichterung stammte das Geräusch von einem Schneemobil, das vom Nachbarhaus in Richtung Fluss aufbrach. Auf dem Gefährt saßen ein mit Schneeoverall bekleideter Mann und seine kleine Tochter, die er sicher vor sich platziert hatte. Beide waren sie in dicke Schals, Pelzmützen und Rentierstiefel eingepackt. Storm warf einen Blick aufs Thermometer, es zeigte 21 Grad minus, und er war beeindruckt. Der Nachbar hatte drei Hausrentiere, die vor dem Wohngebäude standen und stoisch vor sich hinstarrten, während der Tag verstrich.

Im Wohnzimmer hörte er Elle und ihren Mann streiten, das Nachrichtenspektakel weckte das ganze Haus auf, und er weigerte sich, das Gerät auszuschalten. Die monotone Stimme der Nachrichtensprecherin berichtete von kleineren Gefechten zwischen den russischen Streitkräften und den NATO-Streitkräften in der internationalen Zone in der Barentssee sowie an der Grenze zwischen Norwegen und Russland im Pasviktal. Norweger, die sich im Grenzgebiet zu Russland aufhielten, flüchteten nun nach Süden und Westen, die Russen ihrerseits zogen sich über die Grenze in ihr Heimatland zurück. Ein Familienvater aus Kirkenes wurde interviewt, ihm zufolge hatten sie die ganze Nacht hindurch Schüsse und Krawall gehört.

»Wir hätten nie gedacht, in Norwegen so etwas zu erleben«, hörte er den Mann unter Tränen berichten.

An einigen Grenzübergängen war Chaos ausgebrochen,

die Menschen befürchteten, dass die Grenze zu Russland geschlossen würde und die in Norwegen lebenden Russen nicht mehr nach Hause zu ihren Familien kämen.

Der Westen stand unter Schock, passierte das wirklich? Würde Russland Krieg gegen die NATO führen? Die Kriegsrede des russischen Präsidenten drei Tage zuvor deutete darauf hin.

Storm wusste, dass Rove den Auftrag erhalten hatte, einen Hybridangriff gegen Russland zu leiten, ausgeführt von den Geheimdienstoffizieren von Titans Security. Die Angriffe bestanden darin, zentrale digitale Infrastruktur zu hacken sowie die Berichterstattung russischer Medien mit negativen Kommentaren zu überhäufen, um einen Aufstand im Land zu provozieren und die Glaubwürdigkeit des Präsidenten zu untergraben. Als Storm jedoch dem Geldstrom der Sicherheitsfirma weiter folgte, hatte er schnell herausgefunden, dass sie unter anderem auch diverse nationalistische Organisationen in Norwegen unterstützt hatte, darunter eine in Kirkenes. Die drei Männer, die den russischen Komponisten Galba ermordet hatten, standen auf der Gehaltsliste einer der von Titans Security finanzierten Organisationen. Der Mord war inszeniert worden.

Verbittert sah Storm ein, dass so, wie die Situation sich entwickelte, Ylva bald hinter geschlossenen Grenzen gefangen sein würde, in einem Land, das ihr im besten Fall das Leben nehmen würde. Er hatte nicht die Kraft für noch mehr Nachrichten und setzte die Kopfhörer auf, um Musik zu hören.

Es gelang ihm trotzdem nicht, die Bilder von Ylva beiseitezuschieben, die blonden, über den nackten Rücken fallenden Haare und die Art, wie sie sich wie eine Katze an ihn schmiegte. Er wusste, dass sie mit ihm spielte, während ihre blaugrünen Augen aufmerksam seine Reaktionen beobachteten. Und dann dieses raue Lachen, Storm lächelte, sie war immer »all in«, selbst wenn sie lachte … Anfangs hatte er gedacht, sie sei viel zu gut, um wahr zu sein, was sich schnell als Tatsache erweisen sollte. Sie war ebenso sperrig und starrköpfig, wie sie verletzlich war. Sobald er versuchte, sie festzuhalten, stieß sie ihn weg. Mit Macht, wenn es sein musste. Es war mehr als nur weibliche Launenhaftigkeit, es war, als würde sie ihn testen und eigentlich davon überzeugt werden wollen, dass sie sich in ihm getäuscht hatte. Warum konnte sie nicht einfach Bürokratin im öffentlichen Dienst, Krankenschwester oder Kindergärtnerin sein wie die meisten Frauen? Warum musste die Frau, in die er sich verliebt hatte, Pilotin sein, vor Murmansk abstürzen und den Dritten Weltkrieg auslösen?

Den Blick auf den Bildschirm gerichtet, versuchte er, den internen Berichten der Russen über den vermuteten Aufenthaltsort der Piloten zu folgen. Es irritierte ihn, wie gut sie darin geworden waren, Hacker abzuwehren und umzuleiten. Das Internet, der Ursprung der liberalen Idee des Westens von Offenheit und freiem Informationsfluss, war zur stärksten Waffe der Feinde des Westens geworden. All die Farbrevolutionen in der Ukraine und in Georgien, ganz zu schweigen vom Arabischen Frühling, bestärkten Russlands Überzeugung, dass eine umfassende Überwachung und Kontrolle jeglicher digitaler Kommunikation ihre entschiedenste Verteidigung sein könnte. Und so wie sich die Großmächte der Welt krimineller Mörder und Söldner zur Ausführung ihrer Schattenkriege bedienten, wurden jetzt arbeitslose Hacker angeheuert, um einander im Cyberspace anzugreifen. Auch in der virtuellen Welt hatte sich ein enormer privater Markt für Macht und Chaos etabliert.

Ein Kommunikationskanal berichtete, dass die Russen eine Jagdhütte mit blutigen Verbänden und einen nackten mausetoten Grubenarbeiter gefunden hatten. Ihrer Meinung nach handelte es sich dabei um Spuren der NATO-Piloten. Mehr fand er nicht, es war offensichtlich, dass die Russen nicht wussten, wo die Piloten waren oder welcher der beiden eventuell verletzt war. Sie waren nicht einmal sicher, ob es tatsächlich die Piloten waren, die sich in der Hütte aufgehalten hatten. Gereizt schaltete Storm die Musik aus, das Ganze erschien ihm hoffnungslos, er hatte zu wenige Anhaltspunkte.

Ylvas Mutter stand am Herd und schaute unruhig zu ihm hinüber.

»Wir haben Verwandtschaft in Russland«, sagte sie.

Storm nickte, das wusste er.

»Meine Nichte ist mit einem russischen Samen aus Lowosero verheiratet.«

Storm hatte jetzt nicht die Nerven für das neurotische Geschwätz der Mutter, lächelte jedoch angestrengt.

»Ja, das hat Ylva mir erzählt.«

Entschlossen nahm Mary auf dem Stuhl gegenüber Storm Platz.

»Sie betreiben eine Rentierzucht.«

Sie grinste, aber ihr Blick war weder fröhlich noch gestört.

»Und?«

Es brauchte einen Moment, bis Storm verstand, worauf sie hinauswollte. Natürlich. Sie waren Samen. Plötzlich sah er eine Möglichkeit, eine verzweifelte Hoffnung. Er sah ein, dass er Ylva nicht finden würde, indem er sich in den russischen Datenverkehr hackte; wenn die Russen sie fanden, würden sie beide Piloten sofort festnehmen. Sie mussten ihnen zuvorkommen.

»Können Sie sie anrufen?«

Mary schielte ihn verschmitzt an.

»Na klar.«

Die Netzabdeckung draußen in der Tundra war schlecht, Mary musste es mehrfach probieren, ehe sie durchkam. Obwohl sie mit ihrer Nichte Samisch sprach, verstand Storm anhand des Kontextes, was sie sagte.

»Hei, Inga Marja, hier ist Tante Mary. Seid ihr gerade mit der Herde unterwegs?«

Sie lauschte ungeduldig der Antwort.

»Hör zu, ich brauche deine Hilfe!«

Inga Marja stand inmitten eines Pulks Tausender Rentiere, die um sie herumrannten. Ihre Hufe trommelten auf den

Boden der Tundra, schnaubend stießen sie Dunstwolken in die Luft, und ihre Glocken läuteten schrill. Inga Marja verstand kaum, was ihre Tante sagte, und steckte sich einen Finger ins Ohr, um den Lärm der Tiere zu dämpfen, die ins Gatter getrieben wurden.

»Was hast du gesagt, Tante?«

»Ich weiß nicht, ob du es gehört hast, Inga Marja«, fuhr Mary fort. »Aber einer der NATO-Piloten, die über Murmansk abgeschossen wurden, ist Ylva.«

Inga Marja glaubte, sich verhört zu haben.

»Was?«

Mary wollte zur Erklärung ansetzen, als Storm ihr den Hörer aus der Hand nahm, sich kurz vorstellte und dann direkt zur Sache kam.

»Wir glauben, dass Ylva und der andere NATO-Pilot sich in der Nähe von Nyavkyul oder Ymos befinden könnten. Sind Sie weit von dort entfernt?«

»Nein, wir sind momentan in der Nähe von Ymos.«

Storms Gesichtsausdruck hellte sich auf.

»Können Sie nach ihnen suchen? Sie befinden sich aller Wahrscheinlichkeit nach in diesem Gebiet.«

Inga Marja schüttelte den Kopf über das komplette Unwissen des Südnorwegers.

»Das ist ein riesiges Gebiet.«

Storm unterbrach sie.

»Ich kann Ihnen aktuelle Informationen des russischen Geheimdienstes bezüglich des vermuteten Standorts durchgeben. Das ist unsere einzige Hoffnung.«

»Aber wie …?«

Inga Marja formulierte die Frage nicht aus, sie begriff, dass die Zeit knapp war und dass sie weder alles wissen musste noch wollte.

»Was sollen wir tun, wenn wir sie finden?«

Storms Puls stieg, plötzlich hatte er jemanden in der Gegend, in der sich Ylva und Major Evans möglicherweise aufhielten. Das könnte in der Tat funktionieren.

»Wenn Sie sie finden, bringen Sie sie an die norwegische Grenze bei Rayakoski, nicht nach Pasvik. Die Russen gehen davon aus, dass sie versuchen werden, im Pasviktal über die Grenze zu gelangen.«

Inga Marja nickte, sie verstand.

»Wo fangen wir an? Was wissen Sie?«

Storm gab Inga Marja alle Informationen, die er hatte auftreiben können, und Inga Marja bestätigte ihm erneut, dass sie sich in demselben Gebiet aufhielten, in dem sich die Piloten den Berechnungen der Russen zufolge befanden, und dass sie umgehend mit der Suche beginnen könnten. Zum ersten Mal nach dem Abschuss von Ylvas Maschine über Murmansk verspürte Storm eine Art ungeduldige Hoffnung aufkeimen.

»Ich fahre jetzt zur Grenze bei Rayakoski und werde in etwa sechs Stunden dort sein. Wir bleiben telefonisch in Kontakt.«

Inga Marja bestätigte das.

Als sie aufgelegt hatte, sah ihr Mann Issàht sie fragend an, er spürte, dass etwas im Gange war. Inga Marja versammelte die Familie und die Helfer um sich und erklärte ihnen kurz, dass einer der über Russland abgeschossenen

Piloten ihre Cousine Ylva war. Die Piloten befänden sich in der Nähe, und sie müssten sie finden!

Issàht blickte skeptisch drein.

»Das ist vollkommen unmöglich …«

Inga Marja unterbrach ihn.

»Nein, nicht ganz, uns liegt eine Information vor, in welchem Gebiet die SpezNas sie vermutet.«

»Sollen wir der SpezNas dabei helfen, sie zu finden?«

»Nein, wir folgen nur der Spur der SpezNas.«

Alle starrten sie schockiert an.

»Was?«

»Sie ist eine von uns!«

Einer der Helfer unterbrach sie.

»Was, wenn die SpezNas uns entdeckt?«

Inga Marja schnaubte ungeduldig.

»Wenn wir aufhören zu quatschen und stattdessen mit der Suche beginnen, wird uns niemand entdecken.«

44

Draußen in der Tundra ging es nur mühsam voran, zudem war von Nordwesten her ein schneidender Wind aufgekommen. John empfand die Schmerzen in seinem Fuß als nicht enden wollende brennende Qual. Die Infektion war wieder aufgeflammt. Der Wind pfiff heftig, und winzig kleine Eiskristalle, für sich allein genommen hübsch anzusehen, in der Masse jedoch teuflisch, brannten wie Nadelstiche im Gesicht.

Zusammengekrümmt stemmte sich Ylva gegen die starken Windböen, kalter Schnee drang durch sämtliche Ritzen in Nacken, Ärmeln und Stiefeln. Ihre Lippen waren vor Kälte blau und das Gesicht erstarrt, in den Haaren, an den Augenbrauen und den Wimpern klebten kleine Eisklumpen. Die Kälte war im Begriff, jegliche Hoffnung aus ihr herauszusaugen.

Ihr Körper kämpfte gegen die gnadenlose Unterkühlung an, die Muskeln zitterten unkontrolliert, um Wärme zu generieren, die Blutgefäße in der Haut zogen sich zusammen und machten diese blass und gefühllos. Puls und Blutdruck stiegen merklich, und Ylva hechelte wie ein Hund. Sie fürchtete das früher oder später unweigerlich eintretende Stadium, wenn das Zittern nachließ, der Puls schwächer wurde und das Bewusstsein allmählich schwand.

Aufmerksam achtete sie auf den Übergang, wenn die Kälteschauer zuerst von Gleichgültigkeit und anschließend vom Delirium abgelöst würden. Im letzten Stadium empfand man die Kälte wie brennende Hitze, viele entkleideten sich und schliefen nackt, verschwitzt und völlig entkräftet im Schnee ein, während ihr Blut langsam zu Eis gefror.

Ein Schritt, zwei Schritte ... Ylva zitterte und keuchte, sie betete um Gnade, obwohl sie wusste, dass dort draußen in der gottverlassenen Tundra niemand ihre Gebete hörte. Sie war allein, alle waren allein, das Einzige, was sie tun konnte, war den Nacken zu beugen und weiterzugehen.

Drei Schritte, vier Schritte ... gen Westen. Wie im Dämmerschlaf stapfte sie vorwärts. Fünf Schritte, sechs Schritte ... irgendwann hörte sie das wilde Heulen und Pfeifen des Windes nicht mehr. Genauso wenig, wie sie die Erfrierungen spürte, die sich in ihre Gesichtshaut hineinfraßen und offene Wunden zurückließen. Ylva ging, sieben Schritte, acht Schritte. Sie merkte nicht, dass John stehen geblieben war, dass er keine Luft bekam, dass der Wind und die Kälte seine Widerstandskraft aufgezehrt hatten, dass sein infiziertes Bein unter ihm nachgab, dass er zusammenbrach und der Schneesturm sich wie ein raubgieriger Dämon auf ihn stürzte.

Er versuchte zu rufen, gegen die Sturmböen anzuschreien, vergebens. Der Wind füllte seine Mundhöhle und seinen Brustkorb mit Hagel und Eisregen.

Die Kälte brannte in seinem Körper. Die Schmerzen im Bein waren höllisch. Er musste etwas unternehmen, irgendetwas, um diesem Albtraum ein Ende zu bereiten. Zitternd krempelte er das Hosenbein hoch, und während der Schneesturm John in einen weißen Mantel der Verzweiflung hüllte, riss er den Verband herunter. Die Haut am Bein war gräulich, um die Wunde herum jedoch fast schwarz. Gelber Eiter säumte wie Zuckerguss den Wundrand. Die Gangrän fraß ihn von innen heraus auf. Haut, Fleisch und Muskeln wurden vergiftet, er kämpfte mit Kräften, die er nicht hatte, gegen Kräfte, die kein Mann überwinden konnte. Der Tod breitete sich von Zelle zu Zelle aus … rasant schnell. Das Fieber tobte, der Wind tobte, und John beugte sich ihnen. Er sank zusammen, verbittert, einsam und ängstlich. Es reichte, er wollte nach Hause, aber das Zuhause wollte ihn nicht haben. Das war die Wahrheit. Er hatte kein Zuhause, in das er zurückkehren konnte.

Ylva ging weiter, Schritt für Schritt. Sie spürte nichts mehr, sie bewegte sich wie in Trance. Sie musste westwärts, das war alles, einen anderen Gedanken hatte sie nicht.

Keinen.

Nein, das stimmte nicht.

Sie hatte viele Gedanken, Gedanken, zu denen sie ständig zurückkehrte, wie hypnotische Beschwörungen. In flüchtigen Schimmern sah sie ihn, im Lichtschein des Mondes, zwischen weißen Laken, die Augen geschlossen, in sich gekehrt, der Brustkorb hob und senkte sich. Die Erinnerungen, die Sehnsucht, verliehen ihr Kraft. Beständig kehrte sie zu dem Raum zurück, den er einnahm. Sie spürte ihn dicht an ihrem Körper, warm und schlafend. Er lächelte im Schlaf. Wer in aller Welt lächelte im Schlaf?

Lächelnd schlang er seine langen Arme um sie und zog sie zu sich heran. Eng aneinandergeschmiegt lagen sie da. Er schlief, und sie war wach, und sie ließ sich einfangen. Sie war so müde, sie wollte schlafen, um in dem Traum zu erwachen, neben ihm zu schlafen.

Der Wind heulte, sie ging. Neun Schritte, zehn Schritte …

Erst da bemerkte sie es.

John war nicht da.

Sie schaute sich um.

Alles, was sie sah, war ein weißer Tsunami, der aus allen Richtungen auf sie einströmte, sie mit sich riss und zu Fall brachte. Kopfüber landete sie in dem dichten Harsch und schürfte sich die Stirn auf, es brannte. Ylva blieb liegen.

Warum nicht einfach dort liegen bleiben, still daliegen, die Augen schließen, an etwas anderes denken, an ihn denken und so jeglichen Schmerz blockieren. Sie hielt mehr aus als irgendein Mann, weil sie gelernt hatte, ihre Gefühle auszuschalten. Aber nicht jetzt, jetzt konnte sie ihre Sinne nicht abstellen. *Fokussiere dich auf den Schmerz*, dachte sie, *es ist gut, dass du deinen Körper spürst, das Leid ist dein Freund*. Der Schmerz setzte Adrenalin frei, und mit dem Adrenalin kam die Wut, die sie am Leben hielt. Den Nacken zum Schutz vor dem Wind gebeugt, mühte sie sich, etwas zu erkennen.

»John!«

Keine Antwort, lediglich das pfeifende Geheul des Windes und Eishagel erfüllten die Tundra.

»Evans, ich bin hier!«

John hatte sich zusammengerollt, die Kälte hatte ihn gelähmt und die Regie übernommen. Das Zittern ließ nach. Es war beinahe angenehm, an die Grenzen seiner Kräfte zu gelangen. Es gab nichts, wofür es sich zu kämpfen lohnte, niemand wartete auf ihn, er war niemandes Held. Irgendwo musste er den Schlusspunkt setzen.

John war bereit, er wollte aufgeben, er hatte seinen Teil geleistet, jetzt konnte er aufgeben.

Das ihn umgebende Heulen änderte seinen Charakter.

»John!«

Er riss die Augen auf und lauschte. Das war eine Frauenstimme. War sie das? Was machte sie hier?

Undeutlich sah er ihre Silhouette wie eine Fata Morgana. Um sie herum funkelte es, er spürte das aufsteigende Glücksgefühl. Die Erleichterung, die Hingabe waren berauschend, die Freude vollkommen. Gott, wie er sie vermisst hatte.

»John!«

Wollte sie, dass er zurückkam?

Durfte er nach Hause kommen?

War der Gang nach Canossa überstanden? All die qualvollen Schritte, die er getan hatte, um sich ihrer Gnade verdient zu machen. Durfte er jetzt zu ihren Füßen niedersinken?

Sicher, geliebt, vergeben.

Er würde sterben und wiederauferstehen, in ihren Armen neu geboren werden. Er würde alles auslöschen, was er gewesen war, jeder Verrat und jede Missetat sollten vergessen sein, im großen Ganzen kam ihnen sowieso keinerlei Bedeutung zu. Wie ein Krebsgeschwür, das aus seinem sterbenden Wirt herausgeschnitten werden musste, musste er sterben. Die Vergangenheit musste ausradiert werden, damit er durch sie beide, Mutter und Kind, leben konnte.

Schutzlos hatte er vor ihrem Haus gestanden und ihnen zugeschaut, wie sie ihr Leben lebten, ohne ihn. Er wollte bei ihnen sein und glauben, so wie sie glaubten, lieben, so wie sie liebten. John würde von vorn anfangen, geläutert von dem, wozu die Entführer ihn gemacht hatte. Abgehärtet durch jeden gnadenlosen, schmerzhaften Augenblick, den er ertragen hatte, würde er wie ein Alchemist alle Grausamkeiten in reine, auf sie, auf sie beide gerichtete Liebe umwandeln. Nur das, nur sie.

Seht, ich kämpfe für euch.

Seht, ich sterbe für euch.

Seht, für euch erstehe ich wieder auf.

Wieder und wieder.

Sie waren vereint gewesen, wenn sie getrennt waren, und getrennt, wenn sie vereint waren, in diesen beiden, Mutter und Tochter, hatte er sich selbst gefunden. Er würde nicht toben und trauern, weil er sie verloren hatte, sondern Sinn darin finden, dass sie noch irgendwo da draußen lebten. Nur nicht bei ihm.

John stand auf, der Schmerz war sein Wappen. Nur das bedeutete etwas, alles und alle anderen waren unwichtig. Alle, denen er vertraut hatte und für die er sich und andere geopfert hatte, waren wie Gift im Blut, sie mussten ausgelöscht werden. Die Weltordnung des gierigen Geldes und der kranken Macht war böse, das wusste er seit Langem. Wie Wundbrand fraß sie sich in jede einzelne gesunde, unschuldige Seele. Sie musste komplett ausgerottet werden, damit die reinen neuen Träume wachsen konnten. Er war größer als die Summe seiner dunkelsten Augenblicke, er hatte keine Angst vor ihnen, denn er hatte nichts und niemanden zu verlieren.

»John!«

Er wollte sie jetzt nicht im Stich lassen, nicht nach allem, dem er sie ausgesetzt hatte, nach allem, was er sie gekostet hatte. Er hörte sie rufen und dankte dem Universum, endlich öffnete sie sich ihm, endlich gewährte sie ihm Einlass.

»*Kathryn*«, schluchzte er, »*hier bin ich … siehst du mich?*«

»John!«

Er hob den Kopf und lauschte. Die Stimme war nicht so melodisch und klar, wie er sie in Erinnerung hatte, nicht so warm und offen.

»John!«

Er hörte die fremde Stimme nach ihm rufen. Das machte nichts, sie durfte die sein, zu der sie nun geworden war. Er wollte weder ihre Jugend, ihre Unschuld noch ihre Naivität. Eine Frau, die nicht vom Leben berührt oder geprägt wurde, wuchs weder, noch entwickelte sie sich. Wie abstoßend waren diese Kindfrauen, die sich in ihre feige Ignoranz hüllten und durch Heirat gierig das Geld und den sozialen Status erwarben, für den die Männer gekämpft hatten. Parasiten waren sie, ihre Jugend und Schönheit verbarg, was für kranke und berechnende Opportunisten junge Frauen waren. Die reichen, mächtigen Männer waren, wenn möglich, noch schlimmer. Es ekelte ihn bei dem Gedanken an alle, die in ihrer abgeklärten Selbstgerechtigkeit ihre Ignoranz aufrechterhielten, unfähig, sich in das Leid anderer einzuleben. Er hasste alle, die eiskalt jene verurteilten, die in Gruben, auf Schlachtfeldern, in Bordellen, auf schmutzigen Straßen kämpfen mussten. Sie kämpften … ohne Hoffnung auf Würde. Dort standen sie, die Börsenmakler, die Bürokraten und die Gucci-Engel, geklont in ihrer jeweiligen Metawirklichkeit, ohne sich die eigenen Hände schmutzig machen zu müssen. Sie brachten niemals irgendwelche Opfer, sie nahmen nur. Sie waren verwöhnte, berechnende alte Kinder. Naiv und in die Irre geführt, tanzten sie über Leichen, auf der ewigen Jagd nach Sicherheit, Geld, Sex, Luxus. Unersättlich lechzten sie nach Macht, Status und Unterhaltung. John erkannte in diesen Frauen und Männern die ultimative Feigheit. Verderbtheit aufgepimpt zu einem bösen, höchst kalkulierten Haftungsausschluss.

Waren es diese Parasiten, für die er in den Kampf zog und starb? War es dieses dekadente Ungeziefer, das in egozentrischer moralischer Erhabenheit die Freiheit und Sicherheit genoss, die Männer wie er ihnen ermöglichten? Waren sie es, für die er die schlimmsten Grausamkeiten beging? Waren es die verwöhnten Rotzlöffel der Welt, für deren Schutz er zu einem sadistischen Teufel geworden war? John fühlte eine Wut in sich aufsteigen, eine Wut, schlimmer als die Gangrän, eine Kälte, härter als die Arktis. Mordete und tötete er, damit diese Missgeburten, diese ignoranten Schmarotzer, mit der größten Selbstverständlichkeit weiter in dem Märchen leben konnten, in das aufgenommen zu werden er niemals gut genug sein würde?

Kathryn war zum Glück nicht so, dachte er. Sie war keine leistungsschwache, sich selbst infantilisierende Frau mit Botox und Babystimme. Sie war reif, eine echte FRAU. Sie nahm das Leben in sich auf, und sie betrachtete ihn mit Zärtlichkeit. Sie nahm ihn in sich auf, bei ihr war er sicher. Sie verurteilte ihn nicht, sie verstand.

»John!«

Er runzelte die Stirn, ihm wurde schwer ums Herz, die Stimme war verzweifelt und heiser vor Erschöpfung.

»John!«

Er fiel, die Kräfte, die beim Gedanken an sie und die Tochter für einen Moment in ihm aufgekeimt waren, verließen ihn mit einem Mal.

»John! Hier bin ich!«

Mit letzter Kraft orientierte er sich im dumpfen Geheul des Schneesturms. Konzentriert folgte er dem Geräusch.

»Joooohn!«

Er blinzelte in das dichte Schneetreiben, durch das ab und an Sonnenlicht drang, und wie bei einer Fata Morgana, wie in einem Traum, erahnte er flüchtige Silhouetten, Schutzgeister, Folgegeister und Dämonen, die vor ihm tanzten. Nackt, aber nicht entkleidet. Er schnappte nach Luft, nie zuvor hatte er so schöne Geschöpfe gesehen, in jeder Schneeflocke spiegelte sich die Ewigkeit, die bezaubernden eigentümlichen Formen waren wie Lichtgestalten, geboren aus der tiefsten Sorge, der innigsten Hoffnung und den unmöglichsten Träumen. Er wollte sie schmecken und streckte die Zunge heraus, um die kühlen Küsse der transparenten Eiskristalle zu empfangen. John musste lachen inmitten der Wolke aus wirbelndem Sternenstaub. Es war, als löse sich eine Haut zwischen ihm und der Ewigkeit auf.

Der Schmerz und die Kälte tarnten die Schönheit, er musste den Schmerz aushalten, um sich des seligen Augenblicks verdient zu machen, wenn er in ihre Arme sinken durfte. Deshalb, nur deshalb, stand er immer wieder auf.

»John!«

Bei jedem Schritt, bei jeder Bewegung nahm er die Nuancen im Schnee wahr. Was vorher eine gnadenlose monotone Kruste gewesen war, war mit einem Mal lebendig geworden. Verwundert bemerkte er, wie die dünne gefrorene Eiskruste direkt unter seinen Füßen aufplatzte und ihn in Kissen aus weichem pulverigem Schnee sinken ließ. Mit jedem Schritt verletzte er die jungfräuliche

Oberfläche, mit einem leisen Knirschen gab die Decke nach, und er brach hindurch, es war, wie mit einem Löffel auf die karamellisierte Zuckerkruste einer Crème brûlée zu klopfen, dachte er und lachte.

»John!«

Da war sie wieder, heiße Erwartung durchfuhr ihn.

»Kathryn, hier bin ich!«

»Major Evans!«

»Was?«

»Major Evans!«

Er sank zusammen. Unglücklich, aber erleichtert stellte er fest, dass es Ylva war, die mit rauer, kratziger Stimme nach ihm rief. Selbstverständlich war sie es, niemand sonst hätte nach ihm gerufen.

Langsam kroch er in die Richtung, aus der die Stimme kam, jede Bewegung eine Beschwörung, qualvoller als die vorhergehende.

»John, wo sind Sie? Major Evans!«

Er sah sie in dem Schneetreiben, blass und mutlos, umgeben von dem weißen Chaos ähnelte sie einem erschöpften Kind.

»John, wo sind Sie?«

Er kroch zu ihr.

»Nordahl! Hier bin ich.«

In dem Augenblick, als sie John sah, stürzte Ylva auf ihn zu, und er nahm sie in Empfang.

Sie hielten einander umschlungen.

Der Wind peitschte Schnee über sie, sie aber hielten sich fest.

»Du hast mich gefunden! Du hast mich gefunden!«

Aneinandergedrückt suchten sie Zuflucht in der Wärme des anderen.

Schicht um Schicht federleichten Schnees legte sich auf sie, bis sie von einer dicken Decke mit schwerer Masse überzogen waren.

45

Inga Marja und ihre Familie hatten Schutz vor dem Unwetter gesucht und das Lavvu aufgebaut. Der Wind zerrte und rüttelte an den Zeltwänden, doch im Inneren war es warm und behaglich. Die Erde hatten sie mit Birkenreisig bedeckt und darüber Rentierfelle ausgebreitet. Das isolierte gegen die Bodenkälte und sorgte für eine angenehme Temperatur. In der Mitte knisterte das von Steinen umgrenzte Feuer, das Herz des Lavvu.

Über der Feuerstelle hing eine lange Kette, an der ein großer Topf mit *bidos* verheißungsvoll blubberte. Inga Marja rührte im Essen, während sie nachdenklich ihre Familie betrachtete. Der Dampf des nahrhaften Rentiereintopfs mischte sich mit dem Rauch des Feuers und dem Geräusch zufriedenen Schlürfens. Die Geborgenheit im Lavvu, heißes Essen und die Nähe guter Menschen waren stets das Beste, wenn draußen die Winterstürme tobten.

Inga Marja dachte an Ylva, diesen unerzogenen kleinen Wildfang. Sie liebte das Mädchen wirklich. Als Ylva und ihre Mutter bei ihnen gewohnt hatten, hatte sie viel Zeit mit ihrer Cousine verbracht. Alle hielten sie und die

Mutter für exotisch, weil sie im großen Ausland gelebt hatten, weltgewandt und kultiviert waren. Aber sonderlich nützlich machten sie sich nicht, die Stadtmenschen. Die Unruhe nagte an Inga Marja, sie würde nach besten Kräften versuchen, Ylva zu finden, aber das Hochplateau war weitläufig, und wenn nicht die SpezNas ihr den Garaus machte, würde der unbarmherzige arktische Winter es tun.

Sie hatte den Helfern und den Kindern von Ylva erzählt, ihrer Cousine, die ein F-16-Flugzeug fliegen konnte, und sie waren ganz hin und weg gewesen. Die Jüngste hatte ihre Mutter mit verträumtem Blick angeschaut und erklärt, wenn sie groß sei, wolle sie ebenfalls fliegen. Dann musst du immer brav deinen Teller leer essen und ordentlich deine Hausaufgaben machen, hatte Inga Marja lächelnd erwidert. Die Kleine nickte ernst und aß konzentriert.

Der Wind, der über Stunden hinweg geheult hatte, flaute allmählich ab und wurde zu einem schwachen Pfeifen.

Dann verstummte er.

Sie horchten. Für dieses Mal schien der Schneesturm vorüber zu sein.

In der Stille merkte man erst, welch infernalischen Krach so ein Unwetter veranstaltet, bis es abflaut.

Issàht ging nach draußen, um Wache zu halten.

Er stand reglos am Zelteingang und lauschte, in der Ferne hörte er ein anhaltendes Brummen. Das Geräusch kam stetig näher und war unverkennbar: Schneemobile. Die SpezNas-Soldaten hatten im Unwetter erfolglos nach den Piloten gesucht, jetzt standen sie unter Druck und waren ungeduldig.

Binnen kurzer Zeit war das Lavvu von den schweren Maschinen umringt, niemand konnte entkommen. Issàht fürchtete sich vor dem, was nun passieren konnte, und stellte sich beschützend zwischen die Soldaten und den Eingang des Zeltes.

»*Bores bouton*, kann ich Ihnen helfen?« Hinter seinem freundlichen Lächeln, mit dem er den auf ihn zukommenden Männern begegnete, versteckte sich lebenslanges Misstrauen gegen exakt diese Art von Gästen. Der Anführer – ein junger Mann mit einer Kälte im Blick, die keinen Zweifel an seiner Autorität ließ – kam ohne Umschweife zum Punkt.

»Habt ihr die zwei hier gesehen?«

Er zeigte ihm Bilder von Ylva und John. Issàht schüttelte den Kopf. In diesem Moment kam Inga Marja hinter ihm aus dem dunklen Zelt und stellte sich ruhig neben Issàht. Er reichte ihr die Fotos, sie wechselten einen Blick, und sie studierte die Bilder. Dann lächelte sie treuherzig und zuckte mit den Schultern.

»Nein, die haben wir nicht gesehen. Uns ist hier draußen überhaupt niemand begegnet. Nicht bei diesem Wetter.«

Der Anführer der Soldaten hielt Inga Marjas Blick fest, er spürte ihre Unruhe, ihn täuschte man nicht so leicht.

»Darf ich den Herren einen Teller *bidos* anbieten, wir haben gerade einen Topf auf dem Feuer.«

Der Anführer gab seinen Männern ein Zeichen mit der Hand, und Inga Marjas Gesicht erstarrte, als die Soldaten sie zur Seite stießen und den Eingang des Lavvu aufrissen.

Brutal zerrten sie die Helfer und die Kinder ins Freie und stießen sowohl sie als auch Issàht und Inga Marja hart zu Boden, ehe sie Maschinengewehre auf sie richteten. Inga Marja lag reglos auf der Erde, einer der Helfer schluchzte vor Angst. Dies war sein erster Winter in der Tundra. Er hasste die Schule und liebte Rentiere, das hier war sein Traum. Jetzt lag er hier, das Gesicht in den Schnee gepresst und eine Gewehrmündung am Hinterkopf.

Die Soldaten durchsuchten ihr gesamtes Hab und Gut. Sie riefen sich laute Befehle zu und brüllten die auf dem Boden liegenden Samen an.

Inga Marja hoffte, dass Ylva, sollte sie in der Nähe sein, den Lärm hörte und sich fernhielte.

Als die Soldaten nicht fanden, wonach sie suchten, beratschlagten sie sich. Es war gut möglich, dass die Samen etwas gesehen hatten und mit ihrem Wissen hinter dem Berg hielten, diesen Leuten konnte man kein Wort glauben. Sie mussten sie einer Leibesvisitation unterziehen.

Issàht hustete und zog damit die Aufmerksamkeit der Soldaten auf sich, und diesen Moment nutzte Inga Marja, um ein kleines Loch in den Schnee zu graben und diskret ihr Handy darin verschwinden zu lassen. Sie drehte sich leicht und schaufelte Schnee über das Handy, dann verharrte sie wieder reglos und schielte zu den Männern mit den Maschinengewehren hinauf. Einer der Soldaten merkte, dass sie sich bewegt hatte und dass sie nervös wirkte.

Er kam zu ihr und trat ihr hart in die Seite, sie stöhnte. Innerlich kochte sie vor Wut, beherrschte sich jedoch und ließ sich ohne Widerstand durchsuchen. Ein Knie in ihren Nacken gedrückt, riss der Soldat ihre Kleidung auf. Inga Marja rührte sich nicht, sie hatte Schwierigkeiten zu atmen und bekam es mit der Angst zu tun. Einer der Helfer sprang auf, um ihr zu helfen, wurde jedoch niedergeschlagen. Der Gewehrkolben donnerte gegen seine Schläfe, und er sackte zusammen. Blut färbte den Schnee rot.

Die SpezNas-Soldaten waren gründlich wie immer, wurden jedoch nicht fündig.

So schnell, wie sie gekommen waren, verschwanden sie wieder.

Etwas weiter westlich überquerten drei Söldner von Titans Security die norwegisch-russische Grenze, sie hatten ein Signal aufgefangen. Es war schwach, doch es bestand kein Zweifel, und jetzt waren sie auf dem Weg durch die russische Tundra Richtung Ymos. Der Anführer der Gruppe hielt einen mit einem GPS-Empfänger verbundenen Bildschirm in der Hand. Er sah einen roten Punkt, der zunehmend stärker blinkte. Sie waren nah dran, sehr nah dran.

46

Ylva und John lagen in der kleinen Schneehöhle, die sie sich mühsam gegraben hatten. John hatte sich zusammengerollt. Er zitterte. Seine Stimme war matt, und er fantasierte wieder.

Ylva hielt ihn im Arm und versuchte, ihn wach zu halten. Er durfte jetzt nicht schlafen. Mit ruhiger Stimme erzählte sie ihm die Sage von den Hyperboreern, dem mythischen Volk aus dem Land, in dem die Sonne im Winter niemals auf- und im Sommer niemals unterging.

»Wissen Sie noch, Kuiva, der Riese im Stein, den wir auf der anderen Seite des Gebirges gesehen haben?«

John sah mit leerem Blick zu ihr hoch, er strengte sich an zu verstehen, was sie sagte, was sie von ihm wollte. Warum ließ sie ihn nicht einfach in Ruhe schlafen?

»Erinnern Sie sich noch an den Seidosero, den See, den wir überquert haben, bevor wir zum Gebirge gekommen sind?«

John nickte, an das Gebirge erinnerte er sich.

»Kuiva war ein Riese, der im Gebirge am Seidosero lebte. Eigentlich sollte er die Menschen dort oben im Norden beschützen, aber als er einen von ihnen ausraubte und tötete, griffen die dort lebenden Götter ein und verbrannten ihn mit Blitzen, die aus dem Wasser des Sees herausschossen. Es heißt, der steinerne Riese im Berg sei Kuivas verkohlter Leib.«

John lauschte dem beruhigenden Klang von Ylvas Stimme, es war, als wäre er wieder ein Kind und könnte sich fallen lassen. Das hatte noch nie jemand für ihn getan, niemand hatte ihm jemals Geschichten erzählt.

»Warum hat er einen Menschen getötet, wenn er ihn doch beschützen sollte?«, flüsterte er mit kaum hörbarer Stimme.

Ylva überlegte, zögerte kurz, dann lachte sie.

»Das weiß ich nicht mehr … es war, weil … nein, ich weiß es nicht.«

John war dankbar, dass Ylva sich die Mühe machte, ihn abzulenken, denn er wusste, dass sie wusste, dass er es niemals bis zur Grenze schaffen würde. Seine Gedanken hingen nicht mehr zusammen, waren in Auflösung begriffen. Sie drifteten auseinander, während sich der Morgendunst lichtete, verloren sich in Bildern und Momenten, von denen er nicht wusste, ob er sie erlebt oder nur geträumt hatte.

»John, Sie schaffen das. Es ist nicht mehr weit, wir schaffen es bis zur Grenze.«

John nickte und dachte an den Sandsturm in Libyen, an ein Mädchen, das er auf dem Abschlussball geküsst hatte, und an ein Dorf, das er zerbombt hatte. Er dachte an brennende Städte, brennende Menschen, brennenden Hass. Er spürte die Kälte nicht mehr, er schwitzte. Gluthitze wallte durch seinen Körper. Ylvas Stimme verstummte, er sah sie an.

»Weiter, was ist dann passiert?«

Sie antwortete nicht, ihr Blick war wachsam.

»Sie sind eine hervorragende, technisch versierte Pilotin … und … Intuition, Sie sind gut …« John verlor den Faden, doch Ylva hörte nicht hin.

»Tut mir leid, dass ich …«

»Schhh!«

Ylva sah John streng an und bedeutete ihm, den Mund zu halten, dann robbte sie zur zugeschneiten Höhlenöffnung. John streckte den Arm nach ihr aus.

»Ich hätte das Flugzeug abstürzen lassen sollen.«

Ylva bedeutete ihm abermals, zu schweigen und lauschte angespannt.

Vor der Höhle knirschte der harschige Schnee wie unter leichten Schritten. Da war jemand. Dann wurde es still.

Sie horchten atemlos, doch es war kein Laut mehr zu vernehmen. Die Stille war fast noch unheimlicher. Sie war sich ganz sicher, etwas gehört zu haben.

Sie warteten, aber es blieb still. Mit zugeschnürter Kehle entfernte Ylva vorsichtig den Schnee, der sich vor die Höhlenöffnung gelegt hatte, und einen Augenblick später fiel Tageslicht in die dunkle Grotte. Sie blinzelte in die weiße Landschaft, wo sich die stille Tundra bis zum Horizont erstreckte, und atmete die klare Winterluft ein. Es war niemand zu sehen.

Da schob sich aus dem Nichts eine große Gestalt vor

die Höhlenöffnung. Ylva wich zurück, doch sie konnte nirgendwohin flüchten. Wie erstarrt blickte sie in ein Paar glühend gelbe Raubtieraugen und ein blutrotes Maul. Die Wölfin streckte den Kopf durch die Öffnung, und Ylva kauerte sich an der hinteren Höhlenwand zusammen.

Direkt über ihren Köpfen hörte sie das Geräusch weiterer Pfoten, das Wolfsrudel umringte sie. Das Tier streckte seinen Kopf weiter herein und kratzte mit einer Pfote an der Höhlenwand, sodass es weiß herabrieselte. Heißer Atem schlug Ylva ins Gesicht, als die schwarze Wolfsschnauze vorstieß. Das Raubtier zog die Lefzen hoch und fletschte die Zähne. Dann schnappte es zu. Ylva schrie und zog die Beine an.

John versuchte, sich zu konzentrieren, er musste jetzt klar denken, er musste reagieren.

Die Wölfin knurrte bedrohlich …

Ylva versuchte es mit einem verzweifelten Tritt, und das Tier wich zurück. Sie hielten den Atem an, doch Sekunden später schnellte das Ungeheuer vor und schnappte erneut zu.

John brauchte nicht weiter nachzudenken, was nutzten ihm jetzt schon lange Überlegungen, er handelte instinktiv.

Mit einem Brüllen zog er sein Messer und warf sich nach vorn. Die Wölfin wich zurück, und John kroch hinter der Bestie her aus der Schneehöhle.

Geblendet von dem weißen Licht, nahm er die ihn umgebenden Silhouetten zunächst nur schemenhaft wahr. Wie die Schatten der Männer, die ihn damals aus dem

Flugzeugwrack gezogen hatten, krochen sie auf ihn zu. John hob das Messer.

»John, rühren Sie sich nicht. Sie dürfen sie nicht provozieren.«

Aus dem Inneren der Höhle flüsterte Ylva John so ruhig sie es vermochte zu, damit er ruhig Blut bewahrte.

Doch er hörte sie nicht, er hörte niemanden mehr. Mit einem wütenden Brüllen schlug er nach der Wölfin.

»Stirb!«

Das Tier wich geschmeidig aus und betrachtete ihn reglos aus einigen Metern Entfernung. John schrie und focht verzweifelt mit dem Messer, doch die Wölfe ließen sich nicht abschrecken. Sie witterten das Adrenalin, die Ohnmacht und die Angst, die er verströmte. Drohend senkten sie die Köpfe und näherten sich, mit ihren gelbgrünen Augen sahen sie direkt in sein Innerstes. Seine Furcht, die Verzweiflung und Machtlosigkeit entfesselten ihren Jagdtrieb.

John ließ mutlos die Arme sinken, er kam nicht an sie heran, sie waren zu schnell.

Die Leitwölfin senkte den Kopf, der Moment war gekommen, die Beute war bereit. Sie knurrte leise, dann stürzte sie sich mit einem gewaltigen Sprung auf John und schlug ihre Zähne in seinen Arm. Verzweifelt stach er mit dem Messer nach ihr und erwischte die Wölfin an der linken Schulter. Aufjaulend ließ sie von ihm ab und fuhr zurück, doch direkt hinter ihr kam ein weiterer Wolf, ein Jungtier, bereit, seine Rolle, seinen Platz im Rudel zu übernehmen. Die Bestie stürzte sich auf

John, warf ihn um und riss ihm eine klaffende Wunde in den Hals.

Ylva war aus der Schneehöhle gekrochen, sie sah John blutend am Boden liegen, umringt vom gesamten Wolfsrudel.

»Nicht bewegen, John«, zischte sie, »lassen Sie sie schnuppern, vielleicht verschwinden sie dann.«

John versuchte aufzustehen, mit brennendem Blick sah er den Angreifern entgegen, die den Kreis um ihn enger zogen.

»John, rühren Sie sich nicht, wenn Sie sich bewegen, provozieren Sie ihren Angriffsinstinkt.«

John kam auf die Knie.

»Wölfe greifen normalerweise keine Menschen an, es sei denn …«

»Stirb!«

Mit einem wilden Brüllen stürzte er sich auf den Wolf, der am nächsten stand, und schlug nach ihm. Das Tier wich mühelos zur Seite aus.

John sackte zusammen, er hörte, wie die Wölfe näher schlichen. Ein letztes Mal versuchte er, sich aufzurappeln, doch das verletzte Bein gab unter ihm nach, und er stürzte. Reglos lag er im Schnee und sah zu den Wolfsmäulern auf, die nach ihm schnappten, Reihen scharfer Zähne rissen Fasern von rotem Fleisch aus ihm heraus.

Panisch griff Ylva nach der Signalrakete, die sie in ihrer Kampfweste hatte, und feuerte sie auf die Wölfe ab. Der blutrote Flammenball zischte in das Rudel, und die

Wölfe schraken zurück. Winselnd zogen sie die Schwänze ein und verschwanden.

John lag reglos inmitten des Feuerballs. Erschöpft betrachtete er den roten Himmel, der sich über der Tundra wölbte und aus dem es Feuer regnete.

Sowohl die russischen SpezNas-Agenten als auch die Soldaten von Titans Security sahen am Horizont das Signallicht aufflammen.

Auch Inga Marja, Issàht und die Helfer sahen das Licht. Hoffnung keimte auf, sie sprangen sofort auf ihre Schneemobile und fuhren in Richtung des Notsignals.

Ylva kroch vor und setzte sich auf die Knie, zitternd schlang sie die Arme um John. Sein Körper war von Wolfszähnen zerfetzt, er blutete stark. In der Ferne hörte sie rasch näher kommendes Brummen. Ylva schaute zum Himmel und sah ein russisches Überwachungsflugzeug, das die Meldung von dem Notsignal über der Tundra erhalten hatte und sich nun mit seinen alles Lebendige erfassenden Wärmebildkameras näherte.

John hob den Blick und sah Ylva inständig an.

»Verstecken Sie sich in der Höhle!«

Ylva packte John und zog und zerrte an ihm, um sie beide in Sicherheit zu bringen. John schrie vor Schmerz und Zorn.

»Lassen Sie mich liegen. Gehen Sie in die Höhle!«

Ylva ignorierte ihn, sie versuchte, ihm aufzuhelfen.

»John, wir müssen …«

John schnitt ihr das Wort ab, sein Blick war ruhig.

»Das ist ein Befehl, Nordahl. Gehen Sie in die Höhle.«

Die Entschiedenheit in seiner Stimme drang zu Ylva durch, sie ließ ihn los und schlüpfte gerade noch rechtzeitig in die Höhle, sodass das Flugzeug nur den im Schnee liegenden John entdeckte.

Die Russen machten Meldung an die Zentrale.

Nur eine Person war von der Wärmebildkamera eingefangen worden, das Bild war überraschend scharf.

»Wir haben einen der NATO-Piloten identifiziert.«

Kaum war das Flugzeug außer Sichtweite, krabbelte Ylva wieder hinaus zu John, er atmete angestrengt.

»Sir, wir müssen weiter!«

Ihre Stimme war verzweifelt, doch John reagierte kaum. Zitternd nahm er seine Armbanduhr ab und reichte sie Ylva. Verständnislos starrte sie auf die blutverschmierte Uhr, die John ihr in die Hand drückte.

»Geben Sie sie Kathryn«, flüsterte er.

»Sir, was reden Sie jetzt von der verdammten Uhr?«

Ylva versuchte, ihm aufzuhelfen, ihn auf die Beine zu ziehen, zum Weiterkämpfen zu bewegen. Bald hätten sie es geschafft, sie waren schon fast am Ziel. John nahm Ylvas Hand.

»Sie müssen es mir versprechen, geben Sie Kathryn die Uhr …«

Ylva sah ihn verwirrt an.

»Stehen Sie auf, John! Wir müssen weiter!

John rührte sich nicht, er zog Ylva zu sich und hielt die Uhr hoch, um ihr die Rückseite zu zeigen. Ylva sah eine Nummer, die in das Metall eingraviert war.

»Sorgen Sie dafür, dass meine Mädchen Zugriff auf dieses Konto erhalten. Ich habe es in Kathryns Namen eröffnet.«

Ylva starrte ihn an, Tränen liefen ihr über die Wangen. Sie verstand und wollte zugleich nicht verstehen, was John sagte. Verzweifelt zog sie an ihm.

»Stehen Sie auf, verdammt, hoch jetzt!«

Doch eine abgeklärte Ruhe hatte sich über John gelegt, und er ließ sich in den Schnee zurücksinken.

»Nordahl, Sie haben nicht die Kontrolle über das Flugzeug verloren«, flüsterte er.

»Was?«

»Ich habe die Kontrolle übernommen und das Tempo gedrosselt, weil ich gesehen habe, dass die Fullback beschleunigt hat. Ich wusste, dass wir kollidieren würden. So war es geplant.«

»Aber …?«

»Wir sollten zusammenstoßen und ins Meer stürzen, so lautete der Auftrag.«

Ylva starrte John ungläubig an.

»Welcher Auftrag?«

»Mein Auftrag.«

»Aber wir sind ja nicht abgestürzt, wir sind fast zehn Minuten weitergeflogen, bevor wir über Murmansk abgeschossen wurden!«

John nickte müde.

»Das war meine Schuld, der Überlebensinstinkt hat eingesetzt. Ich hätte nicht …«

Ylva ließ ihn los. Sie hatte sich den Kopf darüber zerbrochen. Wieder und wieder hatte sie in Gedanken den Moment vor dem Absturz durchgespielt, aber so sehr sie auch nachdachte, so detailliert sie den Hergang zu rekonstruieren versuchte, sie konnte nicht erkennen, was sie falsch gemacht, was den Absturz herbeigeführt hatte.

»Warum?«

John schloss die Augen, seine Stimme war kaum hörbar.

»Cui bono?«

»Was?«

»Wer profitiert vom Krieg?«

Ylva starrte ihn fassungslos an. Er sah zwanzig Jahre älter aus als bei ihrer ersten Begegnung vor weniger als einer Woche. Sie brachte kein Wort heraus.

»Ich habe mich von George Rove kaufen lassen. Sie brauchen einen Krieg in der Arktis … und ich habe dafür gesorgt, dass sie ihn bekommen …«

Ylva schüttelte wortlos den Kopf. Das ergab Sinn, es erklärte alles.

»Ich habe den Auftrag ausgeführt«, flüsterte John.

Ylva betrachtete ihn, während er die Augen schloss und das Zittern und die gequälten Atemzüge verebbten. John Evans hatte sich ergeben, er spürte keinen Schmerz und keine Angst mehr.

»John!«

Ylva schüttelte den leblosen Körper.

»John!«

Er hörte nicht länger, was sie sagte, er war nicht mehr bei ihr. Der verhärmte Körper lag reglos im Schnee, die schmerzverzerrte Grimasse hatte sich von seinem Gesicht gelöst, sein Blick starrte leer an ihr vorbei. Er sah beinahe erleichtert aus. Ylva ließ John los und schloss ihm behutsam die Augen. Dann band sie sich die alte Uhr um. Jetzt lag es in ihren Händen.

Die Meldung, dass draußen in der Tundra ein Notsignal gesichtet worden war, unterlag strengster Geheimhaltung, das wussten alle, auch Storm, der es von Ali erfuhr.

Er hatte gerade Rayakoski erreicht und war auf dem Weg zum Grenzübergang zwischen Russland und Norwegen, als die verschlüsselte Nachricht einging. Storm rief unverzüglich zurück.

»Ali, du musst die Verteidigungsministerin bitten, ein Rettungsteam zur Grenze bei Rayakoski zu schicken.«

Ali war überrascht.

»Rayakoski?«

»Laut der russischen Meldung, die wir aufgefangen haben, wollen die Piloten versuchen, beim Pasviktal über die Grenze zu kommen. Das stimmt nicht!«

Ali stutzte, Storm hatte keine Zeit für Erklärungen.

»Du musst mir vertrauen, schick ein Rettungsteam her.«

Er hörte Papier rascheln, Ali schrieb mit.

»Das muss ich vom Verteidigungsstab genehmigen lassen.«

»Nein, geh direkt zur Ministerin und sorg dafür, dass sie die Nachricht, dass wir Ylva lokalisiert haben, nicht an Rove oder andere aus der Gruppe weiterleitet. Gib nur der Verteidigungsministerin und ihren engsten Mitarbeitern Bescheid!«

Ali stellte keine weiteren Fragen.

47

Auf dem Weg in den Hangar dachte Igor über das Gespräch nach, das er am Morgen mit Ivana geführt hatte. Ihre Worte hatten sich in sein Bewusstsein geätzt. Dass er die Wahrheit sagen sollte, für ihr Land, für seine Kinder, für sich.

Die Worte fraßen sich wie Säure in ihn hinein, er fühlte sich elend. Zu seiner Erleichterung bemerkte er, dass Ivana noch nicht zur Arbeit gekommen war.

Wobei, war er wirklich erleichtert?

Wo war sie? Sprach sie mit jemandem? Wie war ihr Plan? Er konnte sich nicht erinnern, dass Majorin Chodorkowski je auch nur einen Tag der Arbeit ferngeblieben war.

Sie war immer hier, gehörte sozusagen zum Inventar. Igors Unruhe wuchs. Es musste gewichtige Gründe dafür geben, dass die Majorin nicht zur Arbeit erschienen war, er machte sich ernsthaft Sorgen.

Wie immer, wenn er den Hangar betrat, grüßte er die Flugzeugmechaniker, und an der Art, wie sie ihn ansahen, merkte er, dass sich etwas verändert hatte. Kampfpiloten genießen allgemein großen Respekt, aber das hier war anders, er erkannte Bewunderung und Dankbarkeit in ihren Blicken und schaute beschämt weg. Er wollte kein Held sein, das machte ihn nur verlegen.

Die Inspektion des Flugzeugs war stets die wichtigste und schönste Aufgabe, es war wie das Wiedersehen mit einem guten alten Freund. Er kannte jede Schraube, jede Mutter, und strich achtsam mit der Hand über das Metall. Schweigend ließ er die Kräfte auf sich überströmen, die unter dem Rumpf schwelten.

Als er sich das erste Mal in ein Kampfflugzeug gesetzt hatte, hatte er gespürt, wie ihn die rauen Kräfte stärker, nahezu allmächtig machten. Heute fühlte er nichts, der Flugzeugkörper war ein Haufen schweres, totes Metall, mehr nicht. Er wusste nicht, ob er jemals wieder den Rausch in sich spüren würde, den ein Flugzeug hervorrufen kann, und das erfüllte ihn mit Wehmut.

Die Fullback war wie immer in einem Topzustand, trotzdem spürte er ein leichtes Unbehagen, als er ins Cockpit schaute. Vor seinem geistigen Auge durchlebte er erneut die Kollision mit dem NATO-Flugzeug, die Sekunde, als er die Maschine abschoss, und die Schreckensbilder von Kindern und unschuldigen Menschen, die in Apatity bei lebendigem Leib verbrannten. Igor hatte menschliches Leid als Teil des Kollateralschadens, den ein Krieg mit sich brachte, akzeptiert. Es war zutiefst tragisch, keine Frage, aber hin und wieder mussten Opfer gebracht werden, um langfristig größeres Leid zu verhindern. Ihm war auch bewusst, dass man als Kampfpilot eine falsche

Anweisung erhalten konnte oder selber operative Fehler machte, auch das war Teil des *Games*, wenn man sich im Krieg befand. Die Qualen und die Verantwortung, die damit einhergingen, hatte er mit großer Ernsthaftigkeit angenommen. Er fand Ruhe in der Gewissheit, dass das, was er tat, im Namen einer höheren Sache geschah. Er kämpfte für das Vaterland und sein Volk. Doch diesmal war es anders, sie hatten sich nicht im Krieg befunden, und der Befehl, das NATO-Flugzeug abzuschießen, gründete auf seiner unwahren Meldung.

Er wusste, was er getan hatte, und jetzt sah er, wie die Konsequenzen die ganze Welt trafen. Der Umstand, dass Majorin Chodorkowski sich bereit erklärt hatte, alle Schuld auf sich zu nehmen, wenn er die Wahrheit sagte, beeindruckte ihn. Sie hatte richtig gehandelt, er, Igor, war derjenige, der einen Fehler gemacht hatte.

Nachdem Ivana gegangen war, war er alleine draußen in der Kälte geblieben. Die Übelkeit wollte nicht weichen, und er brachte es nicht über sich, nach drinnen zu gehen und den Blicken seiner Familie zu begegnen. Ihr bedingungsloses Vertrauen machte die Scham noch schwerer erträglich. Schließlich war Natascha mit einer Jacke auf den Balkon gekommen.

»Möchtest du darüber reden?«, fragte sie und reichte ihm die Jacke.

Igor schüttelte den Kopf, betreten und willenlos blieb er stehen, er zitterte, ohne die Kälte zu spüren. Natascha war unschlüssig, ob sie wieder nach drinnen gehen und ihn in Ruhe lassen oder bleiben und ihm die Chance geben sollte, zu erzählen, was los war?

Denn was *war* eigentlich los?

In den letzten Tagen hatte sie ihren Mann kaum wiedererkannt, er war nur noch ein Schatten seiner selbst. Sie kannten sich schon seit der Kindheit, und nach dem Abitur hatten sie geheiratet. Ihr Mann war der stabilste und unerschütterlichste Mensch, dem sie je begegnet war. Ganz egal, was passierte, egal, wie beunruhigt er auch sein mochte, nie zeigte er ihr gegenüber eine Spur von Sorge oder Niedergeschlagenheit. Bei der Geburt der Kinder hatte er Tränen in den Augen gehabt, das war die stärkste Gefühlsregung, die sie von Igor je erlebt hatte. Und jetzt stand er hier und sah so verloren und mutlos aus, dass es ihr das Herz zerriss.

Igor konnte ihr nicht in die Augen sehen.

Natascha seufzte verzweifelt und lehnte sich an ihn.

»Rede mit mir, Liebster, ich bin für dich da.«

In dieser Sekunde war er kurz, so kurz davor, ihr alles zu erzählen. Das spürte sie und blieb stehen, ihre Blicke begegneten sich, und Igor flüsterte: »Das weiß ich.«

Mehr brachte er nicht heraus.

Er wusste, dass er Natascha vertrauen konnte, sie war sein Fels in der Brandung. Sie mochte aufbrausend sein, zerstreut und ziemlich chaotisch, aber vor allem war sie loyal. Natascha schaute Igor liebevoll an und wartete, doch er war nicht in der Lage, die Wärme zu erwidern, die sie ihm entgegenbrachte. Sie sah ein, dass sie nicht zu ihm durchdringen würde. Was auch immer ihm zusetzte, er musste es mit sich allein ausmachen.

»Ich weiß, du tust das Richtige, Igor. Wir lieben dich und wir vertrauen dir. Immer.«

Sie küsste ihn zärtlich und ging hinein.

Als sie die Tür schloss, spürte Igor die Kälte, sie kam von innen. Eine Lüge wie diese mit sich herumzutragen, ist das am einsamsten Machende, was ein Mensch erleben kann, und er war dazu verurteilt, sie ein Leben lang zu tragen. Er musste seinen Mann stehen und auch das ertragen, es war seine Pflicht.

Im Hangar ertönte der Alarm, das laute Heulen riss Igor aus seinen Gedanken. Unmittelbar darauf ertönte der Befehl, und er machte sich bereit, in die Luft zu kommen.

48

Als das Glühen der Notleuchte erlosch, erreichten drei Schneemobile von Titans Security die Stelle, an der das Signal abgegeben worden war. Im sicheren Wissen, dass die russischen Suchtrupps von einem Titans-Mann innerhalb des russischen Geheimdienstes FSB mit falschen Koordinaten versorgt worden waren, hatten die Söldner einige Minuten Vorsprung. Das reichte, sie waren darauf trainiert, und als ehemalige SpezNas-Soldaten kannten sie sowohl die Tundra als auch die Methoden der russischen Spezialeinheit. Titans war ein multinationaler Konzern, der regelmäßig mit Söldnern aus der ganzen Welt arbeitete. Das brachte nicht selten Schwierigkeiten mit sich, aber hier draußen in der Tundra waren Spitzenkompetenzen erforderlich, über die nur wenige Menschen verfügten, daher entsandte das Sicherheitsunternehmen ausschließlich ehemalige SpezNas-Soldaten. Für den Fall, dass etwas schiefging, trugen die Männer keinerlei Hinweise bei sich, die verraten konnten, wer sie waren, woher sie kamen oder wer sie geschickt hatte. Ihre Anwesenheit konnte nicht bis zum Auftraggeber zurückverfolgt werden. Sie sollten sich unsichtbar machen, den Job erledigen und verschwinden. Das war alles. Und wenn die Mission fehlschlug, wussten sie, dass sie allein waren, niemand würde sie vermissen oder die Verantwortung übernehmen. Deshalb war der Sold so gut.

Der Auftrag, die Piloten herauszuholen, versprach eine ihrer leichteren Übungen zu werden. Der von Titans mit einem GPS ausgestattete Mann und der Umstand, dass er so nah an der Grenze lokalisiert worden war, machte sie zuversichtlich, dass die Ausschleusung schnell und präzise über die Bühne gehen würde. Sie würden eindringen, den Auftrag ausführen und binnen weniger Stunden wieder verschwunden sein. Was anschließend mit Major Evans geschah, war nicht ihr Problem, aber sie nahmen an, dass das »Asset Management Team« von Titans Security sich darum kümmern und ihn an einen geheimen Ort bringen würde, wo er eine neue Identität und einen neuen Job erhielt. Er war jetzt einer von ihnen.

Leutnant Ylva Nordahl sollte an Ort und Stelle liquidiert und dort zurückgelassen werden, sie hatte ihre Funktion erfüllt, indem sie Major Evans zur Grenze geführt hatte. Der Auftrag war klar, und die Söldner rechneten mit einem sicheren Erfolg. Jetzt, da sie die Piloten lokalisiert hatten, würden sie die Kontrolle über die Situation erlangen.

Doch sie fanden weder Ylva noch John Evans. Der Wind hatte die meisten oberflächlichen Spuren verweht, aber an der Stelle, wo die Wölfe John angegriffen hatten, waren noch immer Blutspritzer im Schnee und Eis zu sehen. Ein Soldat entdeckte einen Kleiderhaufen, ein U.S.-Flightsuit Größe 44. Auf der Brust stand *John Evans, U.S. Air Force*, und als sie den Kragen des Anzugs aufschnitten, fanden sie den eingenähten Chip, der die GPS-Signale an das Aufspürteam von Titans Security gesendet hatte.

Die Soldaten tauschten verwunderte Blicke, hatte er sich ausgezogen? Leute, die kurz vor dem Erfrieren waren, taten das manchmal. In diesem Fall war er tot, ein nackter Mensch überlebte maximal vier, fünf Minuten in der eisigen Kälte draußen in der Tundra. Die Soldaten suchten den Radius der Entfernung ab, die John innerhalb von fünf Minuten hätte zurücklegen können, sicher, ihn irgendwo im Schnee erfroren aufzufinden. Aber sie entdeckten keinen John Evans. Er war verschwunden.

49

Über der Tundra zog der Steinadler stetig tiefere Kreise. Der Wind strich sanft durch seine glatten Federn, während er durch die Lüfte glitt.

Ylva blickte zum Himmel und lächelte, der mächtige Vogel trug die Tundra auf seinen Schwingen. Sie wollte auch so fliegen, im Wind schweben und lautlos über der Beute kreisen. Die Bande, die sie noch auf der Erde hielten, mussten zerreißen, denn hier unten starben alle, alles, was lebte, musste früher oder später gefressen werden oder verrotten. Ylva spürte eine bleierne Dunkelheit in sich hineinkriechen, sie konnte nicht mehr, sie wollte wegfliegen.

In geringer Entfernung hatten Inga Marja und Issàht angehalten, sie trauten sich nicht bis ganz an die Stelle des Notsignals heran, als sie sahen, dass ihnen die Spezialeinheit von Titans Security bereits zuvorgekommen war und die SpezNas nicht weit sein konnten.

Inga Marja sank in sich zusammen, sie waren zu spät, sie konnte nichts mehr für Ylva tun. Voller Grauen dachte sie an das Schicksal, welches das Wolfsmädchen nun erwartete, nichts konnte sie mehr retten, wenn sie erst einmal in die Klauen der menschlichen Bestien geriet.

Issàht spähte über die Ebene, die Dämmerung hatte eingesetzt, bald würde sich die Dunkelheit herabsenken.

Am Horizont sah er einen Raubvogel stetig tiefer kreisen.

Er trug die stille Kunde von Tod und naturgegebenem Schicksal.

Issàht hob den Kopf.

Ylva hielt den Blick auf den über ihr kreisenden Steinadler gerichtet. Die bernsteingelben Augen wirkten hypnotisch, und wie in Trance sah sie sich selbst mit dem Blick des Raubvogels, der bedächtig über dem hilflosen Geschöpf dort unten auf dem Boden schwebte und spürte, wie das Leben sachte aus ihm herausrann. Ylva schloss die Augen.

Ylva, der Adler kann höher fliegen als jeder andere Vogel, er blickt über die Welt, seine Augen sehen in der Dunkelheit und können direkt in die Sonne schauen. Er gibt niemals nach, und er sieht und weiß alles. Aus diesem Grund ist er der Helfer der Noaiden. Begegnest du dem Blick des Adlers, verleiht er deiner Seele Kraft, Mut und Klarheit.

So hätte ihre Mutter den Steinadler beschrieben, wo sie herkam, bedeutete er Glück, zumindest für einige.

Als der Adler schließlich angriff, wehrte Ylva sich instinktiv, wenn auch kraftlos und unentschlossen. Als kleines Mädchen hatte sie einmal einen Adler ein Rentier reißen sehen, ein Kalb. Mit kontrollierter Kraft hatte der Raubvogel seine Klauen in die Beute geschlagen, bis das Rentierkalb aufhörte zu zappeln. Dann hatte er seine gewaltigen Schwingen gespreizt, wie ein riesiger Fächer hatten sie sich aufgespannt, und mit einem Ruck hatte der Adler seine Beute vom Boden aufgehoben und war davongeflogen.

50

Seltsamerweise verspürte Ivana keine Angst. Es war, als würde sie alles von außen betrachten, außerhalb des Ganzen schweben. Sie konnte nichts mehr tun, was jetzt passierte, betraf sie nicht. Ihr Körper war seltsam gefühllos, beinahe fremd, die Geräusche kamen aus weiter Ferne. Eine Autotür wurde aufgerissen, und ein dunkel gekleideter Mann zog sie hinaus in den Schnee. Sie hatten die Piloten gefunden, das hatte sie einen der Männer im Auto erzählen hören. Ivana hatte Mitleid mit ihnen, sie trugen keine Schuld an dem Ganzen.

Willenlos ließ sie sich in den Schnee hinausführen, wie ein Opferlamm. Sie bettelte nicht um Gnade, sie versuchte nicht zu erklären, was auf dem Spiel stand, Männer wie diese hier würden es nie verstehen. Sie führten Befehle aus und erhielten ihren Lohn, es war nichts Persönliches. Sie sank auf die Knie, und als die Pistolenmündung an ihren Hinterkopf gesetzt wurde, fragte sie sich, warum sie den Leuten immer in den Hinterkopf schossen? Waren sie nicht Manns genug, ihren Opfern in die Augen zu schauen? Wurden sie dann zu menschlich? Wurde es zu persönlich?

Sie kannte diesen Typ Mann nur allzu gut, sie streiften sich ihre Kälte und ihre Grausamkeit wie einen Schutzmantel über, wie einen Schild, um ihre zitternden zerbrochenen Jungenherzen zu schützen. Wer hatte ihnen die Herzen gebrochen? Wer hatte sie so tief verletzt, dass sie ihre Menschlichkeit verloren? Die ganze Kulisse aus Gewalt und Waffen war genau genommen nichts anderes als Requisiten und Rituale, hinter denen sich die zu Tode verängstigten, desillusionierten, um Aufmerksamkeit flehenden kleinen Kinder verschanzten. Wenn ich deine Liebe, deinen Respekt nicht bekommen, dein Mitleid nicht erwecken kann ... dann sollst du mich fürchten! Sieh mich an, sieh mich an! Wenn du nicht imstande bist, mich zu sehen, dann sollst du mich fühlen, ich bin deine Angst, und du musst mich anerkennen. Wenn dein Leben von meinem Willen abhängt, wenn du mich wirklich fürchtest ... dann *musst* du mich hören, mich sehen, mich fühlen, und ich bin immer in dir. Erst dann existiere ich. Denn wenn du leidest, habe ich alle Macht, das ist mein Ersatz für die Liebe, deren mich verdient zu machen mir nicht gelingt. Siehst du mich jetzt?

Ivana schloss die Augen, sie konnte nichts tun. Der Knall hallte durch die Landschaft, und Ivanas Körper sank zusammen, als ihre Seele ihn verließ. Die Frau, die Sekunden zuvor Majorin Ivana Chodorkowski gewesen war, lag leblos am Boden.

51

Im Gegensatz zu Ivana, die sich ihrem Schicksal mit stoischer Gelassenheit ergeben hatte, kämpfte Ylva noch immer, aber sie hatte keine Chance. Der Adler schlug seine Klauen in sie. Instinktiv schützte sie ihr Gesicht, seine Krallen schlitzten die Haut an ihrer Hand auf, woraufhin sie sie wieder zu sich heranzog. Ylva schaute auf und begegnete dem wilden, durchdringenden Blick des Adlers. Dann hob der Raubvogel den Kopf, er hielt inne, seine Pupillen zogen sich zusammen. Plötzlich löste er seinen Griff und flog auf und davon.

Ylva verstand nicht, warum der Adler seinen Angriff nicht vollendete. Für Greifvögel wie diesen gab es in der Tundra nicht übermäßig viel Beute, und bei dieser Kälte zählte jede Kalorie.

Wo war er hin?

Ein gewaltiger Lärm näherte sich ihr von allen Seiten, wie das Donnern von Kriegstrommeln. Ylva schloss die Augen. Sie war müde. Näher, immer näher, es dröhnte, der Boden bebte, die Luft zitterte, schließlich war sie von Chaos umgeben, und sie wurde mitgerissen.

Als die Rentiere angelaufen kamen, war Ylva nicht

mehr bei Bewusstsein, wie ein Fluss teilte sich die Herde und rauschte beiderseits an ihr vorbei. Sie war umgeben von warmen, schnaubenden Tieren, die synchron liefen wie ein Vogel- oder ein Heringsschwarm, von unsichtbaren Kräften geleitet. Inga Marja und Issàht fuhren mit ihren Schlitten mitten in die Herde, die Helfer auf den Schneemobilen hingegen außen entlang, um die Tiere beisammen zu halten.

Der Adler hatte ihnen den richtigen Weg gewiesen. Wenn ein Raubvogel stetig tiefere Kreise zieht, ist dies ein allen Naturvölkern bekanntes Zeichen dafür, dass er eine Beute im Visier hat. Die Welt ist eigentlich recht verständlich, auch wenn die Menschen sie nicht begreifen. Wer es lernt, die Zeichen zu deuten, dem ist die Natur ein verlässlicher Freund.

Ylva lag still da wie ein schlafendes Wolfsjunges, Issàht hob sie behutsam auf seinen Schlitten. Er deckte sie mit dicken Rentierfellen zu, bevor er das Gefährt schnell wieder in Gang brachte.

Storm hatte sie vorgewarnt, und so waren sie vorbereitet auf das russische Überwachungsflugzeug, das mit seinem Zyklopenauge über die Herde flog. Die Wärmebildkamera registrierte statt Ylva die Wärme von über 3000 Rentieren, die auf dem Monitor auftauchten. Das war zu dieser Zeit des Jahres oben im Norden kein ungewöhnlicher Anblick. Die Samen versammelten die Rentierherden, um die Tiere zu markieren und zu sortieren. Einige wurden auf die Sommerweide geführt, andere sollten geschlachtet werden.

Auf der Jagd nach dem zweiten Besatzungsmitglied der NATO-Maschine flog das Überwachungsflugzeug weiter, sie wussten, dass die Pilotin irgendwo in diesem Gebiet sein musste.

Auf der anderen Seite der Grenze stand Storm und spähte gen Osten, die Dunkelheit kroch heran, und seine Hoffnung starb. Ylva dort draußen auf der Hochebene zu finden, würde in der Dunkelheit so gut wie unmöglich sein. Erschöpft lehnte er sich im Autositz zurück und schloss die Augen, es war vollkommen still.

Da klingelte sein Handy. Das schrille Geräusch riss ihn aus dem Schlummer.

»Wir haben sie!«

Storm schnappte nach Luft.

»Was?«

»Wir haben sie.«

Das waren die drei erfreulichsten Worte, die Storm in seinem Leben je gehört hatte. Er setzte sich auf, jetzt musste er konzentriert bleiben, sie waren noch nicht am Ziel. Die gefährlichste Etappe lag noch vor ihnen.

52

Ausdruckslos nahm die Verteidigungsministerin Alis Nachricht von Storm entgegen.

Sie hörte konzentriert und ohne ihn zu unterbrechen zu, während er sie inständig darum bat, Verstärkung an die norwegisch-russische Grenze bei Rayakoski zu schicken, *ohne* Rove und die NATO darüber in Kenntnis zu setzen. Als sie ihn fragte, warum sie nicht informiert werden sollten, verwies er auf den USB-Stick, an dessen Entschlüsselung sie noch arbeiteten.

»USB-Stick?«

Ali zögerte, als er den Widerwillen und den Zweifel der Verteidigungsministerin sah, sprach er jedoch weiter:

»Es ist uns noch nicht gelungen, alle Dokumente zu öffnen, vieles deutet jedoch darauf hin, dass Major Nordahl, Ylvas Vater, ein Job bei Titans Security angeboten wurde.«

Die Verteidigungsministerin sah Ali herausfordernd an.

»Okay, seit wann ist es militärischem Personal untersagt, sich eine Stelle im zivilen Bereich zu suchen?«

Ali biss sich auf die Lippe und fuhr mit allen erdenklichen Vorbehalten fort.

»Wie gesagt, ist es uns noch nicht gelungen, alles zu öffnen, es sieht aber so aus, als hätte Major Nordahl möglicherweise eigenhändig Untersuchungen zu den Aktivitäten von Titans angestellt.«

Die Verteidigungsministerin wurde ungeduldig, das war vergeudete Zeit.

»Na ja, es klingt vernünftig, vorab Erkundigungen über einen potenziellen Arbeitgeber einzuholen ...«

»Schon, nur ... also, es sieht so aus, als wäre er dabei auf eine Verbindung zwischen Titans Security und einigen Terrororganisationen gestoßen.«

Die Verteidigungsministerin sah Ali scharf an, was sie hörte, gefiel ihr nicht.

»Wann war das?«

Ali bemerkte ihre Reaktion und stutzte.

»2001.«

Die Ministerin konnte sich eine ironische Grimasse nicht verkneifen.

»Bekäme ich für jede schlaue Konspirationstheorie, die ich aus dieser Zeit gehört habe, eine Krone, wäre ich eine reiche Frau.«

Ali verstand ihre Skepsis in gewisser Weise, denn die Sache wurde wirklich immer surrealer. Was hatte er eigentlich gesehen? Die Verteidigungsministerin schaute auf die Uhr, sie hatte gleich eine Besprechung und wollte das Gespräch beenden.

»Haben Sie irgendwelche handfesten Beweise?«

Ali schüttelte nervös den Kopf.

»Noch nicht, wir haben einen unserer besten Hacker

darangesetzt, bisher haben wir allerdings nur Zugang zu einem Teil des Materials.«

»Haben Sie aktuell nicht wichtigere Dinge zu tun?«

»Doch, wobei, das heißt ... Derjenige, der diese Dokumente gespeichert hat, hatte offensichtlich Todesangst davor, dass der Inhalt bekannt werden könnte.«

Die Verteidigungsministerin seufzte und erhob sich, um zu signalisieren, dass das Gespräch beendet war.

»Bitten Sie Major Nordahl, mich zu kontaktieren, dann können wir uns unterhalten.«

Ali sah die Verteidigungsministerin erstaunt an. *Wusste sie es nicht?*

»Das dürfte schwierig werden.«

»Ja, warum das?«

»Einen Tag, bevor er seine Beweise an die Leitung des norwegischen Militärs übergeben wollte, starb Major Nordahl an einem Blutgerinnsel im Gehirn.«

Die Verteidigungsministerin sah Ali überrascht an. Die Geschichte wirkte komplett unwahrscheinlich, der Mann hingegen absolut aufrichtig.

»Wie lange wird es dauern, bis Sie diesen USB-Stick entschlüsselt haben?«

»Das kann ich nicht sagen, aber wir arbeiten daran. Wie gesagt.«

»Nun, aktuell gibt es für Ihre Leute wichtigere Dinge zu tun. Das diskutieren wir später.«

Ali stand auf, um zu gehen.

»Danke, Frau Verteidigungsministerin.«

Er hielt inne und sah sie abwartend an.

»Und Rayakoski? Werden Sie Rettungsmannschaften dorthin schicken?«

Die Verteidigungsministerin lächelte steif.

»Ich werde es in Erwägung ziehen.«

Nachdem Ali gegangen war, nahm die Verteidigungsministerin wieder Platz und schaute aus dem Fenster. Vor einer Woche hätte sie Alis fantastische Geschichte auf keinen Fall ernst genommen, geschweige denn seinen Rat befolgt, mittlerweile jedoch hatte sich vieles verändert und sie zweifelte.

Welche Szenarien waren denkbar?

Wenn sie Verstärkung aussandten, ohne ihre Alliierten darüber in Kenntnis zu setzen, und während der Operation etwas schiefging, würde dies das Vertrauen der USA und der NATO sowie deren Bereitschaft, Norwegen zu schützen, schwächen. Sie selbst würde auf unbestimmte Zeit aufs politische Abstellgleis verfrachtet werden, was natürlich schlecht wäre. Schickte sie Verstärkung, ohne die Alliierten darüber zu informieren, und die Mission wäre erfolgreich, wäre das Renommee der NATO-Allianz dennoch angekratzt, und die Feinde des Westens hätten im ewigen »Teile-und-herrsche«-Spiel einen Sieg eingefahren. Informierte sie jedoch die NATO, und Alis Andeutungen, dass es in der Führungsgruppe der Alliierten tatsächlich Kräfte gab, die die Aktion aus Eigeninteresse sabotieren wollten, sollten sich als wahr erweisen, dann verspielte sie die einzige Chance, die ihr blieb, um in letzter Sekunde einen Weltkrieg abzuwenden. Die Zeiger der Weltuntergangsuhr standen Sekunden vor Mitternacht, und sie musste sich entscheiden.

Das Best-Case-Szenario wäre selbstverständlich, unter Leitung der NATO Verstärkung auszusenden, um auf diese Weise sowohl die Allianz und die Piloten als auch die Wahrheit und die Welt zu retten. Diese Alternative wäre die beste Lösung, aber … die Verteidigungsministerin beschlich ein ungutes Gefühl. Beschlüsse wurden in einem rasanten Tempo gefasst, wichtige Verankerungsprozesse wurden forciert, und sie spürte, dass irgendetwas nicht stimmte. Dass jedoch General Rove etwas damit zu tun haben könnte, war für sie vollkommen unvorstellbar, schließlich war er derjenige, der in der Reaktion gegenüber Russland die größte Ruhe und den größten Willen zur Mäßigkeit bewiesen hatte. Er hatte sogar angeboten, dass Titans Security für die Suche nach den Piloten anonyme ehemalige russische Elitesoldaten losschicken könne, deren Spuren nicht nach Norwegen oder zur NATO zurückverfolgt werden könnten, da Norwegen und die NATO solche Aufträge nicht autorisieren konnten. Damit bot er ihnen »glaubhafte Abstreitbarkeit« an, die listigste Waffe der neuen Kriegsführung.

Die Situation erinnerte sie an 2011, als die Friedensnation Norwegen per SMS beschloss, Libyen zu bombardieren. Der Grund für den übereilten und ungesicherten Beschluss lag darin, dass Wochenende war und sie vor dem freitäglichen Feierabendbier keine Zeit gehabt hatten, über alternative Lösungen zu beraten! Damals hatte sie bei der UN gearbeitet und das Geschehen von New York aus ungläubig und schockiert verfolgt. Wie vereinbarte Norwegen sein Selbstbild als Friedensnation damit, auf so einer Grundlage in den Krieg zu ziehen? Eine frustrierte afrikanische Menschenrechtsaktivistin, der sie bei einer Debatte über Beistand versus Handel begegnet war, hatte gesagt, Norwegens Außenpolitik sei ein bisschen so, als würde man zuerst den Rowdys helfen, den schwächsten Jungen der Klasse zu verprügeln, um diesem anschließend Geld zu geben, damit er sich Süßigkeiten kaufen konnte. Aber das war im Nachhinein leicht zu sagen, dachte die Verteidigungsministerin, schließlich handelte man ausgehend von dem Kenntnisstand, den man zum betreffenden Zeitpunkt hatte. Oder schlimmstenfalls eben nicht.

Inwieweit dies bewusster Blindheit oder reiner Ignoranz geschuldet war, wusste sie nicht, aber passiert war es und nicht mehr rückgängig zu machen.

Damals war sie schockiert und empört gewesen, jetzt stand sie vor einem ähnlichen Dilemma, den vorgeblich unlösbaren gordischen Knoten zu lösen, und die Zeit drängte.

Das Wichtigste ist, das westliche Verteidigungsbündnis zusammenzuhalten, dachte sie, wir müssen nach innen wie nach außen geeint auftreten. Der Schwerpunkt der operativen Leitung war der NATO und Brüssel übertragen worden, aber sie war noch immer Teil des Teams. Und sie war eine gute Teamplayerin. Immer. Warum also zweifelte sie? Sie verspürte eine plötzliche Angriffslust, eine Art Erdrutsch, der im Körper niedergeht, während man in den autosuggestiven Strudel des Konflikts hineingesogen wurde, aber sie behielt die Ruhe. Sie wusste jetzt, was sie zu tun hatte.

53

»Minen«. Das Schild hinter dem elektrischen Stacheldrahtzaun auf der russischen Seite der Grenze war gut sichtbar. Es überraschte Storm nicht, dass das Gebiet zwischen der norwegischen und der russischen Grenze vermint war. Die 196 Kilometer lange Trennlinie zwischen den beiden Ländern auf illegale Weise zu überqueren, war ein schwieriges Unterfangen, sowohl der Fluss Jakobselv als auch der Pasvikelv bildeten zwei natürliche Hindernisse, während die Landesgrenze mit einer breiten, mit elektrischen Grenzzäunen abgeriegelten Sicherheitszone geschützt wurde. Und die Sicherheitszone zwischen den Grenzzäunen südwestlich des Pasviktals war zusätzlich vermint.

Sowohl Storm als auch Ali hatten all ihre Hacker-Kompetenz aufgeboten, um sich einen einigermaßen sicheren Überblick zu verschaffen, wie viele Minen dort lagen und ob sie nach einem kalkulierbaren System verteilt waren. Doch außer der Tatsache, dass das Gebiet mit Sprengsätzen gepflastert war, waren keine Informationen zu finden gewesen. Sie wussten nicht einmal, ob das Minenfeld ein Überbleibsel aus den Tagen war, als die

Russen das Grenzgebiet als einen letzten Gruß an die deutschen Streitkräfte vermint hatten, die 1945 von der Halbinsel Kola und aus der Ost-Finnmark vertrieben wurden, oder ob die Minen später platziert worden waren. Sicher war nur, dass Ylva ein Gebiet voller Sprengsätze durchqueren musste, um sich nach Norwegen zu retten.

Eine andere Herausforderung bestand darin, dass die Zäune auf beiden Seiten der Grenze mit Alarmleitungen versehen waren, die bei Berührung umgehend Alarm bei den Grenzwachen auslösten. Ab dem Moment, in dem sie den Zaun durchtrennten und Ylva in das Grenzgebiet ließen, blieben ihnen zwei bis drei Minuten, um die etwa siebenhundert Meter zwischen den Zäunen zurückzulegen. Keine Zeit, nachzudenken oder Fehler zu begehen, jeder Fehler hätte fatale Folgen.

Storm wusste, dass die russische Grenzwache dem Geheimdienst FSB unterstand und regelmäßig in dem Gebiet patrouillierte. Er hatte den Zeitplan gefunden, aus dem hervorging, welcher Wachposten wann welche Strecke kontrollierte; die einzige Hilfe, die er Ylva geben konnte, war der optimale Zeitpunkt für die Grenzüberquerung.

Selbst dann würde es knapp werden. Der Weltrekord der Frauen auf eine Distanz von sechshundert Metern lag bei einer Minute zwanzig Sekunden. Bei optimalen Gegebenheiten. Ylva blieben maximal drei Minuten, wenn sie Glück hatte, und das im schwer verletzten Zustand, unter den denkbar schlechtesten Voraussetzungen, noch dazu über ein Minenfeld. Das konnte unmöglich funktionieren. Nach fast fünf Tagen in der arktischen Kältehölle wären die wenigsten Menschen in der Lage, sich überhaupt zu bewegen, geschweige denn einen Sechshundert-Meter-Spurt über ein Minenfeld hinzulegen.

Sein Mut schwand, es ging nicht, er konnte Ylva nicht zwischen den Zäunen hindurchlaufen lassen, das wäre Selbstmord. Selbstmord wäre es allerdings auch, wenn sie auf der russischen Seite blieb, wo es nur eine Frage der Zeit war, bis sie gefasst wurde. Über das iPad empfing Storm regelmäßig Updates vom Kanal der russischen Spezialsoldaten, den er gehackt hatte. Sie waren auf dem Weg ins Grenzgebiet südlich des Pasviktals, nachdem sie eins und eins zusammengezählt und begriffen hatten, wo Ylva aller Wahrscheinlichkeit nach die Grenze überqueren würde. Die Zeit des Zögerns war abgelaufen, sie mussten handeln.

Sechshundert Meter, lächerliche sechshundert Meter zwischen ihm und Ylva, und er konnte nichts tun. Er konnte einfach nur dastehen und zusehen, wie sie entweder von der SpezNas geschnappt wurde oder auf eine Mine trat – was von beidem schlimmer war, wusste er nicht.

Auf der anderen Seite der Grenze war Ylva dank Inga Marjas Fürsorge wieder zu Bewusstsein gekommen. Jetzt war sie in einen warmen Rentierfellmantel eingewickelt und schlürfte Bidos, als sei es ihre letzte Mahlzeit. Was es wahrscheinlich auch war, dachte Inga Marja niedergeschlagen. Sie hatten Ylva in samische Kleider gesteckt, damit sie, falls die Russen sie entdeckten, als eine von ihnen durchging. Letztendlich war sie das ja auch, zudem sprach sie fließend Russisch und Samisch. Ylvas Konterfei war allerdings auch eines der meistgesuchten Russlands und die Wahrscheinlichkeit, dass die Soldaten sie wiedererkannten, groß. Blieb sie bei ihnen, würde sie nicht sonderlich lange überleben.

Die Wärme war in ihren Körper zurückgekehrt, das Essen tat Ylva gut. Sie kämpfte mit den Tränen, als Inga Marja ihr das Handy gab, und sie am anderen Ende der Leitung Storms Stimme hörte. Es war für beide schwer, sie hatten nicht die Zeit zu sagen, was sie einander sagen wollten, was sie verlegen und förmlich werden ließ. Storm wirkte ruhig, als er ihr erklärte, welche Alternativen sie hatte.

»Ylva, du musst eigenständig von der russischen Seite der Grenze auf die norwegische gelangen.«

Sie nickte, das würde sie schaffen.

»Wir sind jetzt an der Sicherheitszone, ich bin bereit.«

Storm verstummte. Ylva zögerte, sie spürte, dass er etwas zurückhielt.

»Wirst du da sein?«

Storms Augen füllten sich mit Tränen.

»Ja, Ylva, ich bin hier.«

Ylva seufzte erleichtert. Er war da, er wartete auf sie. Sie würde es schaffen, sechshundert Meter waren nichts, sie schaffte das. Am anderen Ende der Leitung war es sonderbar still.

»Aber ...?«

Storm kämpfte mit sich, wie teilte man dem Menschen, den man liebt, mit, dass er zum Tode verurteilt war?

»Ylva, da ist eine Sache, die du wissen musst.«

»Okay?«

»Der Bereich zwischen den Grenzzäunen ist vermint.«

»Vermint?!«

Wie sollte das gehen? Schock, Wut und Angst durchfuhren sie, doch sie hielt ihren Ton nüchtern.

»Weißt du, wo die Minen liegen?«

Storm räusperte sich, um seine Stimme zurückzugewinnen.

»Nein, das wissen wir nicht.«

Ylva sackte zusammen, sie konnte doch nicht einfach in ein Minenfeld rennen. Das wäre Selbstmord, das war Wahnsinn, wie alles andere im Augenblick.

»Okay«, sagte sie. »Ich bin bereit.«

Storm verkraftete ihre Mutlosigkeit nicht, widerwillig legte er auf.

Auf der anderen Seite der Grenze blieb Ylva stumm, der Boden unter ihr schwankte, ihre Muskeln schmerzten und waren kraftlos … ihr Herz hämmerte. Er war so nah, sie konnte ihn sehen …

Storm rief Ylvas Mutter an, um ihr mitzuteilen, dass sie ihre Tochter gefunden hatten.

»Wie wollt ihr sie über die Grenze holen?«, fragte sie sofort.

Storm wurde still, aber Ylvas Mutter ließ nicht locker.

»Ihr wisst, dass das Gebiet vermint ist.«

»Ja.«

Mary setzte sich hin. Sie war jeden Tag mit Elle draußen bei der Herde gewesen, um auf andere Gedanken zu kommen, weg von all dem, was um sie herum passierte. Sie hatte ihre Gedanken sortiert, draußen in der Natur hatte sie zu der vertrauten Ruhe zurückgefunden, und es gelang ihr, diesen Zustand aufrechtzuerhalten.

»Während des Krieges haben sie Rentiere benutzt«, sagte sie.

»Was?«

»Wenn die Leute während des Krieges Minenfelder überqueren mussten, haben sie Rentiere vor sich herlaufen lassen, um die Minen zur Detonation zu bringen.«

Storm hob den Blick, sein Herz setzte einen Schlag aus, ehe es wie besessen losgaloppierte.

Er schaffte es kaum, Mary für die Idee zu danken, bevor er auflegte. Das könnte funktionieren, sofern Inga Marja und Issàht sich darauf einließen. Er wählte Inga Marjas Nummer.

Sie nahm ab und hörte ihm zu, ihr wurde schwer ums Herz. Sollten sie Rentiere in ein Minenfeld schicken und sie unter Schrecken und Schmerzen sterben lassen? Storm erklärte, dass das ihre einzige Hoffnung war.

Während sie zuhörte, ließ Inga Marja ihren Blick über die Herde schweifen, jedes einzelne Tier war ein Teil von ihr, und instinktiv wollte sie sie beschützen. Die Herde gehörte ihnen, aber sie auch der Herde, es war ein Kreislauf. Ein Ren schlachtete man nur, wenn es unerträgliche Qualen litt oder um Nahrung zu beschaffen. Die Menschen sollten die Rentiere beschützen und ihnen ein gutes Leben ermöglichen, im Gegenzug gaben die Rentiere den Menschen ihr Leben. Diese scheuen, sensiblen Geschöpfe in die Hölle einer Kriegszone zu schicken, schien ihr unmöglich. Das konnten sie nicht tun.

Sie schaute zu Ylva, die blass war und auf den Grenzzaun starrte. Eine Finsternis hatte sich über sie gesenkt, mehr ertrug sie jetzt nicht.

Issàht ging zu ihr und legte ihr einen Arm um die Schultern, woraufhin sie sich an ihn lehnte. Inga Marja wusste, dass es ihm das Herz brechen würde, und sie wusste, er würde begreifen, dass es keinen anderen Weg gab.

Sie mussten Ylva über die Grenze bringen.

Minuten später stand Ylva zusammen mit ihrer samischen Familie auf der einen Seite der Grenze bereit und schaute zu Storm, der auf der anderen wartete. Er hatte nichts von Ali gehört, was wohl bedeutete, dass es ihm nicht gelungen war, die Verteidigungsministerin zu überreden, Verstärkung zu schicken. Ylva ging zum Zaun, den Blick auf das Minenfeld zwischen ihnen gerichtet. Der Boden war von einer dicken Schneeschicht bedeckt, scheinbar unschuldsrein breitete sich die Landschaft vor ihren Füßen aus. Sie starrte zu Storm hinüber. Sechshundert Meter, nicht mehr. Inga Marja gab Ylva ihr Handy, sie hatte Storm am Apparat.

»Bereit?«

Ylva nickte, ihr blieb keine Wahl.

Ohne zu zögern, schnitt Storm den Zaun auf der norwegischen Seite auf, während Issàht es ihm auf der russischen gleichtat. Inga Marja und die Helfer machten sich daran, Rentiere ins Minenfeld zu treiben. Vor Schreck wie von Sinnen liefen sie in den Bereich zwischen den beiden Zäunen, und Ylva folgte ihnen.

Dann befand sie sich in der Grenzzone. Anfänglich war es still, abgesehen von leichten Hufschlägen auf dem Schnee hörte sie nichts.

Dann knallte es.

Ein Ren war auf eine Mine getreten, die mit einem Donnern auslöste. Der Druck schleuderte Ylva zu Boden. Rauch, Blut und Schnee stoben auf und rieselten langsam auf die Schneedecke und Ylva. In ihren Ohren pfiff es infernalisch, und die Augen brannten vom Rauch. Die anderen Rentiere wurden von Panik ergriffen und rannten zurück. Ylva kauerte sich zusammen und schützte ihren Kopf, als auch sie auf Minen traten. Die Explosionen erschütterten den Boden, noch mehr Blut, Ruß und Rauch legten sich auf Ylva. Desorientiert stand sie auf. Das Pfeifen in ihren Ohren ließ nicht nach.

Sie folgte den Fußspuren des ersten Rens bis zu dem Krater.

Fünfzehn Meter waren geschafft.

Inga Marja trieb weitere Tiere zwischen die Zäune.

Direkt neben Ylva explodierte eine weitere Mine, sie schaffte es gerade so, sich auf den Boden zu werfen, um der Druckwelle auszuweichen. Rauch und blutige Fleischfetzen flogen in die Luft, um sich dann wie eine Decke über Ylva zu legen. Eine gespenstische Stille hüllte sie ein. Sie hörte das Dröhnen der unmittelbar neben ihr explodierenden Minen nicht, fühlte lediglich das Beben im Boden, hörte das schrille Pfeifen in ihrem Kopf.

In abgehackten Sequenzen sah sie in Panik flüchtende Rentiere, ebenso unbesonnen wie sie. Es war unmöglich, sich in diesem Chaos zu orientieren, die Explosionsflammen lösten den dichten Rauchnebel auf, doch sie hatte ihren Orientierungssinn verloren. Wohin musste sie laufen?

So ist es im Krieg, dachte sie, das ist Krieg.

Nach dem Tod des Vaters hatten sie seine Sachen durchgesehen und ganz unten in einer verschlossenen Schublade Ordner mit Schilderungen von Augenzeugen von den Fronten im Kosovo gefunden, anscheinend hatte er Berichte und Videoaufnahmen von dem Krieg gesammelt, an dessen Sieg er selbst beteiligt war. Ylva konnte sich nicht erinnern, dass er jemals über diesen Krieg gesprochen hatte, nach seiner Rückkehr aus dem Kosovo hatte er im Grunde nicht sonderlich viel gesagt. Ylva hatte jedoch begriffen, dass es ein Wendepunkt für ihn gewesen war. Bis zu diesem Zeitpunkt hatte alles einen Sinn ergeben, doch dann, 1999, war etwas passiert.

Ylva hatte sich die Bilder angesehen und die grausamen Kriegsschilderungen gelesen. Aber die entsetzlichen Szenen handelten nicht von ihr oder ihrem Vater, diese Dinge waren in einer anderen Welt geschehen, in der Wirklichkeit von jemand anderem. Sie konnte nicht nachempfinden, was er erlebt hatte, es waren nur Nachrichten, wie all die anderen Nachrichten von Krieg und Elend in der Welt.

Eine Mine detonierte. Ylva schrie.

Erneut dieser Schock. Den Schmerz hielt sie aus, nicht aber die Unsicherheit, was der nächste Schritt nach sich zog. Sie wusste, dass jeder Atemzug ihr letzter sein konnte. Das machte ihr Angst, schon immer hatte sie es gehasst, den kranken Einfällen und Launen anderer Menschen ausgeliefert zu sein, Machtlosigkeit und Unvorhersehbarkeit versuchte sie um alles in der Welt zu meiden.

Das Leichteste wäre der Tod, dachte Ylva, dann wäre der Kampf vorbei. Dann wäre es zu Ende. Wenn sie wollte, konnte sie sich jetzt dafür entscheiden.

Welchen Unterschied machte es schon, ob sie aufstand und durch das Minenfeld lief, einfach lief, bis der Boden unter ihr aufriss und es ihr Blut war, das sich über den Schnee ergoss.

Storm stand auf der anderen Seite und betrachtete das Inferno in der Grenzzone, er sah Ylva inmitten des Chaos auf die Knie sinken. Verzweifelt zwang er seinen Blick, sich von ihr zu lösen und stattdessen das Muster zu studieren, wo die Minen hochgegangen waren. Ebenso merkte er sich, wo keine explodierten. Es musste ein Muster geben, oder nicht?

Zwanzig Kilometer entfernt schoss ein Kampfflugzeug niedrig über den Boden, Igors Fullback näherte sich von russischer Seite dem Grenzgebiet. Sein Puls stieg, die NATO-Piloten befanden sich an der norwegisch-russischen

Grenze bei Rayakoski, er hatte den Befehl zu schießen, zu töten. Sie durften nicht nach Norwegen gelangen.

Storm hörte das Flugzeug, bevor er es sah, richtete seinen Fokus jedoch umgehend wieder auf die zwischen ihm und Ylva explodierenden Minen. Er wusste nicht sicher, ob sich das Muster bis zur norwegischen Seite durchzog, da bisher kein Rentier lebendig bis dorthin vorgedrungen war, also musste er auf seine Berechnungen vertrauen. Er machte den ersten Schritt. Keine Explosion. Dann einen weiteren. Nichts.

Während er über sie hinwegflog, observierte Igor Ylva und Storm unten im Minenfeld. Als er sie sah, wurde ihm schwer ums Herz, dort war sie, die Pilotin, die den »Dogfight« ausgelöst und ihn in den Angriffsmodus versetzt hatte. Ein großer Mann bewegte sich auf sie zu, der andere Pilot? Hatte er es zusammen mit ihr hierher geschafft? Igor gab seine Beobachtungen durch und erhielt umgehend den Schießbefehl.

Dröhnend flog er über ihre Köpfe. Storm versuchte, Ylva zuzurufen, wo sie langlaufen musste, aber sie konnte ihn nicht hören. Sie sah nur die Minenkrater in dem zerklüfteten Bereich zwischen ihnen. Sie sah Storm, der ihr entgegenkam. Sie rappelte sich hoch. Verzweifelt stürzte sie von einem Minenkrater zum nächsten.

Igor wendete die Maschine. Das war seine Chance, dem ganzen Albtraum ein Ende zu bereiten. Das Adrenalin versetzte ihn in vollkommene Ruhe, das Ziel befand sich in Reichweite, er hatte es erfasst.

Er machte sich bereit zum Abschuss.

Ylva taumelte vor Erschöpfung. In kurzen, flimmernden Blitzen wie von hysterisch flackerndem Stroboskoplicht sah sie Storm rufen und auf die norwegische Seite zeigen, während er ihr entgegenlief.

Er ist gekommen, dachte sie, *er ist gekommen.*

Eine Mine explodierte und hüllte den Bereich zwischen ihnen in Rauch. Alles wurde schwarz.

Igor fluchte, er konnte nichts sehen. Erneut musste er über sie hinwegfliegen. Dann wendete er die Maschine und kehrte wieder zurück, sobald der Rauch sich verzog, war das Ziel wieder in Reichweite.

Storm ergriff die Chance und lief die letzten drei Meter auf Ylva zu. Sie stand wie angewurzelt da, schockiert starrte sie in die Luft, hatte sie ein Flugzeug gehört?

Resolut packte er Ylvas Hand. Trotz des dichten Rauchs konnte er seine Spuren im Schnee erkennen, die sie zur norwegischen Grenze zurückführen würden.

Ylva war in der Hölle gefangen. Sie wollte nicht mehr. Storm fixierte sie mit dem Blick.

»Vertrau mir.«

Sie spürte, wie sich alles in ihr zusammenschnürte, sie wollte nicht.

»Vertrau mir«, wiederholte er.

Sie nickte.

Hand in Hand folgten sie den Spuren, die Storm auf seinem Weg hinein ins Minenfeld im Schnee hinterlassen hatte, zur norwegischen Grenze.

Igors Finger lag am Abzug, wie Schatten sah er Ylva und Storm dort unten im Rauch durchs Minenfeld laufen, sie hatten die norwegische Seite des Todesstreifens erreicht.

Er ließ den Finger über den Abzug gleiten … Jetzt hatte er sie, das war die einzige ihm verbleibende Chance, seine Ehre zu retten und die Lüge ein für alle Mal zu begraben.

Eine neue Ruhe erfüllte Igor, eine Gewissheit, eine kristallklare Gewissheit. Es war mehr als das, er empfand Freude, unermessliche Freude. Er holte tief Luft. Gott, wie herrlich das war. Zum ersten Mal seit Beginn des Albtraums gelang es ihm, richtig tief einzuatmen, sich von der Luft erfüllen zu lassen.

Unten auf dem Boden gingen noch immer Minen in die Luft, aber er konnte Ylvas Silhouette ausmachen, jetzt hatte er sie. Die Welle der Erleichterung verwandelte sich in konzentrierte Ruhe.

»Ich weiß, du tust das Richtige, Igor. Wir lieben dich und wir vertrauen dir. Immer«, hörte er Nataschas Stimme, als säße sie neben ihm.

Er wusste, dass sie es genauso meinte, sie vertrauten ihm, wie er ihnen vertraute. Dieser Gedanke war unendlich klärend und selbstverständlich, genau darum ging es. Vertrauen. Deshalb warf ihn dieser Albtraum so aus der Bahn, er hatte ihr Vertrauen gebrochen.

Jetzt aber konnten sie sich auf ihn verlassen, er würde sich ihres Vertrauens würdig erweisen, das war alles, was er wissen musste. Entschlossen nahm Igor den Finger vom Abzug und ließ das Flugzeug über und an Ylva und Storm vorbeisausen, die panisch durch das Minenfeld liefen.

Storm und Ylva vernahmen das laute Dröhnen des russischen Jagdflugzeugs, das ein letztes Mal niedrig über sie hinwegbrauste, bevor es durch den Rauch in die russische Tundra hinein verschwand.

Igor flog weg von dem Chaos in die nachtblaue Dunkelheit. Er hatte keine Angst mehr, denn er hatte nichts zu verbergen, nichts zu fürchten. Igor war auf dem Weg nach Hause.

54

Es war knapp gewesen, aber jetzt konnte Rove aufatmen; die Krise war überstanden und die Welt wieder zur Ruhe gekommen. Nach Leutnant Nordahls Heimkehr hatte er ein paar extrem harte Tage gehabt, ihre Aussage war höchst, wie sollte er sagen, unerfreulich gewesen. Da niemandem damit gedient war, dass Major Evans' Verirrungen ans Licht kamen, hatte Rove es sich erhebliche Ressourcen und politisches Kapital kosten lassen, die Beschuldigungen gegen Titans Security sowie seine eigene Rolle im F-16-Unglück unter Verschluss zu halten.

Ungünstig war auch, dass der etwas unkonventionellere Kundenkreis von Titans in ein schiefes Licht geraten war. Die Leute wollten es einfach nicht begreifen, dass die Welt kein gerechter Ort war und man in seiner Branche nicht ausschließlich mit »Good Guys« Geschäfte machen konnte. In der realen Welt drehte sich alles um Dominanz und den Zugang zu Ressourcen, alle kämpften um einen Platz an den Futtertrögen, Menschen waren Raubtiere, und wie überall in der Tierwelt war die Devise »Fressen oder gefressen werden«. Die Zeit für flammenden Idealismus war vorbei. Dieser Zug war schon

1961 abgefahren, als Dwight D. Eisenhower in seiner Abschiedsrede vor dem unbefugten Einfluss durch den militärisch-industriellen Komplex warnte. Der junge, idealistische George Rove hatte sich die Aufforderung des abtretenden Präsidenten zu Herzen genommen, doch nachdem er immer wieder sah, wie die Menschen grundlos plünderten und schlachteten, während die natürlichen Ressourcen der Erde komplett ausgeschöpft wurden, erkannte er, dass das Leben ein Nullsummenspiel war. Es gab nur Gewinner und Verlierer. Und er entschied sich, ein Gewinner zu sein.

Macht folgt Geld, und Geld folgt Macht, es war ein geschlossenes System, zu dem immer weniger Leute Zutritt hatten. Rove hatte die Regeln nicht gemacht, aber er war teuflisch gut in dem Spiel. Die Information, dass Gelder aus diversen Steuerparadiesen an Titans Security geflossen waren, war publik geworden. Tausende Dokumente, die das Unternehmen und Rove persönlich mit Terrorgruppen und kriminellen Netzwerken in Verbindung brachten, waren im Internet geleakt worden. Es sah nicht gut aus. Sie hatten natürlich ein komplettes Schuldbekenntnis ablegen müssen. Wie ein zerknirschter Schuljunge hatte er vor Presseleuten und Staatsoberhäuptern gestanden und versichert, dass das interne Prozedere zur Überprüfung der Auftraggeber natürlich revidiert werden würde; es sollte aussehen, als seien sie für volle Transparenz.

Wenn der moralische Jammerchor des Volkes Beweise dafür forderte, dass die großen Jungs den Ernst der

Lage begriffen, musste jemand geopfert werden. Köpfe mussten rollen, und die Jagd nach Sündenböcken war in vollem Gange.

»Verwirre sie zu Tode« – die einzige effektive Strategie war Informationsdominanz. Also hatte man Leute gefeuert und Informationen darüber geleakt, wer wann etwas verbockt hatte. Die Medien stürzten sich darauf, und rasch verschob sich der Fokus weg von Rove, den Aktionären und den Kunden hin zu Systemfehlern und einzelnen mittleren Führungskräften, die angeblich ihren Job nicht richtig gemacht hatten.

Jetzt saß er bei der Pressekonferenz in der vordersten Reihe und sah den NATO-Generalsekretär die Bühne betreten. Er bemerkte, dass der Chef Schweißperlen auf der Oberlippe hatte und deutlich angespannt war, steif las er die Stellungnahme vor, die Rove mit ausformuliert hatte. Der Krieg war abgeblasen und der Friede wiederhergestellt, die Erleichterung im Raum war mit Händen zu greifen.

55

Ylva verfolgte vom Krankenbett fassungslos die Pressekonferenz und die anschließende Medienberichterstattung mit. Johns Story lief ohne Unterlass auf sämtlichen Kanälen. Die F-16 und das russische Flugzeug hatten sich während des Stressflugs gestreift, und der Sündenbock war John Evans, der psychisch labile NATO-Pilot, der einen Fehler gemacht hatte.

Wie konnten sie die Geschichte so verdrehen?

Cui bono? Wer verdiente daran?

Niemand schien sich für die Antwort zu interessieren. Storm hatte Beweise dafür gefunden, dass nicht nur das F-16-Unglück sondern auch der Hackerangriff auf Norwegen und der Mord an Galba von Subunternehmern im Auftrag von Titans Security ausgeführt worden waren. Die Strategie war ebenso genial wie erprobt. Indem man ein grauenerregendes Gewaltspektakel inszenierte, erreichte man, dass die Bürger vom Staat forderten, absolute Macht und Handlungskraft zu demonstrieren.

Die Leute würden Sicherheit verlangen. Gleichzeitig war den politischen Führungskräften bewusst, dass niemand einen dritten Weltkrieg gewinnen konnte, weil beide

Seiten in der Lage wären, den Gegner vollständig auszulöschen. Darum wurde outgesourct.

Das Problem war, dass, als Storm die Rolle von Rove und Titans in der ganzen Sache beweisen wollte, die Deckoperation bereits in vollem Gange war.

Die norwegische Verteidigungsministerin hatte Rove vollen Zugriff auf sämtliche Informationen gewährt, die sie von Ali erhalten hatte, und schon war der Inhalt des USB-Sticks, den Ylvas Mutter Storm gegeben hatte, verschwunden. Was nicht unter den Teppich gekehrt, sondern stattdessen ordentlich aufgeblasen wurde, war die Geschichte von John Evans' tragischem psychischem Kollaps. Der Absturz und die Gefangenschaft in Libyen, die PTBS-Diagnose, sein schweres Suchtproblem und der gewalttätige Übergriff auf seine Frau wurden in aller Öffentlichkeit breitgetreten. Er habe seine schrecklichen Erlebnisse in Libyen nicht verkraftet, hieß es, die NATO hätte ihn nicht als Fluglehrer einstellen dürfen. Seine Behauptung, »jemand« hätte ihn für den Crash mit den Russen bezahlt, war zu absurd, um veröffentlicht zu werden. Dieses Hirngespinst wurde seiner Unzurechnungsfähigkeit zugeschrieben.

Sowohl der russische Präsident als auch der NATO-Chef zeigten sich zufrieden mit der Bewältigung der Krise. Beide gingen gestärkt aus der Situation hervor. Sie hatten die Ruhe bewahrt und zu einem denkwürdigen Ausgang des Geschehens beigetragen. Die Welt drehte sich weiter, für dieses Mal.

EPILOG

Die Luft flimmerte, als Ylva und Storm in Texas aus dem Mietwagen stiegen. Mutter und Tochter erwarteten sie bereits, sie hatten vor der Tür gestanden und ihnen entgegengesehen, als sie vor dem kleinen Haus mitten im Niemandsland vorfuhren.

Johns Tochter erkannte Ylva sofort, als sie in Begleitung des groß gewachsenen Mannes aus dem Wagen stieg. Sie hatte sie im Fernsehen und im Internet gesehen. Alle wussten, wer Ylva war, so wie leider auch alle wussten, wer Leahs Vater war. Er war eine Schande.

Wenige Minuten später lag die zerbrochene alte Uhr in der zierlichen Mädchenhand, die Zeiger wie in der Zeit erstarrt. Ylva betrachtete das Kind, als es die Finger vorsichtig um die Uhr schloss und sie an die Brust drückte. Ihre Lippen zitterten, und die Augen füllten sich mit Tränen, die sie zurückzuhalten versuchte, weil sie nicht vor ihrer Mutter und den Fremden weinen wollte. Die Zeiger der Uhr standen auf 09.13. Zwischen Murmansk und Texas lagen acht Stunden, sie war also gerade aus der Schule gekommen, als das Flugzeug ihres Vaters in Russland abgestürzt war. Die Uhr teilte Leah mit, was diese bereits wusste. Ihr Vater war fort und würde niemals nach Hause zurückkommen. Die Zeit blieb stehen. Das Leben würde nie wieder so sein wie vorher, selbst wenn alles weiterging wie zuvor.

Leah und Kathryn lauschten Ylvas Bericht, wie John sich durch die Tundra gekämpft hatte, um zu ihnen zurückzukehren. Die Mutter weinte, doch Leah war immer noch wie erstarrt.

Es war so unendlich lange her, seit sie den Mann, von dem Ylva erzählte, das letzte Mal gesehen hatte. Sie erinnerte sich nur noch verschwommen an ihren Vater, und jetzt war er fort. Ylva zeigte Kathryn die Nummer, die auf der Rückseite der Uhr eingraviert war, offenbar handelte es sich um ein Bankkonto. Das Geld war für Leah und Kathryn bestimmt, so hatte John es veranlasst. Er hatte bis zum Ende für sie beide gesorgt.

Ylva sah Leah an, mit der sie ein unaussprechliches Geheimnis teilte.

»Mein Vater starb, als ich so alt war wie du«, sagte sie. »Sie sind aus demselben Grund gestorben, wenn auch auf unterschiedliche Weise.«

Leah spürte eine kalte Leere in sich einziehen, als sie sich endgültig von dem Gedanken verabschiedete, dass ihr Vater noch lebte und irgendwann zu ihnen zurückkommen würde.

»Mein Beileid«, sagte Ylva.

Was sonst hätte sie noch sagen können?

Leah wusste, dass das Lächeln und die netten Worte tröstend gemeint waren, aber sie machten sie nur wütend.

Sie presste die alte Uhr fester an sich, das Metall fühlte sich kalt und fremd in ihrer Hand an. In flüchtigen Rückblicken sah sie ihren Vater vor sich. Er lief durch den Wald, er hackte Holz und trug es ins Haus, um den Kamin anzufeuern, er rührte im Topf auf dem Herd, er massierte die Füße ihrer Mutter, wenn sie fernsahen, er reparierte die Spüle, er füllte Wasser in die Badewanne, er baute die Angelrute zusammen. Sie erinnerte sich an seine Hände, an seine Augen und an seine Stimme. Das warme Lächeln, wenn er abends beim Schlafengehen sorgfältig die Bettdecke um sie herum feststopfte und seine Bärenumarmungen.

Kathryn stand auf und holte eine Karaffe mit Limonade und vier Gläser. Dann saßen sie auf der Terrasse des Hauses, in das John niemals zurückkehren würde, während die Luft über der lebensfeindlichen Wüste flimmerte.

Ylvas Erzählung, dass John an sie beide gedacht, von ihnen gesprochen und sich bis zum Schluss nach ihnen gesehnt hatte, wärmte sie noch lange, nachdem die Sonne untergegangen war. Sie blieben auch noch auf der Terrasse sitzen, als die Worte versiegt waren und es nichts mehr zu sagen gab. Still füllte sich der Himmel über ihnen mit winzigen Lichtpunkten.

Der Wüstensand schimmerte weiß im bleichen Mondschein, und für einen kurzen Moment wanderten Ylvas Gedanken zurück in die Tundra. Ich habe es geschafft, John, dachte sie, und ich werde nicht vergessen. Das hier ist nicht das Ende, es ist erst der Anfang.

BEKENNTNISSE DER AUTORIN

Nachdem ich über zwanzig Jahre als Drehbuchautorin und Regisseurin für Film und Fernsehen tätig war, war der Übergang zur Literatur eine völlig neue Erfahrung. Ich glaube, es war Hemingway, der gesagt hat, wenn der Film ein Brühwürfel sei, dann sei ein Buch ein Ochse. Dem kann ich nur zustimmen, denn ein Buch enthält eine um ein Vielfaches größere Menge an Fiktionsebenen als ein Drehbuch.

Puls der Arktis nimmt seinen Ausgangspunkt in der drohenden Gefahr eines weitreichenden politischen Konflikts zwischen Russland und der NATO in der Arktis. Die Idee zu dem Buch kam mir während der Dreharbeiten zum Spielfilm *Operasjon Arktis*. Wir standen auf dem Rollfeld des Flughafens in Bodø und filmten inmitten einer NATO-Übung, während in unmittelbarer Nähe in einem fort F-16-Flugzeuge abhoben. Bodø war in Verbindung mit dem Manöver voller Kampfpiloten, und ich kam mit einigen von ihnen ins Gespräch. Sie erzählten mir von den nervenzerreißenden Stressflügen mit russischen Kampfflugzeugen an der Grenze zwischen Norwegen und Russland, und ich habe mich gefragt: Was wenn sie mal kollidieren?

Während der Arbeit an dem Buch habe ich unschätzbare Hilfe von einer Reihe von Personen bekommen, und es war ein Abenteuer für sich, einigen der führenden Experten des Landes zuhören und von ihnen lernen zu dürfen.

Zuallererst möchte ich mich bei meinem Lektor Knut Gørvell bedanken, der das Manuskript mit stoischer Geduld von seinen spärlichen Anfängen bis hin zu dem nun vorliegenden Buch begleitet hat.

Nach meinen kurzen Gesprächen mit den NATO-Piloten in Bodø, deren Namen ich mir leider nicht gemerkt habe, haben mich die renommierten Brüder Ulf und Bjørn Otto Sverdrup mit ihrem Rat unterstützt. Beide sind sachkundig und erfahren in den Bereichen, in denen ich am meisten zu lernen hatte, und sie haben mir Inspiration und Input geliefert, die das Buch in die richtige Richtung gelenkt haben. Geir Hamre, ehemaliger Leiter der Hubschrauberabteilung der norwegischen Luftfahrtbehörde und ehemaliger Hubschrauberpilot beim norwegischen Militär, hat mir ebenfalls schon sehr früh im Entstehungsprozess als Gesprächspartner zur Seite gestanden. Geir hatte kurz zuvor entscheidend am Film *Operasjon Arktis* mitgewirkt und trug nun auch zu *Puls der Arktis* mit wertvollen Ratschlägen bei.

Als mein Lektor Knut Gørvell einen meiner größten Schriftstellerhelden, Torkil Damhaug, als literarischen Berater hinzuzog, wurde ich zugegebenermaßen sehr demütig und nervös. Aber Torkils Wohlwollen und seine klugen Anmerkungen im Anfangsstadium und gegen Ende haben das Buch beträchtlich verbessert. Ich bin eine literarische Novizin und hätte keinen besseren Lehrmeister finden können.

Mein Dank gilt außerdem der Cheflektorin Mariann Fugelsø Nilssen, der Redakteurin von Krimklubben, Anja Rålm, der Designchefin Miriam Edmunds sowie allen Mitarbeitern von Capellen Damm für ihre warmherzige Unterstützung, ihr Vertrauen und ihren Glauben an das Buch.

Des Weiteren möchte ich Bernhard Mohr, einem der führenden Russland- und Putin-Experten Norwegens, danken. Seine gründliche Lektüre des Manuskripts und seine konstruktiven Kommentare waren mir eine unschätzbare Hilfe. Kurz vor Toresschluss habe ich außerdem kundigen Input vom bekannten Journalisten und Sachbuchautor Hans-Wilhelm Steinfeld persönlich erhalten, der mich dazu inspirierte, auf die Gefahr einzugehen, dass ein einzelnes Missverständnis im schlimmsten Fall zu einem Atomkrieg führen kann. Ein eklatantes Beispiel dafür war der im Roman erwähnte Fehlalarm 1983, bei dem Stanislaw Petrow so besonnen handelte. Der Vorfall ist in Steinfelds Buch *Putin* sehr gut beschrieben.

Ich habe im Laufe der Jahre mit viel Freude in der samischen Gemeinde Kautokeino gefilmt, sowohl für den Norwegischen Rundfunk als auch für ausländische Produktionen. Die Landschaft, die Kultur und das Volk in Sápmi haben einen unauslöschlichen Eindruck bei mir hinterlassen, und ich glaube, wir sollten dem Wissen, das die Urvölker der Erde bewahrt haben, Gehör schenken und es schützen. Ich möchte meiner lieben Freundin Mary Sarre danken, die ihre Sichtweisen über das Samische mit mir geteilt und mich darüber hinaus zu einer Reihe inspirierender Vorstellungen des Samischen Nationaltheaters Beaivváš eingeladen hat. Herzlichen Dank außerdem an eine der herausragendsten Joikerinnen und Kulturträgerinnen Norwegens und Sápmis, Sara Marielle Beaska, für die Vorschläge, die sie mir gemacht hat.

Meine Heldin Ylva Nordahl ist etwas so Seltenes wie eine weibliche F-16-Pilotin, und in diesem Zusammenhang war es mir eine Freude, mit einer von zwei F-16-Pilotinnen der norwegischen Geschichte sprechen zu dürfen: Majorin Marianne Mjelde Knutsen. Offen gestanden war ich überwältigt, immerhin ist sie eine Legende. Daneben habe ich weitere F-16-erfahrene Hilfe aus dem Militär erhalten, sollten sich also dennoch flugtechnische Fehler eingeschlichen haben, gehen diese voll und ganz auf meine Kappe.

Auch wenn ich mich bemüht habe, mit dem Plot des Buches die gegenwärtige Realität so gut wie nur irgend möglich abzubilden, habe ich mir auch Freiheiten genommen, wo es mir notwendig schien. Das Verhältnis zwischen Fakt und Fiktion in der Erzählkunst ist ein ewiges Streitthema, aber ich stützte mich auf die licentia poetica, die dem Autor einen erweiterten Handlungsspielraum über das rein Dokumentarische hinaus einräumt.

Last, but not least möchte ich meinem Freund Torben Snekkestad danken, der unzählige Versionen des Manuskripts mit Adleraugen gelesen und heldenhaft kommentiert und korrigiert hat! Torben lebt nun schon eine ganze

Weile mit Ylva, John, brutalen arktischen Verhältnissen … und mit mir. Ich bewundere seine aufmerksame Geduld und bin ihm unendlich dankbar für seine umfassende Unterstützung. Hoffentlich wird er uns so bald auch nicht wieder los.

Ich bin unheimlich froh und fühle mich wirklich geehrt, dass ihr alle eure Zeit und euer Wissen mit mir geteilt habt. Dank eurer Hilfe sowie der Unterstützung durch Familie und Freunde erblickt *Puls der Arktis* nun endlich das Licht der Welt. Es heißt, ein Drehbuch zu schreiben, sei als schwömme man in einer Badewanne, einen Roman zu schreiben, sei als schwömme man im Meer. Mit dem Buch *Puls der Arktis* erkläre ich mich hiermit nun jedenfalls als offiziell »in See gestochen«!

Grethe Bøe, 06.12.2020